悲歌

架空歴史ロマン

アルスラーン戦記《せんき》③④

# 落《らく》日《じつ》悲《ひ》歌《か》⚜汗《かん》血《けつ》公《こう》路《ろ》

田《た》中《なか》芳《よし》樹《き》

KOBUNSHA

カッパ・ノベルス

3 落日悲歌



アルスラーン戦記

4 汗血公路

目次・扉デザイン　泉沢光雄
口絵・本文イラスト　丹野忍
図版作成　神北恵太

アルスラーン戦記 3

# 落日悲歌

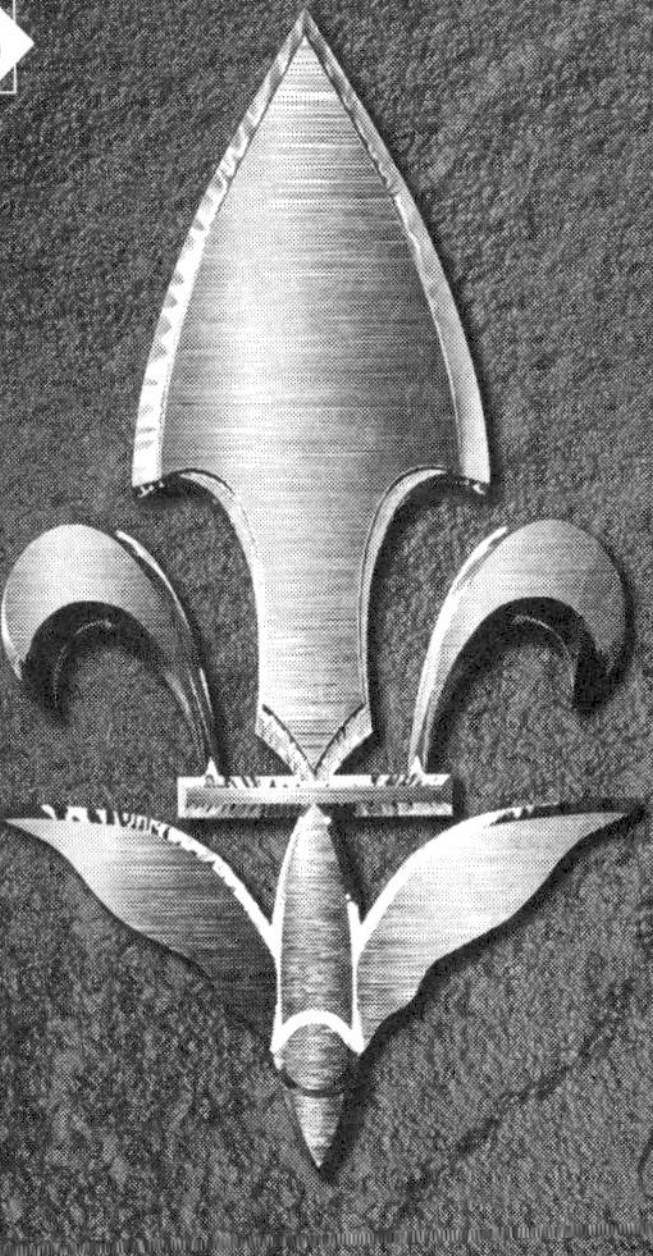

# 主要登場人物

**アルスラーン**……パルス王国第十八代国王《シャーオ》アンドラゴラス三世の王子
**アンドラゴラス三世**……パルス国王
**タハミーネ**……アンドラゴラスの妻でアルスラーンの母
**ダリューン**……アルスラーンにつかえる万騎長《マルズバーン》。異称「戦士のなかの戦士《マルダーンフ・マルダーン》」
**ナルサス**……アルスラーンにつかえる、もとダイラム領主。未来の宮廷画家
**ギーヴ**……アルスラーンにつかえる、自称「旅の楽士」
**ファランギース**……アルスラーンにつかえる女神官《カーヒーナ》
**エラム**……ナルサスの侍童《レータク》
**イノケンティス七世**……パルスを侵略したルシタニアの国王
**ギスカール**……ルシタニアの王弟
**ボダン**……ルシタニア国王につかえる、イアルダボート教の大司教
**ヒルメス**……銀仮面《ぎんかめん》の男。パルス第十七代国王オスロエス五世の子。アンドラゴラスの甥《おい》
**暗灰色《あんかいしょく》の衣の魔道士《まどうし》**……？
**ザッハーク**……蛇王《へびおう》

バフマン……パルスの万騎長《マルズバーン》

キシュワード……パルスの万騎長。「双刀将軍《ターヒール》」の異称

カリカーラ二世……シンドゥラ国の国王《ラージャ》

ガーデーヴィ……カリカーラ二世の王子。母は貴族

ラジェンドラ……カリカーラ二世の王子。母は女奴隷

マヘーンドラ……シンドゥラ国の世襲宰相《ペーシュワー》

告死天使《アズライール》……キシュワードの飼っている鷹《シャヒーン》

アルフリード……ゾット族の族長の娘

イリーナ……マルヤム王国の内親王

エトワール……本名エステル。ルシタニアの騎士見習の少女

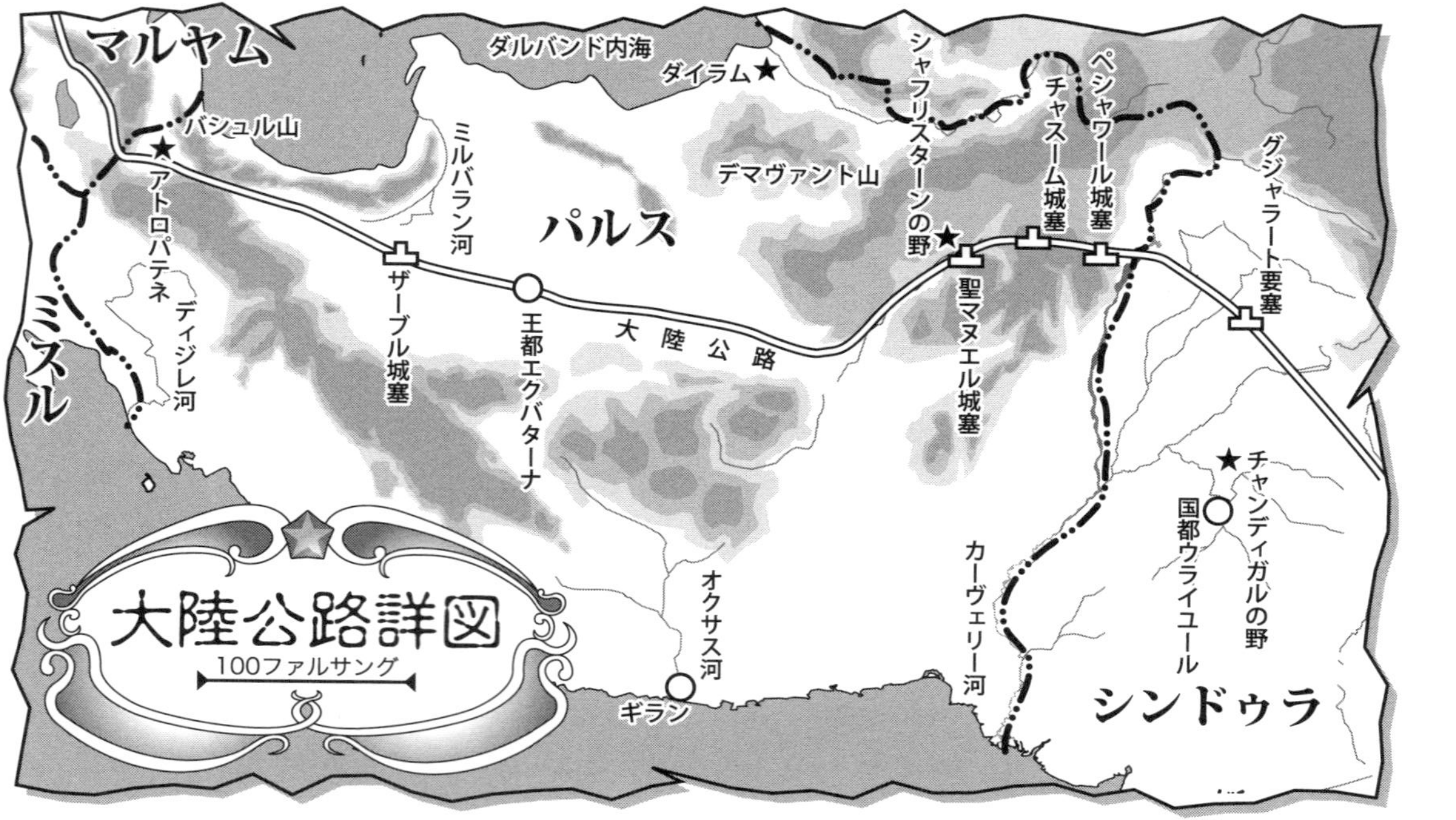

大陸公路詳図
100ファルサング
マルヤム
ダルバンド内海
ダイラム
シャフリスターンの野
チャスーム城塞
ペシャワール城塞
グジャラート要塞
バシュル山
ミルバラン河
デマヴァント山
パルス
アトロパテネ
ミスル
ディジレ河
ザーブル城塞
王都エクバターナ
大陸公路
聖マヌエル城塞
チャンディガルの野
国都ウライユール
オクサス河
カーヴェリー河
ギラン
シンドゥラ

落日悲歌

第一章

# 国境の河

# I

峡谷《きょうこく》を吹きぬける風は、かわいた冷気の刃《やいば》で夜をつらぬいてくる。

ラジェンドラ王子にひきいられたシンドゥラ軍五万は、その非友好的な気象条件のなか、パルスとの国境を流れるカーヴェリー河をこえて西へと進んでいた。

強大にして栄華を誇るパルスも、西北方から侵入してきたルシタニア軍のために大敗し、王都エクバターナは占領され、国内は混乱しているという。その隙に、永年にわたる国境紛争をかたづけ、広大な領土をもぎとってやろう。そうなれば、ガーデーヴィ王子との王位継承のあらそいに、有利な条件となるにちがいない。それがラジェンドラ王子の野心であった。

「ガーデーヴィめに、先をこされてたまるものか。シンドゥラ国の歴史に、不滅の名をきざみこむのは、このおれよ」

夜目にも浮きあがって見える純白の馬に、黄金の鞍《くら》をおいたラジェンドラ王子は、憎みあう異母兄弟の名を、侮蔑《ぶべつ》をこめて呼びすてた。

この年は、パルス暦三二〇年であるが、シンドゥラ暦では三二一年にあたる。じつのところ、シンドゥラは建国して二百五十年ほどしか経過していないのだが、建国者クロートゥンガ王が即位したとき、七十年ほどさかのぼって、国の暦をさだめた。クロートゥンガ王の祖父が誕生した年にあわせた、というのだが、そのような説明を誰ひとり信用してはいない。仲の悪い隣国パルスに対して、「わが国のほうが歴史が古いのだ」と誇示《こじ》してみせているのだった。

パルスとしては、不愉快きわまるが、他国に暦を変えるよう強制はできない。一方的に戦争に勝ちでもしないかぎり、そんなことは不可能である。パルスの不快感をよそに、シンドゥラ国はまた一年、また一代、と歴史をつみかさねていった。

　そして、現在、国王《ラージャ》カリカーラ二世が病《やまい》に倒れ、ふたりの王子が王位をめぐって争っているのだった。ラジェンドラ王子は二十四歳で、パルスの王太子アルスラーンより、ちょうど十歳の年長である。シンドゥラ人らしい、濃い小麦色の肌と、鑿《のみ》でけずったように深く彫《ほ》りこまれた目鼻だちをしており、笑うと蕩《とろ》けそうな愛敬《あいきょう》があるのだった。ところが、この愛敬こそがくせものだ、というのが、彼に敵対するガーデーヴィ王子と、その一党の考えである。

「愛想笑いをしながら、相手の咽喉《のど》をかき切るのが、ラジェンドラめの本性なのだ」

　と、腹ちがいの兄弟であるガーデーヴィは、にがにがしく、はきすてる。

「そもそも、ラジェンドラめが、おとなしく私の王位継承を認めれば、何も波乱はおきなかったのだ。私のほうが、ひと月とはいえ先に生まれたのだし、母親の身分も高い。豪族たちの支持もある。最初から、やつの出番など、ありはしなかったのに」

　腹ちがいの兄弟が王位を争うとき、母親の身分が高いほうが有利になるのは、いずこの国も同じである。その点で、ガーデーヴィの主張は、不当なものではない。これに対して、ラジェンドラのほうにも言分《いいぶん》がある。これがなかなか、どぎついものであった。

「おれのほうが、才能からいっても器量からいっても、王としてふさわしい。おれがいうのだから、まちがいない。ガーデーヴィもそう無能というわけではないが、おれと同時代に生まれたことが、やつの不幸だな」

　ずうずうしい言種《いいぐさ》ではあるが、とにかく彼はシンドゥラ国内の反ガーデーヴィ派を結集することに成功した。彼は、異母兄弟にくらべて、ずっと気前がよかったし、下級兵士や貧しい民衆に人気があったのだ。ガーデーヴィは、民衆の前にまったく姿を見せず、王宮や豪族たちの荘園でばかり生活している。ラジェンドラのほうは、気軽に街へ出て、大道芸人の踊りを見物したり、商人と景気の話をしたり、酒場で酔ってさわいだりした。こうなると、民衆の目から見れば、ガーデーヴィがお高くとまっているように思えるのは、しかたがない。

そして、先月、ガーデーヴィがパルス国内へ兵を出して失敗すると、ラジェンドラは、自分の手でそれを成功させようとこころみたのである。


カーヴェリー河の西岸、パルスの東方国境には、ペシャワールの城塞《じょうさい》が、巍然《ぎぜん》としてそびえたっている。

東方、絹の国《セリカ》へとつづく大陸公路を扼《やく》したこの城塞は、赤い砂岩で築かれた城壁のなかに、二万の騎兵と六万の歩兵をかかえている。そして、いま、単にパルスにおける最重要の軍事拠点というだけでなく、パルス王朝を再興するための本拠地となっているのだった。先日、パルスの王太子であるアルスラーンが、少数の部下に守られて、この城塞に到着したのである。

アトロパテネの会戦において、パルス軍が侵略者ルシタニア軍のために惨敗して以来、国王《シャーオ》アンドラゴラス三世、王太子アルスラーン、ともに行方不明であったが、ようやくパルス軍にとって主君とあおぐべき人物が姿をあらわしたわけであった。

アルスラーンは十四歳の、まだ未熟な少年であり、したがう部下は男女あわせて六名でしかない。だが、国王アンドラゴラスの生死がわからない以上、王太子である彼が、パルスの独立と統一を象徴する、ただひとりの人物だった。そして、彼の部下のうち、すくなくとも、パルス最年少の万騎長《マルズバーン》であったダリューンと、ダイラム地方の旧領主であったナルサスとは、この国を代表する人材であろう、と見られている。

その夜は長く、事件《こと》が多かった。アルスラーンを執拗《しつよう》につけねらう銀仮面の男を、城壁から追い落とした、その直後に、シンドゥラ軍来襲の報がもたらされたのだった。

銀仮面の男を追いつめるどころではない。ペシャワールの城塞を守る責任者は、ふたりの万騎長《マルズバーン》、バフマンとキシュワードであったが、年老いたバフマンが、このごろいちじるしく精彩を欠くため、もっぱらキシュワードが防戦の指揮をとらなくてはならなかった。

　アルスラーン王子の軍師役をつとめるナルサスは、侵略者ルシタニア軍に支配された王都エクバターナを奪還するため、知恵をしぼっていた。

　ナルサスの構想では、このさい六万の歩兵は戦力として計算しないことにしていた。理由はふたつある。ひとつは政治的なもので、将来アルスラーンが王位についたとき、奴隷《ゴラーム》を解放すると宣言することになるだろう。パルスでは歩兵とは奴隷のことであるから、彼らを解放してやったほうが首尾が一貫する。彼らの将来については、すでにナルサスには腹案があった。

　もうひとつの理由は、軍事的なものである。六万人の歩兵を動かせば、六万人分の糧食《りょうしょく》が必要になる。ペシャワール城には、現在のところ充分な糧食があるが、これは城塞にとどまって敵と戦う場合である。八万の将兵が遠く出征するとなれば、糧食を輸送しなくてはならず、輸送するための牛馬や車が必要になる。それをそろえるのが容易ではない。たとえそろえたとしても、行軍の速度が落ちる。それよりは、騎兵のみで迅速に行動したほうが、補給の負担がかるくなるのだ。

　だが、さしあたり、王都奪還作戦の前に、目前の敵シンドゥラ軍をかたづけなくてはならない。アルスラーンの相談を受けたナルサスは、おちつきはらっていた。

「ご心配なく、殿下。わが軍が勝つというより、シンドゥラ軍が敗れるべき三つの理由がございます」

「それは？」

　アルスラーンは、晴れわたった夜空の色をした瞳をかがやかせ、身を乗りだした。かつて王宮で生活していたとき、教師から軍略や用兵について学んだことがあるが、おもしろいと思ったことはない。だが、ナルサスの説明は、いつも具体的で説得力にとみ、アルスラーンの興味をそそる。

ナルサスは直接は答えず、友人を見やった。

「ダリューン、おぬしは絹《セリカ》の国に滞在した経験がある。かの偉大な国で、戦うにあたって注意すべき三つの理《ことわり》とは何か、学んだだろう」

「天の時、地の利、人の和のことだ」

「そういうことだ。――殿下、このたびシンドゥラ軍は、その三つの理をすべて犯しております」

ナルサスは説明した。まず、「天の時」だが、季節はいま冬であり、暑さになれた南国シンドゥラの兵士にとっては、つらい時季である。シンドゥラ軍が最強の戦力として誇るのは、戦象《せんぞう》部隊だが、象はことに寒さに弱い。これが天の時を犯したということである。

第二に「地の利」だが、シンドゥラ軍は国境をこえて、しかも夜、行動している。夜明けまでに奇襲をかける気だろうが、地理に不案内な者にとっては、無謀というべきである。

そして第三に「人の和」だが、ガーデーヴィにせよラジェンドラにせよ、王位を争っているにもかかわらず、一時の欲に駆られて、パルスに侵攻してきた。もし競争相手に知られたら、後方から襲いかかられるであろう。この危険をシンドゥラ軍が背おっているかぎり、たとえ大兵力でも恐れる必要はない。

「私ども、殿下のおんためにシンドゥラ軍をうち破り、ついでに、この二、三年ほどは東方国境を安泰《あんたい》にしてごらんにいれましょう」

平然として、ナルサスは一礼してみせた。

## II

赤い砂岩の城壁にかこまれたペシャワール城の中庭と前庭は、出動する人馬でごったがえした。

それらの基本的な指揮は、ペシャワールの司令官である万騎長《マルズバーン》キシュワードがとる。馬上からきびきびと命令をくだし、兵士たちの動きは、いそがしげではあっても混乱がない。

甲冑《かっちゅう》をまとい、愛馬にまたがったダリューンとナルサスが、その光景を見ながら小声で語りあっていた。

「少数の兵で多数の兵を破る、というのは、用兵上の邪道《じゃどう》だ、と、おぬしは言っていたではないか。考えが変わったのか?」

「いや、変わってはいない。用兵の正道は、まず敵より多くの兵力をととのえることだからな。だが、今回、あえて邪道を行こうと、おれは思っている。理由はこうだ」

　ナルサスは親友に説明した。

　吾々《われわれ》としては、アルスラーン殿下ここにあり、ということ事実を、パルス全土に知らしめる必要がある。それには、事実をもって宣伝するのが、もっともよい。そして、名声を一挙に高めるには、少数の兵で大軍を撃破することである。ひとたび名声を確立すれば、それを慕《した》って、味方はおのずと集まってくる。

「今回、吾々は国境をこえて、シンドゥラの領内で戦うことになる。そう多くの兵を動かすのはむりだ。それに……」

　ナルサスは、知的な顔に、意地わるくもあり、いたずらっぽくもある表情をひらめかせた。

「それに、吾々の兵力がそう多くはない、と思わせておくほうが、何かと便利なのでな。ダリューン、おぬしにはとにかくラジェンドラ王子を生かしたまま捕えてもらう」

「ひきうけた。生死をとわず、なら楽でよいのだがな」

　侵入してきたラジェンドラ軍は、およそ五万。総指揮官はラジェンドラ王子であることが、すでに斥候《せっこう》の報告で判明していた。キシュワードは、東方国境の守り手として、責任を充分にはたしている。ただ双刀をふるって戦うだけの男ではない。

　彼のもとへ、ナルサスが馬を寄せた。

「キシュワードどの、騎兵を五百ほど貸していただきたい。それに、地理にくわしい案内人をひとり、お願いする」

「こころえた。だが、わずか五百でよいのか。ひとけた上でもかまわぬが」

「いや、五百で充分。それと、しばらくは防戦に徹して、城から出撃せずにいただく。シンドゥラ軍が退却をはじめれば、合図を送るゆえ、そのとき追撃すれば、勝利は労せずして手にはいるだろう」

　ファランギースとギーヴには、アルスラーンの身辺を護衛するよう依頼して、ナルサスは、案内人を呼び、手ばやくうちあわせをした。

　すべての手配をすませてから、ナルサスはアルスラーンに事情を説明し、彼の手配に対する承諾を求めた。王子は答えた。

「ナルサスが決めてくれたことなら、私に異存はない。いちいち許可など求めなくてもよい」

　ダイラム地方の旧領主である若い軍師は、自分を信頼してくれる王子に笑いかけた。

「殿下、策をたてるのは私の役目でございますが、判断と決定は殿下のご責任。ごめんどうでも、今後とも、いちいちご許可をいただきます」

「わかった。だが、今夜のこと、ひとたび城門を出たら、おぬしとダリューンとのやりやすいようにやってくれ」

　その返答をえて、ナルサスは今度は彼の侍童《レータク》であるエラム少年を呼んだ。彼にやってもらうべきことの手順を説明していると、赤みをおびた髪に水色の布を巻きつけた十六、七歳の少女が寄ってきた。ナルサスの将来の妻と自称するアルフリードである。

「エラムにできることだったら、あたしだってできるよ。何でも言いつけて」

「出しゃばり女！」

「うるさいわね、あたしはナルサスと話してるんだから」

「まあまあ、ふたりで手分けしてやってくれ」

　と、ナルサスは苦笑しつつ少女と少年をなだめ、シンドゥラ語の文章を書いた羊皮紙《ようひし》を手わたした。これはパルス文字で書かれ、蛍光物質をまぜたインクが使われているので、暗闇でも読める。シンドゥラ語の意味がわからなくとも、大声で叫べばよいのだ。

　ナルサスはいそがしい。少年と少女がはりきって駆け去ると、あらためてファランギースとギーヴに頼んだ。

「ファランギースどの、どうかバフマン老の言動に注意していてくれ。あの老人、あるいは自ら死を求めるかもしれぬ」

美貌《びぼう》の女神官《カーヒーナ》は、緑色の宝石に似た瞳を、きらりと光らせた。

「つまり、バフマン老のかかえている秘密はそれほどに恐ろしいものであるというわけか。死をもって隠さねばならぬほどの」

「すくなくとも、あの老人にとってはな」

ナルサスのことばに、ギーヴが皮肉っぽく両眼を光らせた。

「だがな、ナルサス卿、おぬしとしては、むしろそのほうが好ましいのじゃないか。あの老人はどうも暗くて重くるしい秘密をかかえこんでいる。あげくに、その重みで、自分から地面に沈みこもうとしている。いっそ放っておいて自滅してもらったほうが、あとくされがないように、おれには思えるがね」

ファランギースは沈黙しているが、ギーヴの辛辣《しんらつ》な意見にかならずしも反対してはいないように見えた。

「それは、あの老人が一言もしゃべらぬうちのこと。ああも思わせぶりなことを言ってしまった以上、知るかぎりの秘密を明かしてもらわねば、かえって病根が後まで残ってしまう」

「そういうものかな」

「死なれてから後悔してもおそいゆえ、くれぐれも頼んだぞ」

ナルサスは、ゆきかう人馬の隊列をさけながら、城門前の広場まで馬を歩ませた。すでにダリューンは五百の騎兵をそろえてナルサスが来るのを待っていた。

「ダリューン、おぬしに問う。あくまで仮定のことだ。もしアルスラーン殿下が、王家の正統な血をひいていないとしたらどうする？」

黒衣の騎士の返答は、毅然《きぜん》として、ゆるぎを見せなかった。

「いや、どのような事情、どのような秘密があろうとも、アルスラーン殿下は、おれのご主君だ。まして、殿下ご自身は、その事情なり秘密なりに何のご責任もないのだからな」

「そうだな、おぬしには尋《き》くまでもなかった。由《よし》ないことを口にした。赦《ゆる》してくれ」

「そんなことはどうでもよい。それより、ナルサスよ、おぬしもよく殿下につくしてくれているが、殿下のご器量を、じつのところどう量《はか》っているのだ？　よければ教えてくれぬか」

「ダリューン、おれが思うに、アルスラーン殿下は主君としてえがたい資質を持っておられる。おぬしにはわかってもらえることと思うが、殿下は、およそ部下に対して嫉妬《しっと》というものをなさらない」

「ふむ……」

「なまじ自分の武勇や智略に自信があると、部下の才能や功績に対して、嫉妬をいだくものだ。あげくに、疑い、恐れて、殺してしまったりする。そのような暗さは、アルスラーン殿下にはない」

黒い冑《かぶと》の下で、男っぽいダリューンの顔がかるい困惑の色をたたえた。

「おぬしのいうことを聞いていると、何やらアルスラーン殿下は、ご自分が無能であるとご承知であるゆえ、それでよい、と、そう聞こえるが……」

「そうではない、ダリューン」

ナルサスは笑って頭を振った。ダリューンの頭髪が、その黒衣の一部分をなすような黒髪であるのに比べると、ナルサスの頭髪は色が淡い。パルスには、古来、東西からさまざまな民族や人種が流入し、髪や目の色は、じつに多彩である。

「ダリューン、おれたちは、いわば馬だ。多少うぬぼれてもよいなら、名馬のうちにはいるだろう。さて、アルスラーン殿下は騎手だ。名馬を乗りこなす騎手は、名馬と同じくらい速く走らねばならぬものだろうか？」

「……なるほど、よくわかった」

ダリューンは一笑してうなずいた。

やがて、ふたりは五百の軽騎兵《けいきへい》をひきいて夜の城門を出ていった。その出立のありさまを、中庭に面した露台《バルコニー》から、アルスラーンが見おろしている。黄金の冑が星あかりと松明《たいまつ》の光の波をうけてかがやいていた。

「ダリューン卿とナルサス卿が指揮すれば、五百騎が五千騎にまさる働きをいたしましょう。殿下は、私どもとごいっしょに、吉報をお待ちになればよろしゅうございます」

　万騎長《マルズバーン》キシュワードはそう言い、アルスラーンも同意したのだが、すこし落ちつかない気分もする。いつもダリューンやナルサスに危険なことをさせ、自分は安全な場所にいるような感じなのだ。王太子である自分こそがすすんで危険を冒すべきではないのだろうか。

「殿下はここにいらっしゃるべきです。でなければ、ナルサス卿やダリューン卿は、どこへ帰ればよいのですか」

　ファランギースが微笑してそう言ってくれたので、アルスラーンはやや赤面してうなずいた。自分がみだりに動きまわるより、ダリューンやナルサスにまかせておくほうが、よい結果を生むに決まっている。それにしても、人の上に立ってじっとしているということは、それだけで充分、未熟な人間には負担になるものだった。

　中庭に面した露台《バルコニー》にアルスラーンを残して、ファランギースが、キシュワードのところへ警備のうちあわせに行こうとしたとき、ギーヴが廊下を歩いてくるのに出あった。

「どこへ行っていたのじゃ？　アルスラーン殿下のおそばにいてもらわねばこまるではないか」

「すぐ行く。じつはあの老人の部屋をね、ちょっとのぞいてみたんだが……」

「例の大将軍《エーラーン》からの手紙か」

「そういうこと」

　キシュワードの僚友である万騎長《マルズバーン》バフマンは、アトロパテネ会戦で死去した大将軍《エーラーン》ヴァフリーズの戦友であった。ヴァフリーズは、会戦の直前に、バフマンに手紙を送り、何やらパルスの王室について重大な秘密をうちあけたようなのである。

その手紙を、バフマンはどこに隠しているのか、ギーヴならずとも気になるところであった。

「あの爺さんが死ぬのはかまわんが、例の手紙が妙なやつの手にはいったら、ややこしいことになるかもしれんからな」

ギーヴ自身が、他人からはしばしば「妙なやつ」と思われているのだが、そのことは棚にあげている。

ファランギースと別れて、アルスラーンのいる露台《バルコニー》の方角へ歩きだしたギーヴが、廊下の半ばで足をとめた。腰の剣に手をかけ、視線を周囲の壁に走らせる。彼の目にとまる人影はなかった。

「……気のせいか」

つぶやいて、ギーヴが歩きさった後、無人の廊下に奇怪な現象が生じた。

低い、悪意に富んだ笑声が、わずかに空気を波だてた。石畳《いしだたみ》をしきつめた廊下の隅で、二匹の小ねずみが古いパンのかけらを仲よくかじっていたが、おびえたように鳴声をあげて身がまえた。その笑声は、石壁のなかから洩《も》れており、しかも、壁のなかをゆるやかに移動していたのである。

# III

シンドゥラ軍にとって、異変は、ごくささやかに開始された。

なにしろ、敵国の領土内、しかも夜のことであるから、行軍の秩序はきびしい。隊列をはずれたり、落伍したりする者がいないよう、士官たちは目を光らせていた。糧食輸送の部隊でも、小麦や肉をつんだ牛車の周囲を、槍兵たちの壁が厳重に守っていた。

だが、上方を守ることは不可能である。乾いた寒風に首をすくめながら行軍していた糧食輸送の兵士たちは、風の音が異様にするどく変わったのに気づいた。だが、その意味に気づくより先に、彼らの頭上から数十本の矢が降りそそいできたのである。

悲鳴があがった。兵士たちは、士官に命令されて、槍をかまえ、周囲からの攻撃にそなえた。

だが、車をひいていた牛に、矢が命中したとき、混乱は爆発的に拡大した。

　牛が悲鳴をはなって暴走をはじめる。牛にはねとばされた兵士が、べつの兵士をつきたおし、倒れたところを牛と荷車がひき殺す。

　せまい道を、密集隊形で通ろうとしていたため、人と牛と車が、押しあい、ぶつかりあい、つきたおしあって、たちまち士官の制止など役にたたなくなってしまった。

「敵襲だ！」

　叫び声がおこった。注意すれば、それが少女と少年の声であることに気づいたのかもしれない。

「敵襲だ！　パルス軍ではない、ガーデーヴィ王子の軍が後方から攻めて来たぞ！」

　ひとたびその声が、シンドゥラ軍に浸透すると、あとはシンドゥラ兵自身が、勝手に流言《りゅうげん》を拡大してしまう。夜と、矢と、流言とが渦まくなかで、シンドゥラ軍の混乱と狼狽《ろうばい》は急速にふくれあがっていった。

「何ごとだ。何のさわぎだ？」

　白馬の背で、ラジェンドラ王子は眉をひそめた。ペシャワールの城塞を目前にして、軍の後方から混乱がつたわってきたのだから、不安と不快を感じずにはいられなかった。そこへ、血相をかえた士官のひとりが、後方から馬をとばして報告にきたのである。

「ラジェンドラ殿下、一大事でございます」

「一大事とは何ごとだ」

「かのガーデーヴィ王子が、大軍をひきつれて、わが軍の後尾に襲いかかってきた由にございます」

「なに⁉　ガーデーヴィが……」

　ラジェンドラは、息をのんだが、すぐ、驚愕《きょうがく》からたちなおってどなった。

「そんなばかな話があるか。おれがここにいることを、なぜガーデーヴィが知っているのだ。何かのまちがいだろう。もう一度、確認してみろ」

「ですが、殿下、あるいはこれまでの吾々《われわれ》の行動、すべてガーデーヴィめの一党に、ひそかに監視されていたのかもしれませぬ」

この主張は、じつは順序が逆なのである。ガーデーヴィ王子の奇襲、という「事実」を信じてしまったので、その確信を補強するために、いかにもありそうな推理を頭のなかで組み立ててしまったのだ。シンドゥラ軍が「人の和」を欠いていることを見ぬいた、ナルサスの流言戦法に、彼らはみごとに乗せられてしまったのである。

ラジェンドラの側近たちは動揺した末、口をそろえて若い君主に進言した。

「殿下、このように狭い道で後方を断たれては、戦いに不利でございます。もし前方からパルス軍が突出してくれれば、挟撃されてしまいます。ひとまず、カーヴェリー河畔《かはん》までお退《ひ》きくださいませ」

「何も得ることなく退くのか」

舌うちしたが、ラジェンドラは、味方の動揺が、これから拡大するであろうことを見ぬいた。むりに前進しても意味がない、カーヴェリー河まで退こう。そう決意して、後退を命じた。

ところが、命じたら命じたで、それが混乱の種に肥料をまくことになるのだ。指揮官の判断が、どれほど速く、正確に末端までとどくか。それは軍隊の質を決する要素なのだが、この夜のシンドゥラ軍は、もはや浮足だって統一した行動などとれそうになかった。ある部隊は退こうとし、べつの部隊は前進し、さらにべつの部隊はようすを見ようとじっとしているうちに、前後からの混乱に巻きこまれてしまう。

「ラジェンドラ王子、殿下にいそぎ申しあげたきことあり。殿下はおわすや⁉」

闇のなかからそう問われたとき、すぐに怪しむべきだったかもしれないが、ラジェンドラは、五万の大軍に守られた身の安全を信じていた。ナルサスにいわせれば、人数をそろえた後の運用に問題があった——ということになろう。

「ラジェンドラはここにいる。何がおこったのか」

「一大事でございまして」

「一大事は聞きあきた。いったい何だ」

「シンドゥラ国のラジェンドラ王子が、不幸にもパルス軍の手にとらわれ、捕虜となられた由」

「何っ」

　そのとき、前方の闇が大きくどよめいた。

　一条の細い火が夜空へ伸びたと見る間に馬蹄《ばてい》のとどろきが夜の底から湧きおこった。ペシャワール城塞からキシュワードの軍が突出してきたのだ。

　キシュワードの軍は、まず城門から前方の闇をめがけて矢の雨をあびせてから、長槍《ちょうそう》の穂先をそろえて突っこんだ。シンドゥラ軍の人垣《ひとがき》をしたたか突きくずしておいて、深入りを避けて後退する。つられてシンドゥラ軍の先頭が前進すると、矢の射程内にひきずりこんで、矢を射かけ、ひるんだところをまた突きくずすのだ。

「ラジェンドラ殿下、当方の予定どおり、捕虜となっていただく」

　声とともに、なぎこまれてきた斬撃《ざんげき》を、ラジェンドラは、あやういところではじき返した。眼前で飛散した火花が、一瞬だけ相手の顔を照らしだした。若い、不敵な顔。シンドゥラ人の顔ではなかった。

　たてつづけに撃ちこまれてくるナルサスの斬撃を、ラジェンドラはよく防いだが、十合《ごう》ほどでたちまち劣勢に追いこまれた。そこへ、反対側から、

「ナルサス、いつまで手間どっている!?」

　もう一剣がおそいかかってきた。一対一でも勝利はおぼつかないのに、一対二となっては、どう抵抗しようもなかった。ラジェンドラは、シンドゥラ国の玉座にすわるまで、死ぬつもりなどなかった。

　剣をひき、馬首《ばしゅ》をめぐらして、ラジェンドラは逃げだした。それも、ただ逃げだしたのではない。この期《ご》におよんで、肩ごしに、すてぜりふを投げつけたあたり、いっそ見あげたものであった。

「今日のところは、ゆるしてやる。つぎに会ったら、生かしてはおかんぞ」

「世迷言《よまいごと》をぬかすな!」

　ダリューンの剣が、夜風と、ラジェンドラの冑をかざる孔雀羽《くじゃくばね》を、一閃《いっせん》で斬りさいた。

あわてて首をすくめるラジェンドラに、こんどはナルサスの剣がおそいかかる。剣をあげて受けとめたが、ナルサスの手首がひるがえると、ラジェンドラの剣は相手のそれに巻きこまれ、夜の向うがわへはねとばされてしまった。

ラジェンドラは逃げだした。

白馬は駿足であり、ラジェンドラもへたな騎手ではなかった。だが、宝石や象牙細工をやたらと飾りたてた黄金の鞍《くら》は、疲れはじめた白馬には、いかにも重かった。それとさとったラジェンドラは、走りながら鞍の革紐《かわひも》をはずして放りだし、裸馬にまたがってさらに逃走をつづけた。

だが、夜目にもそれとわかる白馬に固執したのが、そもそもまちがいだったのだ。弓弦《ゆんづる》の鳴る音がひびいて、白馬は頸部《けいぶ》に矢を受け、高くいないないてよろめくと地に倒れた。

ラジェンドラは、白馬の背から投げだされた。背中をしたたか地に打ちつけて息がつまる。ようやく起きあがろうとしたとき、いきなり、甲《よろい》の胸を踏みつけた者がいた。剣の尖先《きっさき》が白く光って、彼の鼻先につきつけられる。

「動くと死ぬよ、シンドゥラの色男」

若い女の声が、パルス語の台詞《せりふ》を投げかけてきたとき、ダリューンとナルサスもその場へ馬を駆けつけさせてきていた。

IV

夜が白々と明けかけたペシャワール城塞の中庭である。

シンドゥラ国の王子であるラジェンドラ殿下は、豪奢《ごうしゃ》な絹服と甲をまとったまま、縄で厳重にしばりあげられて、アルスラーンの前に引きだされた。縄をとっているのは、お手柄をたてたアルフリードである。

アルスラーンの前にあぐらをかいたラジェンドラは、怒り狂ってはいなかった。

「いやあ、まいったまいった、みごとにしてやられたわ」

　パルス語で大声をあげ、陽気に笑う。内心はともかく、表情も声にも悪びれたところはなく、一国の王子らしい悠然《ゆうぜん》としたありさまだった。

「アルフリード、よくやってくれた」

　アルスラーンが賞すると、ゾット族の族長の娘は、しおらしげに一礼した。

「いいえ、ナルサス卿の策がよろしきをえたからでございます」

　ナルサスに対して、「あたしの」などと所有権を主張しなかったので、ナルサスは内心で安堵《あんど》したかもしれない。

「ラジェンドラ王子、私はパルスの王太子アルスラーンです。いささか乱暴でしたが、お話したいことがあって、このようにご招待いたしました」

「おれはシンドゥラ国の王子で、次期国王《ラージャ》だ。話があるというのなら、この縄をほどき、王族としての礼遇をせよ。そのあとで、あらためて話を聞こう」

「ごもっともです。すぐにほどきます」

　アルスラーンが自分でラジェンドラの縄をほどこうとしたので、ナルサスがダリューンに目くばせした。うなずいた黒衣の騎士が、アルスラーンに一礼して進みでると、腰の長剣を抜きはなった。

　ラジェンドラが、ぎくりとして身を固くする。その身体《からだ》にむけて、刀身が白く鋭くきらめいた。

　虚喝《はったり》である。だが、示威の効果はたしかにあった。身体の周囲に、切られて落ちた縄を見まわしながら、ラジェンドラが、かわききった唇を舌で湿《しめ》した。ダリューンの剣は、ラジェンドラの絹服に、糸ひとすじほどの傷もつけなかったのである。

「失礼しました。これで対等にお話できるかと思います」

「……まあいいだろう。話とは？」

「あなたと攻守同盟を結びたいのです。まずあなたがシンドゥラ国の王位につけるよう、お手伝いしてさしあげましょう」

　先刻からのアルスラーンの話術は、ナルサスからあらかじめ教わったものである。

「私の国でも、すこし混乱がおこっております」

いささか、ひかえめすぎる表現を、アルスラーンは使用した。

「混乱とはどういう?」

「西方から、イアルダボート神を信仰するルシタニア国の軍が侵攻してきました。わが軍は善戦しましたが、残念ながら、かならずしも情勢はよくありません」

アルスラーンの背後で、ギーヴが人の悪い笑いを唇の端にひらめかせた。アルスラーンが、一生けんめいナルサス式の交渉術を学んでいるのが、おかしかったのである。

「ふん、では、おぬしのほうも何かと大変ではないか。おれを助けるというが、おれに比べてそう有利とも思われぬ」

「そのとおりです。ですが、私はすくなくとも異国の軍に囚われてはおりません。その分私のほうが有利です。ちがいますか?」

「……ちがわんね」

と、ラジェンドラは、ふてくされたように応じ、周囲の人垣にむけて視線を移動させた。それはナルサスやダリューンの面上をかすめさっただけで、ファランギースの白い秀麗《しゅうれい》な顔に、しばらくとどまっていた。

「だが、だからといって、おれとおぬしとが同盟を結ぶ必要など、ないように思えるな。いろいろとおぬしは言いたてるが、つまるところ、おれの兵力を利用したいだけではないか。ばかばかしい。そんな話に誰が乗るものかよ」

アルスラーンの視線を受けて、ナルサスが組んでいた腕をほどき、おちつきはらって応じた。

「なに、嫌なら嫌で、いっこうにかまわぬ。おぬしの首に鎖をかけて、ガーデーヴィ王子に引きわたすだけのことだからな。ギーヴ、鎖を持ってきてくれ」

「ま、待て、そう性急に結論を出すものではない」

ラジェンドラはあわてた。わざとらしく、ギーヴが、奴隷用の鎖を地へ投げだしてみせたからである。落ちつかなげに腰を浮かせかけ、またすわりなおす。このあたり、ラジェンドラは、策謀家を自負してはいても、底が浅いか、人が好《よ》いか、どちらかであろう。あるいはその両方かもしれない。

「おれをガーデーヴィに引きわたしたところで、やつは感謝などせんぞ。いや、悪辣《あくらつ》なやつのことだ、異母兄弟を殺したという口実でおぬしらに攻撃をしかけるやもしれぬ」

ラジェンドラの主張を、ナルサスは鼻先で笑ってみせた。

「ガーデーヴィの思惑など、どうでもよい。おぬしが盟約を拒絶するというなら、こちらは意趣《いしゅ》がえしをするだけのことだ。ことは単純きわまる。そうではないか」

「待て、まて、盟約を結ぶにしても、おれの一存だけでは決まらぬ。シンドゥラの民に事情を説明する手間も必要だし」

「ご心配なく」

「ご心配なく、といわれても……」

「すでにシンドゥラ国内には、殿下の部下の方々をもって、通達してござる。ラジェンドラ王子は、パルス国のアルスラーン王太子との間に、友誼《ゆうぎ》と正義にもとづく盟約を結び、シンドゥラ国に平和をもたらすため、国都ウライユールへ進撃を開始した、と」

「……………！」

大きな目をむいたきり、ラジェンドラは瞬間声もでない。

「二、三日のうちに、この知らせはシンドゥラ国都ウライユールにまでとどくでござろう。喜ぶ者もいれば怒る者もいようが、とにかくラジェンドラ殿下のご決断は、すでに母国の人々が承知するところでござるよ」

ラジェンドラは濃い小麦色の肌に汗をにじませた。すべてナルサスの思うがままに、事を運ばれた。その事実を、認めないわけにはいかなかった。何よりも、彼の生死は、いまいましいパルス人どもの手のうちにあるのだ。

「よし、わかった」

重々しいというより、もったいぶった声を、ラジェンドラは上下の歯の間から押しだした。

「盟約を結ぼう。いや、パルス国の王太子どのよ、おれはおぬしが気に入ったぞ。年齢《とし》のわりにしっかりしているし、何よりも、すぐれた部下をお持ちだ。盟友として、頼るにたりる。この上はおたがいのために力をつくしあおうではないか」

……とにかく盟約が成立したので、ラジェンドラは捕虜から賓客《ひんきゃく》へと待遇が変わることになった。むろん自由など許されず、午後の祝宴まで、鄭重《ていちょう》に一室にとじこめられた。

そして祝宴がはじまると、ラジェンドラはますます陽気な客人になった。

「さあ、酒をいただこう。アルスラーンどの、おぬしも子供だからとて遠慮なさるな。男と生まれたからには、酒をくらい、女をだき、象を狩り、国を奪う。失敗すれば逆賊として死ぬだけのことよ」

大きく口をあけて笑うと、奥歯まで丸出しになる。酒を飲む、料理を食べる、しゃべる、シンドゥラの民謡を歌う。あれが歌か、水牛のいびきだ、と、ギーヴは毒づいたが、とにかくシンドゥラの王子は休みなく口を動かしつづけていた。

やがてラジェンドラは自分の座を立って、ファランギースの隣に腰をおろした。先刻から、彼女のきわだった美貌に目をつけていたのだ。パルス語とシンドゥラ語をまぜあわせて話しかけ、ひとこと言うたび、彼女の銀杯に酒をそそぎこむ。そのうち彼女をはさんでラジェンドラの反対側にギーヴがすわりこんだ。何かとラジェンドラを牽制《けんせい》しつつ、自分の手にした酒瓶《さかびん》から、ファランギースの銀杯に酒をつぎはじめる。

途中退席したアルスラーンを寝室に送って、ダリューンが宴会場にもどると、美しい女神官《カーヒーナ》が、優雅な足どりで広間を出てくるのに出あった。

「ファランギースどの」

「おお、ダリューン卿、もうアルスラーン殿下はお寝《やす》みになられたか」

ファランギースの頬《ほお》はやや上気しているように見えるが、それ以外に、酔いを印象づけるものは、まったくなかった。

「もう寝つかれた。ラジェンドラ王子はどうなされた」

「先刻まで酒杯をかたむけておられたが、いつのまにやら眠っておしまいになった。シンドゥラ人は、あまり酒が強くなさそうじゃ」

ことばも明晰《めいせき》で、姿勢もまっすぐである。

その後姿を見送って、小首をかしげたダリューンは、広間に足を踏みいれた。

広間は、酒の香にみちていた。葡萄酒《ナビード》の瓶だけで、数百本がころがっている。麦酒《フカー》や蜂蜜酒《はちみつしゅ》の瓶も林立してカーペットを埋めていた。そのなかで、シンドゥラ国の王子さまは、だらしなく酔いつぶれてうめいている。

「うう、何と酒の強い女性《にょしょう》だ。ふたりがかりでも酔いつぶせぬとは、あんな酒豪、見たこともないわ」

「ふたり？」

「たしか、ギーヴとやらいう楽士が、そばにいたはずだが……まだ生きているかな」

そう言われて、ダリューンは室内を見わたした。旅の楽士であり、気がむけば盗賊になり、いまやアルスラーン王子の側近である、赤紫色の髪の美青年は、壁にもたれかかって、酔いざましの水を口に運んでいた。

「ちくしょう、頭のなかで水牛の群が合唱しながら踊っていやがる。何でこんな結末になるんだ。おれが一杯やる間に、ファランギースどのには三杯は飲ませたはずなのになあ……」

どうやら、ファランギースは、下心のありすぎる酒客ふたりを、たったひとりで正面から撃退してしまったもののようであった。

V

こうして盟約は、かなり強引に成立した。

だが、このとき、ナルサスはやや判断に迷っていた。シンドゥラ国内での戦いに、老将バフマンをともなうかどうか。そのことをである。

キシュワードとバフマン、ふたりの万騎長《マルズバーン》のうち、いずれかひとりには、ペシャワール城の留守をゆだねなくてはならない。本来なら迷う必要もないことだった。若く精悍《せいかん》なキシュワードを同行させ、老練なバフマンに後方を守ってもらう。常識的なところで、万事おさまるはずであった。

だが、バフマンの動揺と屈託とは、ナルサスの計画にとって、不安定な要素となっていた。あの老人の忠誠心と能力とを、どこまで信頼してよいものであろう。

もともと、ペシャワールの城塞に到着して、すべて結着がつくなどと思っていたわけではない。万事これからである。

ラジェンドラをシンドゥラ国の王位につけ、後方の憂いをすべて絶ってから、王都エクバターナの奪還をめざして西へ兵を進める。というのは簡単だが、その計画をたて、実行し、成功をおさめられるのは、パルスの国にナルサスだけのはずであった。

むろん、ナルサスひとりの手にはあまる。有能な仲間たちの協力が必要だった。たとえば、ラジェンドラの乗馬を射て、彼をとらえたのは、十八歳になったら彼と結婚すると決めこんでいるアルフリードである。彼女のお手柄は大したものだが、さて二年先のことを考えると、宿酔《ふつかよい》のような気分になるナルサスであった。

宿酔と無縁のファランギースは、その夜、回廊にたたずむ万騎長《マルズバーン》バフマンと話をする機会をえた。最初、バフマンの反応は、はなはだ非友好的であった。

「なるほど、アルスラーン殿下は、わしを信頼しておられぬのじゃな。腹心であるおぬしを監視役として派遣なされたか」

そう毒づいたものである。

「おことばなれど、バフマンどの、アルスラーン殿下はおぬしを信頼しておられた。だからこそ、難路をこえてペシャワールまで危険な旅をなさったのじゃ。その信頼に応《こた》えなかったのは、おぬしではないか」

ファランギースの声はきびしい。バフマンは、自分より四十歳ほどは年若いにちがいない美貌の女神官《カーヒーナ》を、不満と不審をこめて見かえした。

アルスラーン王子の身辺にいる部下たちをバフマンはそれほど好意をもっては見ていない。ダリューンは、バフマンと四十五年来の戦友であったヴァフリーズの甥《おい》だが、とかくバフマンの屈託を責めるような表情を見せるし、ナルサスの親友でもある。そのナルサスときては、主君である国王《シャーオ》アンドラゴラスの政治に異議をとなえて、宮廷から追放された人物だ。それでもこのふたりは、素姓がはっきりしているが、ギーヴだのファランギースだのになると、いったい何者であるのか、得体が知れない。その得体が知れない女に、万騎長《マルズバーン》である自分がなぜ、手きびしいことを言われなくてはならないのか。

バフマンは息をすい、はきだした。

「そなたはミスラ神につかえる女神官《カーヒーナ》であるそうな」

「さようです、老将軍」

「であれば、神殿にこもって、神の栄光をたたえておればよいに、なぜ女だてらに武器をとって俗世間に出てきたのか」

「ミスラ神におつかえしておればこそ。ミスラ神は信義の神であられます。地上に不正と暴虐が満ちることを忌《い》まれますゆえに、神職にあるわたしも、微力をつくさざるをえませぬ」

バフマンは、ぎろりと眼球を横に動かした。

「アルスラーン殿下におつかえしておるのもミスラ神のご意思にしたがってのことか」

「ミスラ神のご意思と、わたし自身の考えとが一致した、と、申しあげましょうか」

バフマンは口を動かしかけてとめた。ファランギースは、黒絹のような髪を、対照的に白い指ですくようにして、老いた万騎長《マルズバーン》の表情を見まもっている。

「アルスラーン殿下は、勇敢に、ご自分の責任をはたし、運命にたちむかおうとしていらっしゃる。それにひきかえ、歴戦の宿将である老将軍が、あまりに屈託なさっていては、年の功とは何か、問われることになりましょうな」

「言いおるわ、気の強い女めが」

バフマンは、灰色のひげをゆらしてはきすてたが、それほど反感をいだいたようでもなかった。

もともと単純で剛直な人生を送ってきたバフマンである。きっかけさえあれば、屈託から立ちなおって、本来の武人としての面目をとりもどすことができるはずだった。それが成功したかどうか、ファランギースがはっきりと確認できずにいると、バフマンは低い声で述懐した。

「わしがあまり醜態《しゅうたい》をさらしては、あの世へ行ってからヴァフリーズどのにあわせる顔がない。パルスの武人として、万騎長《マルズバーン》として、恥じるところなくふるまってみせようぞ」

そう断言すると、バフマンはファランギースに広い背中をみせ、力をとりもどした足どりで回廊を歩きさった。

老武人とわかれたファランギースは、ナルサスに事情を説明し、最後に自分の意見をつけくわえた。

「思うに、バフマンどのは、いよいよ死を覚悟なされたとしか、わたしには見えぬ。いままでとべつの意味で、用心が必要ではないのかな」

「ファランギースどのも、そう思うか」

ナルサスは、わずかに眉をしかめた。バフマンを信頼できるようになったのは喜ばしいが、ファランギースがいうとおり、こんどはべつの心配が出てくる。老バフマンの武人としての美学はともかく、アルスラーンにとって有為な人材をかんたんに失うわけにはいかない。それに第一、故ヴァフリーズから バフマンにあてられた、謎の手紙の存在も、見のがせない。

「やれやれ、頭がいくつあってもたりんて」

　明るい色の髪をかきあげつつ、ナルサスは思案をめぐらした。

　さしあたって、まず彼は若すぎる主君がペシャワール城に着いたときから、どうやらかかえこんでいるらしい悩みをかたづけてやった。城内の奴隷《ゴラーム》たちを解放するという問題についてである。

「奴隷たちにお約束なさいませ。シンドゥラとの戦役が終わったら解放して自由民《アーザート》にしてやると」

「そう約束してよいのか」

　アルスラーンは、晴れわたった夜空の色をした瞳をかがやかせた。アルスラーンには、パルス国内の奴隷をすべて解放したいという理想があるのだった。

「けっこうですとも。それでこそ殿下が国王《シャーオ》となるべき理由がありましょう」

「だが、ナルサス、奴隷たちを解放して、あとはどうする？　彼らは自分たちで生活できるようになるだろうか」

「ご心配ないかと存じます」

　ナルサスが提案したのは、屯田制《とんでんせい》であった。古来、カーヴェリー河の西岸一帯は、国境地帯であるがゆえに放置されているが、水利さえよくなれば、そう不毛な土地ではない。この土地を解放した奴隷たちに分けあたえて開拓させるのだ。共同で水路を開かせ、種子《たね》や苗を貸しあたえる。最初の五年ほどは、いっさい租税をとらず、農業生産が安定してから租税をとるようにすれば、以後は国庫の収入も安定するだろう。

「もしシンドゥラ軍が来寇するようなことがあれば、彼らはすすんで武器をとることでしょう。自分たちの土地と生活を守るために。その背後にペシャワール城があり、キシュワードどのがいれば、彼らも不安を感じずにすみましょう」

　結局、ナルサスは、シンドゥラ国への遠征にバフマンを同行させ、キシュワードにはペシャワール城の留守をゆだねるよう、策を決したのだった。老雄バフマンには、もはや最上の死場所を与えてやる以外のことは、できそうになかった。彼の死後、その軍はダリューンが受けつぐ。そうなるしかないのではあるまいか。

## VI

ペシャワール城は、いまやアルスラーン＝ラジェンドラ同盟の根拠地となってしまった。つい何日か前までは、誰ひとり想像もしなかったことである。

赤い砂岩の城壁を遠望する丘の上に、一隊の人馬がたむろしている。中心に、銀色の仮面をかぶった騎士がいた。

「妙なことになりましたな」

部下のザンデにそう言われたとき、アルスラーンの従兄《いとこ》にあたるヒルメスは、沈黙を銀色の仮面の奥に封じこんで、何か考えこんでいた。

彼がペシャワール城に侵入し、アルスラーンを害することに失敗して濠《ほり》に追いおとされたのは、つい先夜のことである。その直後、シンドゥラ軍が国境をこえた、と、大さわぎになったというのに、この状況の変化はどうであろう。鋭敏なヒルメスでさえ、あっけにとられて、すぐにはどう対処すべきか判断もつかなかった。

ようやく彼はザンデにむかって言った。

「きめた、エクバターナにもどる」

「は、かしこまりました。ですが、殿下、アルスラーンめとその一党を放置しておいて、よろしいのですか」

「よくはない。だが、やつをねらってシンドゥラまで遠征するわけにもいかんだろう。アルスラーンめの一党が思いこんでいるほど、おれは神出鬼没ではないわ」

そのことばを冗談と釈《と》ってよいかどうか、ザンデは迷ったが、結局、笑うのをやめた。

「もしアルスラーンめが、シンドゥラ軍の手にかかって果てでもしたら、いささか口惜《くや》しい仕儀にあいなりますな」

「なに、ダリューンだのナルサスだのが、やつにはついている。むざとシンドゥラ兵ごときに殺させはすまいよ」

賞賛と悪意を、複雑にとけあわせて、ヒルメスは薄く笑った。

「アルスラーンめは、帰ってくる。おれに殺されるためにな。エクバターナで、歓迎の準備をしておいてやろうではないか」

自分が置かれた環境のなかで、力関係というものを考えると、ヒルメスとしては、やはり王都エクバターナを重視しないわけにはいかなかった。いつまでも王都から離れていれば、あの何を考えているか得体のしれない王妃タハミーネなどが、よからぬことを画策するかもしれないのだ。

地下牢《ディーマース》に閉じこめたままの、アンドラゴラス王のことも気になる。国王派とボダン大司教派に分裂したルシタニア軍は、その後どうなったか。実際、殺しそこねたアルスラーンごときに、いつまでもこだわってはいられなかった。

出兵の準備にわきかえるペシャワール城の赤い砂岩の城壁を冬空の下に見はるかしながら、ヒルメスは馬に飛びのり、しばらく留守にしていた王都エクバターナへとむかったのである。

ザンデらの部下が、彼につづいた。

アルスラーンが知りようもないところで、彼の生命をおびやかす最大の敵手が、彼から遠ざかっていった。ただ、ヒルメス自身がいうように、あくまで一時的なことであったが。


シンドゥラの国都ウライユールは、カーヴェリー河へつらなる内陸水路網の中心部にある。白亜の王宮は、亜熱帯の花と樹木にかこまれ、直接運河へとおりる階段は淡紅色の大理石でつくられ、落日をあびたときの美しさは、たとえようもないという評判であった。

ウライユールの夏は長く、耐えがたい暑熱につつまれるが、その分、冬は快適であった。寒いというより涼しく、夏には枯死寸前に追いこまれた花と緑がよみがえって、みずみずしい生気にみたされるのだ。ただ、ラジェンドラがパルス国と手を結んだ、との報告がもたらされた日は、めずらしく、寒い北風が人々の肌をさした。

　シンドゥラ国において、ふたりの王子が王位をめぐる争いをおこし、国内が二分された責任は、その多くを国王《ラージャ》カリカーラ二世が負うべきであろう。彼がはっきりと王位継承者をさだめておけば、事態はここまで悪化しなかったはずである。

　カリカーラ二世は、まだ生存している。年齢は五十二歳で、老衰死するほど老いてはいないし、べつに病弱でもなかった。当人も、まだまだ王位をゆずって引退するつもりもなく、ゆえに王太子を冊立《さくりつ》することも、おこなわれずにきたのである。

　それが急に「国王《ラージャ》、病《やまい》あつし」という状態になったのは、結局のところ、カリカーラ二世が自分の健康に対して、自信を持ちすぎたせいである。王妃が十年前に亡くなると、それまでおとなしく善良な夫であったはずのカリカーラ王は、公然と美女あさりに乗りだした。そして、密林の茸《きのこ》だの、蛇の血だの深海魚の卵だのといった、あやしげな強精薬を酒とともにがぶ飲みし、半年前、にわかに倒れて半身不随になってしまったのだ。

　こうなっては、国王としての政務を処理することなどできない。

　シンドゥラでは、国王だけでなく、宰相《さいしょう》の地位も代々、親から子へと受けつがれる。これを「世襲《ペーシ》宰相《ユワー》」というのだが、当時の世襲宰相はマヘーンドラといい、この人の娘は、ガーデーヴィ王子の妃《きさき》になっていた。

　当然、マヘーンドラとしては、自分の婿《むこ》であるガーデーヴィに、つぎの国王になってもらいたい。ガーデーヴィもそのつもりで、はやくも摂政づらで国政を切りまわしていたが、彼自身にも、義父である世襲宰相《ペーシユワー》にも、けっこう敵が多かった。その最大の敵であるラジェンドラが、ガーデーヴィの王位継承に実力で異議をとなえただけでなく、こんどはこともあろうに、歴史的な敵国であるパルスと協力して国都へ攻めのぼってくるというのだ。

「おのれ、ラジェンドラめ、パルス軍と手を結んで王位をねらうとは。目的のためには手段を選ばぬ恥知らずめ。誓って、やつを玉座になどつかせはせんぞ」

ガーデーヴィは怒りくるったが、同時に不安にもなった。パルスの兵馬がいかに強いか、シンドゥラ軍はよく知っている。べつに知りたくはないが、これまでにさんざん思い知らされているのである。若い頃から猛将として知られる国王《シャーオ》アンドラゴラス三世の名を聞けば、泣く子もすくみあがるほどだ。そのパルス軍が、いかなる経緯でか、こともあろうにラジェンドラの味方をするとは。

「いずれにせよ、軍隊がいつでも出動できるよう準備なさっておくべきですぞ、殿下」

妻の父であるマヘーンドラにいわれて、ガーデーヴィは大いそぎで軍隊を呼集した。もっとも頼りにする戦象部隊にも出動を命じたが、これが案外に準備がてまどり、責任者の将軍が申し出てきた。

「象どもが、今日の寒風で、小屋の外に出るのをいやがっております。いかがいたしましょう」

「鞭《むち》でなぐって追いだせ。何のために鞭を持っているのだ」

このあたりの、思いやりのなさが、ガーデーヴィの敵を多くしているのだが、むろん本人は気づいていない。ラジェンドラが「世間知らず」と、あざけったように、ガーデーヴィは、王宮や貴族の荘園の外に世界があることさえ、ときとして忘れてしまうようだった。そのくせ気が弱い一面もあって、義父のマヘーンドラに相談を持ちかけたりする。

「準備はするが、はたして勝てるだろうか、マヘーンドラ」

「何をご心配なさるやら。才能からいっても兵数からいっても、殿下のほうがはるかに上でござります。パルス軍と申しても、全軍がこぞって出撃してきたわけではありますまい。恐れる必要なぞありませんぞ」

マヘーンドラは、けんめいに婿をはげました。

ガーデーヴィが万が一にもラジェンドラに敗れるようなことがあれば、マヘーンドラ自身にとっても、破滅が待ちうけていることになる。無能ではないが、いささか頼りない婿どのに、がんばってもらわねばならなかった。

生まれてはじめて国外への遠征をひかえたアルスラーンにとって、うれしかったのは、鷹の「告死天使《アズライール》」をキシュワードが貸してくれたことであった。

「これは殿下の一人前の友人のつもりでおりますし、城にこもっておりますより、広い空の下にいることを好みます。おつれくだされば、何かと殿下のお役にたちましょう」

「ありがたい、遠慮せずに借りさせてもらう」

アルスラーンは腕をのばして、告死天使《アズライール》をとまらせ、羽のある親友に話しかけた。

「告死天使《アズライール》、キシュワードにしばらく別れのあいさつをおし。お前をシンドゥラという国につれていってやるからね」

告死天使《アズライール》を腕にとまらせたアルスラーンが、露台《バルコニー》に出て閲兵《えっぺい》すると、中庭のパルス軍は湧きたった。

また、城門がひらき、あたらしい白馬にまたがったラジェンドラ王子の姿を見て、城外にひかえたシンドゥラ軍は、いっせいに歓呼の声をあげた。

「ラジェンドラ！　われらが王！　御身の上に神々の恩寵《おんちょう》があらんことを。われらをして勝利にみちびきたまえかし……」

「あの軽薄王子、どうやら兵士にはよほど人気があるらしいな」

ダリューンが、アルスラーンの背後に立って、ナルサスにささやきかけた。「軽薄王子」は白馬を露台《バルコニー》の下に寄せると、高く片腕をのばし、大声をはりあげた。

「アルスラーンどの、以前にも言ったが、おれはおぬしのよき友になりたい。カーヴェリー河を境として、東はシンドゥラ国王《ラージャ》たるおれ、西はパルス国王《シャーオ》たるおぬし、それぞれ地の涯《はて》まで征服して全大陸に覇《は》をとなえ、ともに手をたずさえて永遠の平和をきずこうではないか」

アルスラーンは笑顔で応じていたが、ダリューンは舌打ちしたそうな表情になった。

「ナルサス、おれはあのラジェンドラという男、どうも心から信じる気になれぬ。思いすごしだろうか」

「いや、思いすごしではない。おれも同感だ。だが、大丈夫。いまアルスラーン殿下を裏ぎっても、ラジェンドラにとって何の利益もない。やつが裏ぎるとしたら、ガーデーヴィの首を足もとに置いた、そのときだろう」

ナルサスは、皮肉っぽい表情で、シンドゥラ軍の歓呼をあびるラジェンドラの姿をながめやった。

アルスラーンの腕の上で、告死天使《アズライール》が小さく羽ばたきした。

こうして、アルスラーンは、パルス暦三二一年の新年を、思いもかけぬ異国で迎えることになったのである。

落日悲歌 3

## 第二章

# 河をこえて

I

ラジェンドラ王子がひきいるシンドゥラ軍五万と、アルスラーンがひきいる押しかけ援軍一万は、国都ウライユールをめざして西南へ進路をとった。

カーヴェリーの大河も、冬の渇水期《かっすいき》で、馬の腹にとどくほどの水量しかない。渡河《とか》の途中、深みにはまった人馬がおぼれるということも何度かあったが、死者は出ず、全軍が無事に渡河をはたした。

アルスラーンにとって、大軍が大河を渡るという経験は、はじめてだった。珍しく感じられただけでなく、ナルサスのことばが印象に残った。

「ラジェンドラ王子は、けっして無能ではありませんな。先だっては、夜中に、この河を渡ることに成功したのですから」

そうか、珍しがってばかりはいられない、学ばなくてはいけないのだ。そう思ったとき先行偵察のシンドゥラ騎士が、あわただしく河岸《かがん》に駆けもどってきた。

「ガーデーヴィ軍、前方に展開しつつあり」

その報がもたらされたとき、すでに西南の方角に、砂煙が舞いあがりはじめている。ガーデーヴィとしては、とりあえずラジェンドラらの渡河を阻止しようとしたのだ。間一髪でまにあわなかったが、渡河をすませたばかりのラジェンドラ軍は、まだ陣をつくりあげていなかった。そこへガーデーヴィ軍の騎兵一万五千が突入してきたのである。

シンドゥラにおける最初の戦いは、ナルサスが巧みな戦術を駆使するひまもなく、乱戦によって幕をあけた。

ガーデーヴィ王子の部将プラダーラタはこの国でも屈指の剛勇の戦士だった。厚刃《あつば》の偃月刀《えんげつとう》を振りかざし、振りおろすつど、彼の乗馬の左右に血煙《ちけむり》が噴きあがり、人馬の死体がつみかさねられる。ラジェンドラ軍はたじろぎ、あとずさり、河岸から追い落とされそうになった。

完全に陣形をととのえることができぬまま、プラダーラタ将軍の腕力に押しまくられたラジェンドラは、味方の損害をパルス軍に押しつけることを考えついた。

「アルスラーンどの、近隣諸国に名高いパルス騎士の驍勇《ぎょうゆう》を、世間知らずのガーデーヴィめに見せてやってくれぬか」

「わかりました。ダリューン、たのむ」

「殿下のおおせとあらば」

一礼して、ダリューンは長剣を片手に、黒馬の腹を蹴《け》りつけた。彼はラジェンドラのずうずうしい魂《こん》胆《たん》を見ぬいたが、アルスラーンの命令に服従しないわけにはいかなかった。それに、パルス人の忠誠と勇猛を知らせておくのも悪くない。

血に飽《あ》くばかり、偃月刀をふるっては、河岸の砂を朱色に変えていたプラダーラタは、上から下まで黒ずくめの騎士が、恐怖もためらいもなく馬を駆け寄せてくるのを見た。彼は偃月刀の血雫《ちしずく》を振りおとし、へたなパルス語でどなった。

「パルスのやせ犬どもが、わざわざシンドゥラの大地に貧相な生首をならべにきたか。せめて、この河岸にきさまの首をさらして、死後も祖国の風景をながめさせてやろうぞ」

「言ったからには、やってみせることだな」

みじかい返答をひとつすると、ダリューンは、おそいかかる偃月刀の一撃をはねかえした。

刀身は激突をくりかえした。さすがに、五合や十合では、勝負はつかない。

白刃《はくじん》を撃ちあわせつつ、ふたりは、河岸から、河のなかまで馬をもつれあわせてきた。

「ダリューン、がんばれ」

アルスラーンが馬上で身を乗りだしたとき、黒衣の騎士は王太子の信頼にこたえた。彼の長剣が冬の陽《ひ》にきらめきわたると、血と水の柱が河中にたち、プラダーラタの巨体は偃月刀を手にしたまま水底に沈んだ。

主将を討ちとられた敵はくずれたち、ラジェンドラ軍は勢いにのって反撃に転じた。ガーデーヴィ軍は三千の死体を残して潰走《かいそう》し、シンドゥラ国内における最初の戦いは、アルスラーンらの勝利に帰した。

「ダリューンどのの武勇、まことにおみごと。わが国には、これほどの勇者はおらぬ」

ラジェンドラは、そう絶賛したが、その理由は、パルス軍をおだてあげて今後もよく戦わせること。そして、ほめるのはいくらほめても無料《ただ》だからであろう。

「おもしろみのない戦いでござる」

ダリューンが評するとおりの戦いであった。だだっ広い半砂漠の平地で正面からぶつかりあったのだから、用兵も戦術もあったものではない。単純に、力が力を制してしまう。ダリューンがプラダーラタを討ちとった瞬間に、戦場全体での勝敗も決してしまう。これではアルスラーンが戦術を学ぶ余地すらない。

ナルサスが笑った。

「なに、すぐにおもしろくなろうよ。まだ敵は戦象部隊も出してきてはおらぬのだからな」

ダリューンは幅の広い肩をすくめた。黒い甲が重々しいひびきをたてた。

「それはそうなるだろうな。あのラジェンドラという、こすからい王子どのは、もっとも苦しい戦いのときに、おれたちを徹底的に利用するに決まっているからな」

「ありうることだ。それどころか、おれたちを敵と戦わせて、双方が疲れきったところへ襲いかかってくるかもしれぬ」

むしろナルサスは楽しそうである。

「切りぬける策はあるのか、ナルサス。いや、おぬしに対して、これは失礼な質問だった。所詮、ラジェンドラのような小策士は、おぬしのような賢者の掌《てのひら》で踊っているにすぎぬな」

ナルサスは、かるく手を振った。

「そう買いかぶらないでくれ、ダリューン。今回のことは、その場その場に応じて対処するしかない面があるのだ。あのラジェンドラ王子は、時と場合によって、どちらの方角へ踏み出すか知れたものではないからな」

「では、やつからは目を離さぬことだな」

ダリューンが、ことさらに剣環《けんかん》を鳴らすと、ナルサスは人の悪い微笑をうかべた。

「いや、むしろ、やつに策略をめぐらす余地をあたえたほうが、よいかもしれぬ。このごろおれは、やつがどういう策をめぐらしてくるか、待ちかねているのさ」

そこまでで、話は中断した。エラム少年がナルサスのところへ、馬上の昼食をとどけに来たからである。


パルス暦三二一年の新年は、シンドゥラ国西北方の曠野《こうや》で明けた。

この年、九月まで生命《いのち》があれば、アルスラーンは十五歳になるはずである。

パルス式に、新年の行事がおこなわれた。あたらしい年の最初の太陽がのぼる前に、国王《シャーオ》みずから完全に武装して泉におもむき、冑をぬいでそれに水をたたえる。陣営にもどって、将兵の代表から、一杯の葡萄酒《ナビード》を献上される。その紅い酒は国王《シャーオ》の血を象徴するのだ。その葡萄酒《ナビード》を、冑にたたえた水にそそぐ。そうやってつくられた液体を「生命の水《キズィル》」と呼ぶが、その三分の一を天へむかって投げうち、天上の神々にささげる。三分の一を大地にそそぎ、大地がもたらしてくれた昨年の収穫に感謝し、あたらしい年の豊かな実りを祈る。最後の三分の一は、国王《シャーオ》が飲みほす。神々と人地に対する忠誠心をあらわし、また、神々と大地との永い生命を分かち与えられるよう、望むのである。

将兵の代表は、万騎長《マルズバーン》バフマンがつとめた。もっとも近い位置の泉は、すでに旧年のうちに確認してあった。アルスラーンが、鷹の告死天使《アズライール》だけをつれて、単騎、泉へおもむくとき、心配したダリューンとファランギースが、ひそかに距離をおいて護衛したが、さいわい、危害を加えようとする者はあらわれず、アルスラーンは無事に国王代理としての義務をはたすことができた。

アルスラーンが、生命の水《キズィル》を飲みほして、黄金の冑を口から離したとき、パルス軍から、いっせいに歓呼の声があがった。

「アルスラーン！　アルスラーン！　天上に輝く星《スハイル・アル・アストロ》、神々の寵児《ちょうじ》よ、御身の智と力によりて、国と民とに平安をもたらされんことを……！」

それに応じて、アルスラーンが黄金の冑を両手で高くかかげたとき、パルス暦三二一年の最初の太陽がきらめいて、冑を光の塊のようにかがやかせた。ふたたび歓呼がおこり、パルス軍将兵の甲冑がそのかがやきを受けて、波うつ光の海となった。

儀式がすむと、新年の祝宴がはじまり、いつもは無人の曠野は、にぎわいに満ちた。

太陽が中天に達するころ、半ファルサング（約二・五キロ）ほど離れたシンドゥラ軍の陣営から、ラジェンドラ王子が訪問してきた。五十騎ほどの護衛をともなっただけである。

よほど白馬が好きなのか、ラジェンドラはこのときも純白の馬にまたがっていたが、アルスラーンの本営を警護する黒衣の騎士に気づくと、なれなれしくあいさつした。

「やあ、パルスの勇者よ、おぬしの若いご主君はお元気か」

ダリューンは、無言で一礼しただけである。彼の本心をいえば、このように危険で信用ならない人物は、一刀で斬りすて、将来の禍《わざわい》の根を絶ちきってしまいたいのだ。だが、アルスラーンの将来のためには、むしろこのような人物を活用すべきだ、と、ナルサスは主張するのだった。

「毒蛇でも、財宝の番をするのに役に立つこともある。そう思っていればよいさ」

そのとおりではあるが、だからといって毒蛇に対して好意をいだかねばならぬ義理もない。ゆえに、ダリューンは、ラジェンドラに対して、最低限度の礼儀をしめすだけであった。

そもそも、シンドゥラ人であるくせに、こうもパルス語でぺらぺらおせじを並べたてるとは、それだけで充分いかがわしい。そう思っているダリューンの前で、ラジェンドラは、出迎えたアルスラーンの手をにぎり、肩をたたいて、すっかり友人あつかいである。

天幕《てんまく》のなかに毛織敷物《ゲリーム》をしき、酒や料理をならべて、アルスラーンはシンドゥラの王子を歓待した。ギーヴが琵琶《ウード》をひき、ファランギースが竪琴《バルバド》をかなで、しばらくは談笑がつづいた。

「ところで、わが友にして心の兄弟たるアルスラーンどの。おりいって相談したい儀《ぎ》があって、まかりこしたのだが……」

「どうぞ、何なりとおっしゃってください」

そう応じてから、アルスラーンは、ラジェンドラの表情に気づき、部下たちに座をはずすよう命じた。

ふたりきりになると、ラジェンドラは、それまでファランギースがもたれていたバーレシ（クッションン）を尻の下に敷いて、話をはじめた。

ラジェンドラが提案してきたのは、分進合撃の戦法だった。このまま、ラジェンドラとアルスラーンが並行して進撃しても、あまり意味がない。この際、国都にこもったガーデーヴィらを、心理的にも軍事的にも、おびやかし、混乱させるべきである。それには、ラジェンドラとアルスラーンが別行動をとるべきだ……。

「そして、どうだ。アルスラーンどの。おぬしとおれと、どちらが早く国都にはいるか、ひとつ競おうではないか」

「おもしろいですね。で、私がもし早く国都にはいれたら、何をいただけるのですか」

アルスラーンが興味をしめすのを見て、ラジェンドラは内心でほくそえんだ。間をおくように、一杯の葡萄酒《ナビード》を口にふくみ、さぐりをいれる。

「そう言うところを見ると、おれの提案に賛成してくれるのだな」

「いえ、まだ決められません、私の一存では」

きまじめに返答するアルスラーンの顔を見て、ラジェンドラは、あてがはずれたような表情をした。

「一存では決められぬ、などといって、アルスラーンどのはパルスの王太子ではないか」

「そうですが、部下たちに相談してからでなくては、たしかなご返事は、いたしかねます」

ラジェンドラは、舌打ちの音をたてるのをこらえた。銀杯を下におき、ことさらに声をひそめて語りかける。

「アルスラーンどの、友として、心の兄弟として、おぬしに忠告しておくが、あまり部下をつけあがらせぬほうがよいぞ。おぬしは主君なのだ。主君が命令し、部下はそれにしたがう。そうあってこそ、人の世の秩序がたもたれる。あまりに部下の意見を聞きいれてばかりいては、やつら、つけあがって主君をないがしろにするようになるぞ」

善意をよそおって、アルスラーンの耳に毒気を吹きこんだが、少年は煽動に乗ってこなかった。

「ご忠告はありがたいのですが、私は自分でどうしたらよいかわからないとき、いつも部下たちに相談してきました。彼らは私なんかより、ずっと智恵も力もあります。だいたい、彼らが助けてくれなかったら、私はこれまで幾度、生命を失っていたかしれません」

「そうだとしてもだな……」

「形の上では部下ですけど、彼らは私の恩人なのです。私を見すてたほうが、ずっと得なはずなのに、私をもりたててくれます。彼らの意見を聞いてから返事させていただきます」

「ふうむ……」

ラジェンドラは鼻白んだように沈黙した。その彼を天幕のなかで待たせて、アルスラーンは外に出た。ダリューンたちは、五十ガズ（約五十メートル）ほど離れた岩蔭にすわって何か語りあっていたが、王太子の姿を見て立ちあがった。アルスラーンは、ラジェンドラのよけいな忠告もふくめて、すべての事情を彼らに語り、相談をもちかけた。

「それで、ラジェンドラどのにどう返答したらよいだろう。まずダリューンの意見を聞かせてくれ」

黒衣の騎士の返答は、はなはだ明快だった。

「おことわりなさるべきだと存じます」

「理由は？」

「私は、自分がかのラジェンドラ王子に対して偏見をいだいているかもしれぬと思います。それでも、かの人の魂胆《こんたん》は、見えすいているように思われます。おそらく、ラジェンドラ王子は、わがパルス軍に別行動をさせておいて、囮《おとり》に使うつもりでしょう」

　アルスラーンは、かるく眉をひそめた。無言のまま、晴れわたった夜空の色の瞳をギーヴにむける。未来の宮廷楽士は、大きくうなずいてみせた。

「おれもそう思いますね。あの白馬の王子さまが考えそうなことだ。おれたちが別の道を進みはじめたら、ラジェンドラのやつ、すぐさまガーデーヴィに密使を送って、おれたちの進路を親切に教えてやることでしょうよ」

　そう断言して、ギーヴは、美しい黒髪の女神官《カーヒーナ》に視線をむけた。

「どうだ、ファランギースどのも、おれと同じお考えではないか」

「不愉快なことじゃがな」

　そっけないファランギースの反応だが、彼女はギーヴの意見を否定しなかった。

「わたしもダリューン卿らと同意見でございます。ガーデーヴィ王子が、パルス軍に主力をさしむければ、その分、国都の守りは手薄になりますし、ガーデーヴィ軍主力の行動それ自体も容易に予測できましょう。国都を衝《つ》くも、ガーデーヴィ軍の側面や後背をおそうも、思いのまま。ラジェンドラ王子としては、笑いがとまりますまい」

　アルスラーンは腕を組んで考えこんだが、やがてダイラムの旧領主の顔に視線をうつした。

「ナルサスの考えを聞こう」

「されば、まず殿下にお祝いを申しあげます」

　思いがけないことばに、アルスラーンがびっくりすると、ナルサスは笑って答えた。

「なぜなら、殿下の部下に、どうやらあほうはひとりもおりませぬようですので。ダリューン、ギーヴ、ファランギースらの意見は、まことに正鵠《せいこく》を射ております。ラジェンドラ王子の真意は、わがパルス軍を徹底的に利用することにあります。いつかはこのように申し出てくるものと思っておりました」

アルスラーンは小首をかしげた。

「では、ラジェンドラどのの提案は、ことわるべきなのだな」

「いえ、ご承諾なさいませ、殿下」

アルスラーンだけでなく、一同の視線が、すべてナルサスに集中した。

「理由を申しあげます。ラジェンドラ王子は、鉄でできた良心をお持ちの人で、このような人と同行していては、いつ背中から斬りつけられるか、知れたものではありません。このさい相手から提案してきたがさいわい、すこし距離をおいて行動したほうがよろしいかと存じます」

「わかった、そうしよう」

「ただし、条件をおつけになるがよろしいかと存じます。充分な糧食と、それを運搬する牛馬、くわしい地図と、信用のおける案内人。それらを要求なさいませ」

思わずアルスラーンは口もとをほころばせた。

「すこし欲をかきすぎではないか」

「なに、これぐらいは要求したほうがよいのです。ラジェンドラ王子は、自分の欲が深いので、殿下が欲深くお見せになったほうがかえって安心するのです」

欲の深い人間が恐れるのは、欲がすくない人間である。だから、同類の人間だと思わせて、油断させたほうがよい。それに、いずれにしても糧食や地図は必要なのである。いつわりの地図を受けとることがないよう、その場でラジェンドラの持った地図を書き写せばよい。

「それと、ラジェンドラ王子の進路を、くわしくお聞きなさいませ。そして、その進路を、密使をもってガーデーヴィ王子に知らせてやればよろしゅうございましょう」

「しかし、それはすこしあくどいのではないか」

アルスラーンはためらった。お人のよいことだ、と、ギーヴが口の奥でつぶやいた。

「ご心配なく。どうせラジェンドラ王子が、正直に答えるはずがございません。そうすれば、結果としてガーデーヴィ軍を迷わせることができます」

　ガーデーヴィは、軍の主力をどちらへ向けたらよいか、判断に苦しむだろう。二方面へ兵力を分散してきたら、こちらはそれを各個撃破すればよい。おそれをなして国都にたてこもったら、こちらは国都までは妨害を受けず進軍できる。どちらにころんでも、アルスラーンとパルス軍にとって損はない。いざ戦闘となれば、またあらためて戦術をたてればよいのだ。そうナルサスは説明した。アルスラーンは、部下たちの意見にしたがった。

## II

　一月三日、アルスラーンはラジェンドラと別れて、北方の山地へ進路をとった。ラジェンドラは、アルスラーンの要求にすべて応じたのである。何だかんだと不平を鳴らしながらではあったが。

　行軍の途中、アルスラーンはナルサスと馬を並べて、王者や将軍としての心がけについて教わった。

「かつて、ひとりの勇敢な王がおりました」

　ナルサスは、そう語りはじめた。

　その王は、あるとき五万の兵をひきいて遠征した。国境の雪山をこえ、戦いをつづけるうち、糧食がなくなり、兵士たちは飢《う》えに苦しんだ。王は兵士たちの苦しみを見て涙を流し、自分の食事を兵士たちにわけてやった……。

「この王の行為を、どうお思いになりますか、殿下」

　アルスラーンが一瞬、答えをためらったのは、ナルサスの表情や口調が、その王に対して批判的であるように感じたからである。だが、その理由がはっきりとはわからなかった。結局、アルスラーンは正直に答えた。

「りっぱだと思う。兵士の苦しみを見かねて、自分の食事をわけてやるというのは、なかなかできないことではないだろうか。ナルサスの意見はちがうようだが」

ナルサスは微笑しつつうなずいた。

「殿下は、私の心をお読みになりながら、正直にお答えなさいましたな。ゆえに私も、思うところを率直に申しあげますが、この王は王者たる資格をもたぬ、卑怯者です」

「なぜ……？」

「この王には、ふたつの重大な罪がございます。第一の罪は、五万人の兵士に必要な糧食を用意せず、兵を飢えさせたこと。そして第二の罪は、自分ひとりの食事をわずかな人数にわけあたえ、他の多くの兵士をあいかわらず飢えさせたままにしておいたことです」

「……」

「つまり、この王は、第一に怠惰であり、第二に不公平であったのです。しかも、自分の食事をごく小人数の兵士にわけあたえることで、自分自身の情深さに陶酔し、多くの兵士を飢えさせた責任をまぬがれようとしたのです。卑怯者であるゆえんです。おわかりいただけましたか？」

「わかったような気がする」

考えつつ、アルスラーンは答えた。

「つまり、王たる者は、兵士たちを飢えさせてはいけないのだな。飢えさせるくらいなら、そもそも戦ってはいけないのだな」

「さようです。五万の兵士を指揮する資格を持つ者は、五万の兵士を飢えさせないだけの糧食を用意できる者だけです。戦場での用兵や武勇など、それから先のことです……」

二日ほどは、平穏な行軍がつづいた。ときどき山道で休息すると、ナルサスは紙と絵筆をとりだして風景を描《か》いていたが、けっしてエラム以外の者には見せようとしなかった。

したがって、ダリューンがべつに宣伝しなくても、ナルサスの画才のほどは、一同が、きわめて疑わしく感じるところであった。ただひとり、赤味をおびた髪に水色の布をまきつけたゾット族の少女だけが例外だった。

「ナルサスだったら、絵もうまいに決まってるよ。

あたし、ナルサスに、あたしの絵を描《か》いてもらいたいな」

そのことばを耳にしたダリューンは、思わずアルフリードの顔を見なおした。

「おぬし、つくづくこわいもの知らずだな」

ところで、ナルサスの画才に関して、もっとも有力な証人であるはずのエラム少年は、つぎのように主張するのである。

「ナルサスさまが絵まで天才でいらしたら、かえって救いがありません。あの方は、絵はあれくらいでちょうどいいのです」

「……それはほめことばになっていないようじゃな」

と、ファランギースが、まじめくさって論評した。

アルスラーンも、ナルサスを未来の宮廷画家に任じた以上、ぜひ彼の画才のほどについて真実を知りたいという気はする。だが、一方、ナルサスに描かれるならそれで充分で、上手下手は問題ではない、とも思う。アルスラーンは、ナルサスの智略を崇拝しているが、もともと画才に対して、それほど幻想をいだいてはいなかったのだ。

シンドゥラの国都にあるガーデーヴィ王子は、戦争の当事者として、まことにめぐまれた立場にあった。実際、これほどめぐまれた者もめずらしい。彼のもとへ、当の戦争相手から、今後の行動予定表がとどけられたのだから。しかも二通。ラジェンドラと、パルス国のアルスラーン王太子の、それぞれが、もう一方の行動予定をつげる密使を送ってよこしたのである。

「やつら、いったいどういうつもりか」

ガーデーヴィは困惑した。まともな人間なら困惑せずにいられない。とりあえず、偵察によって、敵が兵力を二分したことだけは確認したが、それから先のこととなると、敵自身からもたらされた情報のどこまでを信じてよいのやら、見当がつかなかった。将軍たちの意見も、まちまちである。

「まずパルス軍を撃つべきだ。兵数も一万そこそことすくないし、援軍を失えば、ラジェンドラも鼻柱をへしおられるだろう。いくらパルス軍が精強でも、三万もぶつければ」

「いや、わが軍の総力をあげて、まずラジェンドラ王子の本隊をたたきつぶすのがよい。そうすれば、パルス軍など、根を絶たれた樹木も同然、切らずとも自然と枯れてしまう。ラジェンドラをこそ討つべし」

「だが、ラジェンドラの本隊にかかずらわっている間に、パルス軍が国都を急襲したらどうする。パルス軍の騎兵は、速度において近隣諸国に類を見ない。やはり、先にこちらをかたづけておいたほうがよい」

「いっそ国都にたてこもって、やつらの動きを見まもったらどうだ。どうせ、やつらは国都をめがけて攻めのぼってくるのだからな」

「しかし、そんなことをすれば、国都以外の地域は、すべてラジェンドラめの馬蹄にふみにじられてしまうぞ。わが軍の総数は十八万。ラジェンドラめの軍とパルス軍とをあわせても、六万ていど。少数の敵を恐れて城にとじこもるようでは、なさけない。いや、それこそ敵の思惑にはまってしまうことではないか」

　議論は、なかなかまとまらなかった。どの意見にも、それぞれきちんとした論拠があって、ガーデーヴィ王子は、どの意見にしたがうか、決心をつけかねた。

「マヘーンドラよ、いっそわが軍を三つにわけようか。一隊は国都を守り、一隊はラジェンドラめの本隊を攻撃し、一隊はパルス軍を討つ。そういうことにしてはどうだ」

「殿下、ご冗談をおおせられますな」

　相談を受けたマヘーンドラは、にがにがしげに婿をながめやった。白いターバンと、黒い三角形のあごひげが印象的な、堂々たる体格の中年男である。ガーデーヴィやラジェンドラより、よほど風格と迫力がある。世襲宰相《ペーシュワー》として、国政をつかさどること、すでに二十年。パルス国との戦いでは受け身になりがちだが、内政、外交、軍事、どの部分でも、まずまず安定した業績をあげている人物だった。

「軍を三つにわけるなど、そのようなことをなされば、せっかくの数の上で優位をたもっていることが、無益になります。兵力を分散してはなりませぬ。力は、集中してこその力です」

　マヘーンドラは断言し、その正しさをガーデーヴィも認めたが、ではその持てる力を、どこに集中するか、それが難題であった。異母兄弟ラジェンドラが油断も隙もならない人物であることだけは、よくわかっている。

「国都には、つねに最小限度の兵力を置いておかねばなりませぬ。その他の兵力は、まとめて一か所に配置し、必要なときに必要な場所へ向かわせねばなりませぬ。糧食や武器もそこに集積しておくべきでしょう」

「なるほど、よくわかった。マヘーンドラよ、おぬしはまことに智者と呼ばれるにふさわしい男。おぬしをわが宰相、わが義父《ちち》と呼べることは、おれにとって、じつに喜ばしい。おぬしがいてくれるかぎり、ラジェンドラごときに、シンドゥラの国土を指先ほども支配させるものか」

　心から、ガーデーヴィは妻の父をほめたたえた。

　マヘーンドラの娘サリーマは、「ラクシュミー女神の落し子」と呼ばれるほど美しい女性で、ラジェンドラをはじめとして無数の求婚者がいた。そのなかで、ガーデーヴィが夫として選ばれたのだ。サリーマによってではなく、マヘーンドラによって。マヘーンドラは彼の恋の恩人でもあった。

「おほめにあずかり、恐縮でございます。陛下」

　あやまりをよそおった、おそろしいほどたくみな追従《ついしょう》であった。マヘーンドラの顔に、たのもしげな、だが奇妙な微笑が見えがくれしている。彼の婿が国王となれば、王妃の父として、彼の地位と権力は、ますます強化されることになるのだ。

「それに、殿下、わが一族の端につらなる者を、ラジェンドラめの軍に潜入させております。なかなかに心のききたる者ですので、いずれ吉報をたずさえてまいりましょう。心平らかに、お待ちあそばせ、殿下」

たのもしい世襲宰相《ペーシュワー》の声に、ガーデーヴィはようやく落ちつきをとりもどした。


山間部の街道を進むパルス軍のなかで、アルスラーンは、またナルサスに、現在の状況について教わっていた。

「……では、ラジェンドラどのは、われらパルス軍を利用しつくそうとしている。ナルサスはそう見ているのだな」

「さようでございます。ところが、じつはそれを徹底させることはできませぬので」

「なぜ、できない?」

「わが軍がガーデーヴィ軍にはすでに勝ってみせれば、あがるのはわが軍の武名でございます。ラジェンドラの名ではございません。かの御仁にしてみれば、シンドゥラの国王となるためには、彼自身が名声をえる必要がございます」

馬をならべていたギーヴが、人が悪そうに笑った。

「つまり、おれたちがひとつ勝ってみせれば、ラジェンドラはあせって動きだす。自分が武勲《ぶくん》をたてるために。そうだな、軍師どの」

「そうだ。そしてそれだけではない、国都にあるガーデーヴィ王子も、心おだやかではなくなるだろうよ」

もともと、欲と反感とで対立しあっている王子たちだ。パルス軍の軍事的成功が、彼らを刺激するであろうこと、万にひとつもまちがいない。パルス軍が、近日のうちに戦闘をおこなって勝つことは、単なる局地的な勝利にとどまらず、シンドゥラ国全体の命運に結びつくのである。

ラジェンドラが案内人としてパルス軍につけた男は、ジャスワントという。褐色の肌と瑪瑙《めのう》色の瞳をした、ギーヴと同年代の青年で、黒豹のようにしなやかな精悍さを感じさせる。パルス語も不自由ない。

いままでのところ、きちんと案内役をはたしてきてもいるのだが、アルスラーンの部下たちは完全な信頼をおいてはいなかった。

「かなり剣を使えるぞ、あの男は」

あるとき、ジャスワントの身ごなしを見て、ダリューンがつぶやくと、ナルサスが、表面のんきそうにあごをなでた。

「おぬしが認めるほどなら、かなりのものだろうな」

「ひょっとして、刺客《しかく》ではないのか」

ダリューンの声が低くなる。ラジェンドラが、アルスラーンを暗殺するために案内人をよそおって潜入させたのではないか、と、ダリューンは危惧《きぐ》したのだ。ナルサスは、親友の洞察にうなずいてみせた。

「充分にありうることだ。もっとも、おれとしてはもうひとつの可能性について考えているがね」

「というと？」

「ラジェンドラが、おれたちに、危険人物を押しつけた、という可能性さ」

それだけ語って、ナルサスは沈黙し、自分の思案にしずんだ。

III

「ラジェンドラ王子に味方するパルス軍一万が、山間の街道を東進しつつあります。一両日のうちにも、この城に到達するでしょう」

その報告がグジャラートの城塞にもたらされたのは、一月末のことである。

この城塞は、北方山岳地帯から国都ウライユールへと伸びる主要な街道を扼《やく》していて、軍事上の要衝のひとつだった。

城司たるゴーヴィン将軍の下に、ふたりの副城司がいる。プラケーシン将軍とターラ将軍である。配された兵力は、騎兵四千、歩兵八千。数だけなら、充分にパルス軍に対抗できるし、城塞それ自体も、高く厚い城壁と、深い濠をめぐらし、投石器をそなえ、これを陥落《かんらく》させるのは容易ではない。

「城にたてこもるのはたやすいが、パルス軍の実力のほど、ひとつ見せてもらおうか」

ゴーヴィンの指示で、千五百の騎兵と三千の歩兵をひきいたプラケーシン将軍が、迎撃に出動した。

グジャラート城の西、パルス風にいえば一ファルサング（約五キロ）をへだてた街道で、両軍は最初の戦闘をまじえた。

プラケーシン将軍は、なみはずれて大きな馬の背に巨体をあずけ、これまた巨大な刀を短剣のように軽々とうちふりながら、パルス軍に突入してきた。パルス騎兵がくりだす槍を、小枝のようにうちはらう。腕力のすさまじさにおどろいたか、精強なパルス騎兵が、彼の前に道をひらいた。

大刀をふりかざしたプラケーシンが、アルスラーンめがけて突進し、肉迫したとき、黒衣黒馬の騎士が、無言で乗馬を躍らせて、彼の行手にたちはだかった。ひるがえるマントの裏地だけが、人血で染めあげたように赤い。

「じゃまだ、どけ！」

知っているわずかなパルス語で、プラケーシンは咆《ほ》えた。黒衣の騎士は平然と応じた。

「きさまごときシンドゥラの黒犬を、パルスの王太子殿下が相手になさるか。おとなしく、おれの手にかかれ。そうすれば生首だけでも殿下に対面させてやろう」

「ほざいたな！」

プラケーシンの大刀が、陽光を乱反射させながら、黒衣の騎士ダリューンの頭部に落下した。いや、そう見えたとき、べつの閃光が敵味方の視野をくらませた。

ダリューンの長剣は、大刀をつかんだプラケーシンの巨腕を両断し、そのまま速度をおとさず宙を疾《はし》って、右耳の下に深々とくいこんだ。

猛将として名をとどろかせるプラケーシンが、一瞬で死体に変えられたのを見て、シンドゥラ軍は仰天した。

シンドゥラ軍は城塞に逃げもどり、城門をかたく閉ざしてたてこもった。ダリューンを代表とするパルス軍の勇猛ぶりを見せつけられて、ゴーヴィンとターラも、さすがにひるんだのだ。城にたてこもって時をかせぎ、国都からの援軍を待つ、という戦法にきりかえた。地味だが確実な方法である。

未来のパルス国宮廷画家が、若すぎる主君にむかって意見をのべた。

「陥《お》とす方法はいくらでもございますが、あまり時間をかけてはいられません。敵には悪あがきしてもらう必要がありそうですな」

「どうするのだ？」

「こういたせばよろしいかと存じます」

二月一日、パルス軍の使者が、グジャラートの城門の前に馬を立てて、開門を呼びかけた。赤紫色の髪に紺色の瞳をした、たいそう優美な青年で、通訳兼案内人の若いシンドゥラ人をしたがえ、武装といえば剣だけである。使者はギーヴ、したがう者はジャスワントであった。

ギーヴは、罪のなさそうな顔で、片手に竪琴《バルバド》をかかえて、城内の大広間に姿をあらわした。シンドゥラ風にいえば、「銀色の月のような」美青年であるから、噂は風に乗って城内にひろがり、城内の女性たちは、男たちの機嫌をそこねるのも忘れて、異国の美青年に見とれた。

女性たちに愛敬をふりまいたギーヴは、ゴーヴィン将軍の前に出ると、苦虫を十匹まとめてかみつぶした表情のシンドゥラ人武将に、無血開城をすすめた。

「むろん、ただとはいわぬ。ラジェンドラ王子は、ひとたびシンドゥラ国の王冠をえた上は、両将軍を厚く遇するであろう、と、おおせになっている。地位にせよ、領地にせよ、望むところのすべてをあたえようと。この際だから、何でも望まれるがよろしかろう」

自分の懐が痛まないものだから、ギーヴはたいそう気前がよい。

ゴーヴィンとターラは、即答をさけた。彼らはむろんガーデーヴィ王子の党派に属しているが、ラジェンドラ王子に味方するパルス軍の強さは、思い知らされたばかりだし、個人的な欲もある。使者であるギーヴのために宴席をもうけ、城内の美人十人ばかりに酒をすすめさせた。その間、自分たちは別室で、どうするべきか相談したが、そこへひそかに姿をあらわした者がいる。

ギーヴのおともをしてきたシンドゥラ人の通訳、つまりジャスワントであった。おどろきあやしむふたりの将軍に、ジャスワントは口の前に指をたててみせ、自分はあなたがたの味方だ、とささやいた。

「と申しあげても、にわかに信じてはいただけないかもしれません。あの者はパルス人ですが、私はシンドゥラの民です。どうか私を信じてください」

「……よし、言ってみろ。聞くだけは聞いてやる」

ジャスワントが声をひそめて告げたのは、つぎのようなことである。

ラジェンドラ王子が、両将軍を味方にほしがっているというのは、まっかな嘘だ。欲につられて降伏したりすれば、たちどころにとらえられ、首を刎《は》ねられるにちがいない。それはさておき、パルス軍がそのようなことを申し出てきたのは、将軍たちを油断させるためだ。彼らはグジャラート城の前を、夜中にこっそりと、通過して、国都をめざすつもりでいる。主力の騎兵部隊が先にたち、糧食隊があとにつづく。このとき、シンドゥラ軍は、騎兵部隊をやりすごして糧食隊を襲撃すべきである。いかにパルス軍が精強でも、糧食がなければ戦うこともできず、異郷でのたれ死にするしかない。そうすれば、両将軍の功績は、ガーデーヴィ王子の嘉《よみ》したもうところとなろう。

「じつをいうと、私は世襲宰相《ペーシユワー》マヘーンドラさまの一族の端《はし》につらなる者です。マヘーンドラさまのご命令により、ラジェンドラに近づいて、その信任をえました。どうか私の策に協力していただきたい」

ジャスワントがそう告白し、マヘーンドラの署名がある身分証を、ターバンのなかから出してみせたので、ゴーヴィンとタータは、彼を信用した。三人は、こまかく打ちあわせをおこなった。パルスの使者、つまりギーヴをここで斬る、という提案をターラがおこなったが、パルス軍を油断させるため、ギーヴは生かして帰すことにした。

ギーヴは、美女と酒にかこまれ、竪琴《バルバド》をかき鳴らして、蕩児《とうじ》の本性をあらわしていたが、ゴーヴィンに「返事は明日」といわれて立ちあがり、愛想よく城司と握手をかわし、美女たちをひとりひとり抱きしめて別離をおしんだ。それだけでも、シンドゥラ人たちにとっては腹だたしいことであるのに、美女たちのほとんどが、指輪や腕輪や耳かざりをギーヴに贈ったことが後になってわかった。ターラなどは、彼を生かして帰したことを、心から後悔したものである。もっとも、その後悔は、翌日まではつづかなかったが。

その夜半、パルス軍はひそかに陣をひきはらって、街道を東進しはじめた。兵士は口のなかに綿をふくみ、馬の口をタオルでしばり、徹底的に物音をたてぬよう用心している。

先頭に立って道案内をしていたはずのジャスワントが、いつのまにか、騎兵部隊の後方に姿をあらわしていた。闇に騎兵部隊の後姿をすかし見て、危険な微笑をひらめかせる。

大木の蔭にうずくまり、細長い発火筒を服のなかからとりだし、火を点じようとしたとき、ふいに背後から声がかかった。

「こんな夜中でもはたらいているとは感心だな、ジャスワント」

若いシンドゥラ人は文字どおり飛びあがり、長身をひるがえした。そこにたたずむ人影を見て、唾《つば》をのみこむ。

「ギ、ギーヴどの……」

「そう、シンドゥラの男どもの敵ギーヴさまさ。で、おぬし、こんなところで何をしている?」

「何といって……」

「シンドゥラ軍に、奇襲の合図をするつもりだろう。油断のならない黒猫め、きさま自身の尾に火をつけてやろうか」

「まて、おれの話を聞いてくれ」

叫びかけて、ジャスワントは後方へとびさがった。

夜風がうなりを生じ、ジャスワントの褐色の額に、細い血の線がはじけた。

「ふふん、なかなかやるではないか」

剣をかまえなおして、ギーヴは、むしろ楽しそうに笑った。彼の強烈な抜き撃ちは、ジャスワントの額をかすめただけで、かわされたのである。

ジャスワントも発火筒を放りすて、剣を抜きはなった。弁解がとおる立場ではないことを、さとったのだ。彼の正体は、パルス軍によって見とおされていたようであった。もはや、自力で窮地を脱する以外にない。

すべるように前進したギーヴが、第二撃をたたきこんだ。それはジャスワントの眼前ではじきかえされ、飛散した火花は、一瞬、両者の顔を青白く浮かびあがらせた。ふたりの剣士は、視線を交差させた。ジャスワントの黒々とした両眼には緊張と失意が、ギーヴの紺色の両眼には、不敵な笑いがあった。

双方とも、一言も発しない。青ざめた月光の下で、撃ちかわす白刃のひびきだけが、静寂にひびをいれる。両者の技倆《ぎりよう》は伯仲しており、ともに機敏で柔軟な身ごなしをしていた。前後左右に、まるで舞踊のように身をひるがえし、突きと斬撃《ざんげき》をかわしあう。闘いは果てしなくつづくかと思われたが、おそらく精神的な余裕の差であったろう。ギーヴがわざとみせた隙に、ジャスワントがかかった。大きく踏みこんでの斬撃がかわされ、平衡《へいこう》を失ってよろめいた一瞬、ギーヴの剣の平が、ジャスワントの頸《くび》すじを強打した。

シンドゥラ人の若い剣士が、顔から地面につっこみ、意識が闇に落ちたとき、彼と通謀したシンドゥラ軍は、城外の森にひそんで、息を殺しながら、パルス軍主力が夜道を通過する光景を見まもっていた。

弱々しい月光の下に、アルスラーン王子の黄金の冑が、たしかに見える。それとならんで馬を進める黒衣の騎士は、先日、一刀でプラケーシンを斬殺した、例の勇者であろう。

「うむ、たしかに、アルスラーン王子も、あの黒衣の騎士も、先に行きすぎた。今夜の作戦は、どうや

ら成功したようだぞ」

じつは、アルスラーンの黄金の冑をかぶっていた少年はエラムであり、ダリューンの黒衣をまとっていたのも、体格のよい騎兵が変装したものであった。だが、月光の下では、そこまで見わけることができない。

パルスが誇る騎兵一万は完全に糧食隊から離れた。そう思ったシンドゥラ軍は、ジャスワントからの合図を待たず、あとからのろのろと夜道をやってきた、牛車や馬車の群にむけて、牙と爪をむきだした。指揮官の号令一下、猛然とおそいかかる。

「それ、やつらの糧食をすべて奪いとってしまえ！」

シンドゥラ軍は、槍先をそろえ、パルスの糧食隊めがけて突入した。夜の底から馬蹄のとどろきが湧きおこると、パルスの糧食隊は恐怖して立ちすくんでしまったように見えた。

だが、シンドゥラ軍の勝利の確信は、一瞬でくずれさった。糧食を輸送する牛車のおおいがはねのけられると、そこにひそんでいた兵士たちが、突進するシンドゥラ軍めがけて矢をあびせかけたのである。

シンドゥラ軍は人馬もろとも横転し、人と馬とが悲鳴の大きさを競いながら、屍《しかばね》を地につみあげていった。

「おのれ、だましたな！」

激怒しても、これは計略にかかったほうが悪いのである。智で敗れたからには、力で失地を回復するしかない。泥人形のように無力に射たおされていく味方を見ながら、敵中に突入したゴーヴィンは、月光の下に馬にまたがって兵を指揮する少年の姿を見出した。それこそ、ほんもののパルスの王太子ではないか。

「パルスの孺子《こぞう》、そこを動くな！」

槍をしごいて、アルスラーンに襲いかかった。そのとき、アルスラーンの馬のそばにいた一兵士が、ゴーヴィンの咽喉《のど》をつきとおした。槍は、遠く、正確に飛んで、ゴーヴィンの咽喉をつきとおした。

声もなく、ゴーヴィンは絶命し、地ひびきをたてて馬上から転落した。

　月光の下、これほどすさまじい投槍の威力をしめすことができるのは、むろんダリューン以外にいない。彼もまた、一兵士をよそおって、糧食隊のなかに身をひそめていたのである。

　一方、ターラ将軍である。彼も部下をつぎつぎと射たおされ、ただひとり、ファランギースと対峙《たいじ》することになった。

　ターラは、水牛のような咆哮《ほうこう》をあげると、ファランギースにむかって大剣を振りおろした。迫力と圧力をそなえた一撃であったが、美貌の女神官《カーヒーナ》は、夜風の一部と化したように音もなく身をかわし、間髪《かんはつ》をいれず反撃した。剣光がななめにひらめき、シンドゥラ人武将の頸部《けいぶ》の急所を、おそるべき正確さで断ちきった。噴きあがった血は、月光を受けて、青く見えた。

　ゴーヴィンとターラが、あいついで討ちとられると、指揮官を失ったシンドゥラ軍は、なだれをうって逃げだした。そこを、時機を測ってひきかえしてきたバフマンの騎兵隊に突きくずされ、二千余の死体を遺棄して潰走《かいそう》する。城へもどろうとしたが、このときすでに、ナルサスとギーヴの指揮する一隊が、城門を占拠していた。城門から矢をあびせられたシンドゥラ兵は、ついに武器や甲冑をすてて、身体ひとつで逃げのびていった。ただひたすら、敵のいない方角へと。

　こうして、グジャラートの城塞は、パルス軍の手に陥ちた。

## IV

「何だ、たった三日の攻防で、グジャラート城が陥落したと!?」

　国都ウライユールで、凶報を受けたガーデーヴィは、象牙でつくられた椰子酒《フェニー》の大杯をとりおとした。

「ど、どうしたものであろう、マヘーンドラ」

「どうもこうもございませぬ。グジャラートは国都の北方を守る要衝《ようしょう》、それをパルス軍に奪われたからには、奪回あるのみでござる。もし、ラジェンドラ王子の軍が、そこに合流したら、これを陥落させるのは困難をきわめます。敵の兵力が集中しないうちに行動なさいませ」

「そうか、わかった」

目標がさだまれば、ガーデーヴィは、いつまでも狼狽してはいなかった。すぐ私室に帰り、冷水浴をして酔いを追いはらうと、甲冑をまとい、軍の出動を命じた。

すでにマヘーンドラの手腕で、軍の編成は完了されている。二月五日、国都を発したガーデーヴィの軍は十五万、王子は白い巨象の背にとりつけられた指揮座にすわり、三百の宝石に飾られた白金の甲冑を身につけていた。この他に、戦象五百頭が軍中にあり、剣と槍の巨大な林は、帯状にシンドゥラの野を北上していった。

一方、パルス軍に占領されたグジャラートの城塞では、しばられたジャスワントがアルスラーンの前に引きだされていた。彼は生命《いのち》ごいしようとはしなかった。

「おれはシンドゥラ人だ。パルス人に、おれの国を売ることはできぬ。パルスを裏ぎったのではなく、シンドゥラに忠誠をつくしただけのこと。この上は、すみやかにおれの生命を絶つがよい」

「では望みどおり」

ギーヴが長剣の鞘《さや》をはらった。ゆっくりとジャスワントの背後にまわる。

「きさまの首を刎《は》ねたあとは、せいぜい悲壮美たっぷりの四行詩《ルバイヤート》でもささげてやるさ。あの世でシンドゥラの神々に自慢するんだな」

白刃が高くふりかざされたとき、制止の声がとんだ。アルスラーンが叫んだのだ。

「待ってくれ、ギーヴ!」

その声を、むしろ予測していたように、ギーヴは剣をとめた。やや皮肉っぽく、王太子を見やる。

「やれやれ、そうおっしゃると思った。殿下のおおせとあらば、剣をひきますが、どうか後日、後悔なさらぬように願います」

そう言われて、アルスラーンは心から困惑したような表情をつくった。アルスラーンが単純な憐《あわ》れみにかられてジャスワントを助命したとして、ジャスワントが将来、恩を讐《あだ》で返さないとは、かぎらないのである。アルスラーン個人に関してならともかく、彼のたいせつな部下たちに禍がおよぶかもしれない。人の上に立つ者として、アルスラーンの責任は大きいのだった。

結局、アルスラーンはジャスワントを解放した。ナルサスが、「私の力がおよばぬほどの害にはならないと存じます。今回はお心のままになさいませ」と助言してくれたからである。縄をほどかれたジャスワントは、アルスラーンの顔を正視せず、むしろ傲然《ごうぜん》と正面だけ見ながら、岩山のむこうへ歩きさっていった。それを見送って、アルスラーンはやや自信なげに軍師を見やった。

「ありがとう、ナルサス。でも、あれでよかったのだろうか、ほんとうに」

「正直、お甘いと思いますが、まあよろしいでしょう。問題は、ガーデーヴィが彼を受けいれるかどうかです」

アルスラーンが小首をかしげたので、ナルサスはつけくわえた。

「現にグジャラートの城が落ちた責任の一端は、ジャスワントにあります。それをガーデーヴィがどう思うか」

ガーデーヴィがアルスラーン以上に優しいとは、ナルサスは思わなかったが、その考えを口には出さなかった。それにしても、あの男は何が理由か知らぬが、功をあせりすぎた。ナルサスの目をくらますには、グジャラートの城塞ひとつぐらい、あえて犠牲にすべきだったのだ。

アルスラーンはナルサスの智略に感歎《かんたん》し、かつ不思議に思わずにはいられない。もしジャスワントが裏切って、最初のパルス軍の行動計画をシンドゥラ軍に告げなかったら、この計略は成功しなかったはずだ。なぜジャスワントが裏切ると、ナルサスにはわかったのだろうか。

「彼がかならず裏切るという自信は、私にもございませんでした。要するに、私は幾とおりも策をねっておきましたので、今回、そのひとつが生かされたにすぎません」

ナルサスがまず考えたのは、ジャスワントが裏切ったときと、裏切らなかったときと、二とおりの対処法であった。さらに、ジャスワントがラジェンドラの刺客であった場合、単なる案内人であった場合、ガーデーヴィの陣営からラジェンドラの陣営に潜入した間者であった場合、と、三つの状況を設定した。また、さらに、ジャスワントがガーデーヴィの間者であったとして、ラジェンドラがそれを知っていた場合と、知らなかった場合とをわけて考えた。このようにして、二十以上の状況設定をおこない、すべてに対処法を考えてあったので、今夜はそのうちひとつを使ってみたにすぎないのである。

「右か左か、というやりかたは、ナルサス流ではございません。右に行けばこうなる、左へ行けばこうなる、それぞれの行末について考えておくのが私のやりかたです」

ダイラムの旧領主は、そう語った。


一命をとりとめて解放されたジャスワントが、ガーデーヴィ王子ひきいる大軍と会うことができたのは、苦しい徒歩の旅を三日間つづけた後のことであった。彼は喜んで、自分の身分を告げたが、兵士たちは敬意も好意もしめさず、いきなり彼を槍の柄でなぐりつけ、倒れたところをしばりあげてしまった。そのままガーデーヴィの前にひきずりだされて、ジャスワントは、埃《ほこり》によごれた顔、血走った目で抗議した。

「ガーデーヴィ殿下、なぜ私めに、このようなしうちをなさいますか。殿下に忠節をつくしている私ですのに」

「だまれ、裏切り者め。どの面《つら》さげて、おれの前に出てきたか」

ガーデーヴィは、白刃のように薄く鋭い声で、ジャスワントの胸をえぐった。

「きさまはパルス軍と通謀し、グジャラートの城をやつらにあけわたしたではないか。きさまが忠義づらでゴーヴィンらを城外へ誘いだしたこと、幾人も証人がいるのだぞ！」

「そ、それは、不名誉なことですが、私もパルス人どもに謀《はか》られたのです。けっして、やつらと通謀したのではありませぬ。やつらと通謀したなら、殿下の御前にもどってきますものか。いまごろパルス軍の陣中で祝杯をあげているはずではありませんか」

そう主張されて、ガーデーヴィが反論できずにいると、

「殿下、お怒りはごもっともながら、こやつはわが一族の端につらなる者。これまで何かと役に立ってまいりました。なにとぞ、罪をお赦《ゆる》しくださって、それをつぐなう機会を、お与えくださされますよう……」

マヘーンドラが深く頭をたれて言上《ごんじょう》した。

怒りくるっていたガーデーヴィも、義父の願いをけとばすことはできなかった。あらあらしい呼吸をしながら、ジャスワントをにらみつける。

「よし、世襲宰相《ペーシュワー》の顔をたてて、今回だけは赦してやる。きさまの首は一時、胴体にあずけておくが、今後すこしでも疑わしいまねをしたら……」

ジャスワントが感情をおさえて平伏したとき、偵察にでた騎兵が、血相をかえて、ガーデーヴィの本営に駆けこんできた。

報告は、ガーデーヴィとマヘーンドラをおどろかせた。

にわかに東方へ突出してきたラジェンドラ王子の本軍五万が、ガーデーヴィ軍と国都ウライユールとの中間部へはいりこみ、街道を遮断して陣をかまえてしまった、というのであった。


奇妙な状況になってしまった。

アルスラーンのひきいるパルス軍は、グジャラートの城塞にいる。その南方に、ガーデーヴィとマヘ

ーンドラの軍がいる。さらにその南方に、ラジェンドラの軍がいる。そしてさらに南方に、国都ウライユールが位置しているのだった。

　対立するふたつの陣営が、それぞれ兵力を二分されてしまっているのである。ガーデーヴィは北と南を敵に挟まれているように見えるが、その兵力は、敵の全兵力より大きい。したがって、南北に分断された敵を、各個撃破することも可能である。ラジェンドラは、南下して国都を攻撃することもできるが、そうすると背後ががらあきになってしまうし、国都にはまだ三万をかぞえる兵力が残っている。もっとも北のパルス軍と、もっとも南の国都ウライユールとは、それぞれ味方の主力から切りはなされて孤立している。いずれの陣営でも、頭をかかえこみたくなるような状況であった。

「どうも、私が考えていた状況のなかで、一番ばかばかしい事態になったようです」

　偵察隊の報告を聞き、地図を見ながら、ナルサスは片頬をなでた。彼としては、ガーデーヴィとラジェンドラとが、国都北方の街道でばったり出会って、そのまま決戦になだれこむことを期待していたのである。

「ちと虫がよすぎたようだな」

万騎長《マルズバーン》バフマンが、重々しい口調で皮肉った。

ナルサスは、さからわない。

「老将軍のおっしゃるとおりでござる」

　そう認めてから、不敵に微笑した。

「ですが、すぐよい虫に変わるでしょう。もともと彼らは戦うために兵を動かしておりますゆえ。ガーデーヴィが決戦を心さだめるまで、長くとも三日というところかと存じます」

　あっさりと言ってのけた。パルス軍は、いつでも城から出撃できるよう準備をおこなった。これはバフマンが指揮をとった。

　その夜、正式な会議の後、ダリューンとナルサスは自分たちにあてがわれた部屋で、さらに私的に、今後の作戦を検討した。

　ナルサスの前には、二皿の料理が並んでいる。エラムがつくった羊肉のピラフと、アルフリードがつくった鳥肉をはさんだ薄焼パンだ。エラムとアルフリードは、何かと角つきあわせているのだが、同じ料理をつくってナルサスを困らせようとしないのは感心だった。もっとも、どちらの料理を先に口にするべきか、それもなかなかに微妙な問題である。

「いっそ、はやく敵が攻めてくればよいと思っているだろう、ナルサス」

　ダリューンがからかう。完全に彼のいうとおりなので、ナルサスは反論もせず沈黙している。シンドゥラ国の地形図に視線を落としたままだが、表情がじつにあいまいである。宮廷にいたころは、何人かの宮女と浮名を流したこともあるのだが、今回はお遊びに徹してはいられない。エラムの将来に対して、ナルサスは責任があるし、アルフリードを突きはなすわけにもいかなかった。

　ところで、アルスラーンとエラムは、パルスの伝統的な社会制度からいえば、たいへんな身分の差があるのだが、一面では生死をともにした友人であり、一面では兄弟弟子である。ナルサスには政事《まつりごと》や用兵を教わり、ダリューンには剣や弓を教わっている。ふたりとも、なかなか教師にとってはよい生徒だった。

「将来、アルスラーン殿下が国王《シャーオ》となられ、エラムがそれを補佐すれば、よい政事がおこなわれるのではないかな」

　ダリューンがそう未来を予想してみせると、ナルサスは、シンドゥラ国の地図から視線を離さずに答えた。

「そうだな。遅くても十年先にはそうなってほしいものだ。そうなれば、おぬしもおれも、憂世《うきよ》の義理から解放されるだろう」

　解放された後、彼らは何をすればよいのか。ナルサスは画聖マニの再来をめざして絵筆をとるのだろうか。ダリューンは失われた恋を追って絹の国《セリカ》へふたたびおもむくのだろうか。それぞれが、親友の行末に思いをはせながら、しつこく質《ただ》すこともなく、たがいの存在を認めあっているのだった。

そして、彼らより未熟な十四歳の少年も、自分自身の未来と過去と現在に思いをはせていた。アルスラーンは、仮に彼の城となったグジャラートの城壁にもたれかかって、異国の星の光に濡れながら、ひとり考えこんでいる。いや、正確にはひとりと一羽である。王子の肩には、鷹の告死天使《アズライール》が寄りそって、羽をもたない親友を守るように、眼を光らせていた。

あの悲惨なアトロパテネの敗戦以来、まだ四か月は経過していない。それなのに、十年もたったような気がする。いろいろなことがあった。たぶん、ありすぎた。それらのなかで、いまアルスラーンの心をしめているのは、彼自身の身の上に関して、万騎長《マルズバーン》バフマンが何を知っているのかという疑問だった。

「……王太子殿下、この戦《いく》さが終わってペシャワールの城塞にもどりましたら、このおいぼれめが存じあげていることは、すべてお話し申しあげます。それまで、どうかご猶予をくだされ」

シンドゥラ国に出陣するさい、バフマンはそう言ったのだ。

アルスラーンは、さとりきっているわけではなかった。バフマンが何を語るのか、それを知りたいという思いと、知りたくないという思いとが、少年の体内でせめぎあっているのだった。そして、その奥に、深淵がひらいている。昨年の末、つい五十日ほど前のことだ。冬の星々に見おろされたペシャワール城の城壁の上で、バフマンが叫んだことを、アルスラーンは思い出すのだ。

「その方を殺しては、王家の正統な血が絶えてしまう。殺してはならぬ……！」

その方とは、アルスラーンのことではなかった。アルスラーンを殺そうとして襲いかかってきた、銀色の仮面の男。彼を殺してはいけない、と、バフマンは叫んだのだ。

銀仮面の男は、いったい何者だろう。

あの男は、王家の血を引いている。それはまちがいないことだ。アルスラーンが知りようもない因縁を、あの男は知っているにちがいなかった。

アルスラーンは、十四歳の少年にしては、まことに多事多端《たじたたん》だった。侵略者を追い、国をとりもどし、とらわれている両親を救いださなくてはならない。だから、ふだんは、この疑問も忘れかけている。だが、この夜のように、つかのまの余裕がおとずれると思いだしてしまうのである。

……そして、あいまいなくせに、もっとも根源的でおそろしい疑問が、アルスラーンの胸の奥に泡だちはじめていた。

自分はいったい誰なのだろう……？

アルスラーンが身ぶるいしたのは、一瞬つよまった冬の夜風のせいではなかった。自分自身の考えたことが、少年を慄然《りつぜん》とさせたのだった。アルスラーンは、アンドラゴラス王とタハミーネ王妃との間に生まれたパルスの王太子であるはずだった。それを疑う理由などないはずだった。いままでは。だが、バフマンのあのときの一言が棘《とげ》になって、心のひだに刺さっている。バフマン自身も、アルスラーンに対して自責の念があるだけ、現在は黙々と忠誠をはげんでいるのだろう。だが、それにしても、あの一言の意味するところは、アルスラーンには重く、にがすぎた。

城壁上に足音がして、アルスラーンはびくりとした。鷹の告死天使《アズライール》が少年の肩の上でするどく鳴いた。だが、あらわれたのは、敵ではなく、たのもしい味方の姿だった。冑だけをぬいだ黒衣の騎士が、ていねいに一礼した。

「王太子殿下、いかに南国とは申しましても、冬の夜風はお身体にさわります。そろそろお寝みになられては」

「ダリューン」

「は？」

「私は、いったい誰なんだろう」

つぶやくような声は、夜風にのってダリューンの耳に達し、黒衣の騎士は、戦場ではけっしてしめさない動揺を、わずかにしめした。なにしろ、巧言令色《こうげんれいしょく》とは縁のない男である。適当な返事がとっさには出てこない。アルスラーンの質問の意味を正確に知るだけに、なおさらだった。

「そのようなこと、あまりお考えになりますな。ナルサスが申しておりました。充分な知識を持たずに自分ひとりの考えに落ちこんでも、正しい答はえられないと……」

　バフマンがすべてを告白するまでお待ちなさい、と、ダリューンは言うのであった。アルスラーンが沈黙していると、黒衣の騎士は、何か思いついたように口を開いた。

「殿下のご正体は、このダリューンが存じております」

「ダリューンが？」

「はい、殿下はこのダリューンにとって、だいじなご主君でいらっしゃいます。それではいけませんか、殿下」

　アルスラーンの肩の上で、告死天使《アズライール》が小さく鳴いた。アルスラーンは反対がわの手を伸ばして、鳥の形をしただいじな友人の頭をなでた。晴れわたった夜空の色をした瞳から、銀色の波があふれて頬につたわった。

　なぜ涙が出るのか、アルスラーンにはよくわからなかった。わかったのは、いま泣いてもけっして恥にはならないということだった。心配したようにのぞきこむ告死天使《アズライール》の頭を、やたらになでながら、王子はつぶやいた。

「ありがとう、ダリューン」

　……この夜、ガーデーヴィ王子は、十五万の軍を、ついに動かしはじめた。北方のパルス軍を撃つと見せて、南方のラジェンドラ軍の動きをさそうつもりであった。ラジェンドラ軍がガーデーヴィ軍の後背をおそおうとすれば、軍を返して、正面からこれをたたきつぶす。ラジェンドラがガーデーヴィの留守に国都を攻めようとするのであれば、やはり反転して、ラジェンドラ軍を後背からたたきつぶす。ガーデーヴィ軍の戦力は圧倒的であり、そのような力《ちから》業《わざ》が可能なはずであった。

「おれの主敵は、ラジェンドラだ。多少の損害を出してもよいから、とにかく、やつの軍をたたきつぶして、やつの首をとる、そのあと、パルス軍などはどうにでもなる」

ガーデーヴィは、そう決意したのだった。

第三章

# 落日悲歌

3

I

カーデーヴィ王子の軍が大挙して動きだしたとの報は、すぐにパルス軍にもたらされた。ガーデーヴィのひきいる全軍十五万のうち、二万がグジャラート城のパルス軍にそなえ、残り十三万が、ラジェンドラ軍との間に戦端《せんたん》をひらいたのである。

城の広間でパルス軍の作戦会議がひらかれ、席上、ナルサスはつぎのように発言した。

「ガーデーヴィが何を考えているのかは、よくわかります。そして彼の決意は正しいのです。敵を圧倒する大軍をそろえた以上、正面から力で敵をうちくだくのが、用兵の常道《じょうどう》というものですから……」

大きくうなずいて賛成の意思をあらわしたのは、万騎長《マルズバーン》バフマンであった。ナルサスの軍師としての識見を、彼なりに認めてはいるのである。

「しかし、ガーデーヴィは、わがパルス軍の真価《しんか》を知りません。不幸な男に、それを教えてやりましょう。彼は教訓を生かすことはできないでしょうが、ラジェンドラに対しては、よく見せつけておく必要があります」

うなずいたアルスラーンは、全軍に出動を命じた。パルス軍一万余、その大部分は万騎長《マルズバーン》バフマンの部隊である。これに、アルスラーン王太子と、六人の直臣、それにキシュワードがつけてくれた五百騎が加わる。バフマンについては、「信用できるかな」と、いまだにギーヴなどは言うのだが、その点については、もはやナルサスは心配していない。心配しているのは、かつてファランギースが口にしたように、バフマンが死の誘惑にとらわれているのではないか、ということである。

王家に対する、かたくななまでの忠誠心。それが、かかえこんだ秘密の重さに耐えかねているのではないか。自分の死によって、おそろしい秘密を世に出さぬままにしようと、ひそかに決意しているかもしれない。

そうさせてはならない、と、ナルサスは考えている。ただ、やっかいなことに、この件に関するかぎり、ナルサスは自分の正しさをかならずしも信じることができないでいるのだった。

　自分の正しさを全面的に信じこんでいるシンドゥラの王子ふたりは、二月十日、「チャンディガルの野」と呼ばれる場所で、それぞれの軍をひきいて対面した。

　ガーデーヴィは白象《はくぞう》の背に乗り、ラジェンドラは白馬にまたがっている。ふたりとも宝石だらけの甲冑をまとい、白絹のターバンを頭に巻いて、そのターバンにも大きな宝石がついていた。どこまでも対抗するつもりか、ガーデーヴィは青玉《サファイア》、ラジェンドラは紅玉《ルビー》である。

「白象の王子さまと、白馬の王子さまの、華麗なる戦いだな」

　かつて、ふたりの王子のいでたちを知って、ギーヴがせせら笑ったものである。

　シンドゥラの戦いの習慣では、このように正面から敵と対面したとき、それぞれの軍の総帥が、自分の正しさを大声で主張する。戦いは、まず舌戦からはじまるのである。

　ふたりの王子は、百歩ほどの距離をおいてにらみあった。先に舌戦を開始したのは、ガーデーヴィのほうである。

「ラジェンドラ、きさまはたかが奴隷女の腹から生まれた犬ころの身でありながら、至尊《しそん》の座をねらうとは、身のほど知らずにもほどがある。似あいもしない白馬からおりて土下座し、罪をわびれば生命だけは助けてやるぞ」

　そうあびせられたラジェンドラは、まげた口から嘲笑をはきだした。

「おれが犬ころだとすれば、犬を相手に勝つこともできないきさまは、犬以下だ。おれたちの父王が、正式に王太子をさだめなかったのは、なぜだと思う？　母親の血統からいえば、きさまのほうがはるかに優位なのに、そうならなかったのは、きさま個人がおれ個人よりずっと見劣りするからだぞ」

口の達者さからいえば、ガーデーヴィはラジェンドラの足もとにもおよばない。返答につまって沈黙したあとは、たちまち武力にうったえることを決意した。

「ラジェンドラの犬めをたたきつぶせ！」

こうして、異母兄弟どうしの戦いがはじまったのである。

最初のうち、形勢は互角に見えた。

ガーデーヴィは十三万、ラジェンドラ軍は五万、まともに戦えば、ラジェンドラに勝算はない。だが、このときラジェンドラは、まず戦場を選んだ。チャンディガルの野は、いくつかの川に分断された、それほど広くない盆地で、ガーデーヴィは全軍を一度に戦場に投入することができなかったのだ。ただ、横に広がれない分、ガーデーヴィ軍の陣容は厚く、中央突破など不可能だった。

騎兵どうしの激突に、歩兵の交戦がつづいた。砂煙がまいあがり、剣と槍と盾《たて》がひらめき、鳴りひびき、切断された肉体から血がほとばしって砂を赤黒く染めあげた。

一瞬ごとに、死が産みだされていった。馬上で人間が剣を撃ちかわすと、馬さえ相手の馬にかみついて、いななき狂う。

正午直前、ガーデーヴィの騎兵の波状攻撃が、千をこす人馬の死体を地にまいて失敗に終わった。ラジェンドラは優勢に立ったように見えた。だが、そのとき、ガーデーヴィ軍の一部に、小山のようなものがうごめくのが見えた。遠雷に似た音が、空気を割った。足もとの大地が、不気味な揺動《ようどう》をつたえてくる。それに気づいたとき、ラジェンドラ軍の将兵の顔に緊張が走った。

「ラジェンドラ殿下、戦象部隊が動きだしましたぞ！」

「早いな……」

それだけガーデーヴィは、本気であり、あせってもいるのだろう。ラジェンドラにとっても正念場であった。彼の軍隊は、騎兵、歩兵、戦車兵から成っていた。シンドゥラ最強の戦象部隊は、ガーデーヴィの手中にある。自信満々がターバンをかぶったようなラジェンドラでさえ、その点の不利は自覚せざるをえなかった。

「弓箭隊《きゅうせんたい》、前進！　象どもに矢をあびせろ」

命令を受けた弓箭隊は、勇敢にそれにしたがった。だが、彼らの勇気はむくわれなかった。

ぱおおおん……と、咆哮《ほうこう》を発して突進する五百頭の戦象は、放たれる矢をものともせず、たちまちラジェンドラ軍にせまり、弓箭隊をけちらすと、そのまま突入してきた。重い長大な鼻をふりおろして、歩兵の頭をたたきつぶし、牙の先に馬をはねあげ、陣地の柵をふきとばす。

まったく、戦象部隊の威力はすさまじかった。破壊と悪意の巨大なかたまりが、ラジェンドラ軍を押しつぶし、踏みにじり、蹴りくだく。砂と血と悲鳴が、縞もようの煙となってまいあがった。

たちまちラジェンドラ軍の前衛は浮き足だった。かろうじて隊形だけはたもちながら、百歩、二百歩と後退した。戦象が咆哮するだけで、あわててしりぞくありさまだった。ラジェンドラ軍はもともと数がすくない上に、勢いにおいてさえ劣るとなれば、勝算などなくなってしまう。

「おれにも戦象部隊があれば」

ラジェンドラは歯ぎしりしたが、いまさらくやしがっても、どうしようもない。ラジェンドラの部下が、悲鳴まじりにつげた。

「このままでは惨敗です、殿下」

「わかっている！」

ラジェンドラはどなった。無益な報告をする部下に、腹がたった。ガーデーヴィとちがうのは、相手を鞭でなぐりつけたりはしないことだ。

「せめてパルスの騎兵部隊がいれば、敵の兵力を分散できるのだが……ふん、おれもやきがまわったらしい。さっきから、ぐちばかりか」

ラジェンドラが自嘲したとき、一騎の伝令が彼のもとへ駆けつけてきた。

「パルスの騎兵部隊です！」

聞きちがいか、と思ったほど、意外な吉報だった。だが、それは事実だった。彼の眼前で、たちまち戦況が変化していった。

　ガーデーヴィ軍は、無防備な側面を突きくずされて混乱した。パルス軍は三度つづけて矢を斉射したあと、長槍をつらねて敵の隊列に突進し、さんざんに突きくずした。勝勢に乗りかけたガーデーヴィ軍は、足もとをすくわれた形で、開戦当時から前進した距離を、押しもどされてしまった。

　ラジェンドラは腰が軽い。自ら馬をとばしてパルス軍に駆けより、アルスラーン王子の姿をさがしだして、声を投げかけた。

「アルスラーンどの、いったいどうやってここまでやって来られた⁉」

「ちょっと飛んでまいりました。もうすこし早く参上するつもりでしたが」

　黄金の冑の下で、アルスラーンは笑ってみせた。冑の反射か、まぶしい笑顔に見えた。さっと右手をあげると、名だたるパルスの騎兵部隊が、高々と槍をシンドゥラの陽にかざし、「全軍突撃《ヤシャスィーン》！」の号令とともに、ふたたび敵軍に突っこんでいく。

　パルス軍がこれほど神速《しんそく》の行動をとることができたのは、何といっても全軍が騎兵から成っていたからである。ナルサスの処置は、さらに巧妙をきわめた。まずグジャラート城を見はるガーデーヴィ軍に、パルス軍が退去するという流言をばらまいた。そして実際にかなりの数の部隊が城を出てみせた。ガーデーヴィ軍は、空になった城を占拠するために、城内に突入した。そこを、城壁上にかくれていたパルス軍に矢の雨をあびせられ、大きな損害をこうむってしまったのだ。強攻策にこりたガーデーヴィ軍は、城の南方に陣をしいて持久戦法に出た。ところが、城壁にパルスの軍旗がたちならんでいるのは、すべて見せかけで、パルス軍は北の門からひそかに城を出、やや東よりの迂回路《うかいろ》をとって、東南の方角から、戦場へあらわれたのである。ガーデーヴィ軍は、パルス軍の攻撃にそなえて、西と北の陣容を厚くしていたから、パルス軍の奇襲は、白紙に絵を描くようなみごとさで成功したのだった。

そしていま。パルス軍は強い。その事実を、ガーデーヴィも自分自身の目で確認することになった。

一万の騎兵は、バフマンの老練な指揮の下で、完璧な集団運動を展開した。

ガーデーヴィ軍は、このとき、大軍の欠点を暴露してしまった。総帥であるガーデーヴィの命令がとどかないままに、パルス軍に側面をえぐられ、組織的な反撃もできず、ばらばらの対応で、みるみるうちに傷口を大きくしていったのだ。

バフマンの指揮ぶりが安心できるものであったため、アルスラーンの直臣たちは、王太子の身辺を守って、しばらくは高みの見物を楽しむことができた。辛辣《しんらつ》なギーヴでさえ、

「あの爺さん、案外やるな」

とつぶやいたほどである。

ラジェンドラの利益は、ガーデーヴィの損害である。パルス軍急襲の報を受けたガーデーヴィは、それを防ぐことができなかった部下たちの無能を、ひとしきりののしったあげく、はきすてるように命じた。

「戦象部隊をパルス軍にたたきつけろ！」

とにかく戦象部隊を使えば、戦況は好転する。そういうガーデーヴィの信念は、まことに安直なものであるのだが、彼がそう思いこむのも、むりはなかった。

無傷、無敵の戦象部隊は、大地を鳴動させながら、ついにパルス軍におそいかかっていった。

II

「シンドゥラの戦象部隊か！」

勇猛をもって鳴るパルス軍も、さすがに唾をのみこんだ。

これまでパルス軍はシンドゥラ軍と何十度も戦ってきたが、騎兵戦や歩兵戦ではつねに敵を圧倒してきた。苦戦したときは、戦象部隊がたくみに使われた場合である。勇猛無比のアンドラゴラス王でさえ、

戦象部隊と正面から戦おうとはしなかったのだ。

しかも、ガーデーヴィは、この戦いで、象たちの餌《えさ》に薬物をまぜさせていた。薬の作用で、象たちは兇暴になり、たけだけしい生きた兇器となっている。

象の餌に薬物をまぜることには、象の飼育係がはげしく反対した。彼らは象を家族のようにかわいがっている。薬物中毒にさせ、単なる殺人の道具にされては、たまらなかった。

だが、おりからの寒気が、象たちをひるませ、なかなか動こうとしない。ガーデーヴィにしてみれば、寒さで動けない戦象部隊など、宝の持ちぐされである。ガーデーヴィは、反対する飼育係のひとりを、自ら剣をふるって斬りすてた。見せしめのためである。こうして、シンドゥラの歴史上、もっとも兇暴な戦象部隊が誕生したのだった。

突進というより暴走する象の大群は、空気と大地をゆるがせた。

パルス軍は逃げ出した。

最初から戦う気などないような、みごとな逃げっぷりである。むろん、それは潰走《かいそう》ではない。ナルサスの計画と、バフマンの指揮によるものであった。

戦象部隊は、逃げるパルス軍を追いかけた。

薬物の効果である。逃げる者を見れば、どこまでも追いかけ、追いつき、踏みつぶさずにはおかない。その獰猛《どうもう》さは、象をあやつる兵士たちの能力をこえた。

「とまれ！　もっとゆっくり！」

象の背で、兵士たちは叫んだが、象たちはそれを無視した。というより、もともと温和な象たちは、いまや完全に狂っていた。ひたすら血を求めて前へ進む。その勢いに、ガーデーヴィ軍の他の部隊は、とうていついていけなかった。

こうして、パルス軍は、たくみに戦象部隊だけを突出させ、ガーデーヴィ軍の陣形を混乱させることに成功したのである。

「さすがにバフマン老は百戦練磨。戦場でのかけひきは万全でござる」

アルスラーンのそばで、ダリューンが感心してつぶやいた。ナルサスは、味方に合図して、十台の車を陣の先頭に進み出させた。

　それは投石器を改良した兵器だった。巨大な石のかわりに、毒をぬった長槍を三十本、いちどに発射するのである。矢では象の厚い皮膚に通用しない。ばねを利用したもっと強烈な力で、もっと大きな武器を投げつけなくてはならなかった。シンドゥラ軍との戦いをさだめた日から、ナルサスはこの兵器のために絵図面を描いていたのである。

　戦象部隊が、たけだけしく、無秩序に、砂煙をまきあげて肉迫してきたとき、ナルサスの手がさっとあがった。

　十台の車から、三百本の槍が、風を切って飛んだ。それが砂煙のなかにつぎつぎと姿を消すと、ひときわすさまじい咆哮がまきおこった。

　象たちの突進がとまっていた。巨体を数本の槍につらぬかれ、血を流し、もがき、たけりくるっている。動くほどに毒がまわり、咆哮は悲鳴にかわった。第二陣の飛槍三百本が、さらにその頭上に降りそそぎ、象たちは倒れはじめた。

　倒れる巨象は、地軸《ちじく》をゆるがすひびきをたてた。ぱおおおん……と、大気をなぐりつけるような悲鳴をふきあげ、人間の腿よりふとい鼻を天につきあげる。象をあやつる兵士たちは、地に投げ出され、象の身体や足に押しつぶされて、絶叫をあげた。地上に、小さな肉の山がいくつも生まれ、それらに槍の林がつきたって揺れている。酔っぱらいの悪夢にあらわれるような光景は、強い血のにおいにみちていた。

「ダリューン！」

　アルスラーンが振りかえると、彼のそばにひかえていた黒衣の騎士は、すべてを了解してうなずいた。黒馬の腹をけって戦場のただなかに躍りこんでいったのだ。

　ダリューンの馬術は、神技にひとしい。黒馬もまたよく騎手の技倆にこたえ、もがきのたうちまわる象の群の間を走りぬけていく。象の鼻、牙、足の間をすりぬけ、まっすぐ、猛然と走りよった。敵の総

帥であるガーデーヴィ王子の白象めがけて。

白象の背に玉座をすえて、そこにすわっていたガーデーヴィは、人馬一体となって突進してくるダリューンの姿に戦慄した。

「あの黒衣の騎士を殺せ！」

白象の背から、ガーデーヴィは絶叫した。

その声に応じて、ガーデーヴィの身辺を守る騎士たちが、手に手に白刃を抜きつれ、ただ一騎おそれる色もなく突進してくるパルス人に斬ってかかった。

このとき、ダリューンの手にある武器は、絹の国《セリカ》より渡来した戟《げき》である。長い柄の先に、両刃の剣の刀身を三本つけたもので、突き刺す、斬る、なぎはらう、三つの機能をそなえ、乱戦にむいている。

ダリューンは、この戟を馬上から右に左に、おそろしい速度で振りおろし、はねあげた。彼の周囲で、人馬の絶叫がわきおこり、切断された首や腕が宙を乱舞した。シンドゥラ軍の戦士たちは、血煙とともに、ことごとくダリューンの身辺から吹きとんでいくかと見えた。


「どけ！　犬死するな！」

ダリューンのマントの裏地は、真紅である。それがシンドゥラ兵の流血をうけて、この世のものとも思えぬ紅さにかがやいた。たちまち戟の柄まで鮮血にひたして、ダリューンは包囲網を突きやぶり、白象の巨体を見あげつつ、するどく問いかけた。

「ガーデーヴィ王子か⁉」

白象の王子は答えなかった。とっさに声が出ない。夢中で腰の剣をひきぬく。鞘《さや》にも柄《つか》にも、宝石がちりばめられていて、装飾過剰だが、剣の刃は、さすがに鉄でつくられていた。

「白象を寄せろ。馬ごと、やつを踏みつぶせ！」

象をあやつる奴隷兵の背中に、鞭をたたきつける。奴隷兵が苦痛の声をあげながら、それでも王子の命令にしたがうありさまを、ダリューンは馬上から見た。

「あのようなまね、アルスラーン殿下は、けっしてなさらぬ」

そう思いつつ、黒馬を駆って、白象の後方にまわりこもうとしたとき、空気がうなりをあげてダリューンの甲冑をたたいた。

「やっ……！」

宙でうねった白象の巨大な鼻が、ダリューンの戟を巻きとっていた。宙天たかく、それを投げあげる。象と力くらべすることもならず、にわかにダリューンは素手になってしまっていた。よろめく黒馬をたてなおし、腰の長剣に手をかける。そのとき、白象がすさまじい雄叫《おたけ》びを発して、ダリューンの頭上にのしかかろうとした。

「ダリューン！」

声まで蒼白《そうはく》にして、アルスラーンが叫んだ。

ファランギースとギーヴが、同時に馬上で弓をかまえ、矢をつがえた。一瞬、ふたりの視線がたがいの姿を認めあう。ひとりは愉快そうに笑い、ひとりは微笑もせず、これまた同時に矢を射放した。

二本の矢は流星の軌跡をえがいて飛び、白象の左右の目に突きたった。

盲目となった白象は、怒りと苦痛の咆哮《ほうこう》をあげた。ぱおおおん……鼻をふりまわし、四本の足を踏み鳴らして、味方の兵を踏みつぶす。不幸なシンドゥラ兵の肉が裂け、骨がくだけた。視力を失い、均衡をくずした白象が、数百の太鼓《たいこ》をうちならすような音をたてて、ついに転倒した。

ダリューンは黒馬から身軽に飛びおり、愛用の長剣を抜きはなつと、揺れ動く白象の巨体にとびのった。

倒れた象の巨体の上で剣をふるうなど、ダリューンにとっては、生まれてはじめての経験である。だが、彼本来の武勇は、ほとんどそこなわれていなかった。象の皮膚を足もとに踏みしめ、うろたえるガーデーヴィ王子めがけて、剛剣をふりおろす。

ただ一合で、ガーデーヴィの宝石だらけの剣は、持主の手から宙へはねとばされていた。ガーデーヴィ自身も、宝石づくりの座からなげだされ、象の皮膚の上を這って、強すぎる敵から逃げだそうともがきまわった。

ダリューンの剣がせまる。

そのとき、まるで地震の丘を疾駆するように、白象の背を躍りこえてきた一騎がいる。ふりかざされた剣が、閃光の滝となってダリューンの頭上に落ちかかった。

ふりむきざま、その激烈な斬撃を受けとめ、相手の剣をはじきとばしたのは、ダリューンなればこそであった。だが、さすがのダリューンも、上下動する象の背で、身体《からだ》の均衡をたもつことはできなかった。反撃しようとしてよろめき、のけぞり、象の背から地上へ転落した。長身を一転させて、とびおきる。

ダリューンを転落させた騎手は、彼にそれ以上かまおうとしなかった。むしろ剣を失ったことで、右手が自由になったことを幸いとしたようである。右手を伸ばすと、白象の背にはいつくばっているガーデーヴィの手をつかみ、馬に引っぱりあげた。鞍のうしろに乗せ、馬の腹をけりつけると、ふたたび、砂塵《さじん》のなかへ走りこもうとする。

わずか数瞬のことである。あまりの意外さ、あざやかさに、さすがアルスラーンの直臣たちも、あっけにとられてその光景を見守っていたが、我に返ったファランギースが、弓をひきしぼった。するどい鏃《やじり》が、逃亡者の背中にむけられる。だが、そのとき、

「射つな、あれはジャスワントだ！」

アルスラーンの声が、ファランギースの動作を停止させた。たちまちジャスワントの姿は、砂塵と混戦の渦のなかにもぐりこんで見えなくなってしまった。ファランギースが、かるく首を振って、弓と矢を収めた。緑色の瞳で、若すぎる主君を見やって、風がはためくような微笑をたたえる。

「殿下があの者をお助けになるのは、これで二度めでございます。あの者に恩を感じる心があれば、よろしゅうございますが」

アルスラーンが「さあ」と答えてかるく笑ったとき、ダリューンが黒馬に乗って帰ってきた。彼の無事をアルスラーンが喜んでいると、ラジェンドラ王子が意気揚々《いきようよう》と馬を走らせてきた。戦象部隊が潰滅《かいめつ》

し、総師が逃げだしたため、ガーデーヴィ軍はもろくも総くずれとなり、戦いは掃蕩《そうとう》戦の段階にうつりつつある。

「アルスラーンどの、おかげで大勝利だ。まことにかたじけない。この上は逃げるだけが上手なガーデーヴィの腰ぬけを追って、国都ウライユールを陥落させてやるだけだ」

「勝利は近いようですね」

「おお、わが心の兄弟よ、シンドゥラ国に正義が回復する、その日が近づいたのだ。おぬしの好意は、けっして忘れぬぞ。これからもよろしく頼む」

どこまでも調子のいい男である。アルスラーンの後方に馬をひかえていたギーヴが、低く舌打ちした。

「ギーヴは自分自身を鏡に映して不愉快がっているのじゃな」

ファランギースのほうが、めずらしく冗談めかしていうと、ギーヴが、これまためずらしく憮然として、ひとりごとをもらした。

「いくら何でも、おれはあいつよりはまともだと思うがなあ」

すると、それまで沈黙を守っていたナルサスが耐えかねたように笑いだした。

「そうだな、ラジェンドラ王子のほうでも、おぬしと同じことを考えているだろうな」

III

思いもよらぬ惨敗であった。ガーデーヴィにとっては、屈辱の極致というしかない。ジャスワントに生命を救われ、ようやく国都ウライユールに逃げ帰ってきたガーデーヴィは、舅《しゅうと》である世襲宰相《ペーシュワー》マヘーンドラの出迎えを受けた。無事をよろこぶマヘーンドラに対してガーデーヴィは冷たかった。

「マヘーンドラよ、おぬしのいうとおりに事を運んだが、このざまだ。何十年も権勢の座にいる間に、おぬしの知恵にも赤錆《あかさび》がついたと見えるな。もうすこしましな知恵が出なかったのか」

マヘーンドラは憮然としたようであるが、反論しようとはしなかった。

「まことに私めの策が甘うございました。ですが、城内にはまだ無傷の兵がおりますし、敗軍をまとめれば、充分にラジェンドラに対抗できるでございましょう。何よりも国都の城壁は、容易に突破できるものではございません」

「ふん、はたしてそうかな」

疑うような、また嘲《あざけ》るようなガーデーヴィの表情だった。王子の顔と身体を飾る、きらびやかな宝石の群が、このときすべてまがいものであるように、マヘーンドラの目に映った。

「戦象部隊も、不敗にして無敵であったはずだ。それが見よ、一頭のこらず戦場に倒れてしまっておるわ。いずれ胡狼《ジャッカル》どもの餌になるのが落ちよ。国都の城壁だとて、わかるものか」

「殿下……」

「とにかく、おまえの責任だ。何とかしろよ。疲れたゆえ、おれは寝《やす》むからな」

つい先日、その智謀をほめたたえたことも忘れたように、ガーデーヴィは頭ごなしのことばをマヘーンドラにたたきつけた。足音もあらあらしく自室へと立ちさる。その後姿を見送ったマヘーンドラは、ゆっくりと視線を転じた。床の上にひとりの若者が片ひざをついてひかえている。

「ジャスワントよ、おぬしはこのたびの敗戦に際し、敵の刃の下をくぐって、ガーデーヴィ殿下をお救いしたそうだな」

「はい、世襲宰相閣下《ペーシュワーかっか》」

「ようやってくれた。ところで、それについて、殿下はおぬしに感謝のことばをお述べになったか?」

「いえ、ひとことも」

ジャスワントの返事を聞いて、マヘーンドラはため息をついた。シンドゥラ国を長年にわたってささえつづけてきた重臣は、このとき一度に年をとったように見えた。

「わしは婿選びをまちがったのかもしれぬのう。たしかにわしの知恵には赤錆がついてしまったようだ」

「……」

　ジャスワントは答えない。マヘーンドラの顔から床へ視線を落とし、何かに耐えるように唇をかんでいる。

　マヘーンドラは、みごとなあごひげを片手でかるくしごきながら、また考えに沈んだが、ややためらいがちに言いかけた。

「ジャスワント、もしあのとき……」

　マヘーンドラのことば半ばに、ジャスワントは、はじかれたように顔をあげた。

「いえ、世襲宰相《ペーシュワー》閣下、どうかそのことはもうおっしゃいませんよう」

　口調は強いが、声がわずかに震えている。

　マヘーンドラは、あごひげから手をはなした。表情がゆっくりと冷静な政治家のものにもどる。彼には、ガーデーヴィ派の重鎮として、さまざまに対処すべきことがあるのだった。

「そうだな。言うても詮《せん》ないことであった。ジャスワントよ、もはやわれらは国都の城壁に拠《よ》って、ラジェンドラ一党をしりぞけるしかない。頼りにしておるぞ」

「ありがたいおことば。微力ではございますが、かならず閣下のお役にたたせていただきます」

　ジャスワントを退出させると、マヘーンドラは、将軍やら書記官やらをつぎつぎと呼びよせた。城壁の防備や、城内の治安や、地方の味方との連絡などについて、命令を出したり意見をきいたりする。そこへ、カリカーラ王の病室につめる侍従のひとりがあらわれ、マヘーンドラの耳に何かをささやいた。世襲宰相《ペーシュワー》の重厚な顔に、かくしきれないおどろきの色が走った。

「なに、国王陛下が意識を回復なさったと⁉」

　ほんとうなら、よろこぶべきである。だが、マヘーンドラとしては、正直なところ、困惑せずにはいられなかった。

　カリカーラ王が意識をうしなっている間に、シンドゥラ国はふたつに分裂してしまったのだ。いや、大部分の民衆には関係のないところで、王室が二派に分裂し、軍隊と役人があらそっているだけのことだが、そこへパルス軍までがしゃしゃりでて、火に油をそそいでまわっている。パルス軍がいなければ、ガーデーヴィ王子は完全にラジェンドラ王子をうち破って国内を平定していたであろう。そうなっていれば、カリカーラ王がめざめようと、昏睡のまま死に至ろうといまさら問題ではないのだが。

「すぐ陛下のご病室にまいる」

そう答えて小走りに歩きかけたマヘーンドラは、あることに気づいて足をとめた。国王が意識を回復したことは、しばらく秘密にしておくべきだった。秘密を独占することは、権力をにぎるための、だいじな条件である。

「このことは、わしの許可がないかぎり、口外してはならんぞ。もし命令を破れば、そのときは、覚悟しておくことだ」

「は、はい、世襲宰相《ペーシュワー》閣下、ご命令のままにいたしますが、ガーデーヴィ殿下には、もうお知らせいたしました。陛下ご自身がそう望まれましたので……」

それをとがめるわけにはいかなかった。他者への口外を、あらためて禁じると、マヘーンドラは王の病室へおもむいた。

カリカーラ王は、病床に横たわったままだったが、はっきりと目を開いて、長年の友人である世襲宰相《ペーシュワー》の姿を見やった。やせおとろえているのは、むりもなかったが、マヘーンドラがすこし話をすると、おどろくほど意識がはっきりしていることがわかった。侍医の指示で牛乳をあたためて卵をとかしこんだものを二杯飲むと、王は世襲宰相《ペーシュワー》に語りかけた。

「マヘーンドラ、わしが眠っておった間、世のなかは平穏であったかな?」

考えてみれば、のんきな質問である。だが、そうと口にするわけにもいかず、マヘーンドラは、うやうやしく一礼した。すばやく頭をはたらかせている。王が健在となれば、今後の事情は一変するだろう。

「じつは、陛下のご子息おふたかたの間に、多少のいさかいがございました。いえ、たいして深刻なものではございませんが……」

ことばを選びながら、そう話しはじめたとき、病室の外であわただしい足音がした。マヘーンドラは眉をしかめた。

彼の予想どおり、あらあらしく扉をひらいてとびこんできたのはガーデーヴィだった。

王子は、マヘーンドラや侍医を半ばつきとばすようにして、父王の病床にとりすがった。

「父上、父上、よくぞお元気になってくださいました。これにまさる喜びはありません」

「おお、ガーデーヴィか、そなたも元気で何よりじゃ」

カリカーラ王のやせた顔に、父親としての情愛がひろがった。ガーデーヴィがさしだす手を、弱々しくにぎりながら問いかける。

「ところで、ラジェンドラはどうした？　あいかわらず女と遊びまわってでもいるのか。それとも、野生象を狩りにでも行っておるのか。こまったやつじゃ」

「そのことでございます。じつは父上……」

このときとばかり、ガーデーヴィは、病床の父親に、異母兄弟の悪口を吹きこんだ。王の健康を案じた侍医が、何度かさえぎろうとしたが、王は片手をあげてそれを制した。悪口の種がつきて、ガーデーヴィが沈黙すると、カリカーラ王はすっかり白くなったひげをゆらしてうなずいた。

「なるほどな、お前の話はよくわかった」

「では、父上、ラジェンドラのふとどき者めに誅《ちゅう》罰《ばつ》をくわえていただけますな」

ガーデーヴィは目をかがやかせたが、王の返事はそう甘くなかった。

「じゃが、ラジェンドラの話も聞いてみねばなるまい。あやつにもあやつの言分があるじゃろうからな。罰するにしても、きちんと筋道をたててからでないと、不公平じゃろう」

「で、ですが、父上……」

思わずうろたえるガーデーヴィを、王は、じろりとながめやった。

「どうしたというのだ。お前が正しいのであれば、あわてる必要はあるまい。それとも、何かまずいことでもあるのか」

　このあたりは、さすがに一国の王というべき態度であった。ガーデーヴィも、それ以上、反論しようがなかった。王はラジェンドラにあてて、病床で手紙を書きはじめた。しぶしぶ退出したガーデーヴィは、マヘーンドラと肩を並べて廊下を歩きながら、うめき声をもらした。

「マヘーンドラ、父上はようやくお目ざめになったとたんに、あのご酔狂。もしラジェンドラめの口車に乗って、やつを後継者になさったら一大事だぞ」

　王子の両眼に危険な光がちらつくのを見て、マヘーンドラはたしなめた。

「ご心配いりませぬ、殿下。ラジェンドラのがわに一方的な正義があるわけではございません。父王陛下のおっしゃるとおりでございます。ガーデーヴィ殿下は何もご心配なさる必要はございません」

　とにかく、ガーデーヴィとマヘーンドラは、いま不利な状況にある。いまラジェンドラが勝利の勢いに乗って国都へ押しよせれば、形勢はますます悪くなるであろう。この際、よみがえったカリカーラ王の権威を利用したほうがよさそうであった。

## IV

　カリカーラ王からの使者が、ラジェンドラの陣営にあらわれたのは二日後である。ラジェンドラも顔見知りの侍従で、王からラジェンドラにあてた手紙をたずさえていた。

「何だ、親父が意識を回復したって⁉」

　ラジェンドラにとっても、これは意外すぎるできごとであった。父親は死んだも同然、ただ墓にはいっていないだけ、と思いこんでいたのだから。

　こいつは罠《わな》ではないか。自分の立場が不利であることをさとったガーデーヴィが、父王カリカーラ王の名を使って、ラジェンドラをおびきよせようとしているのではないか。うかつには信用できぬ。

そう疑ったが、手紙の文字は、たしかにカリカーラ王のものであった。

二日ほどの間に、あわただしく使者が往来した。ラジェンドラは、父王の前に出て弁明することになり、わずかの部下とともに国都ウライユールへむかって旅立った。

状況激変もいいところである。ナルサスでさえ予想できないことが、この世には、いくらでもおこりうるのだった。

ナルサスとしては、もともと戦いが長期化しては、好ましくないのだ。

パルス本国をあまり留守にしてはおけない。できれば春には後方を安定させて、ペシャワール城へもどり、対ルシタニア戦にのぞみたいところであった。

問題は、シンドゥラ国都の攻防戦が長びくかもしれない点にあったのだが、ラジェンドラの才覚しだいで、べつの可能性が出てくるかもしれない。

国都にはいったラジェンドラは、王宮で父王に再会した。ひとしきり父王の健康回復に喜びのことばをのべた後、彼は猛然と兄弟を攻撃にかかった。

「父上、ガーデーヴィの讒言《ざんげん》などを、信じないでください。こいつめは、父親のご病臥《びょうが》をよいことに、マヘーンドラと組んで、はしいままに国政を動かしているのです。そもそも、父上にあやしげな秘薬など飲ませたのも、ガーデーヴィのさしがねだと、私は信じております」

さんざん悪口をならべたてたが、その内容は、ガーデーヴィが言ったことと、ほとんど差はない。人名がちがうだけである。やがてガーデーヴィが呼ばれ、公開討論の形になったが、半日がかりでも結着がつかなかった。さすがに口が疲れてしまった王子たちを、ややなさけなさそうにながめやって、カリカーラ王が口をひらいた。

「わしは知恵にかぎりある身。あいあらそう実子ふたりのうち、どちらが正しいか、なさけないことに見当がつかぬ。ゆえに、裁断を神々におまかせするしかあるまい」

ガーデーヴィとラジェンドラは、にくみあうどうしであることも、一瞬わすれて、目と目を見かわした。

「神前決闘《アディカラーニャ》によって、わが後継者をさだめることとする」

玉座の左と右で、同時に、息をのむ気配がした。

神前決闘《アディカラーニャ》とは、あいあらそう二名が、武器をとって決闘し、その勝者を、神々の名において、正義と認める方式の、特殊な裁判である。

「血をわけた兄弟どうしが、直接に剣をふるって殺しあうのは、あまりに酸鼻《さんび》。代理人を立てることを、神々もお許しになるであろう。ガーデーヴィよ、ラジェンドラよ、そなたたち、それぞれの知人や部下のうちから、自らの運命をゆだねるべき勇者を選べ。勝ったほうの主人が、シンドゥラの王となるのだ」

カリカーラ王の表情も声も、反論をゆるさない厳しさだった。ガーデーヴィも、ラジェンドラも、父の王者としての真の姿を見出したような気がした。

もっとも、あとでそのことをパルス軍が知らされたとき、ギーヴは、痛烈すぎる批判のことばをはきだした。

「シンドゥラの王さまは、よっぽど自分で責任をとるのがお嫌いらしいな。えらそうなことをいって、結局は神々に判断を押しつけておいでになる」

パルスの神につかえる立場にあるファランギースも、緑色の瞳に皮肉な光をたたえた。

「シンドゥラの神々が、どちらの野心家をひいきするか。敗れたほうがすなおに神々の意思にしたがうか。いずれにしても観物《みもの》じゃな」

彼らほど辛辣《しんらつ》ではないにしても、アルスラーンも、神前決闘《アディカラーニャ》という形式には疑問を感じた。つまるところ、強い者が勝ち、勝った者が正しい、ということになるわけで、それがほんとうの正義に結びつくとは思われない。その点をアルスラーンにただされて、ナルサスは答えた。

「殿下のおっしゃるとおりです。ですが、神前決闘《アディカラーニャ》には、りっぱな長所があります。このまま両軍が衝突すれば、どちらが勝つにしても、多くの死者が出るでしょう。ですが、神前決闘《アディカラーニャ》であれば、死ぬのは敗者のみ。たとえ相討ちになってもふたりが死ねばすみます。カリカーラ王としては、苦肉の決断でしょう」

　うなずいたアルスラーンは、あたらしい疑問につきあたった。神前決闘《アディカラーニャ》がおこなわれるとなれば、ラジェンドラは誰を自分の代理人にたてるだろうか。

　それを問われたナルサスは、黙々と長剣をみがいている友人を、左手の親指でさししめしてみせた。

「ラジェンドラが知るかぎり最強の勇者といえば、黒衣黒馬のパルス騎士でしょうな」

　ナルサスの予言は的中した。ほどなく、ラジェンドラ王子がアルスラーンの本営をおとずれ、ダリューンを神前決闘《アディカラーニャ》におけるラジェンドラの代理人に、と、望んだのである。

「おれはダリューン卿に、シンドゥラ国とおれの命運をゆだねることにした。こころよく引きうけてもらえれば、ありがたい」

　ダリューンの返答は、ごく簡明だった。

「迷惑ですな」

　一瞬、鼻白んだラジェンドラは、挑発するように両眼を光らせた。

「まさか、ダリューン卿、決闘に勝つ自信がないというのではあるまいな」

「ご解釈は、お好きなように。私はアルスラーン殿下の臣下でござれば、殿下のご命令がないかぎり、どのようなご用も、お引きうけできぬ、ということでござる」

　アルスラーンに頭を下げて頼め、というのである。ラジェンドラとしては、いまさら選択の余地がなかった。十歳年下のアルスラーンに、おおげさに頭をさげて頼みこんだ。アルスラーンは、内心かるいためらいがあったが、これもいまさら拒否するわけにいかなかった。

　ダリューンは正式にラジェンドラの代理人となって神前決闘《アディカラーニャ》にのぞむことになった。

「なに、あの黒衣の騎士が、ラジェンドラめの代理をつとめると⁉　あの者はパルス人だ。シンドゥラ国の運命を決めるのに、パルス人を使ったりしてよいものか」

　ガーデーヴィはいきりたったが、神前決闘《アディカラーニャ》の代理人に異国人をたててはならない、という規則はない。彼は、ダリューンを上まわる勇者を、ぜがひでも自分の代理にたてなくてはならなくなった。死物ぐるいで考えこんだあげく、ようやく彼は、ひとりの男の名を思いうかべてひざをたたいた。

「そ、そうだ。やつの鎖をとけ。バハードゥルの鎖をとくのだ。やつ以外に、ダリューンという男に勝てる者はいない。やつをおれの代理人にたてよう」

　バハードゥルの名を聞いたとき、世襲宰相《ペーシュワー》マヘーンドラは、反対するように口を開きかけた。

　だが、マヘーンドラとしても、ガーデーヴィにつぎのシンドゥラ王になってもらわなくてはならないのだった。バハードゥルを鎖から解き放つよう命令しつつ、内心で彼はつぶやいた。

「バハードゥル。あやつは人間ではなく野獣だが、この際あやつに、国と人との運命をゆだねなくてはなるまい。あさましいことだが、万やむをえぬ」

## V

決闘の場は、国都の城門前広場にもうけられた。パルス式に測定すれば、半径七ガズ（約七メートル）の円の内部である。円の周囲に溝が掘られ、そこには薪《たきぎ》が並べられ、油がかけられる。決闘がはじまれば、薪には火がつけられ、炎の環《わ》が決闘者の逃げ道をとざす。さらに、その環の内がわに、十本の太い杭が打ちこまれた。杭には、胡狼《ジャッカル》が鎖でつながれている。十匹の胡狼《ジャッカル》は、二日にわたって餌をあたえられず、飢えきっていた。

　火と胡狼《ジャッカル》と、二重の壁で、決闘者の逃亡をふせごうというのであった。

　ダリューンは黒衣の姿を、死の円陣のただなかにたたずませている。長剣を杖にして、決闘の相手があらわれるのを待っていた。

　城壁上には、見物席がもうけられている。カリカーラ王のむかって左にガーデーヴィとその一党がすわり、右にラジェンドラとその味方が座していた。アルスラーンも、ナルサス、ギーヴ、ファランギース、エラム、アルフリード、それにバフマンと五十人の兵士をしたがえて、そこにすわっていた。パルス人たちを城内に入れるについては、またガーデーヴィの反対があったが、ラジェンドラの懇請《こんせい》を、カリカーラ王が認めたのである。ただ、パルス人たちの周囲が、シンドゥラ兵によってびっしりとかためられたのは、むりもないことだった。

やがてあらわれたバハードゥルの体格は、ダリューンの長身を縦と横に上まわった。まさしく巨人であった。身長は二ガズ（約二メートル）をこえ、褐色の肌の下に筋肉がもりあがっている。シンドゥラ風の武装をしているが、どこか、直立した獣人がむりに服を着せられているような感じがした。毛深い顔の奥で、黄色っぽい小さな目がぎらついている。

ふたりの周囲では、鎖につながれた胡狼《ジャッカル》どもが、たけだけしい飢餓の咆哮をはなっている。ふたりの決闘者は、この胡狼《ジャッカル》の牙からも身を守らねばならないのだ。

冬の陽は、かたむきつつある。落日の下端が西の地平にふれると同時に、薪に火が放たれ、決闘が開始されるのだ。

バハードゥルの巨体を見たとき、アルスラーンの心に寒風が吹きこんだ。彼はダリューンの豪勇に絶対の信頼をよせていたが、バハードゥルを見ると、ダリューンに対して、あまりに危険な役目を押しつけてしまったように思われたのだ。彼は見物席から身を乗りだし、彼のたいせつな勇者に呼びかけた。

「ダリューン……！」

その声がとどいたか、ダリューンが城壁を振りあおいだ。アルスラーンと、彼の身辺を守る仲間たちをながめやり、おちつきはらって笑うと、一礼した。そして、バハードゥルにむきなおると、あらためて剣を杖にし、決闘開始の合図を待った。

城壁の一角で、シンドゥラ風の太鼓が鳴りひびいた。

落日の下端が、西の地平線にふれたのだ。

いよいよ決闘が開始されようとしていた。

ダリューンは、足もとに置いていた長方形の盾を持ちあげ、長大な剣をかまえなおした。シンドゥラ国の巨人バハードゥルは、盾を持たず、両手使いの巨大な戦斧《せんぷ》を立てている。その褐色の顔には、まったく表情らしいものが浮かんでいなかった。

アルスラーンは、なぜか、ぞっとした。ラジェンドラのほうを振りむいて問いかける。

「ラジェンドラどの、あのバハードゥルという男は、よほど強いのでしょうね」

「いやいや、ダリューン卿には、とうていおよばぬよ」

そう答えたものの、ラジェンドラの顔には、おだやかならぬ表情が浮かんでいた。アルスラーンは、視線を、やや遠くにむけた。彼の目がとらえたガーデーヴィの顔には、薄笑いがたたえられている。ガーデーヴィの顔が動き、アルスラーンと視線があった。優越感にみちた嘲笑《ちょうしょう》が、ガーデーヴィの顔にゆっくりとひろがった。


アルスラーンの心に、不安と後悔が、脂のように滲《にじ》みはじめていた。肩の上の告死天使《アズライール》が、それを感じとったように小さく鳴いた。

ダリューンは、アルスラーンを「だいじなご主君」と呼んでくれた。アルスラーンにしてみれば、それは身にすぎた呼ばれかたである。ダリューンこそ、アルスラーンにとって、だいじな、ほんとうにだいじな部下ではないのか。ダリューンを、このような決闘に出したのは、まちがいではなかったのだろうか。

エラムが、小声でアルスラーンをはげました。

「ご心配いりません。ダリューンさまが負けるはずありません、殿下、あの方は地上でいちばんの勇者ですから」

エラムの左半面が、ふいに赤銅色《しゃくどういろ》にかがやいた。ようやく薪に火が放たれたのだ。

はげしく爆《は》ぜる音をたてながら、火は環状の溝を燃えひろがり、赤銅色と黄金色の炎の囲いをつくりあげた。

マヘーンドラが自席から立ちあがった。

「これよりシンドゥラ次期国王位を賭けて、神前決闘《アディカラーニャ》をおこなう。この結果は、神聖にして不可侵なるものなれば、両者とも、異をとなえることあるべからず」

カリカーラ王が席から立てないので、マヘーンドラがその代理をつとめたのである。世襲宰相《ペーシュワー》の姿に、ラジェンドラは、皮肉と不信のまなざしをむけたが、口に出しては何も言わなかった。さすがに父王をはばかったのだ。

突然、バハードゥルが巨大な口をあけた。すさまじい咆哮が、その咽喉《のど》からほとばしった。

それは、十頭の胡狼《ジャッカル》の咆哮を圧して、見物席全体にとどろきわたった。人々も、胡狼どもも、一瞬しずまりかえったほどである。

こだまが完全に消えさらないうちに、決闘がはじまっていた。バハードゥルの巨体が前進する。国の命運と、彼自身の生命とがかかっている決闘なのだが、そうとは思われないほどの無造作な前進である。


巨大な戦斧が、炎を反射させながら、ダリューンにおそいかかった。

ダリューンは、とびさがりながら、盾をあげてその一撃を受けた。左腕にしびれを感じながら、長剣を撃ちこむ。強烈な斬撃は、だが、戦斧ではらいのけられた。

バハードゥルの怪力は、想像を絶した。はらわれた瞬間、ダリューンはよろめいたのだ。長靴《ちょうか》を鳴らして踏みとどまった彼の日に、ふたたびおそいかかる戦斧が映った。攻撃は右からだった。剣をあげて、ダリューンはそれをはじきかえそうとした。

異様な金属音がひびきわたった。

ダリューンの長剣が折れたのだ。銀色の長い破片が宙を舞った。ダリューンの手もとには、掌《てのひら》の幅ほどしか、刃が残らなかった。見物席で、はっとして息をのむアルスラーンの目が、戦斧の第三撃をとらえた。

ダリューンの黒い冑がはねとんだ。ひびがはいった冑は、宙をとんで、炎の環のなかに舞いおちた。

黒髪がむきだしになり、ダリューンの頭と顔は、無防備になった。

　よろめくダリューンを、さらに戦斧がおそった。

　おお、という声がシンドゥラ人たちの間からもれる。

　パルス人の見物席で、アルフリードが小さく悲鳴をあげた。アルスラーンは声も出ない。晴れわたった夜空の色の瞳を大きく見ひらいて、死闘を見つめるだけだ。

　ダリューンが盾をふりあげた。

　戦斧が、盾の縁をうちくだき、ダリューンの肩を撃つ。だが、すでに勢いをそがれていたので、打撃は軽かった。ダリューンは、その一撃を受け流すとともに、一転してはねおき、体勢をくずしかけたバハードゥルの横顔に盾をたたきつけた。

　頬骨がくだけるほどの打撃だった。だが、バハードゥルは泳ぐ足を踏みしめ、ダリューンの胴めがけて戦斧をなぎこんだ。

　ダリューンが、とびさがって、その一撃に空を切らせる。同時に、折れた剣を突きだした。短くなった刃が、バハードゥルの腕をかすめ、血を飛散させた。剣が折れていなかったら、バハードゥルの片腕は斬り落とされていたにちがいない。

　バハードゥルは、ひと声ほえると、頭上で戦斧を振りまわし、ダリューンの頸部めがけてたたきこんだ。

　それを防いだ盾が、とどろくような音をたてて、まっぷたつに割《さ》ける。半分になった盾の、せまい側面の部分で、ダリューンが、バハードゥルの鼻柱をなぐりつけた。バハードゥルは半歩だけ後退した。その脚に、鎖をのばしきった胡狼《ジャッカル》の一頭が牙をたてた。バハードゥルは、胡狼にかみつかせたまま脚をあげると、左手で胡狼の上あごをつかみ、無造作に持ちあげた。

　つぎの瞬間、胡狼《ジャッカル》の頭部は、上下に引き裂かれていた。

　血と粘液がとびちり、バハードゥルの左手には、血と肉のかたまりとなった胡狼《ジャッカル》の死体が残された。

見物席から、恐怖のうめき声がおこる。

胡狼《ジャッカル》の血と粘液をあびて、バハードゥルは哄笑《こうしょう》すると、死体を放りだした。それは、仲間の胡狼《ジャッカル》たちの前に落ちた。たちまち、共食いがはじまり、骨をかみくだく音が不気味にひびいた。

「あれは人間ではないな。二本足で立っているが、人間とは思えん」

ギーヴがうめくと、ファランギースが、われしらず、白い額の汗を指先でぬぐった。

「人の皮をかぶった獣はどこにでもいるが、あれはまさしく猛獣じゃ。ダリューン卿は、人間相手なら負けるはずもないが……」

そこで口を閉ざしたのは、アルスラーンの胸中を思いやったからであろう。アルスラーンは呼吸が苦しくなっていた。あえぐ彼の背を、ファランギースがなでた。

「バハードゥル、やれ！　パルス人を八つ裂きにするのだ。その胡狼《ジャッカル》のようにな」

ガーデーヴィが、巨人をあおりたてた。熱っぽい残忍なかがやきが両眼にある。ラジェンドラが舌打ちし、どうにかならぬか、と言いたげに、ナルサスを見やった。

むろん、ナルサスにも、どうしようもない。それどころか、一国に冠絶する智者と称されるこの男が、アルスラーンと似たりよったりのありさまで、青ざめて、ただ死闘を見守っている。彼を力づけるように、アルフリードが手をにぎっているが、それにも気づかないかのようだ。気づいたのはエラムで、わずかに眉をあげると、腹だたしそうにせきばらいした。

わっ、と、見物人たちが、またもどよめいた。ダリューンが豪胆にもバハードゥルの手もとに躍りこみ、折れた剣を、ふたたびふるったのである。短剣《アキナケス》よりも短くなった刃は、バハードゥルの横面にくいこみ、骨にとどいて、亀裂をつくった。血が噴きあがった。パルス人の席を中心に、歓声があがったが、すぐそれは驚愕のうめきに変わった。

「ばかな！　なぜ倒れない⁉」

異口同音に、ファランギースとギーヴが叫んだ。

あれほどの傷をこうむれば、倒れるか、でなくとも激痛のために動作が極度に鈍くなるはずである。だが、バハードゥルは、小うるさげに巨体をゆすっただけであった。すると、折れた剣はダリューンの手から飛んで、彼の手のとどかない場所に落ちた。

ダリューンは飛びすさった。さすがに、おどろかずにいられなかった。彼も、バハードゥルが、落雷を受けた巨木のように倒れるのを予測したのである。だが、予測ははずれた。バハードゥルの、すさまじい反撃は、ダリューンの胴をおそい、すさまじい擦《さっ》過《か》音をたてて、胸甲《きょうこう》にひびをいれた。彼はかろうじて第二撃をかわし、後退した。その瞬間に、鎖につながれた胡狼《ジャッカル》の一頭が、戦士の長靴にかみついた。ダリューンは半身をひねり、胡狼の顔に手刀をたたきこんだ。胡狼の両眼がとびだし、牙がはなれ、胡狼は地にのたうつ。仲間たちが、その身体にくらいつき、餓《う》えをみたしはじめた。

胡狼どもの共食いに目もくれず、バハードゥルは戦斧をふりあげ、ふりおろした。巨大な兇器が、ダリューンの長身を風圧でたたき、大地にくいこむ。その一瞬の間に、ダリューンは身をひるがえして、決闘場の中心へのがれた。豪胆な黒衣の騎士の顔から汗がしたたっている。

見物席で、アルスラーンの強い視線をうけたラジェンドラが、かくしきれぬと悟ったのであろう、半ば口ごもるように、はじめて打ちあけた。

「バハードゥルは常人ではない。あの男は、鮫とおなじだ。痛みを感じるということがないのだ。だから、どれほどの傷を受けようとも、死ぬまで戦う。相手を殺そうとする」

晴れわたった夜空の色の瞳が、アルスラーンの顔のなかで燃えあがった。彼はふいに席から立ちあがると、ラジェンドラをにらみつけた。

「あなたは……あなたはそれを知っていて、ダリューンを神前決闘《アディカラーニャ》の代理人に選んだのか。ダリューンにあんな怪物の相手をさせたのか」

「おちつけ、アルスラーンどの」

「おちついてなどいられない！」

アルスラーンは叫び、剣の柄に手をかけて、ラジェンドラの両眼を見すえた。

「もしダリューンがあの怪物に殺されでもしたら、パルスの神々に誓って、あの怪物と、あなたとの首を、ならべてここの城門にかけてやる。誓ってそうしてやるからな」

　生まれてはじめて、アルスラーンは他人を脅迫した。ラジェンドラは、たじたじとなって、とっさに反論もできなかった。腰を浮かせかけたのは、応戦するためではない。

「おちつきなされ、パルスのお客人」

　病人とも思えぬ、きびしく、力づよい声で、カリカーラ王がパルス人の少年を制した。

「ガーデーヴィが神前決闘《アディカラーニャ》の代理人を選んだのは、ラジェンドラより後のことじゃ。お客人の部下は無双の勇者とか。勝てる者はおらぬか、考えあぐねての人選であろう。それほど敵から恐れられる部下を、ご主君は信じておやりなされ」

　アルスラーンは沈黙し、さっと頬を赤らめて一礼すると、腰をおろした。それを薄笑いでながめやったガーデーヴィが、父王にささやきかけた。

「父上、パルスの王太子などといいながら、あのとりみだしよう、みぐるしいことでございますな」

「ガーデーヴィよ」

　カリカーラ王の声と表情は、薄闇のなかで沈痛にしずんだ。

「もしそなたが、あのパルスの王子にくらべて、せめて半分でよい、部下をだいじに思う人間であったら、わしはそなたをとっくに王太子にさだめていたであろう。王はひとりでは王でありえぬ。部下あっての王じゃ」

「こころえております、父上」

「……だとよいのだがな」

　疲れたように、カリカーラ王は口をとざし、炎の環に視線をむけなおした。むろん、決闘はまだつづいていたのである。

　つねの決闘であるなら、バハードゥルはとっくに敗れて死に、ダリューンは凱歌《がいか》をあげているはずであった。だが、いま、長剣も盾も失ったダリューンは、バハードゥルの、衰えを知らぬ斬撃を、ただかわすだけである。

ナルサスが、大きく息をはきだして、すわりなおした。アルスラーンとカリカーラ王の発言で、彼も、いつもの知性を回復させたようだった。さりげなく、両手をひいて、解放された腕を胸の前で組む。

低いつぶやきが彼の口もとにただよった。

「そろそろ終わりだな」

彼の目には、ダリューンの優勢が、はっきり見えたのである。彼の目に、だけであったろう。バハードゥルの、獣的な腕力と生命力の前に、ダリューンはなす術《すべ》がないように、他の人々には見えた。ガーデーヴィは余裕たっぷりの表情だった。ラジェンドラはふてくされたように、半ばそっぽをむいていた。

ダリューンは、片手でマントの紐をほどいた。左手にしたマントを、後方へ振って、炎の環にかざす。マントに火が燃えうつり、たちまち燃えあがった。

炎の薄い板と化したマントを、ダリューンは、バハードゥルの上半身にたたきつけた。マントは巨人の上半身に巻きつき、燃えあがる炎で彼をつつみこんだ。

咆哮があがった。バハードゥルは、マントをつかみ、投げすてたが、そのときすでに彼のターバンにも、服にも、火が燃えうつっていた。

上半身を、炎そのものにして、なおバハードゥルは戦斧をふりかざし、ダリューンにおそいかかろうとした。

そのとき、はじめてダリューンの右手に、短剣《アキナケス》がひらめいた。

皆、忘れていたのだ。ダリューンが長剣の他に短剣《アキナケス》を持っていたということを。ダリューンが折られた剣に固執しているように見えたからである。むろん、ダリューンは、そう見せかけていたのだ。

そして、ダリューンが、完璧に時機と状況を計算して短剣《アキナケス》を一閃させた瞬間、勝敗は決した。

バハードゥルの首は、半ば切断されていた。噴水のように、黒っぽい血がほとばしって、彼の足もとに小さな池をつくりはじめる。巨大な、表情のない頭は、炎につつまれてぐらぐらゆれていた。まるで、どちらの方角へ倒れるか、迷っているように見えた。

　その首が、前方へかたむくと、首の重さに引きずられるように、巨体も前のめりに倒れた。地ひびきがたち、バハードゥルは、炎の環の中心に倒れ伏した。

　数瞬の間、沈黙が周囲をつつんで、声を出す者もいない。

　ダリューンは、上半身全体を使って大きく呼吸すると、見物席を見わたし、アルスラーンにむけて深く一礼した。静寂がやぶれ、見物席から熱狂的な拍手と歓声がわきおこる。

　アルスラーンも例外ではなかった。席から立ちあがり、手が痛くなるほど強く拍手しながら、夢中でダリューンの名をたたえた。

「ダリューンの勝ち。すなわちラジェンドラの勝ちじゃ。シヴァ、インドラ、アグニ、ヴァルナ……あらゆる神々も照覧あれ。つぎのシンドゥラ国王は、ラジェンドラにさだまった」

　薄闇のなかで、カリカーフ王がそう宣言すると、そのことばは波のように周囲につたわっていった。

「ラジェンドラ！　あたらしき国王《ラージャ》！」という叫びもおこった。

　そのときである。

「認めんぞ。認めるものか！」

　ガーデーヴィが立ちあがっていた。両眼が溶岩のようにぎらつく光を満たし、声は大きいが、ひびわれていた。全身が、風にゆれる木のようにわなないている。

「こんな不当な裁きに、誰がしたがうものか。くりかえして言う。おれは認めぬぞ」

　ラジェンドラもまた立ちあがった。こちらは、別種の興奮でふるえている。

「ガーデーヴィ、不信心者よ、神々の裁きに対して異を唱《とな》えるのか」

「神々がまちがっている！」

罰あたりな台詞《せりふ》をガーデーヴィがわめくのを耳にして、シンドゥラ人たちは騒然となった。ギーヴが、冷笑してつぶやいた。

「あの王子さま、いまごろ気づいたらしい。神々はいつだってまちがうし、まちがった結果を人間に押しつけるものさ」

シンドゥラ人たちは、あるいは立ちあがり、あるいはすわったまま天をあおいだ。世襲宰相《ペーシュワー》マヘーンドラが、娘の夫をきびしくたしなめた。

「ガーデーヴィ殿下、神前決闘《アディカラーニャ》の結果に異議をとなえるとは、あってはならぬことですぞ。ましてこれは勅命によるものではございませぬか」

「だまれ！」

ガーデーヴィはわめいた。

「きさま、寝返ったな。おおかたラジェンドラの犬めと裏で取引したのだろう。世襲宰相《ペーシュワー》の地位が、それほど惜《お》しかったか」

「殿下、何をおっしゃいます。国王《ラージャ》陛下の御前ですぞ」

「やかましい、もはやきさまなど頼りにせぬ。シンドゥラの王位は、おれのものだ」

ガーデーヴィの眼光は、すさまじいほど強烈だったが、すでに理性を失っていた。父王をにらむ目から、鮮血がほとばしるかと思われた。

「父上、私に王位をお譲りください、この剣にかけて」

「ガーデーヴィ、きさま、血迷ったか」

ラジェンドラが叫んだ。その声には、わずかながら勝利を喜ぶひびきがあった。公衆の面前で、ガーデーヴィが逆上し、自分からむほん人になりさがったのだ。

「ものども、ラジェンドラを殺せ！」

「父上をお助けしろ。ガーデーヴィを討て！」

たちまち、決闘場をかこむ見物席は、すさまじい混乱と怒号《どごう》につつまれていた。

カリカーラ王の周囲で、剣と剣が撃ちかわされ、火花をはねあげた。二人の王子は、父王の身柄をはげしく争奪していた。子としての愛情のためでなく、王位を正当化するためであった。

「殿下、まきこまれてはなりませぬ、こちらへおいでください」

ナルサスが先に立ち、ファランギースとギーヴが左右を守って、アルスラーンを混乱の渦の外へみちびいた。背後をバフマンがかため、頭上には、告死天使《アズライール》が羽をひろげる。パルス王太子の一行は、混乱をさけて見物席の外に出ようとした。

それをシンドゥラ兵の群がさえぎる。むろん、ガーデーヴィに味方する者たちだった。

刀と槍が殺到する。アルスラーンの周囲で白刃がきらめいた。ナルサスが、ギーヴが、ファランギースが、一閃ごとに血しぶきをはねあげて道をひらく。

後方からも、シンドゥラ兵の刃がせまってきた。

「アルスラーン殿下、お逃げくだされ」

言い終えるより早く、バフマンは剣を鞘ばしらせ、躍りかかるシンドゥラ兵を、血煙のもとに斬り倒した。

さすがに、強兵を誇ったパルスの万騎長《マルズバーン》である。六十歳をこえても、きたえぬいた剣技は、さほどおとろえていなかった。だが、彼がさらに二名の敵を斬りすてたとき、ガーデーヴィが槍をかまえ、老万騎長めがけて、ななめから投げつけた。

槍はうなりを生じて飛び、バフマンの、左肩と胸の接続する部分に、ぐさりと突きたった。みじかいうめき声をあげて、バフマンはくずれおちた。

「バフマン！」

叫んで駆けよろうとするアルスラーンに、ガーデーヴィがあたらしい槍を投げつけようとする。そのとき、シンドゥラ兵の群が、どっと崩れた。鎮火しつつある炎の環をとびこえ、シンドゥラ兵から剣を奪ったダリューンが、見物席へ駆けあがってきたのだ。

ダリューンの剣は、うなりを生じて、周囲の敵兵をなぎはらった。

血煙と絶鳴が、暮れなずむ空へ噴きあがり、シンドゥラ兵たちは、なだれをうってダリューンの剣から逃がれた。ダリューンの豪勇は、たったいま、心の底から思い知らされたところである。あえて彼の前に立ちはだかり、勇をきそおうとする者はいなかった。

「猛虎将軍《シヨラ・セーナニー》!」

恐怖と畏敬《いけい》の叫びが、シンドゥラ兵の間からおこった。パルスで「戦士のなかの戦士《マルダーンフ・マルダーン》」とたたえられるダリューンは、異国の兵士から、あたらしい異《い》名《みょう》を受けたわけである。

失意と怒りに目をくらませながら、ガーデーヴィが槍をかまえなおした。その前に、マヘーンドラが両手をひろげて立ちはだかった。制止の声をあげたが、ガーデーヴィは、すでに分別をなくしている。槍の穂先が前進して、マヘーンドラの胴体を串ざしにしたのは、つぎの瞬間であった。

ファランギースの弓弦《ゆんづる》が、高く澄んだ音をかなでた。暮れなずむ空を矢の軌跡が切りさく。ガーデーヴィの右腕を、矢が突きぬけた。彼は槍から手を離し、左手で矢を引きぬくと、身をひるがえした。ファランギースは第二矢をつがえたが、ガーデーヴィの姿は、もつれあう人々のなかに消えさった。

「ガーデーヴィは、神意と勅命とに、ともにそむいた。やつにしたがう者は、大逆罪の共犯となるぞ。武器を放棄して、法と正義にしたがえ!」

父王の身柄をようやく確保して、ラジェンドラがどなった。それをきっかけとして、混乱もおさまる方向へむかった。ガーデーヴィの部下たちは、剣をすて、ひざまずき、カリカーラ王にむかって頭をたれた。

マヘーンドラは死に瀕していた。義理の息子に、槍で突き刺されたのだ。即死しなかったのが不思議なほどの重傷だった。けんめいに介抱《かいほう》するジャスワントに、苦しい息の下から彼はささやいた。

「……悲しむな、ジャスワント。わしは死ぬが、惜しむべき必要はない。わしはつかえる主君をあやまり、婿を選ぶのもまちがった。愚《おろ》か者にふさわしい最期をとげるだけだ。ジャスワントよ、お前には何もむくいてやれなかったが……」

ことばがとぎれ、マヘーンドラは死んだ。

　ジャスワントは、いちばん聞きたいと思っていたことばを聞くことができなかった。彼は父親の顔を知らない。あるいはマヘーンドラが実の父親かもしれないと思うことがあった。だが、マヘーンドラの死で、彼は永久に答をえられないことになった。

　パルスの万騎長《マルズバーン》バフマンもまた死に瀕していた。ガーデーヴィの投じた槍は、彼の内臓部に深く達していたのだ。他の点はともかく、ガーデーヴィはどうやら槍術にすぐれていたらしい。

「……アルスラーン殿下、よき国王《シャーオ》におなりくだされ」

　それだけを口にすると、バフマンは血泡《ちあわ》を噴いて意識を失った。肺を傷つけられたのだった。

　医術にも心得のあるナルサスが、ほどこす術のないことを報告したとき、アルスラーンはややとりみだした。彼は両手で老万騎長の肩をかかえ、力をこめてゆさぶった。

「バフマン、教えてくれ。死ぬ前に教えてくれ。私は何者だ？　私はいったい誰なのだ」

　アルスラーンの近臣たちは、無言で視線をかわした。バフマンは、王子の目を見返したが、口からは一語ももれてこなかった。

　アルスラーンの冑が一瞬きらめいた。落日の最後の余光が反射したのだ。それを映したバフマンの瞳は、すでに焦点を失っていた。

第四章

# ふたたび河をこえて

落日悲歌

3

# I

混乱は完全におさまったわけではなかったが、シンドゥラ国の針路は、どうやらさだまったようであった。

次期国王は、ラジェンドラ王子。競争者たるガーデーヴィは、いまや神前決闘《アディカラーニャ》の判定にそむき、義父マヘーンドラを殺害した重罪人として追われる身である。

シンドゥラの国都ウライユールにいた貴族や官吏たちは、つぎつぎとラジェンドラに忠誠を誓った。なおガーデーヴィに味方しようとする者は、国都を脱出して辺境へ走ったが、彼らは今後、「叛乱軍《はんらんぐん》」と呼ばれることになるだろう。いま、シンドゥラ国内ではラジェンドラこそが正義だった。

国王《ラージャ》カリカーラ二世は、心の衝撃からふたたび病床につき、しかも急速に衰弱した。ある日、彼はラジェンドラを病室に呼んで頼んだ。

「ガーデーヴィを追わずにやってくれぬか、ラジェンドラ」

「お気持はわかります、父上。ですが、あやつは神《アデ》前決闘《イカラーニャ》の結果を無視し、神々の裁きにも父上のご意思にもそむきました。しかも、わが国の世襲宰相《ペーシュワー》であり、あやつ自身の義父でもあるマヘーンドラを殺害したのです。私よりも、法と正義とが、ガーデーヴィをゆるしますまい」

強気に言い放ったラジェンドラだが、衰弱した父王から、すがるような目をむけられると、冷たく突きはなすことはできない。にがい表情で考えこんだあげく、いくつかのことを約束した。

ガーデーヴィに自首を呼びかけること。彼が自首してくれれば、生命をとらず、どこかの寺院にあずけること。ガーデーヴィに加担した地方の豪族たちも、帰順してくれれば、罪を赦《ゆる》すこと。復讐よりもシンドゥラ国内の再統一に力をそそぐこと……。

ラジェンドラの約束で、カリカーラ王は安心したようであった。あやしげな薬物の乱用で、その肉体はそこなわれ、回復することは不可能だったが、死の床で、国王《ラージャ》としての責務をはたそうとした。ラジェンドラに王位を譲るという証文を書き、ガーデーヴィに自首をすすめる親書を書き、功臣マヘーンドラの死をいたむ追悼文を書いた。

　これらのことが一段落すると、カリカーラ王は昏睡におちた。力つきたようであった。

　夜が明けはなたれる直前、シンドゥラ国王カリカーラ二世は息をひきとった。


　異国の王とはいえ、カリカーラ二世の死はアルスラーンの胸をうった。

　一時は、あやしげな薬物におぼれたとしても、死ぬ直前には、一国の王として、また王子たちの父親として、りっぱに責務をはたした。ことに、父親として、ガーデーヴィとラジェンドラに対してしめした態度を、りっぱだと思った。自分自身と、父王アンドラゴラスとの関係を、アルスラーンは考えずにいられなかった。

　父を失ったラジェンドラは、幼児のように声をあげて泣き悲しんだ。遺体にとりすがり、涙で服の胸を重くぬらし、これから自分は誰をたよればいいのかと、かきくどいた。

「そら涙にしても、よくまあ、あれだけはでに泣くことができるものだ」

　ダリューンがあきれていると、軍師のナルサスが皮肉っぽくその意見を訂正した。

「いや、あれはそら涙ではないな」

「すると、白馬の王子さまは、本気で悲しんでいると？」

「それともすこしちがう。あの王子は、自分が父の死を悲しんでいる、と、心から思いこんでいるのだ。だから、涙などいくらでも出ようというものさ」

　ナルサスは、ラジェンドラの性格の特異さを、完全に見ぬいている。自分自身をだますほどの、ラジェンドラは演技者なのだ、と。

　ところで、パルス軍も、葬礼をおこなわなくてはならない。万騎長《マルズバーン》バフマンが死んだのである。アルスラーンにとっては、確実に生存する万騎長は、ダリューンとキシュワードのふたりだけになった。あと幾人の万騎長《マルズバーン》が、亡国の危機をきりぬけて健在であるのか、アルスラーンは知るよしもない。

　バフマンは死んでも、彼がひきいていた一万騎は残っている。シンドゥラ遠征をおこなったパルス軍が、いかに強く、いかにたくみに戦ったか。激戦をかさねてきたにもかかわらず、パルス軍の戦死者は二百名に達しなかったのである。

「バフマンどのの手腕は、おみごとでござった。さすが万騎長中の最長老」

　生前のバフマンを、けっしてこころよく思っていなかったナルサスも、すなおにそれを認めた。

　ただ、バフマンが死場所をえたとしても、生き残った者には、べつの課題がある。バフマンがひきいていた一万のパルス騎兵には、指揮官が必要であった。それにふさわしい者はダリューンしかいない、と、アルスラーンは思った。

「ダリューン卿であれば、われらが指揮官としてあおぐにたりる御仁。故人にも異存はございますまい。まして王太子殿下がそれをお望みであれば、何の否やがございましょうか」

　バフマンの麾下《きか》にいた千騎長たちはそう言い、ダリューンが自分たちの上に立つことを認めた。

　アルスラーンは、ラジェンドラに頼んで、国都ウライユールにほど近い丘をひとつ譲りうけた。そこをバフマンはじめ戦死したパルス将兵の墓地にしたのである。彼らの遺体は、丘の西斜面に埋葬された。西は、死者たちの故国パルスにむかう方角である。

　異郷ということもあり、葬儀は質素なものではあったが、王太子アルスラーンが自ら臨席した。葬儀をとりしきったのは、女神官《カーヒーナ》としてその資格をもつファランギースであった。

　葬儀がすむと、ダリューンは、王太子アルスラーンから、バフマンのひきいていた一万騎の指揮を受けつぐよう正式に命令された。

「猛虎将軍《ショラ・セーナニー》、今後ともお見すてなく」

「からかうな、ナルサス」

苦笑したダリューンは、すぐに表情をあらためた。

「しかし、バフマンどのは、ついに、伯父の密書について打ちあけずに逝《い》ってしまったな。アルスラーン殿下のお悩みは、中途半端のままか」

「そう、中途半端のままだ、ダリューン……」

ナルサスでさえも、明快な答を出せない問題というものはあるのだ。アルスラーンの出生の秘密は、まさにそれであった。

バフマンが死を求めていることを予測しながら、死の直前に、告白をえることができなかった。ナルサスにとってはにがい失敗だったが、それも心の隅に、秘密をあばきたてることに対するためらいがあったからである。

シンドゥラ国内を行軍する間、ナルサスは、アルスラーンの出生について、ギーヴの意見を聞く機会があった。

「どうでもいいね、おれは」

しなやかな指先で、竪琴《バルバド》の弦をかき鳴らすと、「旅の楽士」と自称するギーヴは、紺色の目に、したたかな光をたたえて、歌うように彼の心を語ったのだ。

「いや、むしろあの王子さまが、正統の血なんぞひいていないほうが、おもしろい。おれはアルスラーン殿下のために、何かしてさしあげたいとは思うが、パルスの王家に忠誠を誓う気なんかない。王家が、おれにいったい何をしてくれたというんだ？」

アルスラーン個人はといえば、これはたしかに、ギーヴのために「何か」をしてくれた。アルスラーンのそばにいれば、いろいろとおもしろいことが経験できるのだ。

「なるほど、ギーヴの気持はわかる」

と、ナルサスは思う。彼自身にも、そういう気分があるのだ。アルスラーンがパルス王家の血を引いていないとしても、何が悪いのか。アンドラゴラス三世が、アルスラーンを王太子として正式に冊立《さくりつ》したのは、事実なのである。

ふと、ナルサスは、行方不明のアンドラゴラスのことを考えた。

　アンドラゴラス三世は、王者としては欠点も多かったが、無能でも臆病でもなかった。ナルサスが彼の長所として認めるのは、迷信を信じなかったことである。

　即位してまもなく、王宮内外の人事をあらためたとき、アンドラゴラスのもとに、ひとりの占星術師があらわれた。ゴタルゼス王やオスロエス王にとりいって、しばしば金品をせびりとっていた男である。彼はアンドラゴラスに対しても、つぎのようにへつらってみせた。

「占星術によれば、陛下はまことにご長寿の相。すくなくとも九十歳までは、ご寿命をたもたれましょう。パルスの民として、まこと、重畳《ちょうじょう》に存じます」

「ふむ、それでお前自身は、あと何年ほど生きられるのか」

「私は神々のご加護により、百二十年の長寿をたもつことになっております」

「ほう、お前はまだ若く見えるが、すでに百二十歳になっていたのか。人は見かけによらぬものだな」

　そう嘲笑すると、アンドラゴラスはにわかに大剣の鞘をはらい、占星術師の首をはねとばしてしまった。

「さすが、豪毅《ごうき》の国王《シャーオ》よ。あやしげな占星術師など相手になさらぬ」

　人々は賞賛した。先々王ゴタルゼス二世、先王オスロエス五世と、パルスの国王《シャーオ》は二代つづけて迷信深い人だった。魔道士だの占星術師だの予言者だのが宮廷に出入りし、心ある人々は、眉をひそめていたのだ。それを、豪毅なアンドラゴラスが、文字どおり一刀両断にあらためてしまったのである。

　アンドラゴラスの即位後、王宮から、その種の者どもは一掃されてしまった。そのため、魔道士や予言者のなかで、アンドラゴラスを憎む者も多かったが、アンドラゴラスは平然としていたのだ。

　そのような強さが、アルスラーンにあるかどうか。それはこれから先、いくつかの試練によって明らかになることであるようだった。

「ガーデーヴィめ、天空の彼方に飛びさったか、地の底にもぐったか。どうあっても、やつをさがしだし、処断せぬことには、安心できぬわ」

亡くなった父王の国葬の準備をすすめながら、ラジェンドラは、ガーデーヴィの追及をつづけていた。

父王と約束はしたが、ばか正直にそれを守る気は、ラジェンドラにはない。彼は国都ウライユールを手に入れたが、地方にはガーデーヴィに味方する豪族たちが、なお数多くいる。彼らのもとにガーデーヴィが逃げこめば、形勢はさらに逆転するかもしれないのだ。追及の手をゆるめるわけにはいかなかった。

ガーデーヴィを完全に滅ぼす。ラジェンドラ自身が国王《ラージャ》として即位する。彼にさからう強大な豪族たちを征討する。四方の国境を安定させる。はなやかに戴冠式《たいかんしき》をおこない、王妃をむかえるのは、それからのことだ。どうみても、二、三年はかかるだろう。

その間、押しかけ援軍のパルス人どもを、いつづけさせるわけにもいかない。

さまざまに悩みがある。横着なラジェンドラも、明るい未来の展望を楽しんでばかりもいられなかった。

いっぽう未来の展望などまったくない人物もいる。

マヘーンドラの一族であったジャスワントは、ガーデーヴィの一味として囚われていたが、アルスラーンの口ききで釈放された。型どおり礼をのべる彼に、パルスの王太子は心配そうな瞳をむけた。

「ジャスワント、これからどうするつもりなのだ」

「さて、どういたしましょうか」

ジャスワントがつかえるべきガーデーヴィ王子は、自滅同然である。実の父親ではないか、と思っていたマヘーンドラは、そのガーデーヴィに殺された。カリカーラ王も亡くなった。ただひとり生き残って勝者となったラジェンドラには、つかえる気がしない。ラジェンドラのほうでも、マヘーンドラの間者として、自分の軍に潜入していたジャスワントを、部下にしようとはしなかった。ジャスワントは、シンドゥラ国内に、身のおきどころがなくなってしまった。

「では、ジャスワント、私についてパルスに来ないか」

アルスラーンのことばに、ジャスワントはおどろいて、すぐには反応できなかった。動転する彼の顔を見やりつつ、アルスラーンは語りつづけた。

「私も、自分が誰の子であるか知らないのだ。父上と母上との子だと思っていたけど、どうやらそうではないらしい。ひょっとしたら、私はパルスの王子なんてえらい身分ではないのかもしれない」

ジャスワントは、呆然として、アルスラーンの話に聞きいっていた。

「だから私は、ダリューンとか、ナルサスとか、他の者たちの力を借りて、パルスを回復したあと、自分が誰であるか、それをたしかめなくてはならないだろう。ジャスワントがよければ、私といっしょに来てほしい」

でもきっと苦労をかけるだろうな、だからむりにとはいえないが、考えておいてくれぬか、と、アルスラーンは、きまじめな表情である。

「いまご返事はいたしかねます。優柔不断とお思いでしょうが、心の整理ができませぬので……」

「うん、ゆっくり考えるといい」

アルスラーンは立ち去ったが、去るまぎわの笑顔が、ジャスワントの印象に残った。

アルスラーンの癖として、誰かを麾下に招くとき、頭ごなしに命令はせず、対等の立場で、頼んだり、すすめたりする。それを意識せず、ごく自然におこなう点は、あきらかにアルスラーンの長所だった。

かつてナルサスがヒルメスに言明したように。

パルス軍は、すぐにでも帰国できるよう準備をすすめていた。

もともと異国に長くいるつもりはない。ラジェンドラがよけいな気をまわす必要もないことだった。パルス軍の目的は、ほぼ達成されているのだし、パルス国内の事情も、むろん気になる。

「ここまで形勢がさだまれば、あえてガーデーヴィの死を見ずに、われらがパルスへ帰国しても、さほど問題はございますまい。殿下のご命令があれば、いつでも出発できます」

　そうは言ったが、ナルサスとしては、いまひとつ、東方国境の安定をたしかなものにしておきたい。彼は親友のダリューンに、つぎのように語った。

「ガーデーヴィが完全に破滅すれば、ラジェンドラが、かくしておいた牙をむく。じつはそれを待っているのだが、さて、どうなるかな……」


　世襲宰相《ペーシュワー》マヘーンドラの娘サリーマ。彼女はガーデーヴィの妻であり、夫が国王になれば、当然、王妃となる身であった。だが、好運は彼女の頭上をとびこしていってしまった。現在、彼女は王宮内の自室に軟禁状態にある。ラジェンドラも、かつて彼女に求婚した身であるし、婦人を虐待して人気をおとすつもりもなかった。ゆえに、サリーマは、軟禁されているとはいっても、その牛活には何ら不自由はなかった。

　ひとつには、サリーマがガーデーヴィとひそかに連絡をとれば、その糸をたぐって、ガーデーヴィのかくれ場所がわかる。そういう思惑がラジェンドラにあったからである。

　したがって、サリーマには、ひそかに監視の目がついたのだが、五日ほどの間、彼女はどこへも行こうとせず、自室にこもったままだった。ただ一か所の例外をのぞいて。

　彼女の自室に近く、小さな塔がある。そこは彼女が先祖たちの霊に礼拝する場所になっていた。だから、一日一度は、彼女はそこをおとずれ、誰も近よせず、ひとりで礼拝の時をすごしていた。

　ラジェンドラは、いちおう塔の内部と、屋根の上を捜索させたのだが、何も見あたらなかったので、警備の兵もおいていなかった。

　だが何と、ガーデーヴィは、塔の内部に大きな籠をつるし、そのなかに身を隠していたのだった。塔の上部は、梁《はり》がいりくんで、下からは見えなかったのだ。食物は、サリーマが運んでいたのだが、あるとき彼女は夫に手わたすサトウキビの酒に、眠り薬をまぜたのである。

ガーデーヴィが眠りこむのを確認すると、サリーマは、侍女に何ごとかを命じた。侍女は出かけていって、ラジェンドラの部下であるクンタヴァー将軍をつれてきた。

目がさめたとき、ガーデーヴィは籠からおろされ、両腕を後ろにまわして、厳重にしばりあげられていた。いくら槍術の名手でも、これではどうにもならない。妻にむかってどなることしかできなかった。

「サリーマ、これはどういうことだ!?」

「ごらんのとおりですわ。あなたは、天上の神々にも見放され、地上の人間たちにも見すてられた、あわれな身。ゆえに、籠につるされているのがお似あいと思うていましたが、結局、地上に落ちて人間に裁かれる身となってしまいましたわね」

サリーマの声には、ひややかすぎるひびきがあった。ガーデーヴィは床《ゆか》を踏み鳴らして、妻をののしった。

「妻でありながら、よくも夫を裏ぎったな。恥を知れ、売女《ばいた》めが!」

「わたしは夫を裏ぎったのではなく、父の仇をうったのです」

ガーデーヴィは大きく口をあけたが、そこからは、もはや一語も出てこなかった。彼は唇をかみ、土色の顔でつれさられた。

敗者が勝者の前にひきだされたとき、アルスラーンも同席した。ラジェンドラが、彼をまねいたのである。

にくいはずの異母兄弟にむかって、ガーデーヴィは笑顔をつくった。これほどひきつった、みじめな笑顔を、アルスラーンは見たことがなかった。もともと、ガーデーヴィは、れっきとした貴公子で、それにふさわしい容姿の持主であった。それだけに、卑屈きわまるようすで生命《いのち》乞いをはじめると、いっそう無惨に見えた。

「ラジェンドラよ、おぬしと私とは、血をわけた兄弟ではないか。運命のいたずらから、王位をめぐってあらそうことになってしまったが、もはや勝敗はついた。おぬしの勝利だ」

「ほう、みとめてくれたわけか」

思いきり、いやみたっぷりに、ラジェンドラは唇をゆがめたが、それに気づかぬふりをして、ガーデーヴィはつづけた。

「私は、おぬしの部下となろう。おぬしに忠節を誓い、おぬしのために外敵を討とう。だから私を生かしておいてくれるだろうな」

ラジェンドラは、わざとらしく大きなため息をついた。ちらりとアルスラーンを横目で見てから、重々しげに口をひらく。

「ガーデーヴィよ、おれたち兄弟は、生命《いのち》と国とをかけてあらそった。敗れればどうなるか、たがいに承知していたはずだ。おぬしが敗れた上は、いさぎよく死んでくれ。苦しまずにすむようにしてやるゆえ、なさけない生命乞いなどしてくれるな」

「ラ、ラジェンドラ……！」

「おれたちは不幸な兄弟だったな。いっそ他人どうしだったら、おたがい、もうすこし仲よくやれたかもしれぬのに」

ラジェンドラの目には、めずらしく深刻なかげりがあった。だが、それも一瞬で、ふてぶてしいほど陽気な表情をつくって言いはなった。

「おぬしにとっては、人生最後の夜だ。せいぜい楽しくすごしてくれ。酒と料理を運ばせるからな」

充分に酒に酔い、正体を失ったところを、苦しませないよう殺す。それが、シンドゥラで王族を処刑する作法だった。

ガーデーヴィの縄はほどかれ、彼の前に、酒や料理や果物が並べられた。周囲には、兵士や処刑役人らが人垣《ひとがき》をつくっていたが、ガーデーヴィの左右には、酌をするため、四人の宮女がかしずいた。

ガーデーヴィは血走った目で周囲を見まわしていたが、ふいにアルスラーンをにらみすえ、宮女の手から酒瓶をもぎとった。

「パルスの孺子《こぞう》！　きさまがよけいなまねばかりするからだ。思い知れ！」

　怒号と、兇器のひらめきが、ほとんど同時であった。

　ガーデーヴィは、酒瓶を地面にたたきつけて割ると、その細長い破片をつかみ、アルスラーンの咽喉《のど》めがけて投げつけたのである。

　宮女たちが、はなばなしい悲鳴をあげた。

　アルスラーンは、とっさに自分で自分の生命を救った。骨つき肉のかたまりを手づかみにして咽喉の前にかざしたのだ。破片は、その肉に深々と突きささった。

　鷹の告死天使《アズライール》が、はばたいた。つぎの瞬間に、告死天使《アズライール》の嘴《くちばし》は、正確に、ガーデーヴィの右の眼球を突きやぶっていた。

　絶叫をあげて、ガーデーヴィは血まみれの顔をおさえた。友人のためにしたたかな報復をとげた告死天使《アズライール》は、宙に弧をえがいて、アルスラーンの肩に舞いもどった。

「ここまで未練なやつとは、正直、思っていなかった。ガーデーヴィよ、きさまは、おれが父上に申しあげたより、はるかに、王たるの資格を持たぬやつだ。冥界《あのよ》へ行って、父上に性根をきたえなおしていただけ」

　ラジェンドラの合図をうけて、処刑役人が三名、すすみでた。ひとりが斬首用の斧を手にしている。他のふたりが、激痛と憤怒にのたうちまわるガーデーヴィの身体を左右から床の上におさえつけた。

　アルスラーンは見たくなかった。だが、彼はシンドゥラの歴史に干渉したのだ。その結果から目をそらせるわけにいかなかった。

　斧が振りあげられ、振りおろされた。

　絶鳴は、ごく短かった。

II

　ガーデーヴィの処刑が終わると、片目と胴体を失ったその首は、城門の横手にさらされた。王位の簒《さん》奪《だつ》をねらい、義父を殺害した極悪人としてである。一国の王子として生まれた身が、まことに無惨な最後というしかなかった。

「やれやれ、どうにか結着《かた》がついた。しかし、ああも悪あがきされると、さすがに後味がよくないわ。自分自身の名誉のために、いさぎよく死んでくれればよかったのだがな」

ラジェンドラでさえそうなのだから、アルスラーンも、まことにいやな後味をかみしめていた。自分がまちがっていたとは思わないが、それとはべつに、胸の奥にわだかまる不快感は、どうしようもない。ガーデーヴィの血まみれの顔を、しばらくは忘れられそうになかった。

「ところで、アルスラーンどの、おかげでシンドゥラ国内は、いちおうおちついた。おぬしはこれから、どうなさる」

「むろん、パルスへ帰ります」

ガーデーヴィが滅び、ラジェンドラはどうやらシンドゥラ国の主権者としての地位を手に入れた。これで、ラジェンドラに、国境不可侵を約束させれば、ナルサスの策どおり、後方は安定する。王都の奪還に、いよいよ乗りだすことができるのだ。

「パルスへもどって、ルシタニア人どもを追いはらうか」

「そういうことです」

ラジェンドラは、両眼を細めて、アルスラーンの顔をのぞきこんだ。

「それで、正直なところ、パルスの情勢はどうなのだ。侵略者どもを追いはらう成算は、たっているのか？」

「それは私などより、ナルサスのほうがくわしく存じております。彼を呼んで説明させましょうか」

「あ、いや、その必要けない」

あわててラジェンドラは首を振った。彼はダリューンも苦手だが、ナルサスも苦手だった。内心で、ふたりともアルスラーンにはすぎた家臣だと、ラジェンドラは思っている。

逆にいえば、これらの家臣がついておらず、アルスラーンひとりなら御しやすい、とも、ラジェンドラは思いこんでいるのだった。さらに話をつづけるうち、調子に乗って、彼はこんなことまで言いだした。

「おれがルシタニアの軍師であれば、チュルク、トゥラーンの両国に使者を送って、パルス東方国境を侵すよう、そそのかす。そして、背後からアルスラーン王太子軍をおそわせるだろう」

「ナルサスもそう申しておりました」

「ほう！　では、おれも、おぬしの軍師にぐらいはなれるかもしれぬな」

「ですが、ナルサスは、それに対抗する手段を七種類、持っているそうです。だから、何も心配いらない、とも申しておりました」

「七種類とは、どんな？」

思わずラジェンドラは身を乗りだしかけたが、アルスラーンは、かるく笑っただけであった。

「秘中の秘だそうで、私にも教えてくれませんでした」

これは真実である。聞いていたら、ラジェンドラの質問を、はぐらかすことができたかどうか。

ラジェンドラは、さらにしつこく聞きだそうとしたが、効果がなかったので、話題を転じた。アルスラーン以下、パルス軍に贈る謝礼の件である。とにかく、アルスラーンらがいなければ、こうも短期間に、競争相手のガーデーヴィを滅ぼすことはできなかったはずだ。それに、これ以上、シンドゥラ国内にいてもらってもこまる。みやげを持って、さっさと帰ってほしいものであった。

「領土だけは譲れないが、他のものなら何でもさしあげよう。財宝でも糧食でも。いや、それともシンドゥラ美女がよいかな」

「それでは、おことばに甘えて、ラジェンドラどの、精鋭の騎兵五百騎をお貸しいただけますか。それだけお貸しいただければ充分です」

「なに、五百騎？」

一瞬、ラジェンドラの、黒すぎるほど黒い瞳に光が走ったように見えた。だが、すぐに、陽気な笑いが、それをかき消した。

「水くさいことを申されるな、アルスラーンどの。おぬしとおれとは、血を分けた兄弟でこそないが、生死をともにする盟友ではないか。おぬしが国を奪《と》りもどすのに、わずか五百騎を貸しただけとあっては、おれの男が立たぬ。三千騎貸してさしあげよう」

「ありがたいことですが、ラジェンドラどのはこれから国を完全に統一しなくてはならないのでしょう。一兵も惜しいはずですのに」

アルスラーンは辞退したが、ラジェンドラは、クンタヴァー将軍に三千騎の精鋭をつけて、半ば押しつけるように、アルスラーンに貸しあたえた。

アルスラーンが軍をひきいてパルスへの帰路についたあと、ラジェンドラは陽気に鼻唄など歌っていたが、老臣のひとりが、何やら決意したようすで、彼の前にすすみでた。

「ラジェンドラさま、おりいってお話がございます」

「やれやれ、諫言《かんげん》か」

あごをなでて、ラジェンドラは、下目づかいに部下を見やった。椅子に腰をかけたまま、脚を組んで、籠のなかからパパイヤの実をつかみだし、皮ごとかぶりつく。

「まあいい、申してみよ」

「アルスラーン王子らの助力に対して、たしかに、吾《われ》らは恩義がござる。なれど、これからシンドゥラ国内を平定するにあたり、三千もの騎兵を割き与えては、吾ら自身が弱体化いたします。アルスラーン王子が五百でよいと言っているのですから、それだけお貸しになれば充分ではございませぬか」

「そんなことは、わかっている」

「では……」

ラジェンドラは、パパイヤの実をつかんだまま笑いだした。

「おいおい、お前には、おれの本心がわからぬのか。おれはパルスの軍中に、火種をかくしたのさ」

「え、すると……」

「そうだ。三千騎の精鋭が、いきなり夜中に、パルスの陣営に火を放ってあばれだす。同時に外からは、おれ自身が兵をひきいて攻撃する。いかにパルス軍が強くとも、これなら勝てる」

　老臣は唖然として若い主君を見つめた。

「そ、それはあまりにもひどうはございませぬか、ラジェンドラ殿下。彼らは殿下のために、ガーデーヴィ王子を倒すのに手を貸してくれたのですぞ」

「おれのためなものか、やつら自身のためさ」

　ラジェンドラは、パパイヤの果汁にぬれた唇をぬぐった。それから、反動をつけて椅子から立ちあがると、甲冑を持ってくるよう近侍《きんじ》の者に言いつけた。呆然としている老臣に、にやりと笑ってみせる。

「これから全軍をこぞって、パルス軍の背後に忍びよる。すくなくとも、旧バダフシャーン公国の土地は、おれのものにしてくれよう」

「……で、アルスラーン王子を殺害なさるのですか？」

「ばかなことを言うな。おれはそんな無慈悲な悪党ではないぞ」

　真剣そのものの口調で、ラジェンドラは言ったものである。

「アルスラーンを人質にして、旧バダフシャーン公国領をもぎとったら、あの坊やは自由にしてやるさ。だいたい、おれはあの甘い坊やが好きなのだ。こんな辛辣《しんらつ》な策を弄《ろう》するのも、あの坊やに、一国の王として大きく成長してもらいたいからこそだ」

　ずうずうしい言種《いいぐさ》だが、ラジェンドラ自身は、自分が言ったことを心から信じているのである。黄金の甲冑をまとい、白馬に宝石だらけの鞍を置かせながら、ラジェンドラが考えたのは、かわいそうなアルスラーンをどうやってなぐさめてやろうか、ということだった。

III

　パルス軍は、シンドゥラから故国へむけて、凱旋《がいせん》の道をたどっていた。ペシャワールの城塞にもどれば、アルスラーンは、将兵に恩賞をあたえる約束である。それでなくても、生きて故国へ帰れる彼らは陽気だった。

「やれやれ、辛《から》いだけのシンドゥラ料理と縁がきれてありがたいことだ。もう十日も、あんな料理を食べていたら、舌がばかになるところだった」

ギーヴが毒づくと、ナルサスが苦笑しつつうなずいた。やたらと香辛料《こうしんりょう》のきいたシンドゥラ料理は、パルス人たちを閉口させたのである。羊の脳を煮こんだ、とうがらしだらけの赤いカレー料理を、そうと知らずに食べさせられたあと、アルスラーンやエラムはしばらく食欲がなかった。豪胆なダリューンでさえ、二度は食べようとせず、けろりとしていたのはファランギースだけであった。

「べつに好きなわけではないが、あれはあれで独特の風味があってよろしい」

というのが、シンドゥラ料理に対するファランギースの感想であった。

一万のパルス軍と、クンタヴァー将軍がひきいる三千のシンドゥラ軍が、最初の野営をおこなった夜である。夜半、にわかに火の手があがり、大さわぎになった。

二万の軍をひきいて、ひそかにパルス軍のあとをつけていたラジェンドラは、クンタヴァー将軍が、命令どおりにパルスの軍中で騒ぎをおこしたことを知った。彼は小躍りしてよろこび、二万の部下に命令した。

「それ、突入してアルスラーンをとらえろ！」

白馬にまたがったラジェンドラを先頭に、シンドゥラ軍は、喊声《かんせい》をあげてパルスの陣営に突入した。

内と外からの同時の攻撃である。パルス軍は大混乱するはずであった。ところが、突入した場所はもぬけのからで、山と積まれた薪が、はでに燃えあがっているだけであった。

「な、何だ、これは何としたこと……」

そのとき、ラジェンドラの鞍の前輪に、どさりと重い音をたてて投げ出されたものがある。「ん……？」と、眉をひそめてラジェンドラが片手を伸ばすと、掌に、人間の頭髪の感触が伝わってきた。雲が切れたか、青い月光が降りそそぐ。

鞍の前輪から、クンタヴァー将軍の生首が、うらめしそうに若い主君をにらんでいた。

人を人とも思わぬラジェンドラも、さすがに仰天した。反射的に、部将の生首をはらい落としたとき、彼のそばで、にわかに夜気が動いた。甲冑と剣のひびきが、威圧的にわきおこった。

「シンドゥラの横着者よ、おぬしの奸計《かんけい》はすでに破れた。アルスラーン殿下のお慈悲にすがって、せめて生命をまっとうすることだな」

夜そのものが、豪勇の戦士として、ラジェンドラの前に立ちはだかったように思われた。黒衣黒馬の、パルスの若き万騎長《マルズバーン》が、夜風にマントをはためかせている。右手の長剣は、すでに人血の匂いをはなっていた。

ラジェンドラは総毛だった。恐怖もさることながら、自分の策が失敗したことに、大きな敗北感をおぼえたのだ。

「ふ、防げっ」

部下たちに、悲鳴まじりの命令をはなって、ラジェンドラは馬を駆り、夢中で逃げだした。彼の部下たちは、主君の身を守るため、ダリューンの前に剣の林をつくって立ちはだかった。だが、ほとんど一瞬である。馬前、さえぎる者もない染血の大地を蹴って、ダリューンの黒影が追いすがってきた。

「シンドゥラの横着者、まだ悪あがきする気か。そのざまでガーデーヴィを笑えるのか⁉」

ダリューンの叫び声にへらず口をたたきかえす余裕もなく、ラジェンドラは逃げまくった。夜目にもめだつ白馬に乗っていることを、はじめて後悔したが、いまさら他の馬に乗りかえることもできない。そのまま逃げつづけるうち、数十騎のパルス兵が道に躍り出て、彼の行手をはばんだ。

「ナルサス軍師は、すべてお見とおしよ。小策士は策におぼれる。身のほどを知って、シンドゥラ国内だけで智恵者づらしていることだな」

冷笑と同時に、剣を撃ちこんできたのはギーヴだった。ラジェンドラのすぐ右を守っていた騎兵が、一刀で斬り落とされる。

その隙に、ラジェンドラはふたたび馬首をめぐらして逃げだしていた。数百歩を走りぬけたところで、またしても彼の前方をパルス人がはばんだ。馬蹄のとどろきに、うるわしい呼びかけの声がつづいた。

「ラジェンドラ殿下、どこへいかれます」

「ファランギースどのか。そこをおどきあれ。あなたほど美しい女性《にょしょう》を傷つけるのは、私の本意ではない」

「かたじけないおおせなれど、アルスラーン王太子の臣下として、ラジェンドラ殿下をここで逃がすわけにはまいらぬ。ご同行いただきましょうぞ」

「そうか、では、やむをえぬ」

ダリューンやギーヴにくらべれば、ファランギースのほうが相手にしやすいように思えた。ファランギースの剣技は、充分に承知していたはずだが、やはり女と見て、あなどったのだ。

ラジェンドラは、美しいパルスの女神官《カーヒーナ》にむかって、白馬を突進させた。

夜そのものを両断する勢いで、ラジェンドラの剣が振りおろされる。容易には、受けとめることもできないはずであった。ファランギースは受けとめなかった。受け流したのだ。彼女は絶妙の角度で剣を突きだし、ラジェンドラの斬撃は、小さな滝のように火花をまきちらしつつ、彼女の身体のそばをすりぬけていった。

均衡をくずしたラジェンドラが、ようやく立ちなおったとき、彼の左右に、ふたりの雄敵が追いついていた。彼は捕虜になった。

「ラジェンドラどの、このような形であなたと再会したくはありませんでした」

「おれもまったく同感だ、アルスラーンどの」

と、心からラジェンドラは賛成してみせた。この逆の形なら、彼が望むところだったのだが。シンドゥラの次期国王《ラージャ》は、ギーヴのために革紐でがんじがらめにされて、アルスラーンの前にひきだされていた。

王太子のそばにはナルサスがひかえている。

ラジェンドラを捕虜にした、との報告を受けたとき、アルスラーンは、その処置法を若い軍師に相談した。

「ナルサス、私はあの御仁がどうも憎めないのだ。殺す気になれない。私の考えは甘いだろうか」

アルスラーンが言うと、ナルサスは愉快そうに笑った。

「いえ、殿下、甘いとは、殺すべき者を殺さないときに使うことばです。この際は、殿下のお好きになさいませ」

「すると、あの御仁を生かして帰してやってよいのだな」

「むろん、よろしゅうございます。ただ、懲《こ》りるということをご存じない御仁ゆえ、すこしは釘を刺しておいたほうが、よろしゅうございましょう。いささか人の悪い演劇《しばい》をいたしますので、最初は殿下はだまってご見物ください」

こうして、ナルサスとラジェンドラとの間で会話がおこなわれ、アルスラーンはそれを見物することになったのだ。

「どうも国都はあなたにとって居心地が悪そうですな。よろしい。ラジェンドラ殿下は、以前よりパルスの風土にご興味がおありとお見うけいたす。このまま、わが軍の客人となって、わが国の名所を巡歴なさってはいかが。二年もすれば見るところもなくなるでござろう。それから、ゆるゆるとご帰国なさればよろしいかと存ずる」

「そ、それはこまる」

ラジェンドラは狼狽した。

「シンドゥラ国は王を失ったばかりだし、地方にはまだガーデーヴィの味方をしておった土豪どもが多く残っておる。おれがいなくてはどうにもならぬ。身代金を払わせるから、おれを自由にしてくれ」

「なに、ご心配にはおよび申さぬ。これよりチュルク国に使者を送り、救援を求めてさしあげましょう」

「チュルクに⁉」

ラジェンドラは目をむいた。

「さよう。わがパルス軍は、今後、ルシタニア人どもを追いはらうため、全力をつくします。シンドゥラ国にはかまっておれませぬ。いっぽう、チュルク国王は俠気《おとこぎ》のある御仁とうけたまわります。喜んで大軍を派遣し、シンドゥラ国を平定してくださることでしょう」

ナルサスは、声と表情に上品な悪意をこめて、相手の反応を待った。

ラジェンドラはあえいだ。

「そ、そんなことをされては、シンドゥラ国はチュルクに併呑《へいどん》されてしまうではないか。チュルク王が俠気のある男だなどと、聞いたこともないわ」

「おやおや、ご自分を基準にして、ものを考えてはなりますまい。善良なラジェンドラ殿下」

次期シンドゥラ国王《ラージャ》の顔に、冷たい汗の流れが何本もできた。

「アルスラーンどの、あやまる。まったくもって、おれが浅慮であった。どうかおれをこれ以上いじめんでくれ」

しばられたまま、ラジェンドラは、十歳年下の少年に頭をさげた。

「では今回こそ、盟約を守っていただけますね、ラジェンドラどの」

「守る、守る、守る！」

「それでは、この誓約書に、ご署名ください。そうしていただければ、無傷で解放してあげます」

ラジェンドラの前に差しだされた紙には、みっつの条項があった。むこう三年間、たがいの国境を侵犯しないこと。今回のパルス軍の協力に対し、シンドゥラ金貨五万枚の謝礼をしはらうこと。そして、シンドゥラ暦の年代を、二年ちぢめること。以上であった。みっつめの条項を目にして、ラジェンドラが一瞬、心からなさけなさそうな表情をした。アルスラーンは、くすりと笑うと、「まあ、これはやめておきましょう」とつぶやき、ペンをとって、その条項を消した。

革紐をとかれたラジェンドラは、大いそぎでそれに署名すると、酒宴のさそいをことわり、国都ウライユールへと帰っていった。ナルサスが、すでにチュルクに使者を出したかもしれない、と思ったのだろう。四散した軍隊は、道々でかき集めるつもりにちがいない。

あわただしいラジェンドラの後姿を見送って、アルスラーンは若い軍師に問いかけた。

「ナルサス、ひとつ訊《き》いてよいか」

「どうぞ、殿下、何なりと」

「ラジェンドラ王子と不可侵条約をむすぶのに、どうして三年と期限を切ったのだ？　どうせなら、五十年か百年にしておけばよいのに」

若い軍師は笑って説明した。

「それはラジェンドラ王子の為人《ひととなり》を考えてのことでございます。あの御仁、なぜか憎めぬ人ではありますが、欲も深ければ油断もできぬ人であることは事実。このような御仁に、永遠の友誼《ゆうぎ》や和平など申し出ても無益です」

まことにそのとおり、と言いたげに、大きくうなずいたのは、ダリューンである。

「ですが、二、三年という区切りをつければ、意外とこういう人物でも、約束を守ろうとするものです。というより、三年が最大限でしょう」

「三年もたてば、がまんできなくなる。そういうことか」

「さようです、ラジェンドラ王子は、いま、いそがしく計算しています。ぜひとも三年以内にシンドゥラ全国を平定して、パルスにちょっかいを出したいと思っているでしょう。まず、二年から二年半後が、あぶのうございますな」

「それまでに私は、ルシタニア人を追いはらい、王都を奪還しておかなくてはならないのだな」

「御意……」

ナルサスが軽く一礼したとき、エラムが馬を寄せてきて報告した。パルス軍のあとを、見え隠れしながらついてくる一騎の影があるという。

ファランギースが、二十騎ほどをしたがえて、馬を飛ばしていった。やがて、彼女はもどってきたが、したがえていた騎兵が、一騎ふえていることを、エラムがめざとく発見した。ファランギースが肩ごしに振りむいて何か言うと、褐色の肌をしたシンドゥラ人の若者が馬をおりて進み出た。アルスラーンの声がはずんだ。

「ジャスワント、来てくれたのか」

シンドゥラ人の若者は、地面に両手をついて、馬上のアルスラーンを見あげ、パルス語の練習をするように大声をあげた。

「おれはシンドゥラ人です。パルスの王太子殿下におつかえするわけにはいきませぬ。もし今後、パルスとシンドゥラが戦うようなことがあれば、おれは故国についてパルスと戦います」

ひと息に、そう告げた。

「ですが、おれは三度にわたって、アルスラーン殿下に生命《いのち》を救っていただきました。その借りを返させていただくまで、殿下のおともをさせていただきます」

アルスラーンの左に馬を立たせていたギーヴが、苦笑した。

「理屈の多い男だ。すなおについてくれれば、肩もこらずにすむものを」

「理屈のない男よりも、よほどましではないのかな」

ファランギースが皮肉る間に、アルスラーンは馬をおり、ジャスワントの手をとって立たせた。

「よく来てくれた、ジャスワント。心配しなくてもいい。シンドゥラとは不可侵条約をむすんだ。われわれが戦うのはルシタニアだ」

「そ、それなら私も、何のためらいもなく、アルスラーン殿下のおんために、ルシタニア人とかいうやつらと戦います」

ふたりとも大まじめなので、かえって直臣たちの微笑をさそった。ダリューンが、ナルサスにむかって片目をとじてみせた。

「アルスラーン殿下は、チュルクと戦えばチュルク人の部下を手に入れ、トゥラーンと戦えばトゥラーン人の部下を得られるかもしれんな」

「では、順番として、つぎはルシタニア人の部下ということになるか」

「どうせなら、ルシタニア国王を、パルスの大地にひざまずかせ、忠誠を誓わせていただきたいものだ」

　ダリューンの黒い両眼に、一瞬、冗談をこえた光が揺れるのを、ナルサスは見た。

　……こうして、アルスラーンはふたたびカーヴェリー河をこえてパルスの大地を踏んだ。パルス暦三二一年三月半ば。ペシャワール城を出立して三か月が経過していた。

IV

　ペシャワール城に、王太子帰国の報はすぐもたらされ、責任者たる万騎長《マルズバーン》キシュワードは、五百騎をひきいて城外までアルスラーンを出迎えた。

　鷹の告死天使《アズライール》は、アルスラーンの肩からキシュワードの腕にとびうつり、ひとしきり甘えたあと、アルスラーンの肩にもどり、いそがしくそれをくりかえした。飼主と友人と、どちらにも気を使う風情《ふぜい》である。

「これはこれは、告死天使《アズライール》め、私が思っていたより、ずっと浮気性のようでございますな。こまったものでござる」

　一笑したキシュワードであったが、万騎長《マルズバーン》バフマンの訃報《ふほう》を伝えられると、表情をひきしめて、馬上で、死者の冥福を神々に祈った。

「なれど、王太子殿下のおんために死ねたことは、当人にとっては武人の本懐でございましょう。あえて申しあげますが、お悲しみになることはございません。バフマンどのに守られたお生命《いのち》を、どうかたいせつになさいますよう」

「キシュワードのいうとおりだ。バフマンに報《むく》いるためにも、かならず王都を奪《と》りもどして、父上と母上をお助けする」

「それでこそ、パルスの王太子殿下。このキシュワードも、不肖ながら、お力ぞえをさせていただきます」

「たのむ」

にこりと笑ってアルスラーンはキシュワードのそばを離れた。ファランギースに弓を教わるためだった。まだアルスラーンは非力で、ダリューンのような強弓《ごうきゅう》をあやつることができないので、むしろファランギースに学んだほうがよい、と、側近たちの意見が一致したのである。

アルスラーンと、その肩にとまった告死天使《アズライール》の後姿を見送って、キシュワードもきびすを返し、ナルサスの執務所に足をむけた。

ナルサスは多忙だった。出兵の実務は、キシュワードとダリューンにゆだねて、何ら不安はないが、政事や戦略の根本的な部分は、彼がとりしきらなくてはならなかった。

まず、シンドゥラ遠征の前にさだめておいた、奴隷《ゴラーム》の解放とカーヴェリー河西岸への入植《にゅうしょく》を実施せねばならない。つぎに、いよいよルシタニア追討の兵をおこすにあたって、アルスラーンの名において檄文《げきぶん》を発し、各地の諸侯に起兵を呼びかけなくてはならない。さらに、アルスラーンの政治改革の立場をあきらかにするために、奴隷《ゴラーム》制度を廃止する宣言書も書かなくてはならなかった。

いそがしい、いそがしい、と口では言いながら、ナルサスはけっこう楽しそうである。よき国王《シャーオ》のために、よき政事を構想し実行することができるのだから。

キシュワードが入室したとき、ナルサスはひと休みして緑茶をすすっていたところだった。キシュワードも椅子と緑茶をすすめられ、ひとことふたこと会話をかわすうち、キシュワードは、重要な話題をとりあげた。

「ナルサス卿、この点ははっきりと申しあげておきたい。アルスラーン殿下が、仮に、仮にだ、パルス王家の血をひいておられぬとしても、われらの忠誠はいささかも変わらぬ」

その点について、ナルサスは、キシュワードを疑ってなどいなかった。ただ、気にかかることがないでもない。緑茶を飲みほした後の陶器《とうき》を指ではじきながら、彼は言った。

「むろん、おぬしの忠誠はあてにさせていただく。なれど、アンドラゴラス王をお救い申しあげた後、アルスラーン殿下との間に、隙が生じるおそれがござるぞ、キシュワードどの」

「というと?」

「奴隷《ゴラーム》制度ひとつをとっても、アンドラゴラス王が廃止を承知なさるとは思えぬ。国王《シャーオ》と王太子とが、政事をめぐって対立なさったとき、キシュワードどのはいかがなさる?」

キシュワードはパルスの万騎長《マルズバーン》であり、代々、王家につかえてきた武門の出身である。たとえば、ギーヴやジャスワントなどとくらべて、背負っているものがちがうのだ。ダリューンやナルサスともちがって、アンドラゴラス王の不興を買ったわけでもない。いかにアルスラーンに好意的とはいっても、アンドラゴラス王に敵対するようなことになれば、心ぐるしいであろう。

「ナルサス卿の心配はもっともだが、それは王都エクバターナを奪還し、アンドラゴラス陛下をご救出もうしあげてからにしよう」

「そうだな、それがよろしかろう」

ナルサスもうなずいた。

「今度は、この城で留守番など、ごめんこうむりたいものだ。先頭に立って、王都に攻め上りたい」

「戦場の雄たるキシュワードどの、城にこもりきりでは、やはり退屈なさるか」

「それが……」

キシュワードはなぜかすこしためらったようである。

「三か月も留守番をやっておると、さすがに退屈する――と言いたいところだが、じつは奇妙なことがあってな」

「奇妙とは?」

「うむ、じつのところ、いささか気味が悪い……」

「ほう、キシュワードどのともあろう御仁が、気味が悪いとおっしゃるか」

双刀将軍《ターヒール》とあだ名される驍勇《ぎょうゆう》の万騎長《マルズバーン》は、苦笑しつつ、つややかなひげをなでた。

「相手が人間であれば、恐れぬつもりだがな。兵士どもの噂では、そやつは影のような正体不明のもので、壁や天井を自在にくぐりぬけるという。そして糧食を盗み、井戸の水を飲み、兵士どもを害すると」

「人死も？」

「出た。三人死んだ。もっとも、その影とやらが犯人だという証拠は何もない。単なる事故だと、おれは思っているが、兵士どもはそう思わぬ。いささか、もてあましておったところだ」

「ふむ……」

ナルサスは、キシュワードがいぶかしく思ったほど、まじめに考えこんだ。

キシュワードが、ダリューンと、騎兵編成の相談をするために出ていくと、しばらくして、エラム少年がナルサスの部屋によばれた。

「エラム、これはヴァフリーズ老がバフマン老にあてた、例の密書だ。どこかに隠しておこうと思うのだが、おれはこのとおり、ばかにいそがしい。バフマン老の部屋に隠しておいてくれぬか」

ナルサスから信任されて、エラムはたいそうはりきった。手紙を、防水用の油紙に厳重にくるみ、紐でしばって、それをバフマンの部屋に持っていく。さんざん考えたり試したりした末、ようやくいい隠し場所を見つけた。窓ぎわに熱帯魚の水槽がおいてあり、底には厚く泥がしいてある。その泥のなかに、エラムは密書を隠したのだった。

さて、夜になって、ナルサスは、ギーヴの訪問を受けた。城内に出没する影の噂を聞いたギーヴが、三か月前に経験した、奇妙な気配のことを思いだしたのである。ふたりは、そこの廊下に足を運んで、ひとしきり壁や床を調べてみたが、何の発見もなかった。

ナルサスとギーヴがつれだってもどってくると、何やら興奮したようすで、アルフリードが声をかけてきた。エラムもいる。

「ナルサス、どこへ行ってたの⁉　ずいぶん探したんだよ」

「何かあったのか？」

問いかけるナルサスの鼻先に、一枚の紙片が差し出された。パルス文字の列が、ナルサスの視線をうばった。その内容は意外きわまるものであった。

「アルスラーン王子に加担せし愚者《ぐしゃ》どもに告ぐ。汝《なんじ》らの隠匿《いんとく》せる大将軍《エーラーン》ヴァフリーズの密書は、すでにわが手中にあり。以後、これを教訓に、油断をつつしむべし……」

「それで、この手紙を見てどうした⁉」

鋭いというより苛烈なまでに引きしまったナルサスの表情を見て、エラム少年がいそいで安心させようとした。

「私が調べにまいりました。大将軍《エーラーン》ヴァフリーズさまの密書は、ちゃんと、バフマン老の寝所に……」


エラムの声は、途中で、蠟燭《ろうそく》の火が風に吹き消されるように消えてしまった。ナルサスが、無言のまま、獲物を追う隼《はやぶさ》の勢いで、部屋を飛び出していったからである。理由を知らぬまま、ギーヴがそれにつづいた。

廊下を走りぬけたナルサスが、そのままの勢いでバフマンの部屋の扉を蹴りつけた。扉は、きしみながら、大きく内側にひらいた。

信じられない光景があった。

天井から人間の腕がさかさにはえていたのだ。二本の腕の、一本はヴァフリーズの密書をにぎりしめ、一本は短剣《アキナケス》をつかんでいた。密書をにぎった腕が、音もなく天井へ消え、いま一本の腕は、おどかすように短剣《アキナケス》を振ってみせた。

ナルサスの剣が鞘ばしり、天井へむかって閃光を描いた。

短剣をにぎった腕は、肘《ひじ》から両断され、鮮血の尾をひいて床に落下した。同時に、床を蹴って跳躍したギーヴが、長剣を垂直に突きあげて、厚い樫《かし》の天井板をつらぬいた。

　刃先に、かるい手ごたえがあった。ギーヴは舌打ちして、剣を抜きとった。刃に人血が付着してはいたが、それほど重い傷をあたえてはいないようだ。

「腕を一本、犠牲にして、目的を達しやがった。ただ者じゃないようだな」

　刃に付着した血の雫《しずく》をふりおとしながら、ギーヴがつぶやいた。

　扉口《とぐち》に立ちすくんだまま、エラムが呆然として、この場の光景を見まもっている。

「ナルサスさま、何がどうなっているのか、私にはさっぱり……」

　剣を鞘におさめながら、ギーヴがナルサスを見やった。

「おれには、わかるような気がする。つまり、この坊やは、囮にされたというわけだな」

「楽士どののいうとおりだ」

　ナルサスは額に落ちかかる髪をかきあげ、うとましそうに、床の上にころがる腕をながめた。

「こういうことだ、エラム。あの曲者《くせもの》は、ヴァフリーズ老の密書の所在を知らなかったのだ。そこで、このような手紙を書いて、お前たちに読ませた。お前たちが驚いて、ヴァフリーズ老の密書が無事かどうか調べにいく。それをひそかに追跡すれば……」

「……あ！」

　エラムが低く叫んだ。他の誰でもない、自分自身が、賊《ぞく》を目的の場所へ案内してしまったことに気づいたのだ。とんでもない失策だった。まんまと、相手の思いどおりに動かされてしまったのだ。

　エラムは、しょげかえった。ナルサスがさらに何か言おうとしたとき、思いもかけず、アルフリードがエラムをかばった。

「エラムだけが悪いんじゃないわ。あたしにも責任がある。エラムを責めないでやって、ナルサス」

　犬猿の仲であるはずのアルフリードに弁護されて、エラムは、どういう表情をしてよいものか、わからないようすだった。ナルサスは苦笑し、赤みをおびた髪の少女にむけて、かるく片手をあげてみせた。

「いや、あのな、アルフリード、わたしの話を聞いてくれないか……」

「エラムだって、きっと失敗をとりもどすわ。そりゃ一大事だけど、これ一回の失敗であんまり責めたてたらかわいそうだよ」

「話を聞けというのに。責任は、おれにある。気にするな、エラム。奪われた密書というのは、あれは偽物だ」

「えー!?」

アルフリードが大声をあげ、エラムも目をみはった。ナルサスは頭をかいた。

「ゆるせ、エラム。ヴァフリーズ老の密書は、まだ見つかっておらんのだ。あれは、曲者をおびきよせるための罠でな」

剣を鞘におさめたギーヴが、天井から視線をうつした。

「それはそれとして、ナルサス卿、まんまと目的を達して逃げおおせたやつは何者だと思う?」

「わからぬ」

あっさりと、ナルサスは答えた。調査をせずに推測することを、彼は好まなかった。彼は智者だが、千里眼《せんりがん》ではなかった。

城中に出没する影とやらが、ヴァフリーズの密書をねらっているのではないか、と考えたからこそ、偽の密書をでっちあげ、それを囮に使って、とらえようと思ったのだ。ところが、相手もなかなか曲者で、まんまと偽の密書を手に入れて、逃げおおせてしまった。とらえていれば、何か聞き出すことができたかもしれないが、逃げられたのではしかたない。盗まれた密書は偽物であり、実害はなかったが、小細工にしてやられた気分は、ぬぐいさることができなかった。さしあたり、アルスラーンにことのしだいを報告し、警戒と捜索を厳重におこなうしかなかった。

……そのころ、腕一本を犠牲にして、偽の密書を手に入れた男は、すでにペシャワール城塞の外に逃がれでていた。左腕の傷口を布につつみ、闇の奥で低くうめいていたのである。

「尊師、尊師、サンジェはご命令をはたしましたぞ。密書はたしかに手に入れました。ただちにエクバターナへお届けいたします……」

落日悲歌

第五章

# 冬の終り

3

## I

アルスラーンと彼の部下たちが、シンドゥラ国内で戦いをつづけているころ、パルス国の正統な国王《シャーオ》を自任するヒルメスは、王都エクバターナにいた。

安楽な生活を送っているわけでは、むろんない。彼は、これまで、ルシタニア人がパルスを侵略する、その勢いに乗った形で活動してきた。それが、当面の復讐の対象であるアルスラーンは、何とシンドゥラへ軍を進めて、パルス国内から消えてしまった。ルシタニア軍も、内部対立のあげく、大司教ジャン・ボダンと聖堂騎士団《テンペレシオンス》が王都から離脱してしまい、地方のパルス軍残党や諸侯《シャフルダーラーン》を討伐するどころではない。

ヒルメスとしては、自分自身がこれからどう動くべきか、慎重に考える時期をむかえたようであった。

一方、ルシタニアの王弟ギスカールも、多事多端である。

兄であるルシタニア国王イノケンティス七世は、パルス王妃タハミーネに夢中であった。タハミーネにおぼれている、とはいえない。おぼれるどころか、第一、水辺にさえ近よせてもらえないのだ。

イノケンティス七世は、タハミーネを王宮内に軟禁し、せっせと贈物《おくりもの》をする一方で、イアルダボート教への改宗をすすめている。そんな状態が、王都を占領して以来、冬じゅうつづいているのだった。たしかに、タハミーネがイアルダボート教に改宗すれば、結婚の障害はとりのぞかれる。それを知っての上であろうか、タハミーネは妖《あや》しい微笑をうかべ、はぐらかすばかりで、いっこうに王の要求に応えようとしなかった。

王とタハミーネとの仲が進展すれば、それはそれでギスカールはこまるのである。なまじ子供でも生まれれば、王位継承問題がややこしいことになるだろう。だから、イノケンティス王が、タハミーネを相手に、一方的な恋愛ごっこに終始しているうちは、放置しておいてもよいはずなのだが、結局のところ、政治や軍事に対する難題は、すべてギスカールのところに集中してくる。

ギスカールとしては、自分の才能と権勢のふるいどころではあるのだが、ときとして、やはり兄王に腹がたつのである。

先日、王都を離脱したボダンと聖堂騎士団《テンペレシオンス》がザーブル城に立てこもったために、西方との連絡は絶たれたも同然なのだ。それなのに、恋愛ごっこにうつつをぬかしてばかりいていいのか、と、兄にむかって言いたくなるのであった。

ザーブル城は、王都の西北方五十ファルサング（約二百五十キロ）の地にあり、古来、パルスとマルヤムの両王国を陸路でつなぐ、重要な位置にある。この城から軍隊を出動させれば、大陸公路を遮断して、両国の連絡をおさえることができるのだ。

いま、ザーブル城には、二万余の軍隊がたてこもっている。その大半は、聖堂騎士団《テンペレシオンス》であり、一部は、大司教ジャン・ボダンに忠誠をちかう、がちがちの狂信者たちである。宗教的な信念というものは、妥協をうけつけないから、しまつが悪い。

ジャン・ボダンは、ルシタニア国王イノケンティス七世に対して、ザーブル城からいくつかの要求をつきつけていた。

パルスの国王《シャーオ》アンドラゴラス三世と、王妃タハミーネとを処刑すること。パルス人をイアルダボート教に改宗させ、改宗せぬ者は全員、殺してしまうこと。異教徒の女に心をうばわれたことを、イアルダボート神に懺悔《ざんげ》し、一牛イアルダボート教の戒律を破らない、とあらためて誓約すること。国政の全般にわたって、教会の拒否権を明文化すること……。

かけひきもあるにちがいないが、強気一方の要求である。イノケンティス王は、うろたえて、弟に相談を持ちかけたのであった。

「ボダンめ、神の名を借りて、教会の権力を増大させることばかり考えおって。兄も兄だ。おれに相談したら、あとは自分では考えようともせん」

ギスカールは歯ぎしりしたが、ザーブル城にこもる三万の兵は、あなどれなかった。攻略するには、こちらも大軍が必要になるし、長期戦になったときがこわい。エクバターナを空《から》にはできないし、なまじ兵力を分散させれば、各個撃破されてしまう。

　そこでギスカールは、ザーブル城を攻囲するための軍隊を、特別に編成することを考えた。それを銀仮面の男に指揮させればよいのだ。ザーブル城を落としてくれれば、いうことはないが、じつをいえば、包囲していてくれるだけでもよいのである。とにかく、ルシタニア軍がパルス軍の残党を一掃するまで、ボダンに手も口も出させぬようにすることだ。

　ギスカールの提案をイノケンティス王は受けいれた。王は即位以来、弟の提案をしりぞけたことは、めったにない。そして、その時点ですべてが解決したつもりになって安心するのだった。


　もとのパルスの万騎長《マルズバーン》であったサームは、まだ完全に負傷が癒《い》えてはいなかったが、ヒルメスが王都エクバターナにもどって以来、その側近にあって、さまざまに助言や進言をおこなっている。ヒルメスも、彼の存在を貴重なものに思い、さまざまに相談をもちかけた。部下のザンデにも、サームに対して礼を守るよう言いつけたが、ザンデには、いささかそれが不満のようである。

　ある日、自分の邸宅の中庭で、ヒルメスはサームに相談した。ギスカールから、ザーブル城の聖堂《テンペ》騎士団《レシオンス》を討伐するよう依頼された一件についてである。サームは即答した。

「おひきうけなさいませ、殿下」

「だが、ギスカールの本心は知れている。おれたちと聖堂騎士団《テンペレシオンス》とをかみあわせ、共倒《ともだお》れにすることだ。そうとわかっていて、ギスカールの策《て》に乗ることもないと思うが……」

　銀仮面を、午後の陽光に反射させて、ヒルメスは考えこんだ。

「サームがそう言うからには、考えがありそうだな。言うてみよ」

「まず聖堂騎士団《テンペレシオンス》を討つという大義名分があれば、殿下は公然と兵を集めることができます。ルシタニア人どもの費用をつかって、兵士と武器をととのえることができるではございませんか」

「……ふむ」

「それに、現在こそ国王らと対立しているとはいえ、聖堂騎士団《テンペレシオンス》はルシタニア人にまぎれもございません。彼らを討ち滅ぼすことができれば、パルスの民にとっては、まことに歓迎すべきこと。殿下はいずれパルス人の上に君臨なさる御身《おんみ》なれば、けっしてご損にはなりますまい」

「それはそうだが……」

「さらに、勝てばギスカール公らに恩を売ることができます。恩賞を求めることもできましょう。聖堂騎士団《テンペレシオンス》のたてこもるあの城を、要求なさるのも一案かと存じます」

サームがことばを切ると、ヒルメスは組んでいた腕をほどいた。

「たしかに、よいことずくめのように思えるな。だが、負けたらどうする？」

ヒルメスが反問したとき、サームの顔色が変わった。彼はパルス大理石の円卓に上半身を乗りだし、強い視線を銀仮面の上にそそいだ。

「英雄王カイ・ホスローのご子孫ともあろう御方が、負けたときのことなどをお考えあるか。たかが聖堂騎士団《テンペレシオンス》ごときに勝てぬようで、どうやってパルス国を回復なさることができましょうか。なさけないことを、おっしゃいますな」

ヒルメスがかぶった銀仮面は、表情を変えようもなかったが、その下で、ヒルメスは赤面したかもしれなかった。カイ・ホスローの子孫、という一語は、正統意識の強烈なヒルメスの心をゆさぶったのである。

「たしかにサームのいうとおりだ。よく助言してくれた。ギスカールめの申し出を、受けるとしよう」

「ほう、そうか、やってくれるか」

ヒルメスが、ザーブル城攻略の依頼を承知したとき、ギスカールは、喜びつつも、意外さをかくしきれなかった。銀仮面の男ことヒルメスが、そうかんたんに彼の策《て》に乗るとは思っていなかったのだ。いずれ強引にでも承知させるつもりではあったが。

「むろん、武器と糧食は、充分にそろえていただきます。それと、ルシタニア正規軍の兵力をさいていただくわけにはいきませぬゆえ、こちらでパルス人の兵士を徴募《ちょうぼ》させていただきます。よろしゅうござるか」

「よかろう、おぬしにまかせる」

ギスカールは、計算だかいが、けちではない。充分な準備と報酬を約束して、銀仮面の男を帰した。

このとき、ギスカールに忠告めいた口をきいた者がいる。

「王弟殿下、聖堂騎士団《テンペレシオンス》がほしいままにふるまって、ルシタニアの国威をそこねているのは事実ですが、それを討つのに異教徒たるパルス人を使ってよいものでしょうか。やつらの戟先《ほこさき》が、いつこちらへむかってくるやら、わかりませぬぞ」

宮廷書記官のオルガスという男だった。ギスカールの下で行政の実務を担当する人物である。ギスカールは、苦笑まじりに、部下の不安にこたえた。

「おぬしの不安はもっともだが、いまは一兵も惜しい時期だ。各地からの報告をあわせて考えると、いよいよパルス人どもが大挙して、エクバターナに攻め上ろうとしているらしい」

「それは一大事でございますな」

「どうせ、銀仮面め、やつにもよからぬ目算《もくさん》があるにちがいないが、さしあたり、ザーブル城にたてこもるあほうどもと戦ってくれるのだ。戦えば、損害も受けよう。せいぜい気持よく戦ってもらおうではないか」

納得したオルガスは、いまさらのように声をひそめ、べつの疑問を口にした。

「それにしても、あの銀仮面の男、正体はいったい何者でございましょう」

「パルスの王家の一員だ」

ギスカールの返答に、オルガスは唾をのみこんだ。

「ま、まことでございますか!?」

「さあな。おれはいまよたをとばしたのだが、あんがい事実かもしれぬ。パルスの王家にも、いろいろありそうだからな」

　そこでまた、ギスカールはボダン大司教に対する怒りをかきたてられた。エクバターナを占領した後、ボダンは、大規模な焚書《ふんしょ》をおこなって、多くの貴重な書物を焼いてしまったのだが、そのなかには、王宮の書庫にしまいこまれていた古文書もふくまれていたのである。それらを調べれば、パルスの国政や宮廷内の密事について、さまざまに知ることができたにちがいないのだ。なにしろ、ボダンは、地理に関する書物まで焼いてしまったので、パルスを統治するのに、たいへんな損害をこうむってしまった。たとえば、ある村から租税をとりたてるのに、その村がどのていど租税を負担する能力があるのか、どのていどの労働人口と耕地面積があるのか、すべて最初から、調査しなおさなくてはならないのである。

「こまったことだな、ギスカールよ」

と、イノケンティス王は言う。彼は、その段階で、すでに弟にすべての責任を押しつけているのである。それを自覚してもいないのだ。

　兄も兄、ボダンもボダンだが、もうひとり、ギスカールには気になる人物がいる。パルスの王妃タハミーネである。

「タハミーネという女、まったく何を考えているのか。兄とボダンをあわせたより、百倍もえたいがしれない女だ」

　それがギスカールにとっては不気味である。なにしろ兄王イノケンティスは、海綿《スポンジ》でつくられたような肉体と精神の持主なので、タハミーネが毒液をそそぎかけたら、たちまちそれを吸いとってしまうであろう。

　たとえば、タハミーネがギスカールに対して悪意をいだき、王の耳にこうささやきかけたらどうするか。

「陛下、ギスカール公を誅戮《ちゅうりく》なさいませ。あの男は、陛下をないがしろにし、自分が至尊の座につこうとたくらんでおりますわ。生かしておいては、おためになりませぬ」

「そうか、そなたが言うなら、そうにちがいない。すぐ弟を処刑しよう」

……自分の想像で、ギスカールは寒けがした。ルシタニアの王弟殿下であり、事実上の最高権力者といっても、それほど安泰な立場とはいえない。ようやく、狂信者のボダンがエクバターナを出ていったと思えば、タハミーネがあらわれる。

ギスカールは、うんざりしていた。彼は子供のころから、兄を助けてばかりいた。助けられたおぼえは一度もない。つくづく、もううんざりだった……。

一方、ギスカールから許可をもらったヒルメスは、公然と、パルスの兵士を募集しはじめた。それにともなって、軍馬、武器、糧食もあつめることになる。大きな顔で、それらをルシタニア軍に要求できるのだ。

「いずれにせよ、ルシタニア人どものために、むりをなさる必要はございますまい。充分に時間をかけ、準備をととのえなさいませ」

サームが忠告し、ヒルメスはそれを受けいれて、慎重に準備をすすめた。準備不足のまま、ザーブル城を攻撃して、返り討ちにでもなったら、いい笑いものだ。ルシタニア人を国外へたたきだし、王都エクバターナで国王《シャーオ》として即位し、アンドラゴラスとアルスラーンを並べて首をはね、城門にさらすまで、死んではならなかった。彼はパルス中興の祖として、パルスの歴史に、不滅の名をきざむのだ。そのために、まずザーブル城を落とし、そこを彼の本拠地とする。そして、ヒルメスの名をあかす時機を選んで、パルスの王旗をかかげるのだ。

「あの城は難攻不落に見えますが、じつはいくつかの弱点がございます。ルシタニア人どもは知らぬことでございましょう。私は三度ほどあの城におもむき、内部をよく調べておりますれば」

パルスが誇る十二名の万騎長《マルズバーン》のなかで、城塞の攻撃と防御に関してもっともすぐれた力量を持つ者は、このサームであろう。ゆえに、アンドラゴラス王によって、王都エクバターナの防御をゆだねられたのである。

　それがいま、エクバターナ陥落に活動したヒルメスのために、ザーブル城を攻略しようとしている。その皮肉を、全身で感じていても、サームはそれを口に出そうとせず、黙々として仕事にうちこんだ。

　こうして、パルス暦三二一年が明けてから、ヒルメスは着々と私兵集団の編成をすすめ、武器と糧食をととのえた。いつになったら王都を出発するのか、ギスカールがいらだちはじめたころ、準備はようやく完了した。

　二月末のころである。

## II

　地下牢《ディーマース》の奥は、一年中、ほとんど気温の差がない。ひんやりとした湿気が、そこにはいる者の皮膚をなでまわす。松明《たいまつ》や燭台《しょくだい》のあかりがとどかぬ場所には、黒々とした闇がわだかまり、牢死した人々の、声にならないうめきが、かびのはえた大気の底を対流しているようだ。

　第十八代パルス国王《シャーオ》アンドラゴラス三世は、ここに幽閉されてから、この二月で四か月になる。

　毎日のように拷問《ごうもん》があった。何かを聞きだすための拷問ではなく、肉体を傷つけ、王者としての誇りを汚すため、鞭でなぐり、焼けた鉄串《てつぐし》を押しつけ、傷口に塩水をかけ、針を刺すのだった。

　アンドラゴラスの容貌《ようぼう》は、いまや半獣人を思わせるものと化していた。ひげも髪も伸び放題で、むろん入浴もしていない。

　かつての王者の前に、思いもかけない来訪者があらわれた。ひそやかに闇のなかを歩んできた人物は、うやうやしく虜囚《りょしゅう》に頭をさげたのである。

「おひさしゅうございます。陛下」

　その声は、低く、沈痛だった。アンドラゴラスは目をあけた。長い監禁と拷問の日々にもかかわらず、その眼光は、力をうしなってはいなかった。

「サームか……」

「さようでございます。陛下より万騎長《マルズバーン》の地位をたまわりましたサームでございます」

「そのサームが、何をしにきた」

助けに来た、と、即断して、大喜びしたりしないのが、アンドラゴラスのすごみであろうか。サームは小心者でも臆病者でもないのに、アンドラゴラスの全身から異様な威圧感をうけた。

彼は、たしかに、アンドラゴラスを救出にきたのではなかった。武器もたずさえていない。拷問吏《ごうもんり》たちを買収して、わずかに、面会の時間をもらったのだ。サームの武勇をもってすれば、拷問吏たちを斬りちらして、地下牢《ディーマース》を脱出することは不可能ではないだろう。だが、傷ついた国王《シャーオ》の身をかかえて王都を出ることはできそうにない。

くわえて、自分の背中に拷問吏たちが、矢をむけているのを、サームは知っていた。

「陛下にうかがいたいことがあって参上いたしました」

「何を聞きたいというのだ？」

「陛下には、おわかりではございませんか、私めのうかがいたいことが」

「何を聞きたいのだ？」

うそぶくように、アンドラゴラスはくりかえした。

「十七年前の一件でございます」

パルス暦の三〇四年五月、第十七代国王《シャーオ》オスロエス五世が不審な急死をとげた。そして、弟であったアンドラゴラスが登極《とうきょく》した後、オスロエスの王子ヒルメスが焼死した――ということになっている。成人してサームの前にあらわれたヒルメスは、アンドラゴラス三世が兄王オスロエス五世を弑《しい》して、自らが王位についたのだ、と断言した。ヒルメスが顔の半分を焼けただらせるにいたった火事も、失火などではなく、アンドラゴラスが火を放たせたのだ、とも。

「陛下、臣たる者の分を犯して、あえてうかがいます。十七年前、陛下は、オスロエス王を弑逆《しいぎゃく》なさったのですか」

「……」

「兄王を殺害して、王位を簒奪なさったのですか。そして、ヒルメス王子をも焼き殺そうとなさったのですか」

「それを聞いてどうする？」

　アンドラゴラスの声に動揺はない。むしろひややかにあざける調子すらある。

「私は戦う以外に能のない男です。それが王家の恩寵をいただき、万騎長《マルズバーン》などという名誉ある地位にしていただきました。私は王家にご恩があります。また、口はばったい申しあげようながら、このパルスという国に愛着がございます。ゆえに、私の迷妄《めいもう》を陛下にさましていただきたいと思い、うかがうしだいです」

　幾度か間をおきながら、サームが語るうち、アンドラゴラスの目から冷笑の色が消えた。

「サームよ、わしら兄弟の父たるゴタルゼス大王陛下は、まず、名君と呼ばれるにふさわしい方であった。だが、ひとつだけ、廷臣《ていしん》たちが眉をひそめる欠点があった。おぬしも承知しておるだろう」

「は……」

　サームは了解した。ゴタルゼス大王は、分別もあれば勇気もあり、貴族には公正で奴隷《ゴラーム》には慈悲深い、といわれる人だったが、欠点がただひとつ、やたらに迷信深かったのだ。晩年にはそれが病的になった。あとをついだオスロエス五世にも、父王ほどではなかったが、予言や占星術を気にするところがあった。

「ゴタルゼス大王陛下はな、若いころに、ある予言を受けたのだ」

「……それは」

「パルスの王家は、ゴタルゼス二世の子をもって絶える。そういう予言だ」

　サームは一瞬、呼吸をとめた。アンドラゴラス王は、むしろあわれむように彼を見やり、低い声で語りつづけた。

　パルスの王家は、ゴタルゼス二世の子をもって絶える――

そのおそろしい予言を信じたゴタルゼス二世は、惑乱《わくらん》した。信じなければよいのに、信じてしまったものだから、対策を立てなければならなくなった。彼は理性を失った頭で、考えぬいた。

その結果、彼がまずやったことは、王妃との間に生まれたふたりの息子に、オスロエスとアンドラゴラスという名をつけることであった。これまで、アンドラゴラスという名の国王《シャーオ》は、かならず、オスロエスという名の国王の後に即位している。だから、オスロエスがたとえ早死しても、王位は弟アンドラゴラスに受けつがれる。そういうねらいからであった。結果としては、まさにそのとおりになったのである。

アンドラゴラスの下に、弟は生まれなかった。ということは、アンドラゴラスをもって、パルスの王統は絶えるのか。ゴタルゼスはあきらめきれなかった。そこへ、さらにべつの予言がもたらされた。彼の長男オスロエスの妻に子が生まれれば、アンドラゴラス以後もパルスの王統はつづくかもしれない。

ただ、それは、あくまでもゴタルゼス自身の子でなくてはならない……。

「そ、それではヒルメス殿下は……」

サームは絶句した。ヒルメスは、オスロエス五世の息子ではなく、弟であるというのか。まことの父親はゴタルゼス二世であるというのか。王位をつぐべき自分の息子の数をふやすため、ゴタルゼス王は自分の息子の妻と通じて、子を生ませたというのであろうか。

おそろしさとおぞましさとに、サームは、冷たい汗が鼻の横を伝い落ちるのを、しばらくは気づかなかった。

「べつにおどろくことはなかろう。地上に、清浄な王家などありはせぬ。古い王家ほど血がよどみ、汚物がたまるものだ」

アンドラゴラスの声には、どこか、突きはなすようなひびきがある。他人ごとのように考えているようすすらあった。サームは冷汗を手の甲でぬぐい、呼吸をととのえた。もう何も聞きたくない気分だったが、いまひとつ知りたいことができていた。

「それでは、アルスラーン殿下はいかがなのでございますか」

「アルスラーンか……」

アンドラゴラス王の表情が、ひげと傷のなかで、わずかに変わった。そのまま沈黙しているので、サームが語をついだ。

「アルスラーン殿下は、陛下とタハミーネ王妃との間に生まれた御子。あの方は、そのような予言のなかで、どのような役割を背おわれたのでございますか」

アンドラゴラスの沈黙は、なおもつづいた。サームもまた沈黙していた。質問した彼自身が、ひどい疲労を感じていた。ようやく、アンドラゴラスの口がひらきかけた。

「わしとタハミーネとの間には、たしかに子が生まれた。だが……」

「だが？」

サームが問い返したとき、あわただしく壁をたたく音がした。拷問吏の長《おさ》が帰ってくるという合図である。その音は、アンドラゴラス王の口に、目に見えない錠をかけた。サームは立ちあがった。これ以上のことは聞き出せないことを感じた。彼はあらためて国王《シャーオ》に一礼した。

「陛下、いずれかならず、ここからお出しいたします。いまはお赦しください」

背をむけたサームに、アンドラゴラスが底びえするような声をかけた。

「サームよ、わしが言ったことを、そのまま信じたりせぬがよいぞ。わしは嘘をついておるのかもしれぬ。あるいは、わしは真実を語ったつもりでも、わし自身がすでに何者かにだまされておるのかもしれぬ。パルスの王家の歴史は、血と嘘とに塗りかためられておる。第十八代国王《シャーオ》たるわしが言うのだから、まちがいないわ」

耳をふさぎたい思いで、サームは、地下牢《ディーマース》の階段を登っていった。いくつかの角をまがり、扉をくぐって、ようやく地上に出たとき、サームは、冬の終りの陽光を、たいそうまぶしいものに感じた。同時に、自分の行くべき道が、さらに混迷の霧にとざされたことをさとったのである。

## III

銀仮面卿ことヒルメスがひきいる、パルス人だけの軍隊は、三月一日に王都を進発した。

その兵力は、騎兵九千二百、歩兵二万五千四百。他に、糧食を輸送する人夫の一隊がつく。騎兵は、ザンデの亡父カーラーンにつかえていた者たちが中心であった。サームのもとの部下もいる。

三万以上の兵が集まるとは、ギスカールにも意外だった。わずかな不安をおぼえながら、彼は銀仮面らの出発を見送った。

王都を発して五日、ちょうどザーブル城への道半ばに達したころ、彼らは沿道の住民から、ある噂をきいた。

聖堂騎士団《テンペレシオンス》のなかで、ことに素行の悪い男たちが、ザーブル城を追放された。イアルダボート教に改宗した旅商人の一団をおそって、殺人と略奪をおこなったからである。追放された十五人ばかりの男たちは、大陸公路にほど近い山間に宿営し、完全に盗賊と化して、悪業のかぎりをつくしているというのだった。

ザーブル城に行く道のりの途中にあるなら、その盗賊どもを討ちとって血祭りにしよう。そうザンデが主張し、ヒルメスもうなずいた。

ところが、二日間、行軍をつづけると、噂の内容が変化した。十五人のルシタニア人の盗賊団は、つい先日あらわれた、たったひとりの旅人のために、全員斬殺《ざんさつ》されてしまったという。

サームに話をした農民は、すっかり興奮していた。

「いや、あんな強い男は、見たことがございません」

「それほど強いか」

「強いも何も、あんなに強い人間が、この世にいるとは思いませんでした。ひとりで十五人を殺し、自分はかすり傷ひとつ負わないのでございますから」

　こうまで言われると、サームも興味を持った。

「どんな男だ」

　年齢は三十歳をすぎたぐらい、筋骨たくましい長身の男で、左目がつぶれているという。甲冑はまとっていないが、褐色の馬に乗り、緑色の鞘におさめた大剣を腰にさげていた、と。

　サームには、思いあたるところがあった。その片目の男について、なるべく多くの、正確な話を集めさせた。

　農民たちの話によると、片目の男は、このぶっそうなご時世に、やたらのんびりしたようすで村にあらわれたという。何でもえらい身分で、何百人かの部下を北方の村にあずけ、ひとりで旅をしていると自分では言っていたが、これはあまり信用できない。

　近くの村々がルシタニア人の盗賊のために害をこうむっている、と聞くと、男は、自分ひとりでやっつけてやる、礼として酒と女をよこせ、と言い、ひとりで盗賊どもの宿営地に出かけていった。

　翌日、片目の男は、馬に乗り、もう一頭の馬の手《た》綱《づな》をひいて、村にもどってきた。そちらの馬は、大きな麻の袋を三つひきずっていて、それぞれの袋には、盗賊どもの生首が五つずつはいっていたという。

　農民たちは、盗賊どもの宿営地に押しかけて、奪われたものを完全にとりもどし、片目の男には約束どおり酒と食事と女をあてがった。三日たつと、男は、せまい村のなかでの人づきあいがめんどうになった、と言いおいて、家も女たちも置いて村を出て行ってしまった。

　それがつい昨日のことである。近くの山中に洞窟があるが、そこに馬をおいていたから、今日ぐらいまでは、その洞窟にいるかもしれない。あるいはもう、いずこことも知れず、旅だったかもしれぬ。

「殿下、その者に心あたりがございますゆえ、会うてまいります。殿下のお味方になれば、たのもしい男でございますれば」

　そうヒルメスに言いおいて、サームはわずかに二十騎ほどの騎兵をつれ、男が住んでいるという洞窟へむかった。

大陸公路を見はるかす丘の中腹に、その洞窟は口をあけていた。付近には、金雀枝《えにしだ》や野生オリーブの繁《しげ》みがあった。近づくにしたがい、洞窟から外界へ流れでる歌声が聴こえてきた。歌は、なんとかうまいといえるていどのものだが、朗々たる声量は、みごとだった。

サームらが洞窟に近づくと、金雀枝の繁みのなかから、そうぞうしい鳴声がした。親子の野ねずみがいたのだ。繁みのなかには、乾肉やチーズのかけらがあった。この野ねずみの一家は、餌をもらって、洞窟の番をしているらしい。歌声がやんで、誰何《すいか》の声がした。

「他人の歌をただで聴こうという不埒《ふらち》者は誰だ?」

「クバード、半年ぶりだな。芸のないあいさつだが、元気そうで何よりだ」

「……ほう、サームか」

洞窟の入口に姿をあらわした片目の偉丈夫《いじょうぶ》は、白い歯をむきだしにして笑った。すると、荒けずりの精悍そうな顔に、少年っぽい表情がひろがった。アトロパテネの敗戦以来、行方不明となっていたパルスの万騎長《マルズバーン》クバードであった。

騎兵たちを待たせておいて、サームは、洞窟のなかにはいった。馬にはすでに鞍がおかれていた。出発寸前であったらしい。クバードは、洞窟の隅に丸めてあったカーペットをひろげ、麦酒《フカー》の壺《つぼ》をとりだした。

「まあ、すわってくれ。おぬしが生きていたとは、正直、思わなんだ。とすると、生きているやつらも、けっこう多いかもしれんな。おぬしといっしょにエクバターナを守っていたガルシャースフはどうした?」

「ガルシャースフは、勇敢に戦って死んだ。生恥《いきはじ》さらしているおれとは、大きなちがいだ」

自嘲まじりにサームが答えると、クバードは麦酒《フカー》の壺を手にして笑った。

「おぬしが卑下するのは勝手だが、おれはべつに生恥さらしているという気はないぞ。アトロパテネで生き残ったからこそ、酒も飲める、女もだける、気にいらないルシタニアのあほうどもをぶった斬ることもできるのだからな」

サームの前に青銅の杯《さかずき》をおいて麦酒《フカー》をみたし、自分は直接、壺に口をつけて飲みはじめた。酒豪として知られる男である。麦酒《フカー》など、水も同様であろう。サームは口をつけただけである。

「どうだ、クバード、おれはある御方につかえているのだが、ともにつかえぬか」

「そう言ってくれるのはありがたいのだがな……」

「いやか」

「他人につかえるのは、正直なところ、もうあきた」

クバードの言うことが、サームには、わからないでもない。人ぞ知る「ほらふきクバード」である。戦場では生々《いきいき》としていたが、宮廷では、いかにも窮屈そうだった。

ある宴席のとき、お高くとまった貴族の若君から、「血と汗と砂塵によごれ、空腹をかかえて戦場をうろつくのは、どんなご気分かな？」と問われたことがある。クバードは、いきなり貴公子の身体《からだ》をかかえあげて、広間の隅におかれていた麦酒《フカー》の大樽《おおだる》に放りこみ、「まあ、たとえてみれば、こんな気分でござる。はやく入浴してさっぱりしたいもので……」と言ってのけたのだった。

「だからといって、おぬしほどの勇者が、やることもなく荒野をほっつき歩いているというのも、もったいない話ではないか」

「これはこれで、気楽ではあるのだがな。それより、サームよ、おぬしこそ、いま誰につかえているのだ。王都エクバターナが陥落したあと、国王《シャーオ》も王妃も行方不明になられたそうだが」

ふしぎそうに問われて、サームは、ほろにがく答えた。

「ヒルメス殿下におつかえしている」

「ヒルメス……？」

首をかしげたクバードが、その名に思いあたって、さすがに、わずかだが眉をひそめたようである。

「ヒルメスというのは、あのヒルメスか」

呼びすてにするのが、不羈奔放《ふきほんぽう》なクバードらしいが、それでも、口調には、多少の遠慮があるようだ。

「そうだ。あのヒルメス殿下に、いまおれはおつかえしている」

「生きておられたわけか。だとしても、奇妙なめぐりあわせだな。おぬしがヒルメス王子の部下にな」

なぜそうなったのか、とは、クバードは訊《き》こうとしなかった。複雑な事情や葛藤《かっとう》があったことをさとったからだろう。サームは、現在のパルスの状況を説明し、東方国境にアルスラーン王子が健在であるらしいと語った。

「すると、パルスの王家は、四分五裂して、血で血をあらうことになりそうだな。と聞けば、いよいよ、その争いに巻きこまれるのは、ばかばかしい。おれのことは忘れてくれぬか」

立ちあがりかけるクバードを、片手をあげてサームは制した。

「まあ待て、クバード、いずれの方がパルスの支配者となられるにせよ、ルシタニア人の暴虐な支配を、このままにしてはおけぬだろう。さしあたり、やつらをパルスから追いはらうために、おぬしの武勇を貸してはくれぬか」

クバードはもういちど眉をしかめ、カーペットの上にすわりなおした。空になった麦酒《フカー》の壺を、洞窟の隅に放りだした。しばらく考えこむ。気質は豪快で、ときには粗野に見えるが、若くして万騎長《マルズバーン》になった男である。けっしてばかではない。

「サームよ、ヒルメス王子には、おぬしがついている。で、もう一方のアルスラーン王子には、誰がついているのだ?」

「ダリューンとナルサス」

「ほう……!?」

片方だけの目を、クバードはみはった。

「それはたしかか?」

「ヒルメス殿下からうかがった。たしかなことらしい」

「ダリューンはともかく、ナルサスのほうは、おれ以上に宮廷づとめを嫌っていると思ったが、どう心境が変化したのかな。パルスの未来はアルスラーン王子の上にある、と、そう見たわけか」

「ナルサスにはそう思えたのだろうな」

　王太子アルスラーンに対するサームの印象は、じつはそれほど深くない。アトロパテネへと出陣したとき、王太子は十四歳になったばかりだった。顔だちは悪くなかったし、気質もよいようだったが、何といってもまだ未熟な少年である。

　アルスラーンには、ダリューンやナルサスのような男たちの忠誠心を刺激する資質があるのだろうか。そして、アルスラーンは、はたしてアンドラゴラス王の実の息子《むすこ》なのだろうか。あの少年の体内には、アンドラゴラス王がいう「王家のにごった血」が流れていないのだろうか。

　考えこんだサームを、クバードは、片方だけの目で、興味ありげに見つめた。

「サームよ、おぬし、何を考えている?」

「何を、というと?」

「心の底からヒルメス王子に忠誠をちかっているのか」

「そう見えぬか」

「ふふん……」

　クバードは、きれいに髯《ひげ》をそったあごをなでた。女と別れた洞窟ぐらしのくせに、また宮廷に出仕しているわけでもないのに、そんなことをしているのが、この男の奇妙なところである。

「そうだな、サーム、どうせいまやることもなし、おぬしに力を貸してみてもいい。だが、いやになったら、すぐに立ち去る。そういうことでどうだ」

IV

　三月十日、ヒルメスのひきいるパルス軍と、聖堂《テンペ》騎士団《レシオンス》とは、はじめて、戦闘をまじえることになった。

　ザーブル城は、大陸公路から半ファルサング（約二・五キロ）ほど離れた岩山の上にある。この岩山というのが、平地からほとんど直立する断崖《だんがい》にかこまれていて、よじ登ることはまず不可能だ。岩山のなかをくりぬいて、長い長い階段と傾斜路が螺旋《らせん》状《じょう》につくられ、平地に面した出入口につづく。出入口には、鉄ばりの厚い扉が二重にもうけられている。

だから、城にたてこもった軍隊が、出撃してこなければ、攻撃するがわとしては、気長に包囲するしかない。だが、ヒルメスは、最初から持久戦にもちこむ気はなかった。策をもちいて、聖堂騎士団《テンペレシオンス》をおびきだすつもりだった。

その日、ザーブル城にたてこもる聖堂騎士団の将兵は、平地に展開したパルス軍が、陣地の前に一本の旗を押したてるのを見た。それは黒地に銀色の紋章をつけた、イアルダボート教の神旗であった。おどろいて見まもる聖堂騎士団の人々の前で、神旗に火が放たれ、みるみる燃えあがった。それはむろん、神旗と同じようにつくられたべつの旗だったのだが、ルシタニア人たちの衝撃は大きかった。

「おのれ、神旗を焼くとは、罰あたりの異教徒どもが。八つ裂きにしてくれよう」

狂信者が怒りくるえば、用兵や戦術など、問題にされなくなる。瀆神《とくしん》の異教徒どもを、地獄にたたきこむべし！　大司教ボダンがそう命じると、将兵たちは、ただちに甲冑をまとい、騎士は馬に乗って傾斜路を、歩兵は階段を、続々とおりていった。二重の扉をあけはなち、平地に陣をしく。

むろん、ヒルメスはそれを待ちかまえていたのである。

彼は味方を三隊に分け、左翼をサーム、中央隊をザンデに指揮させ、自分自身は右翼を統率した。片目のクバードは、左翼に配属された。サームとの関係からいえば、まず当然であろう。

「おぬしの出番はすぐ来る。すこしの間だけ見物していてくれ、クバード」

「見物する間、麦酒《フカー》が一杯ほしいな」

というのが、片目の男の返答だった。馬も甲冑も借りたものだが、それでもなお、威容はなみの騎士たちを圧している。

ラッパの音が鳴りひびき、戦いがはじまった。

聖堂騎士団《テンペレシオンス》は、長槍の穂先をそろえて突進してきた。

機動力よりも打撃力を重視した、重装騎兵の突撃である。かなりの重量感があった。

それに対し、パルス軍は、先《ま》ず弓箭隊《きゅうせんたい》でそれに対抗した。だが、聖堂騎士団《テンペレシオンス》の先頭の隊列は、馬まで甲をつけていた。飛来する矢にたいして損害もうけず、聖堂騎士団はパルス軍の陣地に押しよせ、割りこんだ。

殺戮《さつりく》がはじまった。

巨大な音響が、戦場を支配した。宙はとびかう矢に埋めつくされ、地は死体と流血におおわれ、その中間で、パルス人とルシタニア人が、斬りあい、突きあい、刺しあい、なぐりあった。血のにおいが戦場にみちた。

パルスの歩兵隊は、聖堂騎士団の圧力をささえかね、十歩、二十歩と後退した後、半ばくずれるように後方へ走りだした。聖堂騎士団は、いきおいづいた。口々に、イアルダボート神の名をとなえながら、馬を駆って追撃をはじめた。砂塵がまいあがり、空の下半分をおおいつくす。

そのとき、ヒルメス自身のひきいる右翼部隊が、突進をつづける聖堂騎士団《テンペレシオンス》の側面に、つっこんでいった。一本の鉄の大河に、もう一本の鉄の急流がおそいかかっていくように見えた。

聖堂騎士のひとりが、ぎょっとして顔をあげたとき、ヒルメスの銀仮面と長槍とが、同時にかがやいた。聖堂騎士は、ヒルメスの長槍に完全に胴を突きぬかれ、声もたてずに絶命した。彼の生命を奪った槍の穂先は、そのまま直進して、もうひとりの騎士の脇腹に突きたった。

ここでヒルメスは槍をすてて剣を抜き、撃ちかかってきた聖堂騎士の横面に、刃をたたきこんだ。騎士は、鞍上《あんじょう》からふきとび、血のかたまりと化した顔面を、砂につっこんだ。

「いまだ、クバード、たのむ」

サームに言われて、ひさしぶりに甲冑をまとった片目の騎士は、無言でうなずいた。

　パルス軍の中央を突破したルシタニア人の騎士たちが、赤灰色《せきかいしょく》の砂を馬蹄に蹴ちらしつつ、丘の斜面を駆けあがってくる。その先頭にたった騎士ふたりが、丘の上に躍りあがって、「イアルダボート神に栄光あれ」と叫んだ。

　その瞬間、クバードの大剣が宙にうなった。

　音たかく血しぶきがはねて、聖堂騎士ふたりの頭部が、冑をかぶったまま、胴から飛びさった。二個の生首が、血をまきながら砂にたたきつけられる。ルシタニア人の間から、恐怖と怒りの叫びがおこった。

　クバードは馬の腹を蹴って、敵中に躍りこみ、右に左に、ルシタニア人たちをなぎはらった。重い大剣は、信じられないほどの速度でひらめきつづけた。馬上のクバードは、掌《てのひら》から雷光を放つティシュトリヤ神の化身のようにすら見えた。

　血まみれの通路を戦場につくりあげると、クバードは馬首をひるがえし、ふたたび敵中につっこんだ。あたらしい流血の道が、大剣のひと振りごとに、きりひらかれた。クバードの剛力《ごうりき》は、ルシタニア人たちの盾を撃砕し、甲冑を斬り裂いた。砂上にまかれた鮮血は、たちまち吸いこまれて、大地の一部となった。

　動揺するルシタニア人たちにむかって、サームの指揮するパルス軍が全軍突撃をおこなった。

　馬がいななき、金属どうしがぶつかりあってひびきをたてる。勝者の怒号と敗者の悲鳴が連続してわきおこり、ルシタニア人たちは、ついにパルス人たちのために敗走した。

　聖堂騎士団《テンペレシオンス》は、二千をこす死体を残して、ザーブル城へ逃げこんだ。二重の門扉《もんぴ》をかたくとざし、そびえたつ岩山の奥に身をひそめてしまったのだ。

「これで当分は出撃してくるまい。持久戦にもちこむつもりだろうが、策はある。よくやってくれた、クバード」

　敵の返り血に、甲冑を赤く染めあげたサームが、クバードを賞賛した。クバードが、大剣を鞘におさめて、何か答えかけたとき、ザンデをしたがえたヒルメスが馬を寄せてきた。銀色の仮面の奥から、鋭い眼光が、クバードの顔に射こまれてきた。

「クバードというのは、おぬしか」

「はあ……」

　あまり鄭重とはいえない返答に、ザンデが目をむいた。

「礼節を守らんか！　この御方は、パルスの正統な国王《シャーオ》であるヒルメス殿下だぞ」

「国王《シャーオ》というなら、呼称は殿下ではあるまい。陛下ではないのか」

　皮肉でザンデをだまらせておいて、クバードは、ヒルメスの銀色の仮面を見つめた。右の目に、うさんくさげな表情が浮かんでいる。

「ヒルメス殿下、あなたがまことにヒルメス殿下であるとして、なぜそのように人目をはばかり、顔をかくしておいでなのですかな」

　無礼きわまる質問だったが、質問した当人は、その無礼さを意識していた。銀仮面の表面に、怒気《どき》の陽炎《かげろう》がゆれるのを見ぬいて、にやりと笑う。

「おれも目がひとつしかない面をさらしているのだから、殿下も、そうなさってはいかが？　よき国王《シャーオ》たるの資格は、顔ではござるまいに」

「クバード……！」

　サームが低く叫んだ。彼は、クバードが、いわばけんかを売っていることに気づいたのだ。以前から、気にくわないとなれば、国王《シャーオ》にさえ、そっぽをむく男だった。アンドラゴラス王の不興を買ったことも、一度や二度ではないが、そのつど、武勲をたてては宮廷に復帰していた。

　ヒルメスは、銀仮面ごしに、けわしい眼光でクバードの顔を突き刺した。

「サームの友というにしては、礼節を知らぬやつ。求めて王者の怒りを買いたいか」

　クバードはわざとらしく、ため息をついた。視線を旧友にむけ、この上なくはっきりと言ってのける。

「サームよ、おぬしには悪いが、どうもおれはこの方と性があいそうにない。アトロパテネで敗れたおかげで、せっかく手に入れた自由の身だ。もうすこし、このままでいたい。これでお別れということにしよう」

「クバード、短気はよさぬか」

サームの声に、ヒルメスの怒声がかぶさった。

「放っておけ、サーム。本来なら国王《シャーオ》への非礼、車裂《くるまざ》きにしてやるところだ。が、サームに免じて、今回だけは見のがしてやる。二度とその不愉快な面を、おれに見せるな」

「ご寛容感謝いたします、ヒルメス殿下。パルス人どうしで血を流すのは、たしかにやめにいたしたいところですな」

言いすてて、クバードは馬からおり、甲冑をぬぎはじめた。傍若無人に、冑や胸甲をつぎつぎと地に放りだす。近づいたサームに、それでも声をひそめて問いかけた。

「おぬしはどうするつもりだ。このままヒルメス殿下の幕営《ばくえい》に身をおくか」

「アルスラーン殿下には、ダリューンとナルサスがついている。ヒルメス殿下にも、せめておれぐらいがついてさしあげなくては不公平だろう。いや、おれなど微力きわまる身だが……」

甲冑を完全にぬぎ終えると、クバードは平服に大剣をさげただけの姿で、ふたたび馬上の人となった。

「おぬしも苦労しそうだな。ヒルメス殿下はともかく、おぬしの武運は祈るとしよう。もっとも、おれは不信心者ゆえ、神々にはかえって逆効果かもしれぬがな」

一笑し、ヒルメスに馬上で頭をさげると、すぐさま馬首をめぐらした。長居は無用というところである。

一ファルサング（約五キロ）ほど行ったところで、クバードは振りむいた。追手はかかっていなかった。あるいはサームが制止してくれたのだろうか。

「……ちと、気が短かったか。考えてみれば、アルスラーン王子のほうと性があうという保証もないしな」

麦酒《フカー》をみたした革水筒をとりだし、口をつけたクバードは、風にむかって、にやりと笑った。

「まあいい、気に入らなかったらそこもとび出すだけのことだ。長くもない人生、気にくわぬ主君につかえてすりへらすぐらい、くだらぬ生きかたはないからな」

片目の偉丈夫は、麦酒《フカー》の革水筒《かわすいとう》を片手に馬を進めながら、大声で歌をうたいはじめた。朗々たる歌声と、馬蹄のひびきは、無人の荒野をゆっくりと東へ移動していった。

V

パルス国の東部一帯に、二十年ぶりといわれる大きな地震が発生したのは、三月二十八日の夜中のことである。

震動は、カーヴェリー河の水面をこえて、シンドゥラ国の西部にもおよんだ。各処で崖がくずれ、地にひび割れが生じ、貧しい人々の家が倒壊した。

ペシャワール城塞も揺れた。地に建っている以上、当然のことではあるが。

揺れはかなり大きなもので、アルスラーンも寝台から飛びおき、厩舎《きゅうしゃ》ではおびえた馬たちが暴れだして、蹴られた兵士が肋骨をおった。いくつかの燭台がたおれ、火事さわぎが持ちあがったが、いずれも消しとめられた。城壁や城館は、さすがにびくともしなかった。

重傷者が一名、その他、棚から落ちた瓶で頭をうったり、たまたま酔っぱらって歩いていて階段からころげ落ちたりで、幾人かの軽傷者が出た。城内の被害はそのていどですんだが、偵察に出た騎兵たちが、気になる報告をもたらした。

「デマヴァント山の周辺で、地震の被害はひときわ大きく、山容《さんよう》すら変化したとのことでございます。山に近づこうとこころみたのですが、道は落石や崖くずれで通れず、風雨もはげしく、とても近づけませなんだ」

「デマヴァント山が？　そうか……」

アルスラーンは奇妙な不安を感じた。デマヴァント山は、三百年の昔、英雄王カイ・ホスローが蛇王ザッハークを地底に封印したといわれる地である。ペシャワールの城塞へむかって旅をする途中、デマヴァント山を遠くに見たアルスラーンは、何かえたいの知れない妖気にとらわれる思いがしたのだ。それを思いだし、アルスラーンは、平静でいられない気分だった。

「殿下、どうせわれらは西へむけて軍を進めます。お気になさるのであれば、その途中、くわしく調べることにいたしましょう」

ダリューンのことばにアルスラーンはうなずいた。

彼は知りようもなかった。そのころ、ペシャワールを遠く離れた王都エクバターナの地下で、暗灰色の衣の男が弟子たちにむかって、喜悦《きえつ》の声をもらしていることを。

「……アルスラーンの孺子《こぞう》めも、ペシャワールの城内に土竜《もぐら》のようにこもっておれば、長生きできようものをな。思うたより、蛇王ザッハークさまの再臨は早まりそうじゃ。お迎えの準備をおこたるでないぞ……」

だが、たとえそのことばを聞いたとしても、アルスラーンは、引きさがるわけにはいかなかった。

いま彼のもとに、ダリューン、ナルサス、ギーヴ、ファランギース、キシュワード、エラム、アルフリード、ジャスワント、そして二十名の千騎長がいる。彼らの支持と協力をえて、アルスラーンは、パルスの国と民を解放する戦いにのぞもうとしていた。

パルス暦三二一年三月末。

ペシャワール城にある王太子アルスラーンの名において、ふたつの、歴史上重大な布告《ふこく》が発せられる。ともに、文章は、ダイラムの旧領主ナルサスの手になるものである。

ひとつは、「ルシタニア追討令」であり、パルス全土に檄をとばしたものである。故国を侵略したルシタニア人を追いはらうために、すべてのパルス人は王太子アルスラーンのもとに結集せよ、というのであった。

いまひとつは、「奴隷《ゴラーム》制度廃止令」である。これはアルスラーンが国王《シャーオ》として即位した後、パルス国内の奴隷《ゴラーム》をすべて解放し、人身売買を禁止することを、明快につげるものであった。

　いずれにしても、このふたつの布告によって、アルスラーンは自分の立場をはっきりと宣言した。政治的に、軍事的に、また歴史的に。彼は、英雄王カイ・ホスローの建国以来、パルスにおいてはじめて、異国の侵略支配と、自国の旧制度から、人と土地を解放する為政者となろうとしている。

　アルスラーンは十四歳と六か月。彼の前には、彼が知っているいくつかの謎と、彼が知らない何十もの謎が立ちはだかっていた。それらを克服したとき、彼は、「解放王アルスラーン」の名を後世に伝えることになるであろう。

# 汗血公路

# 汗血公路

アルスラーン戦記 4

汗血公路 4

第一章

# 東の城、西の城

I

パルス王国の東部国境地帯を走る幾筋かの街道は、武装した兵士と軍馬の群に埋めつくされていた。

パルス暦三二一年四月、花と蜜蜂《みつばち》の季節である。街道の両側は、アセビ、ギョリュウ、シャクヤク、ケシ、スミレ、ヒナギク、ヤグルマソウ、モモ、キンセンカなど多彩な花々の群におおわれ、馬を駆る騎士たちの甲冑《かっちゅう》に花びらが舞い散りかかって、異様な美しさをしめした。

彼らの目的は、赤い砂岩で築かれたペシャワールの城塞《じょうさい》である。ここにいま、パルスの王太子アルスラーンが拠《よ》って、国土を侵略したルシタニアの大軍に戦いを挑もうとしているのだった。檄文《げきぶん》が発せられ、ルシタニア軍の暴虐を憎みつつも採《と》るべき手段に迷っていた各地の諸侯や領主たちは、兵を集めてアルスラーンのもとへ馳《は》せ参じつつあるのだ。

彼らはペシャワール城塞の西方で合流し、川に浮橋をかけて渡り、続々と王太子のもとに集結した。

ペシャワール城塞の門は、夜明けから日没まで大きく開かれ、きらめく甲冑の群をのみこんだ。彼らの指導者たちは、広場に面した露台《バルコニー》の下に馬を立て、冑《かぶと》をぬいでアルスラーンに対する敬意をあらわしつつ、ある者は誇らしく、ある者は力みかえって名乗りをあげた。

「レイの城主ルーシャンと申す。アルスラーン殿下の檄に応じ、ルシタニアの侵略者どもを撃ち払わんものと、まかりこしました。どうか殿下におとりつぎ願いたい」

「オクサスの領主ムンズィルの息子で、ザラーヴァントと申す者。老病の父より命じられ、アルスラーン殿下におつかえするべく参上いたしました。殿下の御意をえることがかなえば、幸いでございます」

「アンドラゴラス陛下より万騎長《マルズバーン》たるの栄誉をたまわりしシャプールの弟にて、イスファーンと申します。亡き兄にかわり、殿下のおんために働きとう存じます。兄の仇《かたき》であるルシタニア人ども、ひとりも生かしておきませぬ」

「わが名はトゥース、南方のザラで守備隊の長をつとめておりましたが、このたび同志とともに駆けつけました。随従《ずいじゅう》をお許しあれ」

　このように名乗る騎士たちが、部下をしたがえて、つぎつぎとアルスラーンのもとへ駆けつけてきたわけである。

　ルーシャンは五十歳をこえた年代の、堂々たる体格と態度の人物で、頭髪もひげも濃い灰色をしていた。ザラーヴァントとイスファーンは、ともに二十代の前半である。ザラーヴァントは、ダリューンやキシュワードと並んでも見劣りしないほどの偉丈《いじょう》夫《ふ》で、頬《ほお》にだけひげをはやしているのは、童顔をきらってのことだろう。イスファーンは中背で、塩沢《えんたく》にはえる葦《あし》のように強靭《きょうじん》そうな引きしまった身体《からだ》つきと、透きとおった琥珀色《こはくいろ》の瞳をしていた。トゥースは二十代後半で、銀貨《ドラフム》のような瞳をした、いかにも戦士らしい容姿の男だった。左肩に、鉄の鎖を輪にしてかけていた。


万騎長《マルズバーン》シャプールの弟であるイスファーンには、「狼に育てられた者《ファルハーディン》」という異称があった。貴族や騎士階級の家ではよくあることだが、家の主人が奴隷の女に手をつけて子を生ませる。正妻はそれに嫉《しっ》妬《と》して、憎い奴隷女とその子を追い出してしまう。イスファーンが二歳の冬に、彼は母親とともに山中に置き去りにされてしまった。父親は事情を知ったが、家庭に波風を立てることをいとって、そ知らぬ顔であった。

　当時十六歳のシャプールが、父の無情と母の酷薄《こくはく》とを見かね、山中に馬を飛ばした。後に三十代で万騎長となったほどの男だ。十六歳でもすでに一人前以上の騎手であった。食糧と、水をつめた革水筒《かわすいとう》、寒気をしのぐための毛皮などを馬の背にのせて、ようやくめざすものを探しあてた。幼児は生きていた。母親はわが子の小さな身体を何枚も服でくるみ、自分は薄衣一枚の姿で凍死《とうし》していた。シャプールが馬から飛びおりると、二頭の狼が逃げていった。幼児が食われたのかと思ったが、狼は幼児のところに、自分たちが狩った兎《うさぎ》を置いていったのである。

　こうしてイスファーンは兄の手で救われ、無事に成長した。シャプールが王都に出て武将となると、兄の代理人として故郷の家を守った。兄の死は、イスファーンを歎《なげ》かせ、かつ憤激させたが、今日まで、ルシタニア人に報復をいどむ機会をえられなかったのである。


　彼らが押しあい、ひしめきつつ、どうやら広場に整列すると、露台《バルコニー》の奥の扉がひらいた。

　黄金の冑をかぶり、左肩に鷹《シャヒーン》の告死天使《アズライール》をのせた王太子アルスラーンが露台《バルコニー》に姿をあらわした。今年の九月で十五歳になる。晴れわたった夜空のような色あいの瞳が、見る者に強い印象を与える。

　アルスラーンの左にキシュワード、右にダリューン、パルスが誇る二名の万騎長《マルズバーン》がしたがっている。制度として、パルス軍には、国王《シャーオ》と大将軍《エーラーン》の下に十二名の万騎長がいるのだが、アトロパテネの敗戦、王都エクバターナの陥落《かんらく》、シンドゥラの遠征とつづくうちに、多くが戦死し、あるいは行方不明となって、健在が確認されるのは、ダリューンとキシュワードの両雄だけであった。だが、このふたりだけでも、その威は大軍を圧するにたりるであろう。

「パルスばんざい！　王太子殿下に栄光あれ！」

　ザラーヴァントが最初にとどろくような大声をはりあげた。他の諸侯や騎士もそれに唱和し、ペシャワール城の広場は地軸《ちじく》をゆるがす歓声に満たされた。無数の剣や槍が天を突きあげ、春の太陽がそれらに反射して、光の波濤《はとう》がきらめきわたった。それは昨年末、シンドゥラ王国への遠征を開始したときにまさる壮観であった。

　広場の片隅で、ふたりの女性がこの光景をながめていた。

「すごいねえ」

　そう感歎《かんたん》した赤みをおびた髪の少女はアルフリードである。いまひとりの女性、黒絹の髪を腰の下までのばした美女が笑いを返した。

「たしかにすごいな。あの方はパルスを望ましの王《クシャースラ・ワ》土《ルヤ》に変えてくださるかもしれぬ。それには時間神《ズルワン・アカルナ》を味方につける必要があろうが」

　ファランギースが笑うと、銀色の月光が水晶の杯《さかずき》に弾けるような、えもいわれぬ華麗さがこぼれる。ミスラ神につかえる女神官《カーヒーナ》として、また武芸の達人として、周囲から一目も二目もおかれている彼女であった。

「あたしたち、ひょっとして、歴史のたいへんな舞台にいるかもしれないんだね。ずっと後の時代にさ、吟遊詩人《ぎんゆうしじん》の歌に出てくるようなことになるのかしら」

「アルフリード、さしあたって、おぬしには、ナルサス卿との恋歌《こいうた》の行方がたいせつではないのかな」

　ファランギースが好意的にからかうと、ゾット族の少女は、えらく真剣な表情で考えこんだ。

「うん、それはもちろんそうなんだけどね。でもこの春からのことを考えると、これまでのあたしの生活と、あまりにも変わってきたからね。やっぱり王太子殿下のお役に立ちたいし」

「頼もしいことじゃな。おぬしがそう自覚してくれれば、王太子殿下だけではなく、ナルサス卿にとってもよい結果がもたらされるであろうな」

　さて、人が増えれば仕事も増える。それぞれの激務に追われていたナルサスとダリューンが、ひと息いれて、エラムのいれてくれた緑茶を前にしたのは、ひさしぶりのことであった。

「実をいうとな、ナルサス、おれはあまり期待していなかったのだ。これほど多くの諸侯《シャフルダーラーン》が殿下のもとに集うとは」

　ダリューンがそう会話の口火を切ると、ナルサスはかるく笑った。

「おぬしがなぜそう危惧していたかはわかる。奴隷《ゴラーム》解放令が貴族や土豪たちの反発を買って、味方が集まらぬ、と思ったのだろう」

「そういうことだ。どう考えても彼らの得になることではないからな。殿下のお優しさと正しさはわかっても、正直、おれはおぬしがあの廃止令を明文化するとは思わなかった」

　ダリューンにしてみれば、奴隷《ゴラーム》制度の廃止は、アルスラーンが国王《シャーオ》となり不可侵の権力をにぎった上で断行すればよい、と思うのだ。何も最初から正直に、こういうことをするつもりだ、と宣言する必要もあるまい。

もう一度ナルサスは笑った。

「諸　侯《シャフルダーラーン》には、それなりの思惑もあれば計算もあるのさ。あの奴隷《ゴラーム》制度廃止令には、ひとつ微妙な点があってな」

ナルサスが指摘したのは、奴隷制度廃止令に記された前提条件である。パルス国内の奴隷がすべて解放され、人身売買が禁じられるのは、「アルスラーンが国王《シャーオ》として即位した後」であって、いますぐに、ということではないのだ。むろん、これはナルサスが考案したことである。ひとつには、現在の時点でそれを断行しても実質的な効果がないし、悪くすれば、奴隷制度の存続を望む諸侯が、それを条件としてルシタニアがわに走るおそれすらある。

諸侯にしてみれば、ルシタニア軍と戦うための盟主としては、アルスラーン王太子を仰ぐ以外にない。そしてアルスラーンがパルス全土を回復し、国王《シャーオ》となったとき、諸侯が財産として所有する奴隷は、すべて解放されてしまうことになる。これは諸侯にとって大いなる矛盾《むじゅん》である。

いかにパルスの国土と王権を回復するための正義の戦いといっても、その結果、自分たちが大損をするとあっては、諸侯や貴族たちが熱心になるはずがない。彼らを味方につけるためには、細工が必要であった。つまり、諸侯につぎのように錯覚させるのである。

「アルスラーン王子は、即位したら奴隷制度を廃止なさるという。だが、王子には諸侯の力が必要だ。諸侯が王子のために功績をたて、また団結して奴隷制度の存続を要求すれば、王子とて拒否はできまい。何、あわてることはない。奴隷制度廃止令など、いずれ泡となって消えさるさ……」

ナルサスの説明を聞いて、ダリューンはあきれたように友人を見やった。

「それではつまり諸侯たちをだますことになるので

はないか、ナルサス。どうせ彼らの要求を容《い》れるつもりはないのだろう」

「そういう解釈が成立する余地もあるな」

人の悪い笑いかたをして、ナルサスは緑茶をすすった。

「だが、諸侯《シャフルダーラーン》が自分勝手に何を考えようとそれは殿下にご責任はないこと。殿下にとっての正しい道とは、殿下ご自身の力と徳によって、国土を回復し、旧《ふる》い時代より公正な統治を布《し》くことにあるのだからな」

改革とは、すべての人を幸福にすることではない。それまで不公正な社会制度のなかで利益をえてきた人間は、改革によって損をする。奴隷たちが自由になれば、諸侯が奴隷を所有する自由は失われる。つまるところ、どちらを重んじるか、ということである。何もかもよくなる、というわけにはいかない。

「ダリューン、おれはアルスラーン殿下には不思議な感化力がおありのように感じている」

「それについては、まったく同感だが」

「ゆえにだ、パルス国土を回復する数年の間に、諸侯が殿下のお考えに染まることもあろうと、おれは想像している。そうなればよし、ならないときには、おぬしの武勇とおれの策略とが、あらためて必要になるだろうさ」

## II

兵力の膨張《ぼうちょう》は急激だった。ペシャワールの城内に人馬がはいりきれず、城外にテントを張って野営する者も多い。

ただ兵が集まればそれでよし、というわけにはいかない。十万人の兵士が集まれば、一か月で九百万食の糧食《りょうしょく》が必要になる。さらに軍馬の餌《えさ》も必要になってくる。軍隊というものは生産に寄与することはなく、物資を消費するだけであるから、本来、数を最小限度におさえるべきなのだ。

「やれやれ、兵が集まるほどに食糧も集まってくれればよいのだがな」

ナルサスは、王太子アルスラーンから正式に中書令《サトライプ》に任命されていた。これは王太子が国王《シャーオ》に代わって国政をつかさどるとき、その補佐役たる者に与えられる地位である。事実上の宰相であり、他の臣下に地位は優先し、御前会議の書記役をつとめたりする、きわめて重要な役で、公文書も起草する。先だってのアルスラーンの檄文をナルサスが記したのも、中書令《サトライプ》としてであった。

中書令《サトライプ》ナルサスは、パルス王国の仮政府ともいうべき王太子府の組織化を、敏速《びんそく》にすすめた。まず王太子府を文治部門と軍事部門に分け、文治部門をさらに会計、土木など八つの小部門に分けて、それぞれの責任者を置いた。なかでも、とくに重要であったのは、会計部門を担当する責任者の人選である。

ナルサスが会計監《かいけいかん》に登用したのは、パティアスという人物で、大きな隊商《キャラバン》の副隊長をしていた三十歳ほどの男である。一時的に、南方の港町ザラの役所で会計担当の書記官をしていたこともあった。ナルサスが宮廷書記官をつとめていたとき、ザラから送られてくる書類が、急にみごとな、きちんと整ったものになったので、不思議に思い、何者が書類を作製したのか調べさせたことがあるのだった。そのパティアスが、王都を脱出し、二か月がかりでペシャワール城にたどりついたので、さっそくナルサスは、彼に重大な任務を与えたのだった。計数に長じ、文書にも強く、地方や商業の実情にもくわしい、えがたい人材である。

そういったある日、ナルサスの書類処理をてつだっていたエラムが問うた。

「ナルサスさま、アルスラーン殿下のなさることは、後の世でどう評価されるでしょうか」

「結果しだいだな」

ナルサスの返答は冷静である。

「アルスラーン殿下が王者として成功なされば、寛厚にして信義ある人、と評されるだろう。王者として失敗なされば、諸侯《シャフルダーラーン》の忠告をしりぞけてむりな改革をおしすすめ、情に溺れて判断を誤った、といわれるだろう。どちらになるか、まだわからんな」

「すべては結果ですか」

「王者とは、つらいものだ。何をなそうとしたか、ではなく、何をなしえたか、によってその評価が定まる。どのような理想を持ったか、ではなく、どのような現実を地上にもたらしたか、によって、名君か暴君か、善王か悪王か、判定が下されるのだ」

「厳しいのですね……」

　エラムがつぶやくと、ナルサスは、明るい色の髪を片手でかきあげた。

「だが、そのような評価のしかたは、たぶん正しいのだ、エラム」

　でないと、自分ひとりの理想のために、人民を犠牲にする王があらわれる。よいことを考えたから、失敗して多くの犠牲を出してもかまわない、ということでは、民衆が救われぬ。むろん、自分の権勢と利欲のために王位を欲する者は論外である。

「だから私は王などになりたくはないな。もうすこし楽な生きかたのほうが好きだ。王者の苦労は、アルスラーン殿下にやっていただこう」

　そう冗談めかしてナルサスは、また書類に目を落とした。ナルサスのじゃまをしないよう、エラムはそっと部屋を出た。

　いそがしいのはナルサスばかりではない。侍衛士《じえいし》となったジャスワントは、アルスラーンの部屋の扉《と》口《ぐち》に毛布を敷き、剣を抱いて寝るようになっていた。アルスラーン陣営の兵力が急激に膨張したため、ペシャワールの城内を、見知らぬ顔が歩きまわるようになった。そのなかに、ルシタニア軍と手をむすんだ刺客《しかく》がまぎれこんでいるかもしれないのだ。

　昼の間は、ファランギースもアルスラーンの側近にいて、あやしげな者が王子に近づくのを許さない。だが、女性の身であるから、夜は自分の部屋にもどる。かつてアルスラーンの部屋の扉口で剣を抱いて寝るのは、雄将ダリューンがおこなったが、万騎長《マルズバーン》として本来の仕事がいそがしくなってきたので、ジャスワントがそれを引きついだのである。

　それはよいのだが、ペシャワールの城に不案内なザラーヴァントが、夜、自分の部屋にもどろうとして路《みち》をまちがえ、アルスラーンの部屋の前まで来てしまった。あやうくジャスワントを踏みつけそうになり、頭ごなしにどなられてしまったのだ。

ジャスワントにしてみれば、これは王太子に対する忠誠心のあらわれであって、それ以外の何物でもない。ところが、ザラーヴァントからみると、この異国人は、王太子の側近であることを笠に着て、新参者をないがしろにしているように思われたのである。ジャスワントのパルス語が生硬《せいこう》で、口調がきつく感じられたことも、誤解の原因となった。ザラーヴァントは腹をたて、長靴《ちょうか》で床《ゆか》を蹴《け》りつけてどなった。

「異国人の分際で、王太子殿下の側近面《づら》をするとは、僭越《せんえつ》も度が過ぎる。とっとと自分の国へ帰って、水牛でも飼っておれ！」

痛烈な侮辱《ぶじょく》に、ジャスワントの表情がひきつった。浅黒い肌に血がのぼり、一歩すすみ出る。

「もう一度言ってみろ。無礼な奴《やつ》」

「こいつはおもしろい、黒犬が赤くなったわ」

パルス人がシンドゥラ人を侮辱するときには、黒犬よばわりするのが常であった。

ジャスワントにとって、パルス語は母国語ではない。思いきり言い返してやりたいのだが、とっさにパルス語が出てこない。大きく息を吐き出すと、シンドゥラ語で反撃した。

「やかましい！　おれが黒犬なら、きさまは何だ。そのまぬけ面《づら》は、餌を盗み食いして眠りこけている間にしめ殺されたロバも同様ではないか！」

ザラーヴァントはシンドゥラ語を解さない。だが、賞賛されているのではないことは明らかであったから、ジャスワントにおとらず、頭と顔に血を昇らせた。シンドゥラ人の若者をにらみつけ、大剣《たいけん》の柄《つか》に手をかける。

「シンドゥラの黒犬め！　文明国パルスの礼儀作法がどのようなものか教えてやるぞ。剣を抜け！」

言い終えたとき、すでに大剣は半ば鞘《さや》走《ばし》っている。挑戦に対してひるみを見せるジャスワントではなかった。応じて剣を抜き、双方、場所もあろうに、王太子の寝室の前で一騎打におよぼうとした。

このときアルスラーンは、エラムとともにナルサスの部屋で絹の国《セリカ》の兵法書《へいほうしょ》を学んでおり、自分の寝室にいなかったので、騒ぎを知らなかった。

まさに剣と剣が撃ちかわされようとしたとき、薄暗い空気が、ひゅっと音をたてた。はっとしてジャスワントとザラーヴァントが跳びさがると、彼らの中間の床に槍が突き刺さり、長い柄をゆるがせた。

槍を投じた男は、無言のまま、ふたりの視界に姿をあらわした。怒号《どごう》をあびせようとして、ふたりは一瞬声を失った。

「キ、キシュワード卿……」

ザラーヴァントが、しゃちほこばって姿勢を正した。「双刀将軍《ターヒール》」という異名《いみょう》をもつキシュワードは、ザラーヴァントにとって武神にもひとしい。ジャスワントにとっても、格上の人物である。血気さかんなふたりの間に立つと、双刀将軍は静かに口を開いた。

「王太子殿下の御意は、一同の協調と融和《ゆうわ》にある。おぬしらはすべてその旨《むね》を承知のはずだ。殿下におつかえする者どうし、無意味に血を流してルシタニア人を喜ばせることもあるまい」

「ですが、こやつが非礼にも」

異口同音《いくどうおん》に言いかけるふたりの面上を、キシュワードの鋭い視線がひとなでした。

「不服がある者は、このキシュワードが相手になろう。右手と左手で、おぬしらを同時に相手どってやってもよいが、どうだ、双刀将軍の首がとれるかどうか、やってみるか」

このあたり、キシュワードの発言には自己矛盾があり、当人もそれを承知しているのだが、威厳《いげん》といい迫力といい声価《せいか》といい、ジャスワントにもザラーヴァントにも反論を許さない。ふたりとも、しぶしぶ剣を収め、たがいの非礼をわびて引きさがった。むろん、心から仲直りしたわけではなく、それ以後も、視線があったとたんに「ふん」と顔をそむけあう仲であったが、ひとまず噴火は避けられたというわけである。

III

「正手《せいしゅ》に混じえるに、奇手《きしゅ》を必要とするか。いつものことではあるがな」

床に十枚以上の地図をひろげ、あぐらをかいてすわりこんだナルサスが、ひとりごとのようにつぶやく。彼の反対がわにダリューンがいて、やはり地図をのぞきこんでいる。

ルシタニア人の侵入が、パルスの歴史にとって巨大な曲がり角となるのか、単なる事故で終わるか、おそらくこの一年で決まるだろう。アトロパテネの敗戦や王都エクバターナの陥落などは、悲劇であるにはちがいないが、その損害を回復する手だては、いくらでもある。ルシタニア人を追いはらった後、どのような国が旧《ふる》いパルスの上に築かれるか、そこまでナルサスは考えているのだった。

シンドゥラに遠征している間、ナルサスは、百人あまりの者をパルス国内に放って、くわしい地図をつくらせた。ひとつの道に数人を行かせて、それぞれの報告の長所をまとめるという周到さであった。

「どのような大国であろうと、地図一枚あれば、殿下のおんために、その国を奪ってごらんにいれます」

そうナルサスはアルスラーンにむかって言上《ごんじょう》したことがある。ナルサスの策略や戦法は、まるで奇蹟のように見えるが、その底には正確な状況認識と判断がある。そのために国内外のようすを知り、情報を集める。地図一枚があれば、ナルサスは、頭のなかに、正確で鮮明な風景画を描《えが》くことができるのだ。

「そのくせ、いざ本人が絵を描《か》くと、どうしてああぶざまになるのであろう。手は頭ほどに動かぬということかな」

友人であるダリューンは、おかしく思う。思いつつも、彼自身も熱心に地図を見て、ここにこう兵を伏せる、この道をたどって敵の背後に出る、と、用兵の研究にはげんだ。

「閥《ばつ》をつくってはなりません。閥は岩にはいったひびでございますから」

　ナルサスはそう王太子に進言した。旧《ふる》くから――といっても昨年秋のアトロパテネ会戦以来のことであるにすぎないが、とにかく以前からアルスラーンに仕えていた者と、あたらしく仕えるようになった者とが、それぞれ閥をつくって抗争するようなことがあっては、ルシタニア軍と戦うどころではない。ジャスワントとザラーヴァントの一件以来、とくにこれは重要な課題となっていた。

「ナルサスの言うとおりだと思う。先日、ジャスワントとザラーヴァントが、味方どうし、あやうく剣をまじえるところだった。どうすれば、あたらしく来てくれた者たちに、不満を持たせずにすむだろうか」

「さようでございますな、さしあたって中書令《サトライプ》を替えてはいかがでございましょう。現任の人物は若くて貫禄がございません」

　アルスラーンは、かるく目をみはり、つづいて笑いだした。現任の中書令《サトライプ》とは、すなわちナルサス自身のことではないか。

「では誰が中書令《サトライプ》にふさわしいとナルサスは思うのだ？　意見を聞かせてくれ」

「お許しをえて申しあげます。ルーシャン卿がよろしかろうと存じます。年長者でもあり、思慮分別《しりょふんべつ》に富んだお人で、諸侯《シャフルダーラーン》の人望もございます」

「ナルサスはそれでよいのか」

「これが最善かと思います」

「ではナルサスの言うとおりにしよう」

　こうしてナルサスは中書令《サトライプ》の地位を、ほんの半月間でしりぞいてしまった。あらたに彼が就任したのは、軍機卿《フォツサート》の地位である。これは王太子アルスラーンに直結した軍令と軍政の責任者であって、要するに、軍師としての役割はそのままであった。地位としては、むろん中書令《サトライプ》におよばないが、戦場ではこれほど重要な職務はない。

　地位など、ナルサスにとっては、どうでもよいことなのだ。ただ、軍を動かし、戦略をさだめ、戦術を行使する権限は必要なので、軍機卿《フォツサート》という地位につきはしたが、これとても、他に欲しがる者があれば譲ってやってもよかった。なにしろナルサスには、宮廷画家という理想の地位がある。

中書令《サトライプ》という地位に必要なものは、才略よりもむしろ人望である。さらに、あるていどの年齢、地位、貫禄、経験、知名度、そういったものも必要である。ナルサスの名は、知略の士として、パルス国内で広く知られているが、アンドラゴラス王の宮廷を出奔《しゅっぽん》した経緯《いきさつ》から、旧《ふる》い体質の貴族や土豪たちの中には彼を忌《い》む者も多かった。

アルスラーン陣営全体をとりまとめるべき中書令《サトライプ》が、味方から忌まれるようではこまる。ナルサスは最初から中書令《サトライプ》の地位につかなくてもよかったのだが、「地位をゆずる」という形式が必要な場合もあるのだった。

このように軍と政権が組織化されてくると、ギーヴのような男、風という馬に雲という鞍《くら》を乗せて旅をつづけてきた男には、やや居心地のよくない一面も出てくる。彼が軍将としてけっこう才幹《さいかん》があることは、シンドゥラ遠征の際に証明されているのだが、まず彼の気質として、命令したりされたりということが、めんどうでたまらないのだ。まして命令する者が、アルスラーン王太子や軍師ナルサスであるならともかく、地位が高いだけの諸侯や貴族では、役者不足というものだった。

「お前らなんぞより、おれのほうが、よほど王太子殿下のお役に立っている。後から来て、でかい面をするんじゃない」

ギーヴとしては、そういう気分がある。もっとも、そういう気分になったことに自分で気づくと、舌打ちしたくなる。自由気ままに主君などつくらず、パルスの空と風を友として生きてきた自分が、誰かの臣下として生涯を終えるというのは、いささか妙なものだと思うのだった。

ひとつ肩をすくめると、ギーヴは自室の露台《バルコニー》に出て、琵琶《ウード》をかき鳴らした。夢幻《むげん》的なまでに美しい旋律《せんりつ》が流れ出すと、気性の荒い兵士たちも遠くで耳をかたむけるのだった。

「解放王《サーシュヤント》アルスラーン」という名を、最初に口にしたのはギーヴである。この優美な外見と、したたかそうでいて屈折した内面をあわせもつ青年は、アルスラーン個人に対して浅からぬ好意と興味をいだいていたが、そのために組織の一部になり、めんどうな人間関係にからめとられるようになるのは、ごめんこうむりたい。

彼がアルスラーン以上に関心を寄せているファランギースは、「わたしはどんな環境の変化にも耐えられる」という態度で、悠々自適《ゆうゆうじてき》の風情《ふぜい》である。アルフリードは、あるときはナルサスにくっついてエラムと何かやりあっていると思うと、ファランギースにくっついて武芸を習ったり字を学んだりしている。それぞれがそれぞれの思いを胸にして、いよいよ近づく王都奪還の日にそなえているようであった。新参のイスファーンやザラーヴァントも、剣をみがき、愛馬をきたえて、出陣の日を待っている。

あらたに中書令《サトライプ》の地位をえたルーシャンは、地位めあてでアルスラーンのもとに馳せ参じたわけではなかったが、高く評価されて嬉《うれ》しくないはずがない。当然、彼は、アルスラーンに対してもナルサスに対しても好意を持ち、アルスラーン陣営全体のとりまとめという仕事に積極的に励んだ。ルーシャンが諸侯の間を調整し、説得すれば、誰もさからうわけにはいかなかった。

ナルサスの人事は、みごとに成功したわけである。ルーシャンがアルスラーン陣営の内部をかためてくれたおかげで、ナルサスはその知謀を、対ルシタニア戦の作戦をたてることに集中させることができた。そして、あるとき、ギーヴを自分の部屋に招き、なにやら相談していた。相談がまとまると、ギーヴは奇妙にさっぱりした表情で廊下に出てきたのである……。

このようにして、ペシャワール城におけるアルスラーン王太子軍の陣容が完成されつつあったとき、パルスの他の地域でも状況に変化が生じはじめていた。

## IV

エクバターナ。本来は英雄王カイ・ホスロー以来、三百年以上にわたるパルスの王都であった。いまでは、昨年十一月以来、ルシタニア軍の武力占領下にある。

ルシタニア国王イノケンティス七世は、「右足を夢想の池に、左足を妄想の沼につっこんでいる」と蔭口をたたかれている男で、一国の統治者としての力量も才能も持ちあわせてはいない。もともと強大国でもないルシタニア王国が、マルヤム王国を滅ぼし、パルス王国を制圧してのしあがった功績は、王弟ギスカールに帰《き》される。

王弟ギスカールは、ルシタニアの宰相《さいしょう》でもあり、国軍最高司令官でもあって、彼がいなければ政府も軍隊も、まともに働かない。ルシタニアは、政治組織も法律制度も、まだまだ充分にととのってはいないので、個人の力量や手腕によりかかる部分が多かった。ギスカールが無能であったり病弱であったりしたら、ルシタニアはとうに滅びていたかもしれない。

そのギスカールは、朝食をすませた直後、兄王に呼ばれた。入室した弟を見るなり、イノケンティス王は両手をひろげてみせた。

「おお、わが愛する弟よ」

この前置きには、ギスカールはうんざりしている。この台詞《せりふ》の後には、難問がつづくに決まっているのだ。王の弟として生まれてから、今年で満三十六年を迎えることになるが、その間に千回ぐらいは聞かされた記憶がある。イノケンティス王にしてみれば、ギスカールは、じつにたのもしい難問処理役なのである。いくら愛情をそそいでも惜《お》しいことはない。ギスカールにとっては、いい迷惑だが。

弟の内心も知らず、王は言葉をつづけた。

「パルスの王党派どもが、神をも恐れぬ所業をおこなおうとしておるそうな。いったいどうすべきだと思うか、そなたは」

「それは兄上、いや、国王陛下の御心のままです」

「予の？」

「さようで。彼らと戦いますか。それとも講和なさいますか」

　意地悪く問いかえす。兄王が目を白黒させるのを見て楽しむのは、よくない趣味だが、これくらいの楽しみがたまになくては、王弟などという損な役まわりをつづけてはいられない。それに、兄が目を白黒させている間に、ギスカール自身も思案をまとめることができるのだ。

「おお、よい考えがある。われらには貴重な人質がいたではないか」

「人質とおっしゃいましたか」

「そ、そうじゃ、弟よ、考えてもみるがよい。地下牢にはパルスの国王《シャーオ》が幽閉されておるではないか。あの者が人質になる。あの者の生命《いのち》が惜しくば兵をひけ、と言うてやれば、やつら、手も足も出まい」

　自分の名案に陶酔するようすで、イノケンティス七世は、両手をくりかえし開閉させた。その前で、ギスカールは、むっつりと考えこんでいる。王の目に、弟の表情は映ってはいても、見えてはいなかった。

　兄も存外、ばかではないな。そうギスカールは思い、意外さを禁じえなかった。イノケンティス七世の発想は、ギスカールがとっくに思案していたことでもあったからだ。とはいうものの、ギスカールは、さらに一歩を進めて思案している。地下牢に幽閉されているパルス国王アンドラゴラス三世の存在は、両刃《もろは》の剣《つるぎ》なのだ。もしアンドラゴラスを殺せば、唯一の王位継承者となったアルスラーン王子のもとで、パルス軍が大同団結し、ルシタニアにとっては、かえってやっかいな結果になるかもしれない。

「どうだ、よい考えであろう、弟よ」

　愛する、という形容句を使わずにイノケンティス王は言い、けばけばしい原色の服の胸をそらした。

「考慮の余地がございますな」

　ギスカールは、そう答えた。アンドラゴラス王の身命《しんめい》は、ルシタニアにとって最後の切札である。うかつに使うわけにはいかない。

さらに、もうひとつ、計算を複雑にする要素がある。いわずと知れたパルス王妃タハミーネの存在である。

もともとタハミーネはルシタニア軍の虜囚《りよしゆう》であり、人質としての価値は、アンドラゴラス王に匹敵するはずだ。だが、タハミーネを人質にすることはできない。ルシタニア国王イノケンティス七世自身が、タハミーネにご執心《しゆうしん》だからである。

ギスカールから見れば、タハミーネがイノケンティス王の求愛に応じるはずがないことは、わかりきっている。あの女が、謎めいた微笑の奥で何をたくらんでいるにせよ、イノケンティス七世を真心から愛することだけは絶対にありえない。そうギスカールは思っている。だが、当のイノケンティス七世は、そう思っていない。そこが問題なのだ。

「あの女を捕えてから、すでに半年たつ。いいかげんに、あきらめればよいものを」

ギスカールはそう思うのだが、イノケンティス王には、むろんべつの考えがある。

「わがルシタニアの国が、イアルダボートの神に帰依《きえ》したのは、最初の布教から五百年後であった。予がタハミーネの心をえるのに、何年かかろうとも、あきらめはせぬぞ」

いいかげんにしてくれ、と、ギスカールは言いたくなる。兄王は現実を無視して甘い夢をむさぼっていればよいが、ギスカールのほうはそれではすまない。一国の命運をになう責任は、すべてギスカールの両肩にかかってくるのだ。

「何にしても、よろしく頼むぞ、弟よ。わしはこれから神に祈らねばならぬ」

兄の声を背中に、ギスカールは王の部屋を出た。回廊に春の陽《ひ》ざしがそそぎこまれているが、それを愛《め》でる気にもなれない。

そこへひとりの男が歩み寄ってきた。ギスカールのもとで行政の実務を処理している、宮廷書記官のオルガスである。これがまた、冬の曇り空のように陰気な表情をしていた。

「王弟殿下、いよいよ急を告げてまいりました」

「何ごとか、いったい」

「はい、用水路の件でございますが」

「ああ、ボダンめが破壊していった用水路だな。修復工事は進まんか」

　オルガスの報告は、愉快なものではなかった。先だって、大司教ボダンが王都を離脱していった際、王都北方の用水路を破壊していってしまったのだ。冬の間は、どうにか王都に必要な水を確保してきたが、春から夏にむかうと、農耕に必要な水の量もいちじるしく増大する。深刻な水不足の事態が近づきつつあった。一段とギスカールの気は重くなる。

「いよいよこれから渇水期にはいります。工事の人手を増やしたいのでございますが、それがなかなか……」

　オルガスは、ため息をついた。

　このとき、ギスカールの心に、ひとつの考えが動いた。いっそ王都エクバターナを放棄し、王太子アルスラーンの軍に明け渡してやろうか、という考えである。

　もともと、ギスカールはパルスの国土にも、エクバターナの街にも、さして愛着を持ってはいない。ボダンの手で用水路が破壊され、暑い夏にむかってエクバターナが乾《ひ》あがるようなことにでもなれば、エクバターナに執着する必要はないではないか。

　エクバターナ城内に残されたパルスの金銀財宝を、ことごとく運び出し、エクバターナに火を放つ。住民も、ルシタニアの奴隷として連行する。アルスラーンがエクバターナにやってきたとき、彼が手に入れるのは、焼けただれた空っぽの街だけだ。さぞや失望することだろう。

「真剣に考えてみる価値があるかもしれんな。いったんパルスの国外に退去し、アルスラーンめが困りはてたところで、あらためて乗りこんでもよいではないか」

　いずれにしても、即断即行できることではない。さしあたり工事の人手を二千人増やすよう約束してオルガスをさがらせた。

「まったく、事が多すぎる。パルスを征服して、領土以上に増えたのは厄介事《やっかいごと》ではないか。このようなはずではなかったものを」

　ギスカールは、今度は誰にも遠慮することもなく、大きな舌打ちの音をたてた。用水路の修復に投入している兵士たちを呼びもどさねば、アルスラーンの進攻に対応できなくなってしまう。いずれを優先すべきであろうか。

　イアルダボートの神は、どうやら忠実なる信徒に安息を与えたまわぬようであった。その日、赤黄色の太陽が中天から西へかたむきかけたころあい、西方からの伝令使がエクバターナの城門をくぐった。その時刻、まだギスカールは執務中であった。

「王弟殿下に申しあげます。過日、銀仮面卿は、叛《はん》徒《と》どもがたてこもりしザーブル城を陥落せしめました。一刻も早くご報告申しあげるよう命令を受け、参上いたしした次第でございます」

「ほう、陥《おと》したか」

　ギスカールは、かるく目をみはってうなずいた。ようやく、多くの問題のひとつがかたづいたかに思えたのである。

## V

　銀仮面卿という異名を持つヒルメスは、ザーブル城を包囲したまま、本格的な春を迎えていた。

　最初の出撃で二千余の兵を失った聖堂騎士団《テンペレシオンス》は、それ以後、難攻不落ともいわれる要害に立てこもったままである。いろいろと誘いはかけてみたが、出撃してこない。いずれにしても、聖堂騎士団は孤立しており、彼らが自滅するのを気長に待てばよいのだが、ヒルメスとしては、そうのんびりしてはいられなかった。アルスラーン挙兵の報が、彼のもとにもとどいたのである。ヒルメスは、かつて万騎長《マルズバーン》であったサームを呼びつけて、相談した。

「サームよ、聞いたか、アンドラゴラスの小せがれのことを」

「アルスラーン殿下の挙兵のこと、聞きおよびました」

「殿下という呼称は、正統の王族に対してのみ与えられるものだ」

吐きすててから、ヒルメスは、腕を組んで考えこんだ。彼がルシタニア人どうしの抗争に巻きこまれ、荒野で城を包囲している間にアルスラーンは着々と武力をたくわえ、パルス王党派の盟主としての地位を確立しつつある。早急にザーブル城を陥し、ヒルメス自身の根拠地を確立しなくてはならなかった。

彼は荒地の陽炎《かげろう》にかすむザーブル城の岩壁を見やりつつ、かつての万騎長に問いかけた。

「サームよ、岩壁の奥に閉じこもった薄ぎたない砂漠ねずみどもを、どうやっていぶし出すか、おぬしにはよい思案があろう」

銀仮面の表面に、陽光のかけらが当たって虹色のきらめきを発した。そのとき、サームは幻影のような風景を見た。亡き父オスロエス五世から王位をゆずり受け、堂々として王宮や戦場にのぞむ若い国王《シャーオ》の姿が、空中に浮かんで消えたのだ。

「思えば、この方も不幸な運命を背おわれたものだ。武勇といい、智略といい、まともに育っていれば、あるいはすぐれた国王《シャーオ》となられるであろうものを」

そうサームは思い、傷《いた》ましくも感じたが、その思いを口には出さなかった。ヒルメスが欲しているのは、畏敬《いけい》と服従であって、同情ではないことがわかっていた。サームの胸のうちを知る由もなく、ヒルメスはしばらく沈黙していたが、やがて銀仮面に手をかけた。サームがおどろきの視線をむけた。

「ヒルメス殿下……」

「他に誰もおらぬからな。たまには空気に当てぬと、まともなほうの半面も腐ってしまうわ」

そうつぶやくと、銀仮面のとめがねをはずし、素顔を風にさらした。すでに心がまえしていたサームも、内心でややひるんだ。白い秀麗《しゅうれい》な左半面と、赤黒く焼けただれた右半面との落差は、それを知る者にとっても衝撃的なものであったのだ。

秀麗なヒルメスの左半面だけを見ながら、サームは、あらためて決意した。この方のお役に立ち、パルスからルシタニア人を追いはらって、国土と平和を回復せねばならない。できれば、ヒルメス王子とアンドラゴラス王、またアルスラーン王子との間に、無用な血が流れるのを、ふせがねばならぬ。アンドラゴラス王より万騎長《マルズバーン》の位をさずけられ、王都エクバターナの守りをゆだねられながら、任をまっとうできず、しかもみすみす生き永らえてしまった身である。自分に生命《いのち》あるかぎり、苦しい歩みをとめることはできなかった。

「ザーブル城内には井戸がなく、三本の地下用水路《カレーズ》によって飲み水をえております。その地下用水路の位置はすでに判明しておりますれば、ただちに兵士どもに土を掘らせましょう」

「水に毒を入れるのか」

「いえ、それでは後日まで、水を使えなくなります。城を占領した後、ただちに、しかも長く使えなくては、意味がございませぬ」

「たしかにそうだ。では、どうする?」

ヒルメスの問いに対して、サームは淡々と彼の考えた作戦を語った。聞き終えて、ヒルメスは大きくうなずいた。

「よし、それでよい。おぬしの策を採る」

サームに対するヒルメスの信頼は厚い。ひとたび臣下にした後、ヒルメスはサームをまったく疑わなかった。国王《シャーオ》として度量が広くありたいと思っているのであろうか。だが、同時に、裏切りはけっして赦《ゆる》さぬであろう。

ザーブルの城内では、絶対的支配者である大司教ボダンが、騎士や兵士たちに説教していた。壇上で手を振りまわし、唾《つば》をとばして声をはりあげる。

「この城は天然の要害、しかも天なるイアルダボートの神より、厚いご加護をいただいておる。邪悪な異教徒どもが侵入できるものではない。この城を本拠として、この地上に神の王国を築くのじゃ。そなたらは神の使徒として、聖戦にしたがう身。誇りもて、そしてつつしめ。神の影は、つねにそなたらの上にあるぞ」

　騎士や兵士は、感動に目をうるませた。だが、むろん例外はどこにでもいる。

「何が聖戦だ。女はいない、酒もだめ、財宝も私物化してはならぬ、ときた。何がおもしろくて、こんな荒野のまんなかで、生命《いのち》をかけて戦わなくてはならんのだ」

　ひそかに、そうつぶやく者もいた。だが、城を捨てる者はいなかった。城内では監視の目がきびしかったし、城外にはパルス人部隊が陣をしいている。逃亡することなど、できはしなかったのである。

　説教を終えたボダンが、壇上からひきあげようとしたとき、城内の奥深くにある水場から、叫び声がひびきわたった。

「火だ！　火が流れてきた！」

　その叫びの異様さに、騎士たちは顔を見あわせつつ、水場に駆けつけた。そして彼らは見た。用水路の口から、水の流れに乗って、火が燃えあがり、流れ出してくるのを。

　これがサームの戦法であった。地下用水路《カレーズ》に油を流し、それに火をつけたのである。

　地下用水路《カレーズ》は、天井と水面との間に空気がたまっているので、火が消えないのだ。水に乗って、火はどんどん流れてくる。水場は石と木材で構成されていたが、その木材に火が燃えうつり、水場は赤と黄金色の炎を受けてかがやいた。

　水場に駆けつけたボダンは、それがパルス人の策略であることをさとって、歯ぎしりした。

「おのれ、異教徒め、狡猾《こうかつ》なまねを！」

ののしったところで、事態がよくなるものではなかった。城内には煙がたちこめ、ルシタニア兵たちは、おどろきあわてた。剣を抜き、槍を取っても、相手が火と煙では、どうしようもない。

「火を消せ！　はやく火を消さぬか」

　とはいっても、なまじ水をかければ火は燃えひろがるばかりである。

　混乱のただなか、風を切る羽音がして、消火を指示していた騎士の顔面に突き立った。騎士は絶叫をあげて水場に転落し、火柱と水柱のなかに姿を消した。仰天したルシタニア人たちは、べつの地下用水路《カレーズ》の口からあらわれた甲冑の群を目にして、恐慌におちいった。

「異教徒どもが侵入してきたぞ!」

そう叫んだ騎士は、おどりかかったヒルメスの長剣で左肩を割られ、血と悲鳴をまきちらして倒れた。

城内に乱入してきたパルス人たちの姿を見て、回廊のなかにいた大司教ボダンは動転した。彼は多くの異教徒や異端者を、拷問にかけたり殺したりしてきたが、武器を持った相手と戦ったことはない。「ふせげ、ふせげ」と声高く命令しながら、いつのまにか姿が見えなくなってしまった。だが、他の騎士たちは、狼狽《ろうばい》しつつも鞘音高く剣を抜き放っていた。

「神よ、守りたまえ! 邪教徒どもを撃ち倒す力を、われらに貸したまわんことを」

すさまじく血なまぐさい戦闘が展開された。聖堂騎士団《テンペレシオンス》は追いつめられ、守勢にまわったが、異教徒たちに降伏しようとはしなかった。口々に神の名を唱《とな》えながら、パルス人たちに斬ってかかる。剣と剣が撃ちかわされ、槍と槍がからみあい、金属のひびきは城内に満ちた。つながれたままの馬が、血の匂いと炎におびえていななき狂う。石の床に血が飛び散り、その上に死者と負傷者の身体《からだ》が倒れこむ。

「ボダンはどこにいる? ボダンを逃がすな」

命令しつつ、ヒルメスは休みなく剣をふるいつづけた。他にどのような欠点があるとしても、「パルスの正統な国王《シャーオ》」と称するヒルメスは、絶対に臆病者ではなかった。それどころか、歴代の国王のうちでも、これほど勇猛な人物は、数すくなかったにちがいない。

聖堂騎士団員のひとりが、細い槍をくりだしてきた。ヒルメスの盾が左に動いて、その槍先をはね飛ばし、右手の剣がきらめいて、相手の咽喉《のど》を斬り裂く。べつの方向から、両手づかいの厚刃《あつば》の長刀が振りおろされる。絶妙の身ごなしでそれをかわし、相手に空を斬らせると、ヒルメスは血ぬれた剣を一閃《いっせん》させた。ハルボゼ（メロン）の実をたたき割るような音をたてて、聖堂騎士団《テンペレシオンス》の胸甲《きょうこう》が斬り裂かれ、白刃《はくじん》が胴にくいこんだ。

銀仮面の前後左右で、噴きあがる人血が赤い霧をつくった。切断された頭部が床にはね、斬り飛ばされた腕が炎と煙のなかに舞う。

ヒルメスにつづくパルス騎士たちも、それぞれの武器をふるって、ルシタニア騎士たちを撃ち倒していった。ザンデの働きは、とくにめざましかった。彼はかつてダリューンとの一騎打で完敗してから、剣の技をきわめるよりも、その剛力をより有効に生かす武器を使うようになった。いま彼が両手でふるっているのは、一本の巨大な棍棒《こんぼう》だった。樫《かし》の木でつくられ、牛の革を巻いて強化し、しかも先のほうには何本も太い釘が植えこまれていた。これで力いっぱいなぐられると、頭蓋骨がたたき割られ、衝撃で目玉が飛び出してしまうのだ。

ザンデの周囲には、ルシタニア騎士たちの死体がつみかさねられていった。

ザーブル城の中庭で、回廊で、塔で、城壁で、怒号と悲鳴が入りみだれ、鮮血と火花が騎士たちの視界を染めあげた。

聖堂騎士団は、城内に敵が侵入することを想定していなかった。けわしい岩山、そして二重の門扉《もんぴ》。侵入されるはずがないと信じていたのである。もともとパルス軍の城であったのだが、兵糧《ひょうろう》ぜめによって開城させたので、自分たちも食糧がある間は大丈夫だ、と信じていたのであった。

信仰と勇気だけでは、パルス人たちの猛攻をささえることができなかった。誰かが叫び声をあげて、城門へとつづく階段を駆けおりはじめると、他の者もそれにつづいた。城外へ逃れようとしたのである。

## VI

城門が開かれた。パルス人部隊と煙に追われて、ルシタニア人は外へ転げだした。一重の厚い扉の外には、パルスの強烈な太陽がかがやいている。暗い城内からいきなり外へ出ると、目がくらんで、すぐには何も見えない。

あとからあとから、ルシタニア人たちは城外へ押し出されてきた。整列して陣形をととのえるよう、命令が飛んだが、すぐには秩序は回復しない。陣形をつくろうとはするのだが、つぎつぎと人波が城門からあふれ出し、ごったがえすばかりだった。

「射よ！」

これはサームの命令である。別動隊を指揮していた彼は、城の出入口に、最初から照準をあわせて、弓箭隊《きゅうせんたい》を待機させていたのだ。

城外へ駆けだした聖堂騎士団員たちは、降りそそぐ矢の雨の下で、つぎつぎと倒れていく。それでも、彼らの勇気は、さほどおとろえなかった。剣をかざし、甲冑を鳴らしながら、敵陣めがけて押しよせる。

サームの戦法は巧妙だった。一時的に矢を射るのをやめさせ、兵を後退させたのである。突出する聖堂騎士団員たちの勢いを、ささえきれなくなったように見えた。ルシタニア人が前進すると、それに応じて後退する。それに吸い出されるかのように、ルシタニア人の陣列は長く伸びた。しかも、そこは、何ひとつ遮蔽物《しゃへいぶつ》のない平地であった。さらには、甲冑を着たままで、長く走れるはずもない。息をきらして立ちどまりかける。

逃げくずれていたはずのパルス兵が、いっせいに足をとめた。整然として軍列を再構築すると、突進する速度の落ちた聖堂騎士団員たちにむけて、ふたたび矢の雨をあびせる。最初の斉射で百人以上が地に倒され、他の者はあわてて盾をかざして矢の雨をふせいだ。

そこへサームを先頭とした騎兵の隊列が、横あいから突きかかった。矢の雨をふせぐために、聖堂騎士団員たちは、頭上に盾をかざしている。当然、胴体は横からの攻撃に対して、がらあきである。そこに槍や剣を突きこまれては、どうしようもなかった。

ついに信仰心も勇気も底をついた。陣形は完全にくずれ、ルシタニア人たちは逃げ散った。剣をすて、槍をすて、甲冑までぬぎすてながら散りぢりに落ちのびていく。

砂は聖堂騎士団員たちの血を吸って重く濡れていた。


ザーブル城は陥落し、城頭にかかげられた神旗は引きずりおろされた。

捕虜たちのうち、聖堂騎士団《テンペレシオンス》の主だった者は、ヒルメスの前に引き出された。傷ついて血を流し、革紐で家畜のように縛りあげられた彼らに、ヒルメスは問いかけた。

「ボダンはどうした？　あの半狂人の坊主はどこに隠れておる」

ボダンは生かして捕える。捕えた後、獣のように革紐で縛《しば》りあげ、荒野を徒歩のまま引きたてて王都エクバターナに連行し、ボダンと犬猿の仲である王弟ギスカールに引きわたす。ギスカールは喜んでボダンを処刑するであろう。ルシタニア人どうし、イアルダボート教徒どうしが憎みあい、俗っぽい野心に駆られて殺しあうのは、ヒルメスにとって、ここちよい光景だった。

だが、百四十人にのぼる聖堂騎士団員たちは、口をわろうとしなかった。実際にボダンの行方を知らなかったからでもあるが、知っていてもヒルメスに告げはしなかったろう。

「イアルダボート神は、われらが信徒としての忠誠心をお試しになっておられる。大司教を裏ぎることはできぬ」

「ふん、お前たちの神は、試さないことには、信徒の忠誠心をたしかめることもできぬのか」

ヒルメスが冷笑すると、その騎士は、両眼に狂熱的なかがやきを浮かべた。縛られたまま、血のこびりついた顔をもたげ、酔ったように、目に見えぬ者に語りかけた。

「神よ、われらの罪をお赦し下さい。神に背く異教徒どもを地上より根絶やしにし、この世を神の王国となすために戦う、それがわれらの務めでありますのに、無能非才のわれら、邪悪なる異教徒どもに敗れ去ってしまいました。せめてこの上は、わが生命《いのち》に代えましても、ひとりでもよけいに、異教徒の数をへらしてごらんにいれます。天なる神よ、ご照覧あれ！」

信じられないことがおこった。その騎士は、起《た》つこともできぬ重傷の身であったはずだ。それが火に追われる野獣のような勢いで躍りあがり、ヒルメスに体あたりをくらわせたのである。

虚をつかれたヒルメスは、体勢をくずした。後方によろめき、甲冑を鳴らしつつ片ひざを地につきかける。間髪《かんはつ》をいれず、いまひとりの騎士が飛び出し、自分の脚をヒルメスの脚にからめて引き倒そうとした。

その瞬間、ヒルメスの長剣がおそろしいうなりをたてた。最初の騎士の頭部と胴体とを一撃で斬りはなし、ふたりめの騎士の側頭部に喰いこむ。血がほとばしり、短い絶鳴が壁に反響した。

「こやつら、ことごとく斬り殺せ！」

吐きすてるようにヒルメスは命じる。あらためて彼らを引き立てようとするザンデに、

「いや、イアルダボート神への信仰を棄《す》てると誓う者だけは助けてやれ」

だが、百四十人の騎士は、筋金いりであった。ひとりとして信仰を棄てる者はなく、ことごとく神の名を唱えつつ死んでいった。

処刑が終わると、ザンデがいささか血の匂いにうんざりしたようにたずねた。

「首級を検分なさいますか、殿下」

「もういい、狂信者どもにいつまでもつきあってはいられぬ」

「他の者どもはどういたしましょう」

「ひとりひとり首を斬るのもめんどうだ」

ヒルメスの銀仮面が鈍く光った。

「砂漠でのたれ死にさせればいい。どうせ水も食糧もなく、ことごとく死に絶えるだろう。助かる奴がいれば、それこそイアルダボート神とやらの加護というもの。いずれにしても、おれの知ったことでは

ないわ」

命令は、ただちに実行された。生き残ったルシタニア兵たちは、武器、馬、甲冑のすべてを奪われ、水も食糧も与えられず、砂漠に追い出されたのである。しかも、多くはすでに負傷し、治療も受けることができなかった。

彼らの総数は二万人に達した。王弟ギスカールに帰順することを誓約した一万二千人は助命された。その他の者はことごとく戦死、あるいは処刑されて、ザーブル城から聖堂騎士団《テンペレシオンス》色は一掃された。

血なまぐさい処刑が城内でおこなわれている時刻、城外、西のかた一ファルサング（約五キロ）の地を駆ける一団の騎馬の影があった。

イアルダボート教の大司教であり異端審問官であるボダンであった。乱戦のさなか、彼は城を見すて、必死に戦う騎士たちを見すてて、わずかな従者とともに、城外へ逃れ出たのである。

「おのれ、おのれ、見ておれよ。異教徒どもめ、異端者どもめ、背教者どもめ。神と聖職者をないがしろにする者どもは、ことごとく地獄の業火《ごうか》に焼きつくしてくれるぞ」

暮れなずむ空へむかって、呪詛《じゅそ》の台詞を投げつける。したがう騎士のひとりが、これからどこへ行くのかを問うと、ボダンは両眼をぎらつかせて答えた。

「マルヤムじゃ。マルヤムに行くのじゃ。かの地には、まだ充分な軍隊がおり、正しい信仰も保たれておる。かの国にて力を回復し、愚かなイノケンティス、憎むべきギスカール、それに銀仮面の奴めを、かならず懲罰してやらねばならぬ」

こうして、多くの信心深い騎士たちを犠牲にして、自分の生命をひろったボダンは、復讐の炎熱に胸を焼きながら、西方へと落ちのびていったのである。

汗血公路

第二章

# 内海からの客

4

# I

鉛色の波が鉛色の空を映し出している。

東の空から朝がせりあがってくる、その直前、夜の色と朝の色とが均衡した一瞬に、すべての色彩が失われるのだ。だが、すぐに朝のきらめく手が、海と空を紺碧《こんぺき》に変える。

パルス王国の東北部、広大なダルバンド内海に面したダイラム地方である。

働き者の漁師や製塩職人たちが、すでにひと仕事をすませた後、屋根と柱だけでつくられた集会所に顔をそろえ、朝のお茶を楽しんでいた。砂糖菓子や乾《ほ》したイチジクをつまみ、女房が肥《ふと》ったの、町の酒場にいい女がはいったが情夫《おとこ》がついているの、噂話の花を咲かせる。

ふと、ひとりの漁師が立ちあがり、水平線上に、仲間たちの注意を集めさせた。彼が指す先に、白い帆が見える。

「おい、あの白い帆は、方角からいってマルヤム国の船じゃないか」

「うん、たぶんそうだ。こりゃ最近めずらしいことだな」

パルスとマルヤムは、かつて国境やダルバンド内海の湖上支配権をめぐって争ったこともあるが、この五十年ほどは、平和な関係を維持している。大使を交換し、船と隊商によって交易をおこない、たがいの国の吟遊詩人や曲芸団も往来して、ダルバンド内海は平和の湖となっていた。

それが昨年以来すっかりとだえてしまっていたのは、むろん、マルヤムがパルスより早くルシタニアの侵略を受け、パルスとの交易どころではなくなったからである。

内海の港には、税や密輸とりしまりや海難救助をつかさどる港役人たちがいたのだが、それも王都エクバターナへ引きあげてしまい、そのうちパルス自体がルシタニアに侵略されてしまって、ダルバンド内海に漕《こ》ぎ出す者といえば、漁師たちしかいなくなった。港はさびれる一方だった。

ダルバンド内海は湖ではあるが、水は塩分をふくんでいる。かつてパルスとマルヤムの両王国が、協同して測量したところ、その広さは、東西百八十ファルサング（約九百キロ）、南北百四十ファルサング（約七百キロ）という数値が出た。潮の干満もある。海岸の住民たちにとって、ほんものの海と何ら変わらない。それどころか、南部へ旅してほんものの海を見たダイラムの住民が、

「へえ、南部にもなかなか広い湖があるではないか。ダルバンド内海にくらべると貧弱なものだが」

そう感心したという話も伝えられている。これは南部の人々が、ダイラム人の無知を笑いものにするとき持ち出す話だが、ダイラム人にしてみれば、なぜ笑われるのか理解できないところである。

いずれにしても、このときダイラムの内海岸に姿をあらわしたのは、マルヤムの軍船であった。三本の帆柱の他に、百二十の櫓《ろ》を持つガレー船である。船首には、彼らのあがめる海神《ポセイドン》の像が飾ってあるが、その海神の身体《からだ》に、太い矢が突き刺さり、帆の一部も黒こげになっていた。戦いの傷あとであった。

見守る漁師たちの前で、ガレー船は舷側から小舟をおろした。小舟といっても、二十人ほどは乗れるであろう。水夫たちに漕がせて岸へ近づいてくると、きらびやかな甲冑をまとった中年の騎士が、パルス語で呼ばわった。

「然《しか》るべき身分の者に会いたい。われらはルシタニア人たちの手から逃れてきたマルヤムの者だ。領主なり、地方長官《シャフリーク》なり、誰かいないか」

お前たち身分の低い者は相手にしない、というのである。漁師たちは、いささか腹をたてつつも、困惑して語りあった。

「おい、どうする」

「ナルサスさまがいて下さったらなあ、どうしたらよいか指示して下さったじゃろうに」

「それそれ、ナルサスさまは王宮からも追われて、どうなさっておいでじゃろう」

ダイラムは三年ほど前までナルサスという諸《シャフル》

侯《ダーラーン》の領地であったのだが、若い領主は国王《シャーオ》アンドラゴラス三世の宮廷から追放され、領地を返上して隠棲《いんせい》してしまった。その後、ダイラムは国王《シャーオ》の直轄領となったのだが、この地方では、見たこともない国王より、旧領主のナルサスのほうに人気があった。

「そうよなあ、ナルサスさまは画家とやらになりたがってらしたが、そう簡単になれるものではなし、どこかでのたれ死んでなけりゃいいんだが」

「頭はよいし学もあったが、何といっても坊ちゃん育ちのお方だったからなあ」

「だが、まあ、エラムがついとるから」

「そうそう、あれはしっかりした子だで、ナルサスさまを餓死させることもあるまい」

旧領主に対して言いたいほうだいだが、笑いのなかに敬愛の念がこもっていた。とにかく、ナルサスがいない以上、彼の知恵を借りることはできない。彼らが自分たちで判断を下さなくてはならなかった。

「まあ、とりあえず役人に報告するか」

王都から派遣されてきている役人たちのことを、ようやく彼らは思い出した。こういうときにこそ、役人を働かせてやるべきなのである。

「それじゃ誰か知らせにいけ。あいつら、いばるしか能のないなまけ者だから、まだ寝ているにちがいないが、かまうものか、たたき起こしてやればいいのさ」

漁夫たちから知らせを受けたのは、ダイラムの地方役人たちで、あわてて内海岸へ駆けつけた。

パルスの国土は広い。エクバターナを制圧したルシタニア軍の勢威も、ダイラムにまでは未《いま》だおよばなかった。幾度か偵察隊らしきものがあらわれ、家に火を放ったり果樹園を荒らしたりはしたが、そのていどのことで、本格的な掠奪《りゃくだつ》や虐殺はおこなわれていない。だから漁師たちも、のんびりと茶など飲んでいられたのだ。

駆けつけた役人たちに、マルヤム人たちは熱心に話しかけた。

「ルシタニアの侵略者どもは、マルヤムとパルスにとって共通の敵であるはず。ともに力をあわせ、憎むべき侵略者を打ちはらい、地上に正義を回復しようではないか」

「はあ、けっこうなことでござるな」

　間のぬけた返答になってしまったが、たかだか地方役人にとっては、問題が大きすぎて手にあまる。地方長官《シャフリーク》を通して王都エクバターナに報告し、指示をあおぐべきであるが、王都はルシタニア軍に占領されてしまっている。国王も王妃も行方が知れない。

　ダイラムは北と西に内海、他の二方に山地をひかえ、地理的に独立性が高い地方である。内海をわたる風が雨をもたらし、土地は肥沃で作物の実りも多い。内海からは魚と塩もとれる。この地方にとじこもっても豊かに生活していけるものだから、人々の気風も、あまり深刻にならない。

「まあ、あせってもしかたない。しばらくようすを見ていれば、そのうち、どうすれば一番よいかわかるだろう」

　役人でさえそういう気分になってしまい、上から下までのんびりとして、山のむこうがわで「ようすが変わる」のを待っているありさまだった。

　その平穏も、ついに破れるときがきたのである。南の山越えの街道すじを見はっていた望楼《ぼうろう》で、このとき、あわただしい動きが生じていた。望楼の上にいた監視の兵が、鐘を打ち鳴らして仲間に報告したのだ。

「ルシタニア人だ！　ルシタニア兵が襲って来たぞ！」

　報告というより悲鳴に近い声であった。監視の兵は、さらに叫びつつ望楼から駆けおりようとしたが、その姿をめがけて十本ほどの矢が飛来し、一本が咽《の》喉《ど》に突き刺さった。両手を高くあげて、兵士は地上へとまっさかさまに転落していった。

II

　このときダイラム地方に侵入してきたのは、ルシタニアの大貴族ルトルド侯爵《こうしゃく》の配下であった。目的は偵察と、そして掠奪である。アルスラーンの起兵が公然たるものとなって以後、王弟ギスカール公は全軍の統制を強化したが、その間隙《かんげき》をぬうように、この一隊はダイラム方面へ出かけていったのである。

内海岸を見おろす峠の上から、彼らはマルヤム船の姿を遠くに認めた。

「何と、あれはマルヤムの船ではないか。このような場所で、なつかしい姿を見ることよ」

ルシタニア兵の隊長は、声におどろきとあざけりをこめた。マルヤムはすでに征服され、反ルシタニア勢力は散りぢりになっている。ただ一隻のマルヤム船が、パルス人の内海岸に姿をあらわしたところで、流亡《るぼう》の敗残者集団でしかない。恐れる必要もなかった。

ルシタニア兵は、すべて騎馬の三百騎である。強気でいられるのは、ダイラムの内情を彼らなりに探って、この地にパルス軍が不在であることを知っていたからだった。半日がかりで内海岸の平地にたどりつくと、彼らはたちまち兇暴な牙をむき出しにした。

「焼け！　焼きはらい、殺しつくせ。異教徒はもとより、イアルダボート教の信徒でありながら、神のご意思に背き、異教徒どもと誼《よし》みを通じた奴ら、生かしておくな」

命令されるまでもない。ルシタニア兵は口々に喊《かん》声《せい》をあげ、乗馬に拍車をかけた。ダイラムの人々にとって、悪夢の刻《とき》がはじまったのである。

ルシタニア兵は村に駆けこみ、逃げまどう人々を殺戮《さつりく》しはじめた。老人の背中を槍で突きとおし、マルヤム人らしい女の首すじに剣を撃ちこんだ。血がしぶき、悲鳴があがり、それが侵略者たちをさらに興奮させた。

泣き叫ぶ赤ん坊の身体《からだ》が宙に放りあげられ、落ちてくるところを槍で突き刺された。「悪魔に魂を売った邪教徒ども」に対する、これがルシタニア兵のやりくちだった。彼らの神にさからう者に対しては、どんな残虐なまねをしてもよいのだ。家々に火が放たれる。火に追われて飛び出してくる者は、戸口で矢につらぬかれて倒れていった。

血に酔った彼らの高笑いが、にわかにとだえたのは、街道をゆったり騎行してくる旅人の姿に気づいたからである。甲冑を着てはいないが、腰にぶらさげた長大な剣は、ルシタニア人たちの関心をひきつけた。

旅人の年齢は三十歳をすぎたあたりであろう。鍛《きた》えあげたたくましい長身の持主で、黒っぽい髪は、もうすこし伸びれば獅子《シール》のたてがみのように見えるにちがいない。荒削《あらけず》りの鋭い顔だちは、ゆったりとした笑いをたたえた口もとで、やわらげられている。そして左眼は一文字につぶれていた。

かつてパルスの誇る万騎長《マルズバーン》であったクバードであった。当人は、「隻眼《せきがん》の獅子」などと自称することもあるが、もっぱら「ほらふきクバード」の異名で知られている。いずれにしても、現在の彼は、主君も持たず地位もない流浪の旅人である。

先だって、旧友のサームを介してヒルメスにつかえる機会があったが、どうもその気になれなかった。ヒルメスとは性があわぬようであった。そこで、東方国境で兵を集めているアルスラーン王子のもとへおもむこうとしているのだが、アルスラーンと性があうという保証もない。とりあえず、会うだけは会ってみるつもりである。

本来、西へとむかっていた彼が、西北へと道をたがえてしまったのは、もともと付近の地理にくわしくない上、街道の標識をルシタニア兵が破壊してしまったからである。気づいたときには、ダイラム地方にはいりこんでしまい、正しい道すじにもどるには、山脈をふたつほど越さねばならなかった。それはそれでしかたないが、このところいい酒と女にめぐりあえずにいるので、どちらか一方でもめぐりあってからのことにしよう、と思って、そのままダイラム街道を馬に乗ってやってきたのだった。

不審な旅人の行手を、ルシタニア騎士たちはさえぎった。

クバードは、恐怖や不安と無縁の表情をしていた。ひとつしかない眼に、むしろ愉快そうな光をたたえて、ルシタニア騎士たちを見わたす。

「きさまは何者だ、どこへ行く」

ルシタニア騎士たちが血走った目で詰問したのも、むりはない。クバードの人相といい、腰の大剣といい、農夫や商人にはとても見えなかった。

「ふん、どうやらこのところ神々に見離されているらしいな」

クバードはつぶやいた。美女のかわりに荒々しい男ども、酒のかわりに血が、彼の前には用意されているようであった。それならそれでかまわぬ。クバードは、早口のパルス語をルシタニア騎士たちに放りつけた。パルスの神々を信仰せぬ蛮人どもにかわって祈ってやったのである。そして、言い終えると同時に、大剣の鞘をはらっていた。

剣光《けんこう》一閃。ルシタニア騎士の首は、噴血で空をたたきながら、胴から飛び去っていた。斬撃《ざんげき》のすさまじさに、他のルシタニア騎士たちは声をのんだ。

加害者の声は、悠然《ゆうぜん》としていた。

「夕べ寝不足だったのでな、温厚なおれも機嫌がよくないのだ。おぬしらにとっては、生涯で最後の不運というわけさ」

クバードのパルス語は、ルシタニア人にとって、半分も理解できなかった。だが、彼の意思は、すでに行動によって明らかであった。神の使徒たるルシタニア騎士に、この男はさからおうとしているのだ。

剣と盾、甲冑と人体が、激しくぶつかりあい、血と悲鳴が滝となって地表を打った。片目のパルス人はルシタニア人にとって、災厄《さいやく》そのものであった。大剣は風の一部と化して、すさまじい速さで敵を襲い、草を刈るように撃ち倒した。数頭の馬がたちまち騎手を失い、いななきをあげて逃げ出す。

いくつかの出来事が、このとき同時に発生していた。クバードはその豪勇によって、ルシタニアの人口を減らしつつあった。その血なまぐさい光景を遠くから見て、五、六騎のルシタニア兵が、仲間を助けようと思いたった。彼らは丘の上におり、前方に崖があったため直線路をとって駆けつけることができなかった。そこで馬首をめぐらし、ゆるやかな斜面を駆け下り、街道を迂回《うかい》して仲間のもとへ行こうとした。そして街道におりたところで、白鹿毛《しろかげ》の馬に乗った旅装の男にぶつかってしまった。赤みをおびた髪に黒い布を巻いた十八、九歳の若者であった。

「どけ、孺子《こぞう》！」

ルシタニア語の怒声は、その意味よりも、高圧的な雰囲気で、若者をむっとさせたらしい。無言のまま、腰にさげていた大山羊《おおやぎ》の角笛をとりあげると、まさに傍《わき》を駆けぬけようとした騎士の顔前に、それを突き出したのだ。

角笛の一打で、鼻柱を砕かれたルシタニア騎士は、短い悲鳴を放って、鞍上《あんじょう》からすっ飛んだ。騎手を失った馬は、速度を落とさず、若者のそばを走りぬけていく。

「何をするか、きさま！」

残るルシタニア騎士たちは、いきりたった。数を頼み、白刃をかざして若者にせまる。

機敏そうな若者は、包囲されるのを待ってはいなかった。すばやく手綱《たづな》をひくと、馬首を転じて走り出す。走り出したのであって、逃げ出したのではない。そのことは、たちまち明らかとなった。猛然と追いすがって白刃を振りおろそうとしたルシタニア兵は、若者の鞘から走り出た閃光が、低い位置から襲いかかってくるありさまを見た。

ルシタニア兵は、胸から左肩へかけて一刀に斬りあげられ、血煙《ちけむり》をあげてのけぞった。血と悲鳴をまきあげて地面にたたきつけられたとき、逃げくずれてくる仲間の馬蹄《ばてい》が近くにせまっていた。クバードひとりに斬りたてられ、戦意を失って逃げ出してきたのだ。

混乱が渦を巻いた。それがおさまったとき、その場に残されたのは、強い血の匂い、そして、死んだ十人のルシタニア人と、生きているふたりのパルス人だけであった。

III

「おれの名はクバード。おぬしは？」

「メルレイン」

クバードの名乗りに短く若者は答え、いささか愛想がないと思ったか、身分を明かした。

「ゾット族の族長ヘイルタージュの息子だ」

「ほう、ゾット族か」

パルスの中部から南部にかけて勢威をふるう剽《ひょう》盗《とう》の一団である。その名を、クバードもむろん知っていた。

「で、こんな場所で何をしている」

「妹を捜している。妹を見つけぬことには、おれは故郷に帰れぬ」

昨年の秋の終り、ゾット族の族長ヘイルタージュは、娘のアルフリードをともなって、ひさびさの掠奪行に出かけていったのだが、予定の日数をすぎても帰ってこない。わずかな部下をひきいて捜索に出かけたメルレインは、旅の二日めに、荒野で、父と一族の者の遺体を発見した。正体不明の遺体もあり、おそらくその地で激しい戦いがおこなわれたようであった。だが、アルフリードの遺体は見つからなかった。父の遺体を運んだメルレインは、つぎの族長を選出するという一族全体の問題に直面した。

「では、おぬしが族長になればよいではないか」

「そうはいかぬ。親父は遺言をのこしていた。アルフリード、つまりおれの妹が婿を迎えてつぎの族長になるように、とな」

「なぜ男児たるおぬしが無視されたのだ」

「親父はおれをきらっていた」

「可愛げがないからか」

冗談のつもりであったのだが、クバードの一言はメルレインの胸に刺さったらしく、すぐには返答がなかった。ぐいっと唇をひき結んでいる。それがあまり極端なので、不平満々で謀叛《むほん》でもたくらんでいるような表情に見えてしまうのだ。唇の両端がさがり、中央が持ちあがって、何とも危険な表情になってしまう。もともと秀麗《しゅうれい》といってもよい顔だちだけに、いっそうその印象が強まる。

「何だ、その面《つら》は！」

と、酒に酔った父親になぐられたことが、メルレインは何度もある。妹のアルフリードが見かねてとめにはいり、兄といっしょに、父親の片手で吹っとばされてしまった。

酔いからさめると、ヘイルターシュは、娘をなぐったことを後悔するのだが、息子をなぐった件については、いっこうに悪びれなかった。メルレインの知勇については認めたものの、人望がないから族長にはなれぬ、と、広言していた。

それやこれやで、父が死んだ後、メルレインは妹アルフリードを故郷へつれ帰るか、妹がすでに死んでいるという証拠を持ち帰るか、どちらかを果たさなくてはならなかった。彼が族長となるにしても、その後のことなのである。

メルレインの事情が、いちおう明らかにされたとき、ふたりの旅人に、あらたな徒歩の一団が近づいてくるのがわかった。一瞬、彼らは、鞘におさめた剣をふたたび抜きかけたが、すぐに緊張をといた。それは彼らふたりに、結果として救われることになった人々の集団だった。パルス人とマルヤム人がいりまじって、ダイラムなまりのパルス語と、マルヤムなまりのパルス語で話しかけてくる。

なかに、中年のマルヤム騎士の姿があった。顔の下半分を黒いひげでうずめた痩せた男は、かたくるしいパルス語で、自分たちの船に来てくれるようにと申し出た。

もともと旧知でも同行者でもないふたりのパルス人が、なりゆき上しかたなく、ダルバンド内海の岸までやって来ると、マルヤムの軍船からおろされた一艘の小舟が、これまたちょうど岸に着いたところだった。着かざったマルヤム人の女性が、クバードたちを迎えた。

女性といっても、六十歳はこえているだろう。頭髪は白くなっているが、肉づきがよく、肌にはつやがあり、腰もまがってはいない。気力も知恵も充分にありそうだった。

「はじめてお目にかかります。勇猛なパルス騎士のかたがた」

「おぬしは？」

「わたしはマルヤム王宮の女官長で、ジョヴァンナと申します」

　女王と名乗られても違和感はおぼえなかったであろう。堂々たる貫禄の老婦人である。パルス語もたっしゃなものだ。単に女官長というだけでなく、より大きな実力を持っているように思われる。

「それで、女官長どのが何のご用かな」

「あなたたちに助けていただきたいのです」

　どうやって、と問おうとしたとき、クバードたちを案内してきた中年の騎士が、何やらえらそうに尋ねた。

「これまでずいぶん敵を殺しただろうな」

「さよう、獅子《シール》を百頭、人間なら千人、竜を三十匹」

　にこりともせずに言ってのけると、クバードは思いだしたようにつけ加えた。

「昨夜も十匹ばかり殺した」

「竜を⁉」

「いや、沼の近くで寝たので、蚊が多くて」

　人をくった笑いを浮かべる。マルヤム人騎士は、からかわれたことに気づいたらしい。むっとした顔色で何か言いかけたが、女官長のジョヴァンナがそれを制して問いかけた。

「それほど波乱にみちた人生を送ってきたなら、いまはさぞ退屈でしょうね」

「なに、そうでもない。飲むべき酒と、愛しむべき女と、殺すべき敵とがいれば、生きていくのに退屈せずにすむ」

　クバードがマルヤム人たちと会話をかわしている間、メルレインは、むっとした表情のまま遠くを見つめて、話しかけられるのを拒絶していた。

　女官長は説明をはじめた。

　もともと、マルヤムはルシタニアと同じく、イアルダボート教を信奉している国である。マルヤム人とルシタニア人は、同じ唯一の神のもとに、平等な同胞であるはずだった。だが、イアルダボート教はいくつもの宗派に分かれており、ルシタニアの「西方教会」と、マルヤムの「東方教会」とは、四百年にわたって対立をつづけていた。

対立とはいっても、これまでは論争や中傷合戦にとどまり、仲が悪いなりに外交や貿易もおこなわれてきたのだが、二年前に大いなる破局が生じたのだ。

にわかに国境を突破したルシタニア軍は、わずか一か月の間に、マルヤムのほぼ全域を制圧してしまった。王弟ギスカールの周到な準備とすぐれた実行力が、それを可能にした。マルヤム国王ニコラオス四世がまた、一度も戦場にあらわれず逃げまわるだけの惰弱《だじゃく》な男であった。国王と王妃エレノアは、王宮に軟禁されてしまった。彼らは生命だけは救われる約束で、降伏文書に署名した。

だが、ルシタニア人たちは、約束を破った。最強硬派である大司教ボダンにそそのかされた聖堂騎士《テンペレシオ》団《ンス》は、一夜、マルヤム王宮を包囲し、脱出路をふさいだ上で、火を放ったのである。

「神それを欲したまわば、事はなれり。欲したまわざれば、ならざるなり」

ボダンが得意とする論法であった。マルヤム王が生きるも死ぬも神のご意思しだいだというのである。もしマルヤム国王に神の恩寵《おんちょう》があれば、奇蹟がおこって、ニコラオス夫妻は助かるであろう。

むろん、奇蹟はおこらなかった。マルヤムの王と王妃は、焼死体となって発見された。

ルシタニア王弟ギスカールは激怒した。彼は惰弱なマルヤム国王に同情したわけではなかったが、政治の最高責任者が約束したことを、宗教指導者が破ったのでは、今後、ルシタニアの外交は、各国に信用されなくなってしまう。

ギスカールとボダンがもめている間に、国王夫妻の長女であるミリッツァ内親王《ないしんのう》と次女のイリーナ内親王は、わずかな部下に守られて脱出し、ダルバンド内海の西北岸にあるアクレイアの城に逃げこんだ。

「わたしたちは二年間、その城にこもって、ルシタニアの侵略者たちと戦いつづけました……」

城の東は海、西は毒蛇が棲む沼地、北は断崖《だんがい》になっており、大軍が展開できるのは南だけである。その自然的条件に応じて、城壁も南がわがひときわ高くなっている。城門の扉も二重になっており、しかもそこを通過すると、ふたたび門がある。高い壁に囲まれた広場に突入した敵は、進むこともできず、にわかに退くこともできず、城壁の上から矢の雨をあびせられてしまうのだ。

二年後に、ルシタニア軍は、ようやく城を陥落させた。それも攻撃によってではない。

「裏ぎって開門すれば、生命を救い、地位と財産をくれてやる」と約束し、城内の者に内通させたのである。

二年間も籠城をつづけていれば、気力が衰えてしまう。内通者たちは一夜、攻囲のルシタニア軍としめしあわせ、城内の各処に火を放った。混乱と流血の末、妹のイリーナを船に乗せて脱出させると、姉のミリッツァは塔から身を投げた……。

「そして五日にわたる船旅の後、ようやくこの地についたのです。ところが、ここにまでルシタニア人の魔手が伸びていました。お気の毒なイリーナ内親王をお助けして、ルシタニア人どもを討ってほしいのです」

## IV

どうかマルヤムの王女を救ってくれと頼まれて、クバードは、快諾《かいだく》はしなかった。

「やれやれ、パルスを再興しようという王子さまがいるかと思えば、マルヤムを再建しようという王女さまもいる」

皮肉っぽく、胸のなかでつぶやいた。

「そのうち、この世界は、国を建てなおそうとする王子さまと王女さまでいっぱいになってしまうだろうよ。ルシタニアが滅びれば、今度はルシタニアを再興しようという王子さまがあらわれるに決まっている」

クバードという男は、奇妙に、物事の本質の一部が見えるらしい。大局的に見れば、かつてパルスもマルヤムも他国を滅ぼし、その王を殺したことがある。因果はめぐるのだ。

とはいうものの、無法な侵略者であるルシタニア人を、でかい面で横行させておくのは、おもしろくはない。ルシタニア人がルシタニア国内ででかい面をするのは彼らの勝手だが、ここはパルスである。さまざまに欠点はあるにせよ、それはパルス人の手で改革されるべきであって、ルシタニア人が流血によっておこなうべきではない。

いずれにしても、ここでマルヤム人たちの願いをしりぞけることはできなかった。ダイラム地方の民も、目前の敵を倒すため、助力を必要としている。

しりぞける気はなかったが、クバードとしては、ほいほいと相手の要請に応じる義理もなかった。

「肝腎の、マルヤムの内親王殿下は、どう考えておいでなのだ。ルシタニア人どもを、たたきのめすならたたきのめすで、殿下のお口からその旨をうけたまわっておきたいものだ」

クバードの片目が、軍船に向けられると、マルヤムの女官長と騎士は視線をかわしあった。

垂れ幕が左右に開かれると、船室に光がさしこんだ。天鵞絨《ビロード》を張った豪奢《ごうしゃ》な椅子に、イリーナ内親王は座して、ふたりのパルス人を迎えた。

内親王の顔は、濃い色調のヴェールによって隠されていた。淡紅色を基調とした絹服からは、あわい香料の香がした。

「王族ともなれば、下賤《げせん》の者に、うかうか顔は見せられぬというわけか」

先日会って別れたヒルメス王子が、銀色の仮面をかぶって顔を見せようとしなかった、そのことをクバードは思い出す。ヴェールがゆれ、澄明《ちようめい》な声が流れ出してきた。マルヤムなまりがほとんどない、りっぱなパルス語であった。

「パルスの将は勇ましく、兵は強いと聞きおよびます。その力を、ぜひわたしたちに貸していただけませぬか」

「強いだけでは何の役にも立たぬさ」

クバードの返答には、愛想がなかった。強さに自信を持つことと、強さに安住して勝つための努力をおこたることとは、まったく異《こと》なるものである。半年前、アトロパテネの敗戦において、クバードだけでなく、パルス騎士のおそらく全員が、そのことを思い知らされたのであった。

パルスとルシタニアの戦いは、一方的に侵略してきたルシタニアが悪いに決まっているが、敗れたパルスに油断と増長があったことも事実である。友邦《ゆうほう》マルヤムが理不尽に侵略された時点で、充分な用意をしておくべきだったのだ。

「ま、いまさら言っても詮《せん》なきことか」

クバードは話題を変えた。ここでルシタニア兵と一戦まじえるのはしかたない。公言しているように、戦いはもともと好きなのである。しかし、生命《いのち》がけでやる仕事に対しては、相応の謝礼がもたらされて当然のはずであった。

「まあ先のことはわからんが、いま燃えている火は消してさしあげよう。ただ、この節は、水も無料《ただ》というわけにはいかんが」

「謝礼がほしいと申すのか」

非難がましいマルヤム騎士の目つきを、クバードは、にやりと笑って受けとめた。

「貧乏人を助けたときは、形のない善意だけを礼にもらってすませることもある。だが、金持ちを相手に、礼はいらないなどというのは、かえって失礼だろう」

「なぜ、わたしどもが金持ちだと……？」

「絹服を着ている貧乏人なんていねえよ！」

吐きすてるように、はじめてメルレインが口をはさんだ。それまで彼は、軍船にもかかわらずマルヤム風に贅《ぜい》をつくした船室内の調度を、はなはだ非好意的な目つきでながめまわしていたのだ。

「世の中には、幼い子を育てるため、でなければ重病の親を救うために、身を売る女がいる。そういう

女なら、頼まれなくても救ってやるさ。だが、金を持ってるくせに礼はしたくない、なんて奴を助ける義理はねえよ」

　メルレインの視線を、ヴェールごしに突き刺されて、王女は無言だった。

「貴顕淑女《きけんしゅくじょ》という奴らを、おれが好きになれんのは、奴らは他人に奉仕してもらうことを当然だと思っているからだ。兵士が死ぬのも当然、農民が税を収めるのも当然、自分らが贅沢《ぜいたく》をするのも当然だと思っていやがるんだ」

　メルレインは長靴の底で床を蹴りつけた。

「それに、世の中には、けっこうあほうがいやがる。奴隷《ゴラーム》や自由民《アーザート》が苦しい目にあうのは当然だが、王族や貴族が苦難にあうのは傷ましいと思っているのさ。奴隷が餓死するのを平然と見殺しにする奴が、国を追われて飢えている王子さまには食物をめぐんでやったりするんだ。だけどな、民衆を置き去りにして、財宝だけはしっかり持って逃げ出すような奴らを、何だって無料《ただ》で助けてやらなきゃならないんだよ！」

「気がすんだか？」

　おだやかにクバードが問い、息を切らしてメルレインは黙りこんだ。一瞬の空白は、マルヤムの女官長ジョヴァンナによって破られた。彼女は謝礼の具体的な条件を持ち出し、それをもとに交渉がおこなわれた。

「よかろう、契約は成立した。偉大なる契約神、ミスラの御名において」

「イアルダボート神の御名において」

　パルスの騎士と、マルヤムの女官長とは、まじめくさって契約を確認した。たがいの神が、どのていど信用できるものか、内心でかなりの疑いをいだきながら。

## V

　夜を待ってルシタニア人がふたたび来襲するであろうことを、クバードは予測していた。万騎長《マルズバーン》であれば、そのていどの戦術的な予測はつく。ルシタニア人は、まだ二百八十騎ほどの戦力を残している し、こちらにはたったふたりが加わっただけのことだ。一度追いはらわれて、おめおめと引きさがるわけにはいかないだろう。

「奴らはかならず火を放ってくる。民衆を動揺させるため、そして自分たちの目印にするためにな。地理に自信がないから、街道を進んでくるのもまちがいない。そこでだ」

クバードにとっては、アトロパテネで敗れて以来の戦闘指揮である。あのとき、クバードには精鋭の騎兵一万がしたがっていた。いまでは、マルヤムの敗残兵と、ダイラム地方の農民や漁夫や小役人、あわせて三百人。

「これはこれでおもしろいいさ」

そう思いつつ、戦いなどに縁のない人々を各処に配置し、指示をたたきこむ。目の前で妻子を殺された男たちは、捨て身の復讐心に燃え、戦意は旺《さか》んである。クバードの指示さえ厳守すれば、なまじ戦いにすれた兵士より、頼みになるかもしれない。

黒い布を頭に巻いたメルレインは、峠から内海岸へとつづく街道に、材木を組んだ柵《さく》をつくらせ、その手前の地点に魚油をまかせ、さらにその上に自分の手で黒い薬をまいた。

それはゾット族が大規模な隊商を襲うときに使う武器で、油脂《ゆし》と硝石《しょうせき》と硫黄《いおう》と木炭、それに三種類ほどの伝来の秘薬を調合したものだった。大量の火と煙を発生させ、はじけるような音も出す。魚油と組みあわせれば、火術にもってこいの役をはたすだろう。マルヤムの王女に不満と怒りをたたきつけて気がすんだのか、黙々と彼は自分の仕事にはげんだ。

細い月が夜空の中央にぶらさがった時刻、闇の中から馬蹄のひびきが湧きおこった。ルシタニア騎士たちの反撃が開始されたのである。

三百頭近い馬の蹄《ひづめ》が、地を撃って近づいてくる。腹にひびくような音だが、一万騎の長であったクバードにとっては、そよ風ていどにしか感じられない。

闇の中に、小さな光がいくつかともった。夜気を裂いて、火矢が飛ぶ。木の梢《こずえ》や、材木に火矢がからまり、赤く黄色く炎をゆらめかせると、近くに迫ったルシタニア騎士の甲冑に火影が反射して、不気味な光景を闇に浮きあがらせた。その瞬間、メルレインの放った火矢が、地面に突き刺さっていた。

状況が一変した。火は薬と魚油に引火し、めくるめく炎の幕となって、突進してくるルシタニア騎士たちの眼前に立ちはだかったのだ。

「わああっ……！」

「おおう、これは……！」

馬がさお立ち、騎士が地上に投げ落とされる。火が爆《は》ぜ、たてつづけの音響が耳をしびれさせた。馬はいななき、荒れ狂い、騎手たちの制止もままならない。

「散開せよ！」

隊長らしい騎士が叫ぶ。落馬をまぬがれた騎士たちが、その命令にしたがい、左右の方角へ馬首《ばしゅ》を向けかえて走り出す。このとき、落馬した騎士の幾人かが、気の毒なことに、味方の馬蹄にかかって生命を失った。

そんなことにかまってはいられない。わずかな月明かりを頼りに、ルシタニア騎士たちは、べつの道を走り、異教徒たちの背後にまわりこもうとした。

だが、クバードとメルレインがつくりあげた罠は、二重三重の構造を持っていた。迂回して夜道を駆けぬけようとした馬が、つんのめって倒れる。道を横ぎる形で、綱が張られていたのである。騎士たちは鞍から放り出され、宙を飛んで地にたたきつけられた。うめき、あえぎ、苦痛と甲冑の重さに耐えながら起きあがりかけると、漁に使われる網が投げかけられてきた。

網をかぶってもがきまわるルシタニア兵の頭上に、なまぐさい液体が振りかけられた。魚油である。ののしりわめきつつ、網から脱出しようとしかけたところへ、火矢が放たれた。魚油に引火して燃えあがる。

絶叫があがり、火だるまになったルシタニア兵の身体《からだ》が路上にはねた。残酷といえば残酷な戦法である。だが、昼間、妻や子を虐殺されたダイラムの民は、容赦《ようしゃ》しなかった。手に手に棍棒を振りかざして駆けより、火だるまのルシタニア兵が動かなくなるまでなぐりつける。

べつの道に駆けこんだルシタニア兵は、樹上から光るものが降ってくるのを知ったが、べっとりとくっつくだけなので、かまわず駆けぬけた。彼らは、前方にひとりの騎士の姿を見た。マルヤム風の甲冑を身に着けた片目の男。むろんクバードであった。

狭い道である。クバードの左右にまわるわけにはいかず、ルシタニア騎士たちは、片目の男と正面から一対一で戦うはめになった。

「異教徒め！　こざかしいふるまいの数々に、報いをくれてやるぞ！」

長槍をかまえて、最初の騎士が突進する。充分な余裕をもってそれをかわすと、クバードは、至近距離に迫ったルシタニア騎士の頸《くび》すじに、横なぐりの一刀をたたきつけた。異様な音を発して首がすっ飛び、甲冑につつまれた胴は、重々しいひびきとともに地を打った。そのとき、すでに、ふたりめの騎士が、右肩から左脇まで斬り裂かれている。

クバードは大剣を垂直に振りおろし、水平になぎ、ななめに払い、それらの連続した動作を多量の人血でいろどった。撃ちかわされる剣のひびきが、クバードの耳を乱打した。やがて絶望の叫びがあがり、隊長だけを残して、他の騎士は逃げはじめた。

残されたルシタニア騎士の隊長は、名のある男であったにちがいない。クバードを迎え撃ったとき、動きに乱れがなかった。味方を逃がすためであろう、むしろ自らすすんで、クバードの大剣に身をさらしてきた。十数合にわたって、刃鳴りがつづき、火花が散乱した。だが、根源的な力量の差は大きく、やがて隊長は斬り裂かれた頸部《けいぶ》から血を奔《はし》らせて落馬した。

「惜しいな。勇気に技がともなわなかったか」

地上の死体に、その一言を投げつけると、クバードは馬腹を蹴り、逃げる敵を追いにかかった。

あいかわらず闇は濃いが、逃げるルシタニア騎士の甲冑には、夜光虫がついている。見失う気づかいはなかった。数は六騎。これが敵の最後の生き残りである。

追われる六騎と、追う一騎とが、手槍や棍棒をかかえて路傍《みちばた》にすわりこんでいるダイラム人の一団のそばを走りぬけた。

クバードはどなった。

「逃がすな！　追うんだ！」

一騎でも逃がせば、その口からルシタニア軍中枢部に、ここの内情がもれる。一騎も帰らなければ、ルシタニア軍には事の真相がわからず、策《て》を打ってくるにしても時間がかかる。ダイラムの人々は、その間に、防御をかためることもできるし、アルスラーン王子の軍に救いを求めることもできるだろう。

ルシタニア兵を逃がしてはならないのだ。そのことは、ダイラムの人々にもわかっていたが、もともと戦いに慣れていない彼らは、気力も体力も使いはたし、地面にへたりこんでしまっている。

やむなくクバードはひとりで追った。

追う。追いすがる。追いつく。追いぬく。

駆けぬけざまの一刀で、ルシタニア兵の頸部を半ば両断していた。噴きあがった血が風に乗り、赤い奔流となって夜気をつらぬいていく。

また一刀、一騎を斬って落とす。もはや、ルシタニア兵に反撃の意欲はない。ひたすら、死に物ぐるいに逃げていく。距離のはなれた四騎には、にわかに追いつけそうもなかった。弓を使うしかなさそうである。

万騎長《マルズバーン》ともなれば、剣、槍、弓、いずれの武芸も群を抜いている。だが、水準をはるかにこえた時点で、得意なものとそうでないものとがある。クバードは弓がやや苦手であった。むろん、へたというにはほど遠い。実戦でひけをとったことはない。敵兵の胴を突きぬけるほどの強弓《ごうきゅう》である。

その強弓を証明するかのように、クバードはまず二本の矢でふたりのルシタニア騎士を射落とした。三本めの矢は、わずかにはずれたが、四本めの矢が三人めを射落とす。

最後のひとりは、そのときすでに矢の射程を脱しかけていた。舌打ちして弓をおろしたクバードが、気の長い追跡を覚悟して馬をあおろうとしたとき、風のかたまりのようなものが飛び出してクバードに並んだ。

弓弦《ゆんづる》のひびきが消え去るより早く、小さな白点となっていたルシタニア騎士は、鞍上からまっさかさまに落ちていった。傍らを見やったクバードは、むっつりと不機嫌な顔の若者が、弓をおろすありさまを見た。

「いい技倆《うで》だな、おぬし」

クバードがほめると、ゾット族の若者は、あいかわらず不機嫌そうに応じた。

「おれはパルスで二番めの名人だと自負している」

「すると一番めは誰だ？」

「まだ出会っていないが、いずれどこかで、おれ以上の名人に会うと思う」

おもしろい奴だ、と、自分のことを棚にあげて、クバードは思った。弓の技だけなら、万騎長《マルズバーン》にもなれる若者であろう。

にわかに、メルレインが剣を抜き、突きおろした。地上に倒れていたルシタニア騎士が、まだ絶命しておらず、メルレインにむかって報復の斬撃《ざんげき》を送りこもうとしていたのである。

「おれはゾット族のメルレインだ。殺されたのがくやしいなら、いつでも化けて出ろ」

刃についた血を振り落としつつ、メルレインが毒づいた。それが、血なまぐさい戦いをしめくくる一言となった。

## VI

ダイラムから、ルシタニア兵は一掃され、ひとまず平和は回復された。ダイラム人たちの素朴な謝礼のことばや地酒の壺《つぼ》をおうように受けとると、クバードは、今度はマルヤム人に、契約の履行《りこう》を求めた。みごとにルシタニア兵を全滅させてやったのだから、当然のことだ。

女官長は、最初、そらとぼけようとした。

「はて、なんのことかしら。いそがしいし、こわい目にあったし、忘れっぽくなりましてねえ」

「くえない婆さんだな。約束の謝礼だ。忘れたなら思い出させてやってもいいが」

「ああ、ああ、ルシタニア人たちをやっつけてしまった後、自分も死んでしまってくれたら、理想的な展開だったんだけどねえ」

「婆さんの理想に殉《じゅん》じなけりゃならん義理は、おれにはない。さっさと約束を守ってもらおう」

こうしてクバードは、マルヤム金貨五百枚と、三重になった豪華な青玉《サファイア》の首飾りを受けとったのだが、メルレインのほうは、

「助けた相手から礼は受けとらぬ。ゾット族は奪うのが掟《おきて》だ」

とか言って、何も受けとらなかった。ゾット族は、世の人々を、助ける相手と、なぐってふんだくる相手と、二種類に分けて考えているらしい。戦いの前に、さんざん身分の高い者のありようを非難したことと、これは関係があるのだろうか。

夜明けが迫り、内海の水平線に、細い剣に似た白い光が浮きあがってきた。謝礼を受けとって船を降りようとしたとき、若い女官のひとりが、クバードを呼びとめた。船室でイリーナ内親王がクバードを待っているというのである。片目のパルス騎士を迎えると、イリーナ姫はささやきかけた。

「そなたにうかがいたいことがあります。こころよく答えてくれれば嬉しく思います」

そんなところだろう、と、クバードは思った。彼は女好きだし、女からも好かれたが、王女だの王妃だのといった類《たぐい》の女性に慕《した》われるとは考えていなかった。

「そなたはパルス王国の将軍であると聞きましたが、それでは王宮の事情にもくわしいのでしょうね」

「多少は」

クバードの返答は短い。豪奢《ごうしゃ》で壮麗で虚飾と浪費に満ちた王宮は、クバードにとって、あまり居心地がよくなかった。よほど重大な用件でなければ、な

るべく近よらないようにしていた場所である。

「では王子のヒルメスさまをご存じですね」

なに？　いまこのお姫さまは誰の名を口にしたのだ？　豪胆なクバードも、いささかならず意表を突かれて、王女の顔を見なおした。

濃い色調のヴェールが、クバードの視線をさえぎった。クバードは、ひとつせきばらいして確認した。

「ヒルメス王子とは、先王オスロエス陛下の遺児のことでござるか」

「やはりご存じですのね。ええ、悪虐無道なアンドラゴラスという男にお父上を殺された方です。パルスのまことの国王となられる方です」

返答のしようもなく、クバードは、ヴェールに顔をつつんだ王女の、誇らしげな姿を見やった。

「なぜヒルメス王子のことなどお問いになるのですかな。内親王殿下」

「わたしにとって、とてもだいじな方ですから」

悪びれずに答えると、イリーナ内親王はヴェールに手をかけ、ゆっくりとそれをはずした。マルヤムの王女の顔は、はじめてクバードの目にさらされた。白すぎるほど白い、繊麗《せんれい》な顔だち、黄銅《おうどう》色の髪。瞳の色は——不明であった。王女の両の瞼《まぶた》は、かたく閉ざされていたのである。クバードの反応を気配でさとったか、王女は静かに尋ねた。

「わたしの目が見えぬこと、女官長が申しませんでしたか」

「いや、初耳でござるな」

やはりくえない婆さんだ、と、クバードは内心で女官長をののしった。

「するとヒルメス殿下のお顔はご存じないわけでござるか」

「ヒルメスさまがお顔にひどい火傷《やけど》を負っていらっしゃることは、わたしも存じていました。ですけど、わたしは盲目の身、どのようなお顔であろうと、かかわりありませぬ」

なるほど、ヒルメス王子の銀仮面は、火傷を隠すためのものであったか。クバードは得心《とくしん》した。しかし、仮に正統の王位とやらを回復したとして、その後もずっとヒルメスは仮面で顔を隠しつづけるつもりだろうか。

「クバード卿とやら、わたしは十年前、ヒルメスさまとお会いして以来、あの方のみを心にきざんでまいりました。あの方にお会いしたいのです。どうぞ力を貸してくださいませぬか」

「ヒルメス王子の為人《ひととなり》はご承知か」

「烈《はげ》しい方です。でも、わたしにだけは優しくしてくださいました。それで充分です」

盲目の王女は断言し、クバードはまたしても返すことばがなかった。ヒルメスは復讐心の強い男だが、マルヤムの幼い盲目の王女に対して、残酷なことはしなかったのだ。

「しかし、立ちいるようで恐縮でござるが、ヒルメス殿下とお会いになって、どうなさるのです。こう申しては何だが、彼《か》のお人がパルスの王位につかれるのはごむりかと……」

「ヒルメスさまはパルスの正統な王位継承者だというではありませぬか。その方が王位につけないとするなら、パルスは、ルシタニアやマルヤムと同じく、正義も人道もない国ということになります。そうではありませぬか」

幅の広い肩を、クバードは、かるくすくめてみせたが、むろん王女には見えるはずもない動作だった。

「ヒルメス王子は、そう思っているでござろうな」

「あなたは異《こと》なる考えをお持ちなのですか？」

「人それぞれというやつでな」

深入りを避けて、クバードは短く答えた。盲目の王女は、あきらかに思いつめていた。他人がとやかく口を出す筋合いではない。

むろんクバードの考えは彼女と異なる。

おれは牛肉や羊肉を食うが、それはべつに牛や羊が悪事をはたらいたからじゃない。クバードはそう思う。世の中、一方的な正義だけで割りきれるものではない。ヒルメスとイリーナが再会して結婚でもしたら、さぞ正統と正義の好きな王子が生まれることだろう。

ヒルメスの居場所を、クバードは知っている。西のかたザーブル城で聖堂騎士団《テンペレシオンス》と戦っているはずだ。だが、そこへ到《たど》りつくまでに、イリーナ内親王は、ルシタニア軍の占領地を通過せねばならない。

　やっかいなことに巻きこまれるのは、クバードは、ごめんこうむりたかった。つまり、この世でもっともやっかいなことは、他人の色恋ざたである。まして、一方があのヒルメス王子で、もう一方がマルヤムの王女であるというのでは、それに近づくのは、松明《たいまつ》を持って魚油のなかを泳ぐようなものだ。

「すこし考えさせていただこう」

　豪放で果断なクバードとしては、めずらしく、あいまいな返答で席を立った。このまま時がたつと、つい承諾してしまいそうな気がした。

　船室から甲板に出ると、女官長のジョヴァンナに会った。クバードを見ると、にんまりと笑ってみせる。内親王との対話を、この油断のない老婦人は承知しているのであろう。あらためて舌打ちしたい気分をおさえ、クバードは歩き去ろうとしたが、ジョヴァンナの傍《そば》にいてクバードを見やっているのがメルレインであることに気づいた。

「何だ、話したいことがあるのか」

　問われたメルレインは、あいかわらず不平そうな表情のまま、不平そうな声で、意外なことを口にした。

「あの姫君を、ヒルメスとやらいう人に会わせる役、おれが引き受けてもいい」

「ほう……」

　クバードは、ゾット族の若者を見なおした。メルレインは表情を殺そうとしていたが、若々しい頬が、わずかに上気しているし、両眼はクバードを直視しようとしない。事情は明らかだった。ゾット族の若者も、クバードと同じ頼みを持ちかけられたというわけだ。

「妹のほうはどうする。捜さなくてよいのか」

「妹はちゃんと目が見える」

「ふむ、なるほど」

　あの王女に惚《ほ》れたな、という台詞《せりふ》を、クバードは口にしなかった。クバードにかわって難題を引き受けてくれるというのだ。からかったりひやかしたりしては、ミスラ神の罰をこうむるというものである。彼は千里眼《せんりがん》ではなく、超人でもなく、メルレインの父親を殺した相手がヒルメス王子だという事実を、知りようもなかった。

「では、おぬしが行くといい。人それぞれに帰るべき家と行くべき道があるというからな」

いったんことばを切ってから、クバードはつけ加えた。

「ヒルメス王子の側近に、サームという男がいる。おれの旧知で、理も情もわきまえた男だ。彼に会って、おれの名を出せば、悪いようにはせんはずだ」

「あんたは会わなくていいのか」

「そうだな……あまりいい形で再会はできんような気がする。まあ会えたらよろしく伝えておいてくれ。クバードはクバードらしくやっているとな」

そう言って、クバードは、ヒルメス王子がザーブル城の近辺にいるであろうことを、メルレインに教えてやった。うなずいたメルレインが、心づいたように目を光らせた。

「ヒルメス王子とは、どんな顔をしている?」

「知らん」

「会ったことはないのか」

「会ったことはあるが、顔を見たことはない」

クバードの言葉に奇異なものを感じたのであろう。メルレインが無言のまま眉をあげたので、クバードはつけ加えた。

「見ればわかる。いつも銀色の仮面をかぶって顔を隠しているからな」

それを聞いたメルレインの眉が、さらに上がった。彼にとって、疑問はさらに深くなったようである。

「なぜそんなまねをしているのだ。悪事をはたらいているのでなければ、堂々と素顔をさらせばよかろうに。おれたちゾット族は掠奪だって放火だって素顔をさらしてやってのけるぞ」

「顔にひどい火傷のあとがあるそうだ」

クバードが短く説明したのは、事実の表面だけであるが、メルレインをその場で納得させるのには充分であった。

「それは気の毒だな」

　そうつぶやいたメルレインだが、男のくせに傷など気にするのか、と言いたげでもある。クバードは、革の袋を、メルレインにむけて放った。五百枚のマルヤム金貨が、それには詰まっている。袋の重さにおどろくメルレインが、何か言いかけるのを、クバードは笑って制した。

「持っていけ。財布が重くて困っている奴を助けるのが、盗賊の仕事だろうが」

　こうして、ダイラムの地で出会ったクバードとメルレインは、それぞれの思うところにしたがって、東と西とに別れたのであった。四月末のことである。

汗血公路

第三章

# 出撃

4

## I

五月十日。春から初夏へと季節がうつろいはじめたころ、パルス王太子アルスラーンは軍をひきいてペシャワール城を進発した。目的地は二百ファルサング（約千キロ）をへだてた西のかた、王都エクバターナであった。

兵数は九万五千。騎兵三万八千、歩兵五万、糧食輸送の軽歩兵七千がその内容である。進発に先立ち、歩兵には自由民《アーザート》の身分を与え、銀貨《ドラフム》によって俸給《ほうきゅう》もわたしてあった。

第一陣は一万騎。トゥース、ザラーヴァント、イスファーンの三人によって指揮される。第二陣はダリューンの一万騎。第三陣はつまりアルスラーンの本営で、騎兵五千、歩兵一万五千。ナルサス、ジャスワント、それにエラムとアルフリードが加わっている。第四隊はキシュワードの一万騎。第五隊は歩兵のみ一万五千でシャガードという将軍が指揮し、最後衛の第六隊は歩兵のみ二万でルッハーム将軍がひきいる。さらにファランギースが三千騎を指揮しており、これは遊撃隊である。

一万五千の兵とともにペシャワール城を預かることになった中書令《サトライプ》ルーシャンは、うやうやしい一礼で王太子を送り出した。

「どうぞ、殿下、昼であれ夜であれ、戦いであれ平和であれ、パルスの神々が御身の上にご加護をたまわらんことを」

「留守を頼む。おぬしがいてくれるから、安心して出征できるのだ」

王太子より半馬身おくれて、ナルサス、ジャスワント、エラム、アルフリードらが進む。すでにダリューンは一万騎の隊列をひきいて先発しており、パルス国内の大陸公路は、アトロパテネの敗戦以来はじめて、パルスの大軍によって埋めつくされた。

陽光を受けた甲冑と刀槍の群が、実った麦の穂のような黄金色にかがやきわたり、整然たる騎兵隊の蹄の音が空にはね返る。そのありさまを、公路をのぞむ丘の頂上からながめおろす一騎の旅人がいた。

　生きるとは旅だつこと
　死もまた同じ
　時の河をわたる鳥の翼は
　ひとはばたきに人を老いさせる……

パルス文学の粋《すい》たる四行詩《ルバイヤート》だが、これはあまりできがよくない。口ずさんだ男は、若く、かなりの美男子で、赤紫色の髪を持ち、鞍に竪琴《バルバド》をのせていた。大陸公路を西へ西へと進むパルス軍の列を見おろしていたギーヴは、顔を動かして、自分自身の旅のしたくを確認した。剣はみがいてあるし、弓には三十本の矢がついている。そして何より金貨《デーナール》と銀貨《ドラフム》も重いほどにある。

「さて、おれにはおれのやるべきことがある」

　つぶやいたギーヴは、乗馬の手綱を引きながら苦笑した。

「やれやれ、かっこうつけたところで見物人がいるでもないか」

　足場の悪い岩山の上で、危げなく馬首をめぐらし終えると、未来の宮廷楽士はアルスラーンらの進む方向とは別の方角へ、軽やかに馬を走らせはじめた。

　このような情況になるまでには、いくつかの事情が先立つ。五月にはいると、ナルサスは、出兵準備の完了をアルスラーンに告げたのだった。

「弓が満月のごとく引きしぼられた状態に、わが軍はあります。どうぞ近日中に出兵のご命令を」

　パルス軍には、散文的な事情もある。十万をこす兵に、いつまでもむだ飯を食わせてやれるほど、糧食は豊かではない。その事情も、アルスラーンはわきまえている。ナルサスの報告にうなずき、十日を出兵の日とさだめた。

「殿下にお話ししておくことがございます。お時間をいただけましょうか?」

　さらにナルサスがそう申しこんだのは、出陣二日前の夜のことである。アルスラーンに否やはなかった。

「一対一での話か」

「いえ、幾人かに同席してもらいます」

ナルサスが選んだ同席者は五名。ダリューン、キシュワード、ファランギース、ギーヴ、そして中書令《サトライプ》のルーシャンであった。七人が王太子の部屋で糸杉材の卓《テーブル》につくと、扉の外では牧羊犬のように忠実なジャスワントが剣を抱いて見はっている。

七人が卓につくと、ナルサスは、すぐに本題にはいった。「これから話すことは他言無用」という前置きすらしなかった。そんなことは、同席者を人選する段階で、ナルサスにとっては終わっている。

「昨年、アルスラーン殿下がこのペシャワール城にご到着になったとき、奇怪な銀仮面をかぶった人物が、殿下を襲撃いたしました。むろん憶《おぼ》えておいででしょう」

ナルサスは中書令《サトライプ》ルーシャンのためにそう言ったのであって、アルスラーンも他の者も忘れているはずがなかった。冬の夜気を斬り裂く剣のひらめきや、銀仮面に反射する松明の炎が、アルスラーンの脳裏《のうり》によみがえった。うなずきながら、王太子は一瞬、寒そうな表情になった。一同の視線を受けて、ナルサスは、きわめて重大な一言を、さりげなく投げこんだ。

「銀仮面の人物の正体は、ヒルメス王子と申します。父親の名はオスロエス、叔父の名はアンドラゴラス。すなわちアルスラーン殿下の、まさに従兄《いとこ》にあたられる方です」

周囲のおとなたちが息をのむ気配を、アルスラーンは感じた。ナルサスの言葉が、アルスラーンの腑《ふ》に落ちるまでは、すこし時間が必要だった。ヒルメスという名も、幾度か聞かされたように思うが、いまこのときまで心に深く留めることはなかった。アルスラーンは考えをまとめ、ようやく問い返した。

「すると、世が世であれば私のかわりに王太子となっていた人か」

「さよう、オスロエス五世陛下がご存命であれば当然そうなっておりました」

「ナルサス……！」

　ダリューンが友をとがめる声をあげたのは、アルスラーンの表情の変わりようを見かねたからであった。だが、ナルサスは、あえて先をつづけた。

「一国に二王なし。どれほど冷厳《れいげん》であろうと、残酷であろうと、それが千古《せんこ》の鉄則でござる。神々といえども、この鉄則《シャーオ》をくつがえすことはかないませぬ。王太子殿下が国王におなりになれば、当然ながらヒルメス王子のための王冠は存在しないことになりましょう」

　一同のなかで最年長である中書令《サトライプ》のルーシャンが、はじめて口を開いた。考え深そうに、片手で豊かな灰色のひげをなでている。

「そのヒルメス王子と称する人は、たしかに真の王子か。あのときの事情を、いささかなりとも知る者が、野心と欲に駆られて、王子の身分を僭称《せんしょう》しているのではないか」

「あのときの事情？」

　アルスラーンは聞きとがめた。つまり、先王オスロエス五世が急死して弟のアンドラゴラスが即位するに至った事情である。オスロエスの死に不審な点が多く、アンドラゴラスが兄王を弑《しい》したのではないか、という疑惑がささやかれたのであった。むろん、公式には秘密にされていたが、多少とも宮廷にかかわりある者なら、まず誰でも知っている。

　あらためてナルサスはアンドラゴラス王即位の前後に生じた事実と噂の数々を、アルスラーンに説明した。晴れわたった夜空の色をした瞳は、雲におおわれたように見えた。ようやく形のいい唇が動いて質問を発した。

「父上が兄王を弑したという……その噂は事実なのか？」

　若い軍師は、かるく頭を振った。

「これればかりはわかりませぬ。ご存じなのはアンドラゴラス陛下だけでしょう。確かにいえることは、ヒルメス王子は噂を事実と信じ、殿下と殿下のご父君とを憎悪しておられる。そして憎悪のあまりルシタニア人と手を組み、おのが故国に他国の兵を引きいれたのです」

ナルサスの声は厳しい。アルスラーンも他の五人も無言だった。

「つまり、かのお人には、国民《くにたみ》よりも王位のほうがだいじというわけです。復讐の方法もあまたあるなかで、もっとも民衆にとって迷惑な方法がとられたのです」

「わかった、ナルサス」

アルスラーンは、こころもち青ざめた顔でかるく片手をあげた。

「さしあたって、私は、従兄《いとこ》どのより先にルシタニア軍と結着をつけねばならぬ。みんなに力を貸してもらいたい。それが一段落したところで、従兄どのとの間にきちんと話をつけるとしよう」

II

黒衣の騎士ダリューンは、友である軍師と肩を並べながら回廊を歩いていて、いささかものいいたげな表情を隠しきれなかった。そ知らぬ顔で歩きつづけるナルサスを見やって、ついに彼は口を開いた。

「ナルサス、おぬしのことだから何か深い思慮があってのことと思うが、殿下に対していささか酷ではなかったか。重荷の上に重荷を加えるようなものだぞ」

「隠しておいたほうがよかったか」

ナルサスは、わずかに苦笑してみせた。

「おれもこの半年近く、ひとりで秘密をかかえこんでいたのさ。だが、殿下に知らせずにすむなら、そうしたかった。だが、ダリューン、おぬしもわかってくれるはずだ。いかにこちらが隠しとおす気でも、先方が秘密を明かしたら、それまでのことではないか」

たしかにナルサスのいうとおりである。ヒルメスが、いずれ名をあかし、正統の王位継承権を主張するようになるのは、当然のことだ。それをいきなり「敵」の口から知らされるより、いまのうちに味方から教えておいたほうが、まだ衝撃はすくないであろう。

「それにな、ダリューン、秘密はアルスラーン殿下ご自身の上にもある。それにくらべれば、銀仮面の件など、しょせん他人の身の上だ。そのていどで動揺なさるようでは、ご自身の秘密に耐えることなどできぬさ」

　アルスラーンの出生に何やら秘密があることを、ナルサスは言っているのだった。ダリューンはうなずいたが、パルス最大の雄将の口から吐息がもれた。

「それにしても殿下の荷は重すぎる。まだ十四歳でしかないのにな」

「おれが思うに、アルスラーン殿下は、見かけよりはるかに勁《つよ》くて寛《ひろ》い心をお持ちだ。ヒルメス王子のことも、いずれ克服なさるだろう。あの方に必要なのは、いつもそうだが、時間だけだ」

「ナルサスにしては読みが甘いのではないか」

　遠慮のないことを、黒衣の騎士は口にした。

「仮にアルスラーン殿下が、父王の罪をつぐなうおつもりでヒルメス王子に王位を譲るなどと言いだされたらどうする？　殿下のご気性からして、ありえぬことではないぞ」

「たしかにな。そしてヒルメス王子がわれらの国王《シャーオ》となるか」

　ヒルメスは復讐に対する渇望で心を狂わせているが、もともと国王《シャーオ》としての器量が不足しているというわけではない。復讐の魔酒《ましゅ》からさめたら、けっこう知勇をそなえた君主となるかもしれぬ。

　だが、ヒルメスが奴隷《ゴラーム》たちを救うとしても、彼は奴隷制度を廃止しようとは考えないだろう。ヒルメスがやるとすれば、奴隷を慈悲ぶかくあつかうよう命令を出すことだ。ここが、おそらくヒルメスとアルスラーンとの決定的な差であろう。明るい色の髪をかきあげて、ナルサスは友人を見返した。

「おれのほうこそ聞きたいな、ダリューン、もし仮に殿下がパルスの国王《シャーオ》になられぬとしたら、おぬしは殿下のもとを去って、ヒルメス王子につかえるか？」

「冗談をいうな」

　銀仮面の男と、ダリューンは直接、剣をまじえたし、伯父のヴァフリーズを殺した仇敵《きゅうてき》でもある。

彼は頭を振った。

「そうだな。そのときは、おぬしとおれが組んで、アルスラーン殿下にふさわしい国のひとつも征服してさしあげるさ。悪政で苦しんでいる国民《くにたみ》は、どこにでもいよう」

ダリューンの冗談めかした返答で、ナルサスはくすりと笑った。彼や友人がいかに思いわずらおうとも、結局はアルスラーンが決めることだ。

ナルサスは話題を転じた。

「トゥース、ザラーヴァント、イスファーンという連中のことだがな」

「うむ」

「彼らに先鋒《せんぽう》の任を与える。おぬしやキシュワード卿は、今回は第二陣にさがってくれ」

ナルサスにとっては、軍の配置という問題は、すぐれて政治的な一面を有している。アルスラーンの陣営は、大きく膨れあがり、まず内部を統一せねばならない。

戦って勝つだけではすまない。新参の者たちが旧《ふる》い者たちに対抗意識を持つのは、武勲《ぶくん》の量についてである。彼らに武勲をたてる機会を与えてやる必要がある。

また、たとえ先鋒が惨敗しても、第二陣以下にダリューンとキシュワードの両雄が無傷でひかえていれば、再戦して勝つのはむずかしくない。このふたりが健在である、と思えば、兵士たちも安心できるのである。

ナルサスの提案を了承して、ダリューンは腕を組んだ。

「やれやれ、他人に武勲をたてさせるのも仕事のうちか」

「なに、おぬしが出ていかねばかたづかぬ場面は、いくらでも出てくるさ」

回廊の一角をまがったとき、夜風のゆるやかな流れが、異臭を運んできた。こげくさい匂いであった。奇妙に思う間もなく、今度は耳が異状をとらえた。ぱちぱちと火の爆《は》ぜる音であった。

　ダリューンとナルサスは顔を見あわせた。無言のまま走りだす。夜気が動いて、薄い煙が吹きつけてきた。わずかに、熱波らしいものも感じる。黒い闇の一部に、赤い花びらのような火影がうごめいていた。

「火事です！　火事です、ナルサスさま」

　エラム少年が叫びながら駆け寄ってきた。主人の表情を見て、問われるより先に説明する。

「糧秣《りようまつ》倉庫に火が放たれたのです。怪しい人影を何人かが見つけて、いま追っています」

　ふたたびダリューンとナルサスは顔を見あわせた。彼らの胸中をよぎった怪しい人影が、振りむいて銀仮面をかぶった顔を見せた。豪胆なダリューンも不敵なナルサスもぎょっとした。前者にむかって後者が低く叫んだ。

「ダリューン、おぬしは殿下をお守りしてくれ」

　その一言で、ダリューンは踵《きびす》を返した。銀仮面の男がヒルメスであれば、混乱に乗じて王太子を殺害しようとするであろう。王子の身近の警戒を、厳重にするべきであった。

　拡大しつつある混乱のなかで、万騎長《マルズバーン》キシュワードの存在が大きかった。何といってもペシャワール城は彼の城なのだ。

「火を消せ！　まず火を消すのだ。四号の井戸から水をひけ」

　きびきびした、しかも沈着な指示を出して、延焼を防がせている。消火はキシュワードにまかせておけばよい。ナルサスはエラム少年をしたがえて、放火犯を追う兵士たちの流れに踏みこんだ。流れは速く、人声や甲冑の音もけたたましく、ナルサスはエラムとはぐれてしまった。アルフリードの声もしたような気がするが、はっきりしない。

「そちらへ逃げたぞ！」

「逃がすな！　殺せ」

　兵士たちの叫びは、血なまぐさい昂奮に満ちている。戦うためにこの城塞《じようさい》に集まりながら、まだ実戦に参加する機会を与えられない彼らだ。ポロの試合や狩猟だけでは発散できないものがある。手に手に松明や剣をかざし、血走った目でどなりあっている。

放火犯がもしヒルメスであるとすれば、うかつに追えばどれだけの死者が出るかわからない。ヒルメスとまともに闘える者が、ペシャワールの城内に幾人いることか。ダリューンを王太子のもとへ帰らせてよかった、と、ナルサスは思った。

「いた！」

兵士たちの声がひびいて、ナルサスは視線を動かした。黒い夜空を、さらに黒い影がかすめた。回廊の屋根から石畳の中庭へと、森に棲む精霊《ジン》のようにすばやく移動する。そこへ駆けつけた兵士が、刃《やいば》を振りおろした。刃鳴りがたち、兵士の斬撃ははね返されていた。しかも反撃の一刀が短く鋭く弧を描き、兵士はあごの下から血を噴きあげて倒れた。さらに二本の白刃が襲いかかったが、黒い影は高く跳躍してそれをかわした。口に短剣《アキナケス》をくわえ、右手だけで屋根の端をつかみ、身をひるがえして屋根の上へと消えた。

「何という奴だ。人間業とも思えぬ」

キシュワードのもとで千騎長をつとめるシェーロエスという男が、あきれかえってつぶやいた。

ヒルメスではなかった。銀仮面もかぶってはおらず、また左腕がなかった。その姿は、ナルサスの近い記憶につながった。先月、ヴァフリーズ老人からバフマン老人へと送られた密書を盗もうとして失敗し、ナルサスに左腕を斬り落とされた人物がいたではないか。すると狙いは例の密書か。もしかして、すでに発見したのではあるまいか。

ナルサスは黒い影を追いつづけた。他者の手にゆだねるわけにはいかなかった。

地上で騒ぎたてる追手どもを嘲《あざけ》りつつ、黒い影は城壁上に達し、そこを走った。音もたてず、夜の一部と化したように、身を低くして疾走する。

その疾走が急停止した。黒い影は、城塞の上に自分以外の人影を見出した。城壁の胸壁に背をもたせかけていた人影が、ゆらりと揺れて、黒い影の行手をはばんだのだ。

ギーヴであった。

「ふむ、ナルサス卿が先日、片腕を斬り落とした曲《くせ》者《もの》は、きさまか」

ギーヴが前進した。ゆっくり、しかも流れるような動作である。何気なさそうな動作で、しかもまったく隙がないことを、黒い影は見てとった。

無言で短剣《アキナケス》をかまえなおす。わずかに腰をまげ、全身のばねをたわめながら、両眼だけをぎらつかせている。

「煙と盗賊は高いところが好きというが」

ギーヴが言いかけたとき、黒い影の中央あたりから白い閃光が飛んだ。右手の短剣が、ギーヴの顔めがけて投げつけられたのだ。

ギーヴの長剣が、短剣をはじき飛ばしたとき、黒い影は奇声をあげて躍りかかってきた。素手で。片腕で。何か細くひらめくものを視界に認めたギーヴは、かわそうとはせず、かえって一歩踏みこんだ。左下から右上へ、舞いあげた剣は、黒い影が伸ばした右腕を、みごとに両断していた。

両腕を失った男は、血をまきながら城壁上で一転した。苦痛のため動けなくなるどころか、すさまじいほどの敏捷《びんしょう》さではね起き、ギーヴに第二撃の隙を与えない。

「いい根性をしているが、かわいげはないな。つぎは噛みついてくるか？　かわいい娘に指をかまれるのならうれしいが……」

ギーヴは長剣をひらめかせた。目の前で何かが鳴って足もとに落ちた。黒い影の口から放たれた太い針だった。それを確認もせず、ギーヴは躍りかかって、強烈な斬撃を水平に払った。

黒い影の頭部は、刃風とともに吹き飛んだかと見えた。だが、ギーヴの剣先に残ったのは、黒衣の一部だけであった。舌打ちして剣先からそれを払い落としたとき、ギーヴの耳は下方に水音を聴いた。

「濠《ほり》に落ちたか、銀仮面のように」

若い軍師の声で、ギーヴは振りむき、剣を鞘におさめた。

「見てくれ、これを」

斬り落とした腕を、ギーヴは、ひろいあげ、ナルサスにむけて差し出した。見て気持のよいものではないが、ナルサスは軽く目を細めてそれを観察した。

「毒手か……」

手指の爪が青黒く変色している。爪を毒液にひたし、その爪に触《ひっか》れただけで、相手を死に至らしめる。まともな武術の技ではなく、下級の魔道士が用いる暗殺技であった。

以前に左腕を斬り落としたときには、このような毒手ではなかった。左腕を失った後、不利をおぎなうために、残った右手を毒手に改造したのであろう。

「おそろしい執念だな」

ギーヴの慨歎《がいたん》に、言葉にしてはナルサスは答えず、駆けつけた兵士たちの主だった者に、濠を捜索するよう命じた。両腕を失っては泳ぐこともできず、たとえ泳げたとしても濠からあがることはできないだろう。出血もある。おそらく死んでいるだろうが、生きていれば問いたいことがある。

「あの男は、左腕を失う前から大将軍《エーラーン》ヴァフリーズどのの密書を狙っていたのだろう？　いまさらナルサス卿が何を問う」

「そう、奴はヴァフリーズ老の密書を狙っていた。それはわかる。わからぬのは何のために、ということだ。それとも誰かから命令されていたのか。命令した者の意図は何か」

ナルサスの疑問は、さしあたって未解決に終わりそうであった。濠を捜索した兵士が、朝方に水底から一個の死体を引きあげたのである。両腕はなく、どのような手段によってか自らの顔もつぶし、身元を判明させるものをまったく残さなかった。

III

つぎの夜は、出征前夜であり、城内を徘徊していた黒い影も死に、火災も大事には至らず、城内は盛大な前夜祭に湧きかえっていた。

ところが今度は、ギーヴとイスファーンとの間で、新旧の家臣どうしの対立が生じたのである。いや、対立というより決闘ざたであった。

酒を飲めば口論やけんかが起こりやすいのは当然である。といって、それを理由に酒を禁じるのもやぼな話だ。葡萄酒《ナビード》や蜂蜜酒、麦酒《フカー》の匂いが広間に渦を巻き、羊肉の焼けた匂いもただよった。少年である王太子が、早く寝《やす》むために宴席を立つと、あとは文字どおり無礼講となって、大声の会話やにぎやかな歌声が飛びかった。ただ、はでやかな宴も、注意して観察すれば、旧《ふる》くからアルスラーンにつかえている者たちと新参の者たちとで、それぞれ何となくかたまってしまい、たがいに交流がないことがわかったであろう。

それが破れたのは、「流浪の楽士」ことギーヴの行動によってであった。彼はぶらりと新参者たちの席に歩みより、迷惑そうな顔をされるのもかまわずイスファーンに話しかけた。イスファーンは万騎長《マルズバーン》シャプールの弟である。そして半年前、ルシタニア軍の捕虜となったシャプールが王都エクバターナの城門前に引き出されたとき、シャプール自身の求めに応じ、彼を矢で射殺したのはギーヴであった。

その因縁が、このときギーヴ自身の口からあかされたのだ。

それが騒動のはじまりだった。

「きさま、おれの兄を射殺したというのか」

イスファーンの両眼がぎらりと光った。まさしく狼のようであった。葡萄酒《ナビード》の酔いを、激情が圧倒したかに見える。

「怒るな。おれはおぬしの兄を苦痛から救ってやったのだぞ。礼を言われこそすれ、憎まれる筋合はない」

「だまれ！」

イスファーンが立ちあがると、周囲の騎士たちが、無責任にはやしたてた。えたいの知れない流浪の楽士を、彼らはきらっていたのだ。

当のイスファーンにとっては、亡き兄のシャプールは生命《いのち》の恩人であり、武芸や戦術の師でもあった。何かたくるしい、頑固《がんこ》なところもある兄だったが、何ごとにも筋を通し、不正をよしとしない生きかたをし、生きかたにふさわしい死にかたをしたりっぱな男だった。そうイスファーンは思っている。その兄をあげつらわれて、イスファーンが激怒したのは当然であった。

一方、ギーヴは相手の怒りを、ひややかな優雅さで受けとめた。

「周囲に味方が多いと強気になる奴を、ずいぶんとおれは見てきた。おぬしもその類《たぐい》というわけか」

「まだ言うか」

イスファーンは席から躍りあがった。

「その長すぎる舌を、適当な寸法になおしてくれよう！　誰の助けも借りぬわ！」

床を蹴る。剣を抜き放つ。ギーヴの頭上から襲いかかる。連続した動作が、ほとんど一瞬であった。

周囲にいた者たちは、ギーヴが脳天からまっぷたつにされる光景を見た。だが、それは一瞬の幻影であった。ギーヴは絹の国《セリカ》の上質紙一枚の差で、剣をかわしている。秀麗な顔だちだけに、皮肉や悪気をたたえたときの表情は、相手から見れば、じつに憎らしい。

「言っておくがな、おぬしの兄を死なせた責任は、ルシタニア軍にあるのだぞ」

「わかっている！　だが、いまおれの前にいるのは、ルシタニア人ではなくてきさまだ！」

筋が通っているような、いないようなことを叫ぶと、イスファーンは猛然とギーヴめがけて斬りつけた。

斬撃の速度と強烈さは、ギーヴの予測をこえていた。若い雪豹《ユーヌ》のように俊敏な動きで、イスファーンの剣をかわし、空を斬らせたが、体勢がくずれた。数本の頭髪が、刃風にのって飛び散った。

イスファーンが空を斬った体勢をたてなおしたとき、床に倒れこむ寸前にありながら、すでにギーヴは長剣の鞘を払っていた。流麗な弧を描いた刃は、そらおそろしいほどの正確さで、イスファーンの咽《の》喉《ど》もとに迫った。

今度は、イスファーンがおどろく番であった。こちらもまた、若い狼のようにしなやかな体さばきで、相手の一閃をかわしたものの、完全に均衡をくずし、床に倒れこんでしまった。

双方とも、石畳の上で一転してはね起きると、同時に剣を舞わせていた。火花が青白く灯火の影を裂き、金属のひびきが床に反射する。二度、三度、激しく打ちかわした直後、イスファーンの片脚がはねあがって、ギーヴの脚を払った。

ギーヴは横転した。さすがの彼が意表をつかれた。イスファーンの剣技は、正統なだけではなく、無原則なまでに野性的だった。

剣が振りおろされ、石畳を打って、こげくさい火花を発した。致命的な一撃から逃がれたギーヴは、石畳に転がったまま、イスファーンのひざめがけて強烈な斬撃を送りつけた。またしても火花。イスファーンは剣を垂直にして、ギーヴの剣をはじき返していた。

ギーヴがはねおき、間髪いれず剣を突きこむ。イスファーンが防ごうとした瞬間、ギーヴの剣は魔法のように角度を変えて、イスファーンの剣をからめとり、床にたたき落とした。

半身をひねると、かろうじてイスファーンはつづく突きを避けた。だが、一瞬で彼は守勢から攻勢に転じていた。あろうことか、彼は、ギーヴの剣を自分の右脇にはさみこむと、左手の手刀でギーヴの手首をしたたかに打ったのだ。ギーヴは思わず剣を離してしまった。ギーヴの剣はイスファーンの手に移る。だが床に落ちたイスファーンの剣は、ギーヴがすくいあげていた。そのまま双方たがいに床を蹴ろうとしたとき、するどい叱咤《しった》の声がひびいた。女の声であった。

「双方、剣を引け！　王太子殿下の御前なるぞ！」

「……やあ、これはファランギースどの」

半月ほど前に、キシュワードが果たした役割を、今度はファランギースが引き受けたわけである。ただ、今度は、実際に剣がまじえられてしまったが。

「ファランギースどのも心配性だな、おれの身を案じてくれるのは嬉しいが、おれがこんな奴に負けるはずがないのに」

「つごうよく解釈するな、不信心者め」

ファランギースは方便を使ったわけではなかった。彼女が王宮の庭園に立つ糸杉のようにすらりとした優美な姿を一歩しりぞかせると、アルスラーンの姿があらわれた。王太子が言葉を発するより早く、イスファーンは剣を捨ててひざまずいた。主君に対する、いささかかたくるしいほどの忠誠心は兄ゆずりであろうか。心から恐縮し、自分の軽挙《けいきょ》を悔いていた。

アルスラーンの瞳が楽士に向けられた。

「いったい何ごとがあったのだ、ギーヴ、味方どうしで剣をまじえるなど」

「なに、人生観の相違というやつで」

イスファーンと対照的に、ギーヴは立ったままで、返答も人を食っている。不敵に目を光らせて、彼は言葉をつづけた。

「アルスラーン殿下にはお世話になったが、もともとおれは宮廷づとめなど向かぬということが、よくわかった。自分で後宮《ハリーム》をつくってほしいままにふるまうのが、おれの性にあっている。人づきあいで遠慮して生きるより、ひとりでいたほうが、はるかにいい」

「ギーヴ……？」

「いい機会だ、これでおいとまをいただきます、殿下。おたっしゃで」

自分の剣を拾いあげて鞘におさめると、ギーヴは、わざとらしく鄭重《ていちょう》な一礼を残して、広間を出て行きかけた。

「ギーヴ、待ってくれ、早まらないでほしい。不満があるなら考えるから」

王太子の声に、いったんは足をとめたが、

「失礼いたします、殿下。ああ、ファランギースどの、おれがいなくなったからとて、泣き暮らしてはせっかくの美貌が曇る。笑顔こそ美の伴侶。おれのために笑ってくれ」

「なぜわたしが泣かねばならんのじゃ。最後まで口数の多いやつ、出ていくならさっさと出ていくがよかろう」

するとギーヴは、にやりと笑って露台《バルコニー》に出ると、優美にかるがると手摺《てすり》をとびこえ、そのまま姿を消してしまったのだ。

あまりのことに呆然となったアルスラーンの横顔を見ていたダリューンは、一同が白けたようすで解散したあと、心を決したように王太子に近づいてささやきかけた。

「殿下、じつはナルサスから口どめされていたのでございますが、あれは演技なのでござる」

「演技？」

「さようでござる。ナルサスとギーヴとが話しあった上で、あのような演技をしたのです」

アルスラーンは声をのんでしまった。ようやくのことで、ささやくような声を出す。

「なぜそのようなことを」

「殿下のおんためにです、むろん」

「私のため、というと、まさか、自分がいてはじゃまになるとでも思ったのか」

「たしかに、ギーヴは新参の者たちにあまり好かれてはおりませんでした。彼を殿下がお庇《かば》いになれば、一方にひいきしたと思われます。それでは結局、和が保てません」

「全軍の和をたもつために、ギーヴは身を引いたというのか」

「いえ、目的は他にございます」

ナルサスはもともと知勇ともそろった信頼のおける者に、王都やルシタニア軍の内情を探らせたいと思っていた。そこでギーヴと話しあい、ギーヴがアルスラーンの陣営を出奔《しゅっぽん》した形をつくって、彼に独立した行動をとらせたのである。

イスファーンのほうはこれらの事情は知らぬ。だが、苦痛から救うためとはいえ、イスファーンの兄シャプールをギーヴが射殺したことは事実である。この件が後々しこりとなって残ることもあるだろう。それが全軍の内部亀裂を生じる前に、ギーヴを一時的に去らせ、いずれ誰にも異議をとなえさせぬ形で修復をはかりたい。それがナルサスの考えであった。

「そうだったのか。私が至らぬものだから、ナルサスにもギーヴにもとんだ迷惑をかけてしまうな」

つぶやいたアルスラーンは、ダリューンに、夜空の色の瞳を向けた。

「いつギーヴと再会することができるだろう。そのときは彼の名誉を回復してやることができるだろうか」

「殿下が自分を必要とするときには、地の涯《はて》からも駆けつける。そうギーヴは申しておりました。もし彼の尽力をよしとなさるのであれば、一日も早く王都を奪回なさいませ」

そして美しい邸宅に美女と美酒をそろえた上で、「帰ってこい」と呼びかければ、ギーヴの功労と心意気に酬《むく》いることになるだろう。ダリューンはそう言い、アルスラーンは、くりかえしうなずいた。

アルスラーンを寝所《しんじょ》に案内して、広間にもどってきたダリューンは、露台《バルコニー》に友人の姿を見出した。

「赦《ゆる》せ、ナルサス、よけいなことを口にして、おぬしの策を殿下に明かしてしまった」

「まったく存外なおしゃべりめが。せっかくギーヴが名演技をやってくれたのに、裏をばらしたのでは何にもならぬではないか」

口ではそう言いながら、ナルサスは本気で怒ってはいなかった。手近にあった果物の大皿から葡萄《ぶどう》の小さな房をふたつとると、友人にむかってひとつを放る。

「殿下も不思議な方だ。おぬしとおれとギーヴと、それぞれ気性をもちがえば考えもちがう者たちに、忠誠心を持たせてしまう」

つぶやきつつ、房に口をつけて、実の三粒ほどを食いちぎった。

「言っておくが、ナルサス、おれはもともと王家に忠誠心あつい男だぞ。おぬしのように、主君にけんかを売って飛び出すなんてことはせぬ」

さりげなくダリューンは友人と自分との間に差をつけた。ナルサスのほうは、さらに平然と、つけられた差をひっくりかえしてみせた。

「たまたまおれに機会があっただけのことさ。おぬしがおれより温和な男だなんて信じさせようとしてもむりだぞ。そんなこと、おぬし自身で信じてるわけでもなかろうが」

「ふん……」

苦笑して、ダリューンは友に倣《なら》い、葡萄の房にかじりついた。

一方、寝台に横になったアルスラーンは、なかなか寝つかれなかった。寝がえりをくりかえしつつ、さまざまな考えにとらわれていた。

ダリューンにはダリューンの、ナルサスにはナルサスの、ギーヴにはギーヴの、それぞれの生きかたや在りかたがあるのだ。アルスラーンより年長で、それぞれに優れた技倆を持つ彼らが、アルスラーンのためにつくしてくれる。ありがたいと思う。彼らに報いてやりたいと思うのだ。

「身分の高い奴らは、他人に奉仕してもらうのを当然だと思っていやがる」

と、ギーヴが吐きすてるように批判したことがあった。その弊《へい》はアルスラーンにはなかった。他人に親切にしてもらうと嬉しいから、なるべく他人に対しても親切でありたいと思う。他人に冷たくされれば心が冷えるから、他人に対して冷たくしないようにしたいと思う。簡単なようでむずかしいことではあるが。

従兄《いとこ》のヒルメスという人物のことを、アルスラーンは考えた。アルスラーンに剣を向けて迫ったとき、あの銀仮面の下には、どのような表情があったのだろう。現在のアルスラーンでは想像もつかなかった……。

## IV

こうして五月十日、パルス王太子アルスラーンの軍は王都エクバターナをルシタニア軍の手から奪還すべく、ペシャワール城を進発したわけであった。

第一陣の一万騎は、トゥース、サラーヴァント、イスファーンの新参三名が指揮した。いざ戦いというときには、中央部隊四千騎をトゥースが、左翼部隊三千騎をザラーヴァントが、右翼三千騎をイスフアーンが、それぞれひきいることになっている。

アルスラーン王太子、ペシャワール城より出撃す。その報は二百ファルサング（約千キロ）の距離を五日で駆けぬけてエクバターナにとどけられた。皮肉なことに、よく整備されたパルスの駅逓《パーダク》制度を使ったおかげであった。

報を受けたルシタニア国王イノケンティス七世は、彼の個人的な水準では、たちどころに難問を解決した。つまり王弟ギスカールに軍権をゆだね、自分は部屋にこもって神に勝利を祈ったのである。

兄王のふるまいに加えて、いまひとつ、ギスカールに不満と不審の感情をもたらしたのは、銀仮面のふるまいだった。ザーブル城を陥落させたのはよいとして、そのまま城に居すわり、エクバターナにもどろうとしない。探らせると、戦いによって破損した箇処を修復させ、地下水路の防備をかためて、何やらそこにいすわる気配すらある。

さらには、王都周辺の土地では、いよいよ水不足の声があがりはじめてもいる。

「まったく、どいつもこいつも、おれひとりに難題を持ちかけて来おる。すこしは自分のない知恵をしぼってみたらどうなんだ」

そう言いながら、夜はちゃんとルシタニア、マルヤム、パルス、三か国の美女を相手に夜の生活をいとなみ、楽しむところは楽しんでいるギスカールだった。だが、このありさまでは、楽しみも減らさなくてはならないかもしれぬ。

「銀仮面に使者を出せ。ザーブル城には守備兵を残し、ただちにエクバターナへもどるように、とな」

考えた末、部下にそう命じた。あまり性急に銀仮面の帰還を求めては、自分たちの弱みを見せることになるかもしれない。そうも考えたが、この際、高圧的に出たほうがよいと思ったのだ。それに対して銀仮面がどう出るか。もしあいかわらずザーブル城から動かぬとあれば、こちらにも考えがある。

さしあたり銀仮面卿ことヒルメスの件に一手を打つと、ギスカールは、主だった廷臣《ていしん》や武将十五人を集めて会議を開いた。ボードワンとモンフェラートの両将軍は、地方に散らばった軍隊をエクバターナに再集結させるために出かけていた。このふたりが、ギスカールにとっては、もっとも頼りになる将軍だったので、せっかくの会議も、精彩を欠くことになってしまった。

役にも立たない意見が出つくすと、ギスカールは指示した。早急にエクバターナ駐屯《ちゆうとん》の兵をまとめ、十万人の部隊を編成するようにと。廷臣たちはざわめいた。

「ですが、一度に十万の兵を出す必要はございますまい。まず一万ほど出して、ようすを見ては？」

「さよう、さよう、十万もの兵を動かすのは容易ではござらぬ」

異議の声がわきおこる。ギスカールは、じろりと一同をながめまわした。その眼光を受けて廷臣たちはたじろいだ。ギスカールは、低めた声にすごみを効かせた。

「アルスラーン王太子めの軍は、その数を八万と称し、大陸公路を堂々と西へ進軍しておるという。数に誇張があるとしても、四万はかたいところだ。四万の兵に一万の兵をぶつけて勝算があると思うか」

「いえ……」

「では、みすみす一万の兵力をむだに捨てることになるではないか。あげくに、ルシタニア軍に勝ったという宣伝材料を、パルス人どもに与えることになるぞ。兵力を小出しにするなど、百害あって一利なしだ。わかるか」

「わかりました。王弟殿下のご思慮《しりよ》の深さ、われらのおよぶところではございませぬ」

廷臣たちは感心した。感心されればギスカールも悪い気持はしないが、このていどのこともわからぬ奴らをひきいてパルス軍と戦わねばならぬのか、と思うと、疲労感をおぼえる。せめて一刻も早くボードワンとモンフェラートを呼びもどし、実戦の指揮をゆだねることとして、両将軍のもとへ急使を送り出した。

ギスカールは、アルスラーンの兵力を四万と見つもった。兵力には、しばしば誇張がともなうものだ。

実数の倍ほどに兵力を発表するのは、珍しいことではない。

　じつはこのとき、ギスカールは、ナルサスのしかけた一種の心理戦で先手を取られていたのである。ナルサスは、普通なら実数より多く兵力を発表するところを、むしろ実数より抑えめにして、ギスカールに、パルス軍の兵力を過小評価させたのである。

「小細工にすぎないが、ひっかかってくれればもうけものさ。敵の兵力を過小に見つもりたいのが、人の心理というものだからな」

　侍童《レータク》のエラム少年に、ナルサスはそう説明したものだった。

　たしかに、この段階でギスカールは引っかかった。だが、ギスカールが愚鈍《ぐどん》でも凡庸《ぼんよう》でもなかったことは、「相手が四万ならこちらは五万」などというせこい計算をしなかったことである。四万の敵に、こちらは十万を用意して、一気に、しかも完全にたたきつぶそうとした。このやりかたには、ナルサスといえども容易に乗じる隙がない。

　誰の目にも見えぬ。凡愚《ぼんぐ》な用兵家には想像もつかぬ。パルスとルシタニアの本格的な戦いは、すでに開始されていたのだ。戦場における剣と剣の激突は、戦いの最終段階でしかないのである。

## V

　ギスカールがエクバターナでさまざまな問題に対応しているころ、アルスラーンひきいるパルス軍は、すでに全里程の一割を踏破《とうは》していた。

　五月十五日。ここまでは一戦もまじえることなく前進が続いている。この時季、パルスの太陽はそろそろ人に暑さをおぼえさせてくるが、空気中の湿度が低く、吹きわたる風は心地よい。

　葦毛《あしげ》の馬に揺られるアルスラーンは、出撃以来、無口であった。考えねばならないことがいくつもあった。三日めに魔の山デマヴァントの山容を北方に望んだとき、その山容が一変していることにおどろかされた。準備をととのえて調査したいと思ったが、現在のアルスラーン軍にそのようなゆとりはない。すべては王都エクバターナを奪還してからのことだ。個人の興味を満足させるのは、その後にしなくてはならなかった。

デマヴァント山の南を通過したころから、戦いの気配は一刻ごとに濃くなっていった。

大陸公路を西進するアルスラーン軍にとって、最初の関門は、チャスーム城塞であった。この城塞は、公路から半ファルサング（約二・五キロ）ほど離れた丘の上にあり、灌木《かんぼく》の茂みや断層に囲まれて、攻略は容易ではないと思われた。

ところが、チャスームという名を聞いたとき、ダリューンもキシュワードも、「はて」と首をひねったものだ。そんな城が存在することを、万騎長《マルズバーン》たる彼らが知らなかった。

つまりこの城塞は、アルスラーンたちがシンドゥラ国へ遠征に出かけていた間に、ルシタニア軍によって急造されたものなのだ。公路の要所を扼《やく》し、アルスラーン軍の行動を監視させるためである。

「ギスカールとかいう男も、なかなかやる」

ルシタニア軍のなかに好敵手を見出して、ナルサスは、にこりと不敵な微笑を浮かべた。このていどはやってもらわないと楽しみがない。もっとも、味方の損害が大きくなれば、楽しみなどとは言っていられなくなるが。

先陣のザラーヴァントやイスファーンからは、「攻城の許可をいただきたい」と言ってくる。若い彼らにとっては、アルスラーン陣営に参加して最初の戦いである。さぞ血がたぎっているであろう。だが、ナルサスは冷然として、彼らの要求をつっぱねた。エラム少年を出して偵察させ、その報告を受けると、地図と照らしあわせながら口のなかで何かつぶやいていたが、すぐに作戦をさだめた。

「決めた。チャスーム城は放っておく」

ひかえめに、ジャスワントが意見を述べた。

「城を放っておいていいのですか。あとあとじゃまになるということはありませんか」

「攻めても簡単には陥《お》ちんよ。それに、むりに攻めおとす必要もない。あんな城、放っておいて先に進むといたしましょう、殿下」

「ナルサスがそういうなら」

若い軍師が一言いうときには百の奇策があることを、アルスラーンは知っている。すなおに諒承《りょうしょう》を与えた。

ナルサスは、エラムとアルフリードを呼んで、それぞれに伝言を託し、ダリューンとキシュワードの陣に密使として送った。第一陣に対しては、普通の使者を送り、「城にかまわず公路を直進せよ」と通達した。

この通達に、イスファーンとザラーヴァントは不満であったが、トゥースが通達にしたがって前進をはじめたので、しかたなく自分たちも前進していった。

パルス軍の動向は、チャスーム城のルシタニア軍も、偵察隊を出してさぐっていた。パルス軍前進の報は、すぐとどけられた。

チャスームの城守は、クレマンスという将軍で、マルヤム国を征服する戦いでも活躍した赤ひげの偉丈夫である。

「神を恐れぬ異教徒どもめ。何百年にもわたって積みかさねてきた邪教崇拝の罪に報いをくれてやるぞ」

クレマンスは、まじめなイアルダボート教徒であった。たいそう信心深く、また同じイアルダボート教徒に対しては親切で公正で気前がよかった。「正義の人クレマンス」と、ルシタニアでは呼ばれていたのである。

だが、異教徒に対しては残忍であった。彼から見ると、異教徒とはすべて悪魔の手下であり、その罪はあまりに深くて、殺すしかないのである。「善良な異教徒とは、死んだ異教徒だけだ」というのが、彼のお得意の台詞《せりふ》であった。

「異教徒め、城を無視して西へ進んでおるか。よしよし、日ごろの準備が役に立つというものだ」

一方、パルス軍である。いったん先を急ぐとなると、ザラーヴァントもイスファーンも徹底的に行軍をはやめた。こうなれば一刻も早く敵と出会って戦うまでのこと、と思いさだめたのだ。年長者トゥースの注意も聞き流し、おたがいに、

「ザラーヴァント卿、すこし退がれ」

「うるさい、おぬしこそ退がれ」

と言いあって譲ろうとしない。

こうして、イスファーンとザラーヴァントは、たがいに張りあって前進をつづけ、ついに第二隊を五ファルサング（約二十五キロ）も引き離してしまった。

第二陣では、千騎長のバルハイがあきれて、

「先走るにもほどがござる。呼びもどしましょう」

そうダリューンに進言したが、黒衣の「猛虎《ショラ》・将軍《セーナニー》」は短く笑って首を横に振った。

第二陣以下の味方を置きざりにして急進する第一陣は、十六日の午後、ルシタニア軍と出会った。ついに敵と出会ったのだ。ルシタニア軍は公路に土塁《どるい》を築き、パルス軍の来攻を防ぐ構えである。

たちまち戦端が開かれた。敵軍との衝突を後方に告げる一方で、ザラーヴァントとイスファーンは、やや遅れぎみのトゥースの到着も待たず、騎兵隊を突進させてしまった。十塁からはいっせいに矢が放たれ、最初の攻勢の波はさえぎられてしまった。だが、

「あわてるな！　左右に散開して、土塁の後方にまわりこめ。跡形もなく蹴散らしてくれるわ」

ザラーヴァントが命じると、さすがに剽悍《ひょうかん》なパルスの騎兵隊は、いつまでも怯《ひる》んではいなかった。

「おう、こころえた！」

「こしゃくなルシタニアの蛮人どもが。思い知らせてくれるぞ！」

手綱を引き、あらためて馬の腹を蹴り、砂塵を巻きあげて突進を再開した。近隣に敵なしとうたわれるパルス騎兵の突進である。

だがルシタニア人たちは巧妙だった。あるいは狡猾だった。土塁の左右に分かれて疾駆をはじめたパルス軍は、土塁の後方にまわりこもうとして、路上に綱が張りめぐらされていることに気づいた。「小

細工を」と冷笑しながら、剣を抜いてその綱を斬りはらう。綱が宙に舞ったかと見ると、ぶうんと異様なうなりをたてて、数百数千の石弾がパルス軍の頭上に降りそそいできた。綱は投石器に連動していたのだ。人間の拳より大きな石が、雨のように落下し、人や馬にたたきつけられた。悲鳴を放って馬が横転し、騎兵が落馬したまま動かなくなる。

さすがにザラーヴァントもイスファーンも退却を指示した。そこへ、土塁から躍り出したルシタニア騎士たちが槍先をそろえて突きかかってきた。

「異教徒どもを逃がすな！」

勝勢にのったルシタニア騎士たちが追いすがる。そこへトゥースのひきいる四千騎が到着し、衝突した両軍はたちまち乱戦状態となった。トゥース自身、数騎のルシタニア騎士を同時に相手どることになった。

挟撃されたトゥースは、顔色も変えなかった。右手の剣をひらめかせて、複数の斬撃をふせぎ、ふせぎつつ、左肩に巻きつけていた鉄鎖《てつさ》をはずした。

すさまじい速さで鉄鎖が繰り出され、ルシタニア騎士の顔面にたたきつけられた。鼻柱が折れ、前歯がくだけ、顔面を血だらけにして、騎士は馬上からもんどりうった。他の騎士がおどろく間もなく、鉄鎖は宙にうねって、さらにふたりを馬上からたたきおとす。

パルスのはるか南方、ナバタイ国に伝わる鉄鎖術であった。トゥースは十歳のときからそれを学び、剣以上に習得していたのである。

イスファーンとザラーヴァントの危機をいちおう救って、トゥースは面目をほどこしたが、ルシタニア軍の攻勢を、それ以上はささえることができなかった。後退を指示し、追いすがるルシタニア軍をどうにか払いのけつつ後退していった。彼の鉄鎖術のすさまじい威力は、ルシタニア騎士たちを恐れさせたが、彼の個人的な武勇だけで、全軍の敗勢をくつがえせるものではない。パルス軍第一陣は押しまくられ、踏みとどまれず、第二陣の援護も受けられず、後退をかさねていった。

ところがそこへ急使が駆けつけたのだ。

「一大事です。敵を深追いしている場合ではありません。チャスームの城がパルス軍に攻撃され、陥落寸前です」

「な、何だと⁉」

クレマンスは仰天した。いくら戦闘に勝っても、チャスーム城を奪われては、ルシタニア軍は帰る場所を失ってしまう。

あわててクレマンスは攻撃停止を命じ、軍を返した。勝勢に乗って深追いしたため、ずいぶん城から離れてしまっている。パルス軍の醜態は、さては陽動作戦であったのだろうか。

急にルシタニア軍が追撃をやめ、反転していったので、トゥースらは敗軍をまとめ、再編しつつ、ルシタニア軍の後方を追尾しはじめた。このあたり、トゥースの統率力は、ただものではない。先を急ぐルシタニア軍は、ひときわ大きな断層の傍を通過した。

そのときである。豪雨のような音が薄暮《はくぼ》の空をおおったかと思うと、無数の矢がルシタニア軍に襲いかかってきた。絶叫をあげてルシタニア兵はばたばた倒れていく。いつのまにか断層にパルス軍が潜んでいたのだ。

「ばかな……」

うめいたクレマンスは、自分が罠にはまったことをさとった。パルス軍の別動隊は、チャスーム城にとりつくとみせて土塁にひそみ、無防備に通過するルシタニア軍を急襲したのである。混乱するルシタニア軍に、断層から飛び出したパルス軍が突きかかってきた。

パルス軍の先頭には、黒衣の騎士が黒馬を走らせていたが、クレマンスを指揮者と見さだめると、彼にむかって一直線に殺到してきた。剛弓から放たれたように速く、力強い突進であった。さえぎろうとする味方の騎士たちが血煙を噴いて馬上から転落した。クレマンスは自分が叫び声をあげるのを聴き、パルス人の長剣が薄暮の光にかがやくのを見た。

「さあ、このような姿になりたい者は、ダリューンの前に馬を立ててみよ！」

　瞬間、ルシタニア軍は声を失っていたが、クレマンス将軍の生首を眼前に放り出されると、悲鳴をあげて逃げだした。クレマンスは強剛といわれる男だったのに、黒衣のパルス騎士に一刀で斃《たお》されてしまったのである。

　ルシタニア軍にカステリオという騎士がいて、クレマンスに家族の生命を助けてもらったことがあった。カステリオは、恩人の讐《かたき》をうとうとして、逃げくずれる味方のなかでただひとり踏みとどまり、パルス軍に向けてつぎつぎと矢を放った。二騎を射落としたが、三騎めの、長く美しい髪をしたパルス人のため右肘を射ぬかれてしまった。カステリオが落馬したのを見とどけると、そのパルス人、つまりファランギースは部下に命じて彼を捕虜にした。勇敢なルシタニア騎士は、革紐《かわひも》でくくられて、パルス軍の総帥のもとに引きずり出された。死を覚悟していたが、まだ少年の総帥は、彼の生命を奪わなかった。


「生きてエクバターナへもどり、ルシタニア国王に告げるがいい。近い日、かならずパルス流の礼節をもってアルスラーンがお目にかかるであろう、とな」

　こうして騎士カステリオは自分自身と愛馬の生命を救われ、不名誉な敗北を味方に知らせる使者となって大陸公路を西へと走り去ったのである。

第四章

# 汗血公路

4

# I

　無力化したチャスーム城を二千の歩兵に包囲させておいて、パルス軍は西進をつづけた。城塞《じょうさい》がほしくて戦ったわけではない。妨害物を排除し、後方の安全が確保されればそれでよいのである。チャスーム城の兵力は城外でほぼ潰滅《かいめつ》し、残兵は要害にたてこもってなお抵抗の意思をしめしている。彼らが「死んでも異教徒には降伏せぬぞ」と悲壮な決心をかためるのは、彼らの勝手だが、パルス軍がそれにつきあわなくてはならぬ義理はないのだ。

　そういうわけで、パルス軍は大陸公路をまっすぐ進んでいったのであった。

　ルシタニア軍にとっては、計算ちがいもいいところである。要害であるチャスーム城にパルス軍を引きつけ、すくなくとも十日ほどは時間をかせぐつもりであったのに、たった一日でパルス軍はそこを通過してしまったのだ。

「あほうめ、なぜ城を出て戦ったのだ。なぜ城にたてこもって敵に攻囲させなかった」

　そう歯ぎしりしたのは、ボードワン将軍であった。王都に帰って、対パルス戦の実戦指揮をギスカール公からゆだねられたのだ。

「いまさら言っても詮ないことだ」

　重苦しく、モンフェラート将軍が同僚をなだめた。彼もまた実戦指揮の責任を、ボードワンとともに分担するのである。王弟ギスカール殿下から信任を受けたことは嬉しいが、責任は両肩に重かった。

　騎兵のこと、歩兵のこと、糧食のこと、地形のこと……討議しあううちに、今度はモンフェラートが吐息した。

「おれが思うに、そもそもアトロパテネの戦いで勝ってしまったのが、まちがいであるような気がする。あれで引き分けか惜敗《せきはい》であったら、われわれはマルヤムまでで遠征をやめて、故国《くに》へ帰れていたかもしれぬな」

「おいおい、おぬしのほうこそ詮ないことを口にするものではないか。アトロパテネで勝ったからこそ、パルスの富を、われわれは手中に収めることができたのだぞ」

　ボードワンが苦笑し、気をとりなおしたようにモンフェラートはうなずいた。だが、彼らはギスカールの信任を受けるほど有能な武将であり、有能なだけに、味方の弱点が見えてしまうのだった。

　ひとつには、ルシタニア軍の、とくに下級兵士たちの間で、故国に帰りたいと望む声があがりはじめていた、ということがある。兵士といっても、ルシタニア軍三十万弱のなかで職業的な兵士は十万ていどだ。あとは農民や牧夫などの出身である。彼らにしてみれば、異教徒をやっつけた、ささやかながら財宝の分け前にもあずかった、運よく生き残ったのだから、そろそろ故郷に帰って平和な生活にもどりたい、というのが本心である。

「パルスたらいう遠い国まで行って、悪魔みたいな異教徒どもをやっつけてきた勇士が、村に帰ってきたとよ。大したもんだ。うちの娘を嫁にもらってくれると、わが家にとっても名誉なこったて……」

　そういう光景を、若い兵士は想像したりするわけである。彼らこそ、パルスの民衆からみれば、侵略者であり、掠奪者であり、殺人者であり、それこそ伝説にいう蛇王ザッハークの手下どものような存在なのだ。だが、貧しい知識と、純粋だが狭い信仰心は、人間から想像力を奪ってしまう。自分たちと異なる神を信じ、異なる文化と風俗のなかで平和に生活する人々が存在するなどと、考えることもできないのだ。

　いずれにしても、「勝った勝った」と浮かれさわぐ段階はとうに過ぎ、遠征軍の士気を高く維持するのがむずかしい時期に来ている。

　そのことは、モンフェラートやボードワンだけでなく、ギスカールも承知していた。むっつりと考えこむ王弟殿下に、部下のひとりが、なぐさめるような、また媚《こ》びるような声をかけた。

「いずれにしても、アンドラゴラス王を生かしておいて、よろしゅうございましたな」

仮にパルス軍がエクバターナまで進撃してきても、アンドラゴラス王を城門の上に立たせ、その生命を奪うと脅してやれば、パルス軍は手も足も出ない。

「さあ、どうかな」

ギスカールは、それほど楽観してはいなかった。もしアルスラーンという王子が、「父親の生命より王位のほうがだいじ」という人間であったら、アンドラゴラス王に人質としての価値はない。アンドラゴラスを殺せば、かえってアルスラーンに王位への道を開いてやるだけのことだ。アンドラゴラス王を人質とする、という考えは、世事《せじ》にまったく無能なイノケンティス王でさえ思いついたことだ。パルス軍のほうがそれに気づかないはずはない。

第一、戦いもしない前からアンドラゴラス王を人質にするようなことを考えていてどうするのか。敗れれば手段を選んでいられなくなることはたしかだが、その前に勝つ方策を考えるべきだろう。

実戦はモンフェラートとボードワンにゆだねるとして、糧食をととのえ、武器をそろえ、全軍の秩序をとりまとめ、エクバターナの城壁を修復し、水をたくわえ、いっさいの基本的な計画を立案して責任者を選ぶ。こういったことは、すべてギスカールの仕事であり、彼の苦労はたいへんなものであった。

「もうすこしのことだ。もうすぐいっさいに結着《かた》をつけてやる」

ギスカールは決意した。アルスラーン王太子のパルス軍を撃滅する。生かしておく必要がなくなったアンドラゴラス王とタハミーネ王妃も殺す。得体の知れない、日ごとに危険な雰囲気をます銀仮面も排除する。ボダン大司教もかならず始末する。そして、すべての敵対者をかたづけた上で、彼は手に入れるのだ。ルシタニア、マルヤム、パルス、旧三国にまたがる新帝国の支配者の座を。

「誰にも異議は唱えさせぬぞ」

ギスカールのつぶやきは、彼自身に向けられたものであった。兄から王位を奪いとることは、さすがに、後ろめたさをともなう行為であった。だからこそ今日まで王弟の身分に甘んじ、国政と軍事の実権をにぎるという立場で満足してきたのである。だが、もはや充分ではないか。

「すべてがうまく運んだとしたら、それは神が欲したまうのだ。神がくださるのを拒むことは、かえって神意にそむくことだ」

まるでボダン大司教のような論法で、ギスカールが自分自身の説得に成功したとき、彼に王位を奪われる予定の男が、のこのこと部屋へはいってきた。

「もうお祈りはおすみですか」

先にギスカールが声をかけると、イノケンティス七世は、秘密めかした表情で声をひそめた。

「すんだ。それより話しておきたいことがあってな。マルヤムとパルスが手を組めば、すこしまずいのではないか、弟よ」

誰やらに、パルスとマルヤムの残党どうしが手を結ぶ可能性を吹きこまれたらしい。

「それは、たしかにまずうございますが、深刻になる必要もございますまい」

「そうかな。だが東からパルス王党派、西からマルヤムの残党、両者にはさみうちされては対応もしにくかろう」

さすがにそのていどのことは理解できるらしく、イノケンティス王の両眼に不安のさざ波が揺れていた。ルトルド侯爵の兵がダルバンド内海でマルヤムの軍船を見た、という噂は、ギスカールも耳にしている。

「敗者どうし傷をなめあったところで、何も生まれはしませぬ。とくに、マルヤムの残党などには何の力もございません。お案じあるな、兄者」

マルヤムといえば、むしろギスカールが心配なのは、ボダン大司教である。ザーブル城を追い出された大司教が逃げこむとすれば、マルヤム国内以外にない。むろん使者を送って、見つけしだいボダンを叛逆《はんぎゃく》罪《ざい》でひっとらえるよう命令は出した。だが、マルヤム進駐《しんちゅう》のルシタニア軍では、ボダン派の勢力が強い。まかりまちがえば、マルヤムこぞって王と王弟にさからうこともありえるのだった。

事態の処理に、もし失敗したら、彼らルシタニア人は、太陽かがやくパルスの空から、肥沃なパルスの大地から、永遠に追い出されるだろう。そして支配者としてではなく、単なる盗賊の群として、パルス人どもの記憶に残るだけだ。壮麗な開幕に比べ、何とも惨めな結末ではないか。

兄王をいちおう安心させて帰すと、ひと息いれて、ギスカールはパルス葡萄酒《ナビード》の銘品《めいひん》を部屋に運ばせた。雪花石膏《アラバスター》の酒杯に紅玉《こうぎょく》色の酒を満たし、銀の皿にシトロンの実と巴旦杏《アーモンド》をのせて侍女が引きさがると、ギスカールは酒杯をとって口につけようとし、ふとその手をとめてひとりごちた。

「さて、パルスとルシタニアと、どちらの神が勝つことやら。こちらはひとり、あちらは多勢だが……」

## II

チャスーム城が抜かれた後、パルス軍の進撃に直面することになったルシタニア軍の拠点は、聖《サン》マヌエル城である。城の名は、ルシタニアの歴史上、貴族としてはじめてイアルダボート教に改宗した人物に由来する。もともと旧《ふる》い時代、パルスの砦《とりで》であったが、放置され荒廃していたところを、ルシタニア軍が改築して使っているのである。

城守はバルカシオン伯爵という。どちらかといえば武勇より学芸の人で、ルシタニアにいたころは王立図書館長をつとめていたこともある。年齢も六十歳に近い。頭部は前半がはげあがり、後半が白髪で、口ひげだけがなぜか黒かった。彼は城内の広間に騎士たちを集めた。

「王弟殿下よりのご命令である。忠実なるルシタニア臣民にして敬虔《けいけん》なるイアルダボート神の僕《しもべ》たちよ、心して聞け」

おごそかにバルカシオン伯爵が告げると、騎士たちは甲冑や剣環《けんかん》を鳴らしてうやうやしくひざまずいた。壁面にとりつけられた数十の松明が火影《ほかげ》をゆらめかせている。

王弟ギスカール殿下からの命令は、チャスーム城の場合と異ならぬ。来るべき異教徒との決戦に先だって、異教徒の軍をこの城でささえ、時間をかせぎ、すこしでも敵の戦力を消耗《しょうもう》させよ、というのである。エクバターナの本軍もできるだけ早く陣容をととのえて救援に赴《おもむ》くからそれまでがんばれ、とも伝えてきたが、正直なところ、バルカシオン伯は、救援をあてにはしていない。自分たちが巨大な軍略のなかの小さな捨石であることは、とうに覚悟している。

「王都では何やら諍《いさか》いがおこり、大司教ボダン猊《げい》下《か》が出奔なさったとか、聖堂騎士団《テンペレシオンス》がマルヤムから来てまた去ったとか、さまざまな噂がこの地へも流れてくる」

バルカシオン伯が一同を見わたした。

「だが、そのような噂が事実にもとづいているとしても、われらが意に介することはない。われらはルシタニア人として、またイアルダボート教徒として、自他に恥じぬ戦いぶりをしめすだけだ。諸卿よ、忘れてはならぬぞ。われらは正義なる神が異教の悪魔どもを地上より一掃したもう、その尖兵《せんぺい》であることを！」

「神よ、守らせたまえ」

騎士たちはいっせいに頭をたれた。

集会をすませ、広間を出て、自室へと歩き出したバルカシオン伯は、弓形《アーチ》の天井を持つ薄暗い廊下で、ひとりの騎士見習に声をかけられた。

「伯爵、お待ちください」

「おお、そなたか、何ごとだ」

立ちどまった伯爵に語りかける声は、若々しく熱っぽかった。身体も小柄である。パルス軍との戦いに、自分も第一線に出してほしい、と望む言葉を聞いて、伯爵はかるくかぶりを振った。

「気持はわかるが、おぬしの身は祖父君からお預かりしたもの。あえて戦いの場に出るより、自重して後の機会を待ってほしいものだが」

「これは心外なことをおっしゃる。わたくしが祖国を発《た》ってこの地まで参りましたのは、ひとえに戦うためでございます。マルヤムでもパルスでも、何のかのと理由をつけては後方に置かれてきました。ぜひとも、今回は、パルスの異教徒どもに一矢むくいてやらねば気がすみませぬ」

「しかしな、エトワールよ」

「たとえ伯爵のお許しがいただけなくとも、わたくしは戦いに参加いたします。あ、増上慢《ぞうじょうまん》に聞こえましたら、おわび申しあげます。それほどまでに異教徒との戦いを望んでおりますこと、お察し下さい」

　バルカシオン伯は、重そうな瞼の下から、エトワールという名の騎士見習を見やった。思慮深そうな老人の視線は、若い視線にはじき返された。

「どうやら、とめても無益なようじゃの」

　ため息まじりの一言であった。聞いた者は、言った者より、はるかに喜んだ。

「では伯爵、お許しいただけるので？」

「しかたあるまい。だが、くれぐれも軽挙をつつしんでくれよ。おぬしに万一のことがあれば、祖父君に申しわけがたたぬでな」

「はい、心えまする。どうも、お時間をとらせて申しわけございませんでした」

　たてつづけに低頭《ていとう》して、騎士見習は身体をひるがえし、石畳の上をはねるように駆け去った。伯爵は首を振ってつぶやいた。

「一度戦えば、戦いの悲惨さもわかろう。それもまず一度の戦いに生き残れたらのことじゃが」


　緒戦に勝ったパルス軍のなかにも、憮然とした顔がいくつか見られた。第一陣が、とくにそうであった。

　ザラーヴァントやイスファーンにしてみれば、最初の戦いはまことに不面目なものだった。ルシタニア軍の小細工にひっかかって敗走するところをトゥースに救われ、敵将の首はダリューンの獲るところとなった。ザラーヴァントやイスファーンは、単なる引きたて役で終わってしまったわけである。残念《くや》というしかなく、自分たち自身の腑甲斐《ふがい》なさが口惜しくてたまらぬ。

「つぎの戦いでは、かならず自分たちが面目をほどこしてみせる」

　決意もかたく、イスファーンとザラーヴァントは、第一陣をひきいて突き進む。彼らに並んで、こちらはすでに面目をほどこしたトゥースが、べつに誇るでもなく、逸《はや》りたつでもなく、淡々とした表情で軍を進めている。

「負けても、こりたように見えませぬな。また痛い目を見ねばようござるが」

　千騎長のバルハイが皮肉るのを聞いて、「戦士《マルダーン》のなかの戦士《フ・マルダーン》」ダリューンは笑った。

「負けてしょぼくれるより、はるかによいさ。あの者たちが自分の役を果たしてくれなかったら、たった一日でチャスーム城を無力化することなどできなかったのだからな」

　そのとおりであった。イスファーンとザラーヴァントの負けっぷりがよかったからこそ、ルシタニア軍はつい勝勢に乗って深追いし、その結果、ナルサスの打った奇策が、ことごとく図にあたったわけである。

「毎回毎回、ただ勝ちというわけにはいくまいな。なるべくなら王都の城門を見るまで、流れる血の量を減らしたいものだが、ルシタニア軍としてはその反対を望んでいるだろう」

　黒衣の騎士は、黒い冑《かぶと》をかぶった頭をめぐらして、軍列に埋もれた道すじを見やった。

「この大陸公路が、いずれ人馬の血と汗で塗りかためられることになるだろうな」

　五月二十日、パルス軍はシャフリスターンの野に布陣し、広大な土地で狩猟祭《ハルリーツ》をもよおした。

　パルスにかぎらず、大規模な狩猟は、戦いの重要な訓練の場である。とくに馬術と弓術をきたえる上で、軽視することができない。シャフリスターンの野は、パルス五大猟場のひとつに算《かぞ》えられ、獅子《シール》、雪豹《ユーズ》をはじめとして獲物がきわめて豊富であった。ほぼ東西五ファルサング（約二十五キロ）、南北四ファルサング（約二十キロ）の広さに、草原があり森林があり沼地があり、地形はけわしくはないが起伏に富んで、パルス人にとっては馬を駆る楽しみを、こころゆくまで味わうことができる場所である。

戦いを前にした祝祭であり、ほど近い聖《サン》マヌエル城にこもるルシタニア軍に対する示威であり、パルスの民に王権の回復が近いことを知らせるとともに、神々に対しては獲物をささげて加護を祈る。いくつもの目的があってのことで、のんびりと遊びほうけるわけではなかった。

だからといって、しかつめらしくしている必要は、むろんない。アルスラーン以下、百騎から二百騎の小さな集団をつくって野を駆け、矢を放ち、パルス人らしいやりかたで自然とのつきあいを楽しんだ。もっともアルスラーンは、性格上、兎や鹿に対してはどうしても矢を放てないのだが。

さて、賢明にして権略に富んだナルサスでも、人界のすべてのできごとに通暁《つうぎょう》しているわけではない、ましてや偶然のできごとまで知ることはできない。千騎をかぞえるルシタニア騎士が、聖《サン》マヌエル城から出てシャフリスターンの野に近づいていることを知りようもなかった。

この一隊が、シャフリスターンの南縁部で、二百騎ほどの騎士をつれたパルスの王太子と、ばったり出くわしてしまったのである。

ルシタニア人にとっても、狩猟は重要な儀式であるが、この場合、もっと深刻な意味があった。ひとつには、戦いにそなえて鹿や野牛の肉をたくわえるため。ひとつには、接近してくるパルス軍のようすを調べるためであった。公路を進んでくるパルス軍と直面するのを避けて迂回した、その結果がこうであった。

パルスの神々をうやまう者たちと、イアルダボート神をたたえる者たちと、どちらがよりおどろいたかわからない。一瞬の空白を、彼らは共有したが、まさしく一瞬でしかなかった。たちまち敵意が沸騰《ふっとう》し、剣が鞘走った。太陽のかけらが、地に投げられたように、無数のきらめきが天と地の間を埋めつくした。

どちらが先に斬りかかったかわからぬ。詮索する意味もない。刃鳴《はな》りがひびきわたり、その瞬間から野獣たちは無視されて、人間どうしの狩りあいがはじまった。

### III

ファランギースは馬上で弓をかまえ、殺到するルシタニア兵に向けて、たてつづけに弦を鳴らした。至近距離からの連射であった。五度めに弦が死の曲を奏でたとき、五人めのルシタニア兵が右脇を射ぬかれ、両足で宙を蹴りながら落馬していった。

「誰か、早くダリューン卿かナルサス卿に知らせよ！」

ファランギースは叫び、叫び終えたときには六人めの右上腕部を射ぬいて、戦闘不能の状態におとしこんでいた。馬の頸にしがみついて、かろうじて落馬をまぬがれたルシタニア兵は、そのままの方向に馬を走らせていったが、前方の林からにわかに百騎ほどの騎影が躍り出し、不幸な男を馬上からたたき落としてしまった。むろんそれはルシタニア人の集団ではなかった。比較的、近い距離にいたキシュワードの一隊が、剣のひびきや人声を聴いて駆けつけてきたのだ。たちまち乱戦の渦は拡大し、血なまぐささを濃くした。

ミスル国やシンドゥラ国の将兵に恐れられる「双刀将軍《ターヒール》」キシュワードが、その神技をルシタニア人に見せつけたのは、この日が最初であった。

キシュワードの両手に剣光がひらめき、たちどころに血光が発せられた。頸部の急所を断たれたルシタニア兵が、ふたり同時に鞍上にのけぞり、陽光を噴血にかげらせながら地へ落ちていった。

そのころ、馬を飛ばしたエラムは、野の草を馬蹄に蹴散らして、ナルサスのもとへ駆けつけていた。

ナルサスは本営の幕舎《ばくしゃ》で絵図面に見入っていた。彼自身が描いた絵図面ではない。シャフリスターン一帯の地形や道すじを正確に、また巧みに描いた、専門の画師の手になるものだ。緑茶の茶碗を手にしたとき、エラム少年が駆けつけて急を知らせ、未来の宮廷画家は茶を飲みそこねてしまった。

ナルサスにしてみれば、これほど「洗練されない」遭遇戦で血を流すことに耐えられない思いであったが、だからといって王太子らを見殺しになどできぬ。

「エラム、ご苦労だがダリューンの陣へ行って事の次第を知らせてくれ。おれもすぐシャフリスターンへ行く」

絵図面を放り出すと、自分の乗馬をつないだ場所へ駆けだした。騎士のひとりに、聖《サン》マヌエル城方面の道を封鎖するよう指示し、馬に飛び乗って走り出す。肩ごしに振りむくと、遅れずにしたがう者はただ一騎だけであった。赤みをおびた髪を水色の布につつんだ少女だ。

「すばやいな、アルフリード」

「それだけが、あたしの取柄だもんね」

「弓は持ってきたか」

「むろん。敵を十人と味方を五人ぐらいは射落とせるよ」

「味方を射落とされてはこまるな」

「あたしもそのつもりはないけど、あたしの矢はときどき近眼になっちゃうんだよ」

この娘と話していると深刻さを忘れるな、と思いつつ、ナルサスは馬を走らせていった。

ところが、事態はけっこう深刻であった。

アルスラーンには、奇妙に要領の悪いところがあるらしかった。逃げるように、と、部下に言われ、すなおにそうしたはずなのに、いつのまにやらファランギースやジャスワントともはぐれてしまい、ただ一騎、白楊樹《ポプラ》の林の蔭で、巨体のルシタニア騎士とむかいあっていたのだ。

せめて自分ひとりの生命ぐらい自分で守らなくては、と、アルスラーンは考えた。相手が例の銀仮面ことヒルメス王子のような剛雄であるなら、ダリューンかキシュワードにまかせるしかない。だが、相手は単なる騎士ではないか。おそらく。

アルスラーンの内心などにはおかまいなく、そのルシタニア騎士は剣をかざして突進してきた。その巨体と迫力に圧倒されながらも、アルスラーンはたくみに手綱をあやつって、その突進をかわした。甲冑と鞍が、重々しいひびきをたてて、アルスラーンのすぐそばをかすめすぎていった。騎士はうなり声をたてて馬首をめぐらし、ふたたび迫ってきた。

アルスラーンが見せかけの攻撃をかけると、騎士はやや大げさに馬ごと跳びのき、つづいて反撃に転じた。力強いが大まわりな斬撃だったので、アルスラーンは充分に受けとめることができた。鋭い刃鳴りと同時に、手首に重い衝撃が伝わった。剛力の男だった。剣も重く、斬撃も重い。まともに撃ちあえば、手がしびれて、剣をとりおとしてしまいそうであった。

さいわいに、馬術ではアルスラーンのほうがまさっている。まだ十五歳にもなっていないとはいえ、パルス人は騎馬の民だ。

ルシタニア騎士は、死に直結する斬撃をつぎつぎと繰りだしたが、ほとんどは空を切り、巨体を泳がせるだけであった。

ついにアルスラーンの剣が、がらあきになったルシタニア騎士の頸すじにたたきこまれ、勝敗は決した。馬の背から地上まで、ごく短い旅をする間に、騎士は苦痛から永遠に解放されていた。アルスラーンの背後で、べつの悲鳴があがった。王子に肉迫して槍を突き刺そうとしたルシタニア人が、空中から急降下した影に、両眼を切り裂かれたのだ。

「告死天使《アズライール》！」

アルスラーンが呼びかけて左手をあげると、勇敢な鷹《シャヒーン》は大きくはばたいて、翼を持たない友人の手首にとまり、ひと声ないた。

ほっとアルスラーンが肺から空気の大きなかたまりを吐き出したとき、あらたな騎馬の影が駆け寄ってきた。告死天使《アズライール》が威嚇《いかく》の声をはりあげた。だが、頭に白いターバンを巻いた男は、ルシタニア人ではなかった。

「ああ、殿下、ご無事でしたか。ようございました。もし殿下の御身に何かあったら、私は、ダリューン卿とナルサス卿とファランギースどのとに、よってたかって絞め殺されてしまいます」

　シンドゥラ人の若者が拙劣《へた》な冗談を言い終えないうちに、複数の馬蹄のひびきが湧きおこり、ルシタニア軍の人馬がひとかたまりになって、アルスラーンとジャスワントの視界に乱入してきた。ふたりと一羽と二頭は、たちまち包囲され、振りかざし振りおろされる白刃の環《わ》に閉じこめられてしまった。

　ルシタニア騎士の斬撃を受けとめ、短いが激しい刃あわせの末に地上に撃ち倒したジャスワントが、視線を走らせて、歓喜の声をあげた。

「ダリューン卿だ！」

　そのとおりだった。急接近する漆黒のマントの裏地が、血ぞめの旗めいてひるがえっている。その姿にむけ、大剣を振りかざしてルシタニア兵が馬を躍らせた。

　だが、黒衣の騎士は鋼鉄の颪となってルシタニア人の傍《かたわら》を駆けすぎていた。パルスの長剣が死をもたらす雷光となって撃ちおろされ、ルシタニアの冑をたたき割り、それに守られていた頭蓋骨を砕け散らせた。

　ルシタニア人の血が、紅い雨となってパルスの大地に降りそそいだ。ダリューンのマントの裏地がちぎれ飛んだかと見えるほどであった。

　黒衣の騎士は、くすんだ銀色の刃によって鮮紅色の弧を宙に描いた。未熟な吟遊詩人であれば、「斬って斬って斬りまくった」としか形容できないであろう。彼の周囲からはルシタニア語の悲鳴と絶叫が湧きおこり、そのたびに生者の汗と死者の血が飛び散った。

　死闘が展開されるにしたがって、土煙が舞いあがり、それが戦士たちの口や鼻から肺へと吸いこまれる。生者、死者、半死者が馬上と地上でもつれあい、からみあい、ぶつかりあって、いつ果てるともしれなかった。

　いまやパルス人とルシタニア人の数は拮抗《きっこう》していた。パルス人のほうには、ふたりの万騎長《マルズバーン》がいて、三本の剣で敵をなぎはらい、パルス人の地獄とルシタニア人の天国の双方に、つぎつぎと敵を送りこんでいる。

　アルスラーンの左にはジャスワントがいて剣をふるい、右には駆けつけたファランギースが近矢でルシタニア人を射落としていた。

　ルシタニア軍は斬りたてられ、突きくずされた。彼らは弓や剣を持たない獣を狩りたてるつもりであったのに、彼ら自身が異教徒どもの獲物にされつつあった。

　異教徒に背をむけることは、イアルダボート神の戦士たる誇りが許さなかった。だが人数は不利になる一方であったし、事情を味方に知らせる必要もあった。決意したひとりの兵士が、退却を告げるために左手でラッパをとりあげ、まさに吹き鳴らそうとした。

　ファランギースが矢を放った。

　ルシタニア兵はラッパを吹くことはなかった。永遠に。ラッパは陽光を反射しつつ地面へと舞い落ち、石にあたって転がった。その所有者は、咽喉に矢を突きたてたまま、馬上から姿を消した。

　このラッパが吹き鳴らされなかったため、ルシタニア軍は秩序ただしく退却するきっかけを失い、ずるずると混戦の深みにはまってしまった。混戦のただなかで、ダリューンの勇戦は他を圧し、その黒衣はルシタニア人にとって死の象徴となった。彼は長槍を鞍の横にかけていたが、まだそれを使わず、おそるべき長剣を縦横にふるって、宙と地上の間に流血の橋をかけた。

　突然、矢の羽音がダリューンめがけて走った。

狙いは正確だった。ダリューンの黒い胸甲に矢は音高く命中した。だが狙いの正確さに比べて弓勢は弱かった。矢は胸甲をつらぬくことができず、はね返って砂塵の中に舞い落ちた。

　黒い冑の下から、ダリューンは鋭く視線を放って、自分を射た相手を見た。斑馬《ぶちうま》に乗ったルシタニアの甲冑姿。手にした弓に、あらたな矢をつがえ、弦をしぼったところだった。

　ダリューンが突進する。満月状の弓から矢が切って離される。長剣の刃が、飛来する矢を斬り飛ばす。射手が必死になって馬ごと相手の攻勢を避けようとしたとき、ダリューンの長剣がうなりをあげた。はじけるような音がして、両断された弓が宙に飛び、剣の平がルシタニア人の冑をなぐりつけた。

手ごたえは意外に弱かった。小柄な身体に大きな甲冑を着用していたのだ。それが人体への衝撃を弱めたのだろう。ルシタニア騎士は馬上で身体を揺らし、均衡をくずしたが、手綱をひいて落馬をまぬがれた。身がわりになったように、冑が飛んで落ちた。

ルシタニア人の頭部がむき出しになった。風にひるがえったのは髪だった。肩の下までとどく長さの髪。あわい褐色の、つやのある髪。それが白い顔の三方をつつんでいた。

「女か！」

豪胆なダリューンも、さすがに意表をつかれた。その瞬間に、相手は、剣を抜き放ち、鋭く突きこんできた。

電光のような一撃だった。だが、ダリューンは、おどろきはしても油断してはいなかった。長剣で受けて、手首をかえすと、ルシタニア人の女性の剣は、音高くはねあがり、弧を描いて地に落ちていった。

冑を失い、武器を失って、なおルシタニアの女戦士は、すこしもひるんではいなかった。濃い蜂蜜色《はちみついろ》の瞳に激しいかがやきを宿している。

「殺せ！　異教徒め！」

叫んだ顔は、美しいがまだ子供であった。せいぜい十五歳、アルスラーンと同年輩であろう。とても殺す気にダリューンはなれなかった。

「悪いことは言わぬ。逃げろ」

短く言いすてて馬首をめぐらしかけたが、少女は敵の情に甘んじなかった。

「卑怯者！　女に背を見せるのか。とってかえして勝負せよ！　パルス人は度しがたい臆病者か。それとも……」

たてつづけの叫び声は、途中からルシタニア語に変わってしまい、ダリューンには理解できなくなってしまった。彼は苦笑して、馬を駆り、その場を離れようとした。

　ふと、ダリューンが気を変えたのは、この少女が夢中で戦場を走りまわっているうちに、容赦ない兵刃にかかって生命を落とす可能性が高く思えたからである。彼は無言で黒馬をルシタニア人の少女に向けると、鞍から長槍をとりはずした。

　その動作を見て、ルシタニア人の少女は、すばやく動いた。逃げようとしたのではない。地上に落ちた剣をひろおうとしたのだった。その気丈さに感心しながら、ダリューンは長槍を繰りだした。

　長槍は、少女の甲の襟をおそろしいほどの正確さで突きとおしていた。ダリューンが両腕に力をこめて槍身を持ちあげると、少女の身体は鞍から浮きあがってしまった。少女は白い顔を朱に染め、両足で空を蹴った。

「離せ！　無礼な。何をする!?」

　身が軽くなった馬は、ひと声いなないて、人間どもが殺しあう場所から逃げ去ってしまった。宙でもがきながら、少女は、ひるむことなく怒りと抗議の声をあげつづけた。

「とりあえず、とりおさえておけ。まだ子供だからな。あまり手荒にあつかうなよ」

　駆けつけた三、四人の部下にそう命じて、ダリューンが槍身をななめにすると、少女は、地上にすべり落ちて、とりおさえられてしまった。

　そのとき聞きおぼえのある声がして、軍師のナルサスが乱戦のもやを突っきってきた。

「ダリューン、ダリューン！」

「やあ、ナルサス。殿下はご無事だ。ところでいま妙な獲物をつかまえたところでな」

「それよりも、このまま走って聖《サン》マヌエル城に攻めかかるぞ、ダリューン」

「なに、本気か」

　おどろいたダリューンだが、すぐに友人の意図を諒解した。今日の両軍の衝突は、ルシタニア軍としても思わざる偶発事だったのだ。そして事情がパルス軍の本営に知れているのに比べ、おそらくルシタニア軍のほうでは事情を知らない。このままパルス軍が聖《サン》マヌエル城に殺到すれば、ルシタニア軍は不意をつかれる。逃げこんでくる味方を救うためには城門を開かなくてはならないから、そこから城内に突入することもできよう。もし城門を閉ざして味方を見殺しにする気なら、それはそれでしかたない。あらためて城を攻囲するだけのことである。当初の予定どおりになるというだけだ。

「それにしても、ナルサス、おぬしいつから深慮遠謀を棄てて、なりゆきまかせの用兵をするようになったのだ?」

「なりゆきまかせとは人聞きの悪い。臨機応変と言ってくれ」

アルスラーン麾下《きか》で最大の雄将と、最高の智将とは、笑いあうと、味方をさしまねいてそのまま馬の脚を速めていった。

## IV

誰ひとり想像もしなかったような形で、聖《サン》マヌエル城の攻防戦は開始された。

ルシタニア人にとっては動転ものであった。城の南方に土煙が舞いあがった。はて、味方が猟場から帰ってくるにしては土煙の量が多いな、と思っているると、たちまち城門前に騎馬の群がなだれこんできたのだ。敵と味方がもつれあい、隊列に区別がつかない。

このとき、城守バルカシオン伯爵が非情の人であれば、城外の味方が泣こうが喚《わめ》こうが、城門を閉ざしてパルス軍の侵入を防いだにちがいない。というより、それ以外に、城を守り、王弟ギスカール殿下の命令を守る方法はなかったのである。だが、バルカシオン伯はためらった。閉ざされた城門の外で、追いつめられた不幸な味方が皆殺しにされる光景を想像し、それに耐えられなかった。こうして、バルカシオン伯がためらっている間に、事態は、とりかえしがつかなくなってしまった。

パルス軍の先頭に立つダリューンは、城を攻囲する態勢をとらせようとしていたのだが、城門が閉じられていないのを見て、とっさに判断を変えた。バルカシオン伯と対照的な決断力であった。

「突入するぞ、ナルサス！」

肩ごしに宣言すると、人馬一体、漆黒の影となって疾走する。城内に逃げこもうとするルシタニア兵たちとぶつかりあい、もみあい、妨害しようとする者を斬り落としながら、ダリューンは城内に駆けこんでしまった。

城壁や望楼の上で、狼狽とおどろきの声があがった。

「門を、門を閉めよ！」

バルカシオン伯はようやく命じたが、城守の命令を実行しようとした兵士は、綱を切るべく斧を振りあげたところを、どこからともなく飛来した矢に咽《の》喉《ど》を突きぬかれ、声も出さず、城壁の下へ落ちていった。めくるめく乱刃、乱槍、怒号、叫喚のなかで、敵も味方も気づかなかった。城壁にもっとも近い位置にそびえる岩山の上で、遠矢の神技をしめした若い男が、不敵に口笛を吹き、紺色の瞳に会心の表情を浮かべたことに……。

地上では、剣と槍が激突をくりかえしている。

ダリューンは重い長槍を旋回させ、ふたりのルシタニア兵を鞍上からたたき落とした。城門の内外は、渦まく甲冑と刀槍の濁流につらぬかれ、もはや扉を閉めることなどできぬ。

ダリューンの長槍が、突進してくるルシタニア騎士の胴を突きおとしたとき、あまりの勢いに槍が手もとでへし折れた。折れた槍ごと、ルシタニア騎士は土煙のなかに沈んでいった。

槍を失ったダリューンはすでに長剣を鞘走らせていた。地上に獲物を見出した鷹《シャヒーン》が天空高くから降下するように、長剣は烈しくかがやきわたり、ルシタニア騎士の腕を肘から両断した。

ダリューンという名は知るはずもないが、このおそるべき黒衣の騎士を討ちとろうとして、ルシタニア兵は乱刃をきらめかせた。だが、ダリューンの長剣が巻きおこす人血の暴風を、いよいよ凄絶なものにするだけであった。

ダリューンにつづいて、パルス人たちが、甲冑の壁となって突きすすんだ。

「きさまらルシタニア人には、この地で死ぬ権利すらないのだ。パルスの土は、パルス人を葬るために在るのだからな」

そう豪語したのはザラーヴァントである。彼は右手に槍、左手に盾を持ってルシタニア兵のただなかに馬を乗りいれていた。チャスーム城の攻略戦で、いいところを見せることができなかったので、若いパルス騎士は大いにはりきっていた。

その豪語を理解して腹をたてたのかどうか、ひとりのルシタニア騎士が猛然と、槍ごとぶつかってきた。

ザラーヴァントは巨大な槍をしごき、突進してくるルシタニア騎士の胸甲を突き刺した。刺した者の剛力と、刺される者の速度とがあいまって、槍は厚い胸甲をつらぬき、騎士の背中まで突きとおした。

それを目撃して、ダリューンがどなった。

「気をつけろ、ザラーヴァント」

ダリューンは自分が敵の身体で槍を奪われたので、ザラーヴァントが武器を失い、危険にさらされると思ったのだ。

「ご忠告、感謝します、ダリューン卿」

大声で答えたザラーヴァントは、ちょうどそのとき左から躍りかかってきた敵を横目で見ると、ひょいと盾を動かした。おどろくべき力だった。盾の一撃で顔面を撃ちくだかれた不幸な男は、三ガズ（約三メートル）ほど空中を飛んで地上で死んだ。

パルス軍は城門から続々と侵入し、数をまし、ダリューンを中心として陣形らしきものまでととのえはじめた。

「パルスの神々よ、あなたがたの信徒が国土を回復するための戦いをおこなっております。願わくば御力を貸したまえ」

パルスの騎兵は雄叫《おたけ》びを放った。

「全軍突撃《ヤシャスィーン》！」

彼らは突進した。槍を水平にかまえ、剣や戦斧を振りかざし、石畳に馬蹄をとどろかせて。ルシタニ

ア兵も咆哮をあげてそれを迎えうった。

たちまち、槍も剣も戦斧も手もとまで血に濡れ、血管から解放された血が甲冑や鞍に飛び散った。

ルシタニア兵たちは、勇敢さと信仰心においてパルス兵に劣らなかった。口々に神の名をとなえながら、侵入する敵に立ちむかう。

だが、勇気と信仰心だけでは、おぎなえないものが多すぎた。パルス軍は勢いに乗っていたし、数もはるかに多かった。ルシタニア軍が一万そこそこしかいなかったのに、パルス軍はその十倍近い。むろん全員が城内に侵入できたわけではないにしても、である。数の圧力とは、たいへんなものなのだ。

聖《サン》マヌエル城の城内は、いまやパルスの戦士《マルダーン》たちが個人的な武勇を思う存分ふるう場と化していた。戦うための条件さえそろっていれば、パルスのマルダーンたちは大陸公路最強の戦士であることを、彼らは事実によって証明しつつあった。まして、ここに集まった戦士たちは、パルスでもとくにすぐれた武勇の持主たちであったのだ。ルシタニア人たちは、まるで草を刈るように撃ち倒されていった。

バルカシオン伯爵は、部下の信望あつい有徳の人であったが、残念なことに、戦場の名将ではなかった。彼の指示や命令は、戦況が進展する速度についていけず、かえって味方を混乱させるだけであった。

信心深く、また城守に忠実なルシタニア兵たちは、いくら不利になっても逃げようとせず、パルス人の猛攻の前に、つぎつぎと倒れていく。

戦いはさらに激しく、血なまぐさくなっていった。

## V

聖《サン》マヌエル城の攻略戦は、力ずくの流血であって、洗練された作戦や用兵とは無縁であるように思われることが多い。

したがって、軍師ナルサスの存在も、この戦いでは影が薄いように見えるのだが、そもそも彼が絶妙の判断を下したからこそ、シャフリスターンの遭遇戦が聖《サン》マヌエル城の攻略戦に直結し、たった一日で城はパルス軍の手に落ちたのである。もしナルサスが決断しなかったら、パルス軍は王太子アルスラーンの身を守ることができた時点でいったん矛《ほこ》をおさめていただろう。その間に、ルシタニア軍は城へ駆けもどり、城門を閉めてたてこもる。そして、あらためて押しよせたパルス軍と、城壁をはさんで、戦いは数日におよんだにちがいない。

そうはならなかった。ダリューンの口からいえば「なりゆきまかせ」ということになるが、そうでないことをむろん彼は知っている。

さらにもうひとつ。

「もはや落城は避けられぬ。そうじゃ、城内の糧食を異教徒に渡してはならぬぞ。残念じゃが燃やしてしまえ」

バルカシオン伯の命令で、生き残った騎士のひとりが糧食庫へ火を放ちに出かけたが、そのときすでにナルサスの手で、糧食庫は占拠されていた。城内の糧食は、そのままパルス軍の手にわたってしまった。

「ナルサスはいい家の出なのに、食べ物にこだわるんだものね」

と、アルフリードが笑ったものだが、ナルサスにいわせれば、武器がなくとも知恵と素手で戦える。食物が不足するのだけは知恵でも勇気でも、どうにもならないのだ。

「王太子殿下の御意である。降服する者は助けよ。武器なき者は殺すな。命令に反する者は、自らの生命をもって償うことになるぞ！」

よくとおるダリューンの声がひびいたころ、血闘はほぼ終わりかけていた。地上に立ち、馬上にすわる者は、ほとんどパルス人であった。

「むだに殺すな！　われわれは文明国であるパルスの民だ。ルシタニア人のまねをして、女子供を殺したりしてはならんぞ。掠奪もならん。かたく命じるぞ」

やや皮肉っぽく宣告したのは、「双刀将軍《ターヒール》」キシュワードである。もはや必要なしとして双刀を鞘におさめると、キシュワードは馬からおりた。城壁に寄りかかってすわりこんでいるルシタニアの負傷者のもとに歩みよる。血まみれの負傷者は、身動きもできず、苦しそうに息を吐きだしていた。

「城守はどこにいる？」

そう問いかけられた騎士は、キシュワードを憎悪の目でにらんだ後、口から大量の血をあふれさせ、頭をおとした。舌をかみきったのである。

キシュワードの肩で「告死天使《アズライール》」が翼を波だてた。美髯《びぜん》の万騎長は、憮然として、愛鳥の翼をかるくたたいた。

「そらおそろしい者どもだ。これでは降服する者などいないかもしれぬな」

キシュワードの感想を、ほどなくパルス人全体が共有することになった。エラムは王太子アルスラーンと馬を並べて城守の姿をさがしていたが、ふいに叫んだ。

「殿下、あれを！」

エラムが指さす方角を見て、アルスラーンは声と息をのみこんだ。

そこは城壁の東南角にある高い塔で、望楼に使われていたようだ。だが、いま、そこは投身自殺の場となっていた。甲高い哀しげな叫びをあげて、城内にいる少数の女性や子供が身を投げていた。異教徒の手にかかって殺されたり恥ずかしめられたりするより、自ら神のもとにおもむくことを選んだのであろう。

生命ある者が、それを棄てるために、石のように高みから落ちていくありさまは、数瞬の間、アルスラーンの思考を麻痺させた。はっとわれにかえると、アルスラーンは精いっぱいの大声で叫んだ。

「やめろ！　死ぬな！　無事に逃がしてやるから死ぬな！」

周囲の騎士たちを見わたして、アルスラーンはもういちど叫んだ。

「彼らをとめてくれ。誰か彼らをルシタニア語で説得してくれ」

「どうしようもありません。塔の入口は、内側からふさがれています。いま扉をこわさせてはおりますが……」

そう応じたのはナルサスだが、彼でも処置がまにあわないことがあるのだった。

最後の人影が宙に身を躍らせ、石のように落下してきた。着用していた甲冑が、石畳に重く鳴りひびいた。パルス人たちは、あるいは騎馬で、あるいは徒歩で駆けつけ、血を流して倒れている老人の姿を見つけた。

「伯爵さま！　バルカシオン伯！」

悲鳴に近い声が湧きおこって、パルス人の環の間からルシタニア人が飛び出した。ダリューンが槍で吊りあげた、あの少女だった。大きすぎる甲冑を鳴らしながら、伯爵のそばにひざまずき、抱きかかえるようにする。

「伯爵さま、しっかり！」

「おお、エトワールか、生きておったか」

そう言ったようにも思われたが、唇がかろうじて動いただけだったかもしれない。瞼《まぶた》が落ち、咽喉《のど》の奥で小さな音がして、聖《サン》マヌエル城の城守は息を引きとった。ルシタニアの国都で、王立図書館長をつとめていれば、平穏な一生を送れたにちがいない。それが、遠い異国で、似あわない任務につき、似あわない死にかたをしたのだった。

涙をこらえる目を、少女があけた。

「伯爵さまを殺したのはどいつだ！」

少女は叫び、伯爵の腰にさがった鞘から剣を抜きとった。両手で剣を右肩にかつぐような姿勢をとり、周囲のパルス人をにらみつける。

「名乗りでろ。伯爵さまの讐《かたき》をとってやるから名乗りでろ！」

「その男は地面に墜ちて死んだのだ。地面を斬るわけにもいくまい？」

むっつりと答えたのはトゥースだった。左肩に巻いた鉄鎖は、赤く染まっている。

「だまれえ！」

たいていのパルス人よりみごとなパルス語で叫んで、少女は剣を振りかざしたが、流れるような足どりで前進したキシュワードが、すばやく剣をもぎとってしまった。

「やむをえぬ。縄をかけろ」

キシュワードが命じ、彼の部下が三人すすみ出た。

何をする、離せ、離さぬか、けがらわしい異教徒め、神罰が下るぞ、雷に打たれるぞ、騎士を家畜のように縛《しば》るとは何ごとだ！　少女はマルヤム語までまじえて悪口雑言したが、もとより力で抵抗できるものではない。たちまち革紐で縛りあげられてしまった。

「さしあたって縛りあげてみましたが、あの少女をどういたしましょうか」

ファランギースが問いかける。笑いをこらえる表情であった。ルシタニア人の少女のおこないは、むちゃくちゃであるように見えて、パルス人の心に通風孔をあける効果があったのだ。パルス人たちは血に飽《あ》いていた。塔での集団自殺を見せつけられて、戦いの狂熱は醒《さ》め、殺戮の後味の悪さが残っていた。その異様な重苦しさを、少女の行為が吹きとばしてしまったようだった。むろん少女は、一途にふるまっているだけのことだが。

少女の視界に、自分と同じ年ごろの少年の姿が映った。黄金の冑を午後の陽にきらめかせ、当惑と興味をこめてルシタニアの少女を見つめている。すぐには表現できないような、たいそう綺麗な色あいの瞳が、少女に印象的であった。少年が口を開いた。

「逃がしてやっても大事ないと思う。馬と水と食物を与えて放してやろう」

猛烈な異議の声があがった。他ならぬ少女の口から。

「このまま帰るわけにはいかぬ」

「ではどうする？」

とファランギースが問う。

「わたくしを拷問《ごうもん》にかけよ」

「拷問じゃと？」

「そうじゃ、鞭《むち》でなぐれ。焼けた鉄串を突き刺してもよい。水責めでもよいぞ」

「なぜ好んで痛い目にあいたいのじゃ？」

ファランギースは、おかしげである。からかうように、だがやさしく尋ねた。

「もしわたくしが無傷で帰ったりしたら、呪うべき異教徒に情をかけられたか、さだめし異教徒に通謀したのであろうよ、と、そう疑われるに決まっている。神のおんために生命をすて、身を傷つけるのは、イアルダボートの信徒として本、ええと、本懐じゃ」

パルス語の能力のかぎりをつくして主張すると、少女は、挑むような目つきをした。

「さあ、殺せえ！　でなければ拷問にかけろ。無傷で帰ってなどやらぬからな！」

叫ぶと、腕は縛られたまま、両足を投げ出して石畳の上にあおむけになってしまった。

「どうした、手を出せぬのか、異教徒どもめ」

比類ない勇猛を誇るはずのパルス騎士たちも、顔を見あわせるだけで手を下そうとはしなかった。アルスラーンは思案にあまったようすで、ダリューンやファランギースと低声《こごえ》で何か相談している。

騎士たちもささやきかわしていた。

「おい、ルシタニアの女は、こうも猛々しくてあつかいにくいものか」

「さあな、おれはルシタニアの女に知人はおらぬが、たぶんこの娘は尋常ではないと思うぞ」

「いや、ルシタニアではどの女もこんなふうかもしれぬ。ルシタニアの蛮族ども、故国の女どもにいやけがさして、パルスの佳《よ》き女ほしさに遠征してきたのかもしれんて」

苦笑が湧いた。火でもなく、血でもなく、この苦笑が聖マヌエル城攻略戦の終幕をつげた。

VI

少女は地下牢《ディーマース》のなかにいる。縛られてはいないが、シャフリスターン以来の疲労が出て、冷たく粗い石の床にすわりこんでいた。パルス語とルシタニア語でありったけの悪口を並べ立てたものの、さすがに語彙《ごい》も費《つか》いはたしてしまった。

壁面の灯火がごくわずかに炎を揺らしているのは、

この地下にも外気が流れこんでいることをしめしていた。その炎が大きく揺れた。鍵をあける音がして、厚い杉材の扉がひらいたのだ。少女は腰を浮かせて身がまえた。疲れて空腹だったが、元気を失ってはいなかった。

はいってきたのは黄金の冑をかぶった少年だった。もっとも、現在では甲冑をぬいで平服に着かえている。涼しげな白いパルスの夏服で、襟や裾に青い縁どりがついている。

手に陶器の深皿を持っており、そこからたいそう食欲を刺激する匂いが吹きつけてきた。

「お腹《なか》がすいてるだろう。シチューを持ってきたから お食べよ」

「異教徒の食物など食べられるものか」

「それはおかしいね」

アルスラーンは、やや手きびしい笑いかたをした。

「君たちルシタニア人は、パルスの大地に実った麦や果物を掠奪して食べているじゃないか。力ずくで奪ったのでなければ食べられないのか」

「いずれにしても異教徒の指図は受けぬ」

食欲を宗教的観念でおさえこんだとき、若い健康な肉体が叛乱《はんらん》をおこして、少女の腹の虫が大きく鳴いた。少女は耳まで赤くなって、少年から視線をそらし、とっさには開きなおることもできず、不機嫌にだまりこんだ。笑いをのみこんで、少年は少女を見やり、やがて説得するように話しかけた。

「こう考えたらどうかしら。これは君にとって敵の食物だ。だからこれを君が食べたら、敵の食物が減ることになる。君は敵に損害を与えることになる。これはりっぱな武勲じゃないかな」

少女はまばたきした。たっぷり百かぞえる間、だまりこんだままだったが、ようやく自分を納得させることができたようだ。

「そうか。わたくしがこれを食べたら、お前たちは糧食が減って迷惑するのだな」

「とても迷惑する」

「よし、お前たち異教徒に迷惑をかけてやるのは、わたくしの喜びとするところだ」

宣戦布告する一国の宰相のような態度で、少女は言い、深皿をとりあげた。なるべく上品に食べようとしているのだが、さじの運びはどうしてもはやくなる。芳香を放つ羊肉のシチューは、たちまち少女の腹におさまった。ひと息つくと、返礼のつもりだろう、せきばらいして少女ははじめて名乗った。

「わたくしはルシタニアの騎士見習エトワール。本名はエステルというが、この名は棄てた」

「なぜ？　よければ聞かせてほしい」

「エステルとは女の名だ。わたくしは騎士の家にひとり子として生まれたゆえ、騎士となってあとをつがねばならぬ。わたくしが騎士になれぬと、祖父母や従者や領民や、多くの人がこまるのじゃ」

「それで遠征軍に参加したのかい」

　アルスラーンの問いに、重々しく少女はうなずいてみせた。

「騎士見習の資格で故国《くに》を発った。武勲をたて、正式に騎士に叙任《じょにん》されて帰国すれば、わが家はばんばんざいなのだ」

「でも君はまだそんなに小さいのに。私の妹ぐらいの年齢じゃないか」

「お前、幾歳《いくつ》なの？」

「今年で十五になる」

「何月に？」

「九月に」

「では、わたくしのほうが二か月だけ年長だ。妹あつかいされる筋合はない！」

　騎士見習エトワールこと少女エステルは、憤然としたように主張した。視線をアルスラーンから空の深皿にうつし、またアルスラーンにむけて、何やら言いたげな表情になる。

「なに？」

「もうすこしお前たちの糧食を減らしてやりたい」

「ああ、おかわりだね。ごめんよ、それだけなんだ。でも他のものがあるから」

　油紙の包みをとりだして、アルスラーンはエステルの前にひろげた。薄パン、チーズ、乾りんごなどが少女の前にあらわれた。チーズをつまみあげて、少女はふと尋ねた。

「騎士たちがお前に対して鄭重なふるまいをしていたが、お前は身分の高い者なのか?」

一瞬ためらってから、アルスラーンがうなずくと、少女の瞳が興味の光をたたえた。

「パルスの王太子アルスラーンという者を見たことがあるか」

「ある」

「王宮でか?」

「王宮にかぎらない。鏡のあるところなら、どこででも」

二度まばたきして、少女は、アルスラーンの言葉の意味を理解した。大きく見開いた両眼が、普通の寸法にもどると、少女は、両手の人差指を頭の左右に立ててみせた。

「異教徒の総大将というものは、二本のねじまがった角がはえていて、口が耳まで裂けて、黒いとがった尻尾《しっぽ》があるものだぞ」

「ああ、そう? おとなになったら角も尻尾もはえてくるかもしれない」

アルスラーンが笑うと、エステルは、両手をおろし、自分自身の心情《きもち》を測りかねたように同い年の少年をながめやった。

パルスの宮廷は、ルシタニアの宮廷とよほど気風や慣習がちがうのだろうか。エステルは騎士ではあるが、ルシタニアの国王陛下とは会話をしたこともない。ずっと遠くからお姿を拝見して、多くの人々とともに「国王陛下ばんざい」と叫んだことはあるが。パルスでは、王太子が自ら地下牢《ディーマース》におもむいて、捕虜に食事を運んできたりするのだろうか。

だが、口にしたのはべつのことだった。

「咽喉《のど》もかわいているのだが……」

「そう思った」

革製の水筒を差し出され、受けとって、少女は口をつけた。うるおいが、身体《からだ》だけでなく、心の一部にもひろがったような気がする。

「変わっているな、お前は」

「ときどきそう言われる。自分ではよくわからないけど」

「王さまとか王子さまとかいうものは、もっといばって玉座におさまりかえっているものだ。王が王らしくせぬものだから、パルスは都を奪われるような目にあうのだ」

　少女の皮肉は、それほど悪意にもとづくものではなかった。だが、アルスラーンは聞き流せぬものを感じ、おのずと表情があらたまった。

「ひとつはっきりさせておこう。パルスがルシタニアに攻めこんだのか、ルシタニアがパルスに攻めこんだのか、どっちだ？」

　アルスラーンの声は静かだったが、それはこの少年が怒りをおさえているからだった。そのことをエステルは察したが、彼女は彼女として反論せずにいられない。

「たしかに攻めこんだのは、わがルシタニアのほうだ。だがそれは、お前たちの国がまことの神を崇《あが》めぬからだ。お前たちが偶像や邪神をうやまうのをやめ、まことの神に帰依するなら、血など流れなくてもすむ」

「嘘だ」

　アルスラーンの返答は、きっぱりしていた。決めつけられて、少女はむっとした。

「嘘ではない。わたくしたちは、つねに神のご意思にしたがうイアルダボート神の信徒だ。だからこそ異教徒と戦っているのではないか」

「もし君のいうとおりなら、君たちルシタニア軍はどうしてマルヤム王国に攻めこんだりした？　あの国の人々は、イアルダボート神を信じていたのだろう。君たち同様に」

「それは……それは、マルヤム人の信仰のしかたがまちがっているからだ」

「まちがっていると誰が言った？」

「神がおおせになった」

　アルスラーンは、じっと相手を見つめた。

「神がそう言ったのを君は聴いたのか。神の声を耳にしたのか。だとしたら、それがたしかに神の声だと、どうしてわかるんだ」

「それは聖職者たちが……」

少女の声はとぎれ、少年の声が強まった。

「神を侮辱しているのは君たち自身だ。いや君とはいわないけど、ルシタニアの権力者たちだ。彼らは自分たちの欲望と野心のために神の名を利用しているだけだ」

「だまれ！　だまれ！」

少女は立ちあがった。くやし涙が両眼に浮かんでいる。自分たちの正しさを否定されたのがくやしかったし、それに反論できないのがくやしかったのだ。

「出ていけ、お前と話すことは何もない。食事をすすめたのはお前だし、恩になど着ないぞ」

「ごめんよ、えらそうに君を責める気はなかった」

少女の激情で、かえってアルスラーンは冷静さをとりもどした。

すなおすぎるほどアルスラーンは謝罪し、立ちあがって出ていきかけたが、ふと足をとめた。

「エトワール、君はイアルダボート教の祈りの言葉を知っているか」

「あたりまえだ」

「だったら、明日、死者に祈りをささげてくれないか。敵味方の遺体を埋葬するのだけど、ルシタニア人の死者には、ルシタニア語の祈りが必要だろう」

エステルはおどろき、くやしさを瞬間わすれてしまった。敵の遺体を埋葬するだって？

異教徒の死体は放置して野獣の餌にするのが、ルシタニア軍のやりかたなのに。このパルスの王太子は、どこまで変わっているのか。それとも、それとも、変わっているのは自分たちルシタニア人のほうなのだろうか。

地下牢の扉が開いて閉まった。アルスラーンの姿が消え、足音が遠ざかった。敗北感に近い当惑にとらわれながら、エトワールことエステルは、ふたたび石の床にすわりこんだ。扉に鍵がかけられなかったことを彼女は知っていた。王子がかけ忘れたのでないことも、なぜか彼女は知っていた。さしあたり、明日、埋葬がすむまではおとなしくしていよう、とエステルは思い、壁に背をあずけた。

汗血公路

# 第五章

# 王たちと王族たち

4

# I

東から西へ、太陽の光がうつろうように、ルシタニアの敗報はエクバターナへもたらされた。

「聖《サン》マヌエル城は陥落し、城守バルカシオン伯以下、城内の者はほとんど戦死、あるいは自裁す。わずかな傷病者がパルス軍の手に救出されたのみ。パルス軍は、近日中に、聖《サン》マヌエル城を出立すると思われる……」

「またしても、たった一日で陥《お》とされたというのか。役立たずめ！」

失望のあまり、そうののしってから、ギスカールは「魂よ、安かれ」と、祈りの言葉をつぶやいた。神を畏《おそ》れたのではなく、死者をいたんでのことである。バルカシオン老人は、武将としての能力はともかく、人間としては尊敬に値する男だった。

「あの老人には、書物を管理させておけばよかった。城塞の守備などさせたのが、まちがいだったのだ。ボダンめがルシタニアでもマルヤムでもパルスでも、書物の管理権を独占したからよくない」

だが、ここにいない者の責任を云々してもはじまらなかった。ギスカールは、不安に浮き足だつ廷臣たちを集めたが、席上、まずおどしをかけた。

「大陸公路に汗血《かんけつ》を舗石のごとく敷きつめて、パルス人どもが押しよせてくる。復讐に猛りくるい、父祖の地をことごとく奪回せんと、目に炎を燃やしてな」

ボードワン、モンフェラートの両将軍は、すでに覚悟の上らしく、動じる色を見せなかったが、他の廷臣たちはざわめいた。

「諸卿にあらためて言っておくが、これは存亡の時と承知してもらおう。アトロパテネの勝利以来、築きあげてきたものが、一朝《いっちょう》にして潰《つい》えさるやもしれぬ。我をおさえ、卑怯や怠惰《たいだ》を排して、このギスカールに力を貸してもらう。よろしいな、諸卿？」

さりげなく、ギスカールは兄王の存在を無視してのけた。廷臣たちは、いっせいにうなずいたが、ひとりがやや不満げに声をあげた。

「われらには神のご加護がござる。異教徒どもに敗れるなど、あろうはずがござらぬ」

「ほう、すると聖《サン》マヌエル城には神のご加護がなかったとでも申すか」

返答につまった廷臣を見すえて、王弟殿下は声を強めた。

「かるがるしく神の御名を口にするな。まず人間が力をつくしてこそ、神も人間を愛しまれよう。自らを助ける意思こそが、神の御心にかなう道を開くのだ」

ギスカールの本心は、むろんこのように信心深いものではない。ルシタニアの貴族も、武将も、官吏《かんり》も、平民も、神などではなくギスカールを伏しおがむべきなのである。イアルダボート神が全能であるなら、とうにイノケンティス王を名君にしているはずではないか。

モンフェラートとボードワンの両将軍は、落ちついて、王弟殿下の命令にしたがうことを誓約した。他の貴族や廷臣たちも、口々にそれに倣《なら》った。ギスカールは、重々しさと鷹揚《おうよう》さをたくみに使いわけて彼らを服従させ、自分に対する信頼を強めさせて、ほぼ満足のうちに、廷臣一同を散会させたのだった。

「銀仮面卿がもどってまいりました」

その報告がギスカールのもとにもたらされたのは、昼食を半分以上のこして食卓を立ちかけたときであった。

「軍をひきいてか」

「したがう者は百騎ほど。余《よ》の者は、ザーブル城に残留しておる由《よし》にございます」

ギスカールの左瞼が一瞬だけひきつった。曲者《くせもの》めが、と思う。ザーブル城をいよいよ自分の根拠地とするつもりか。そして、ギスカールがいま自分を殺したり罰したりできるはずがないと、たかをくくっているのか。つらにくく思うものの、会わないわけにはいかなかった。東に大敵がいる。西にまで敵をつくることはできない。アルスラーンを迎え撃つため、王都を空にしたら西から攻めこまれた、などということになれば、ギスカールは歴史に救いがたい無能者として記されることになるだろう。

ギスカールの前に姿をあらわした銀仮面は、形はうやうやしく一礼したが、発した声と台詞《せりふ》は、それほどうやうやしくなかった。

「伝え聞くに、ルシタニア軍は東方の要衝をつぎつぎと失い、アンドラゴラスの小せがれは王都までの道半ばに達しましたとか」

「噂にすぎぬ。古来、噂とは、愚昧《ぐまい》の苗床《なえどこ》に咲く毒草でしかないはずだが、おぬしにはそれが名花にでも見えるのかな」

ギスカールの皮肉は、銀仮面のなめらかな表情にあたってすべり落ちてしまった。いまさらながら、相手の表情をおおい隠してしまう仮面が、ギスカールにはいまいましい。最初にこの銀仮面と会ってパルス征服の話を持ち出されたとき以来、ひきずっている感情だ。仮面をかぶった当人が、顔に傷があるから、というのを信用するしかないわけだが。

一方、ヒルメスのほうでも、べつにギスカールに皮肉やいやみを言うために、わざわざエクバターナまでやってきたわけではない。アルスラーン一党の進軍と勝利の報は、ヒルメスを、西辺のザーブル城にのんびりと滞在させておかなかったのだ。「アンドラゴラスの小せがれ」にくらべて、自分が一歩も二歩も遅れた位置にあることを、ヒルメスは認めざるをえなかった。

ザーブル城を放棄するわけには、むろんいかぬ。また、一万以上の兵力をひきいてもどったとき、疑心暗鬼に駆られたルシタニア軍が入城を拒むかもしれぬ。考えた末、サームに留守をゆだねて王都へ駆けつけたヒルメスであった。ギスカールが皮肉を言い終えたとき、銀仮面が突如として重大な一言を発した。

「わが本名はヒルメスと申す。父の名はオスロエス」

「なに、オスロエス⁉」

「さよう、オスロエス、この名を持つパルスの国王《シャーオ》としては五代めにあたり申す。父の弟は名をアンドラゴラスと申し、兄を弑《しい》して王位を簒奪《さんだつ》した悪虐の男でござる」

ギスカールは沈黙していた。沈黙の重さが、おどろきの巨大さをしめしていた。かつて彼は「銀仮面の男はパルスの王族かもしれん」という冗談を部下に語ったことがある。だが、それが事実ということになれば話はべつであった。

「どういう事情があるのだ。くわしく話を聞かせてもらおうか」

「むろん、そのつもりでござる」

ヒルメスの口から、ギスカールはパルス王室の凄《せい》惨《さん》な抗争史を聞いた。ひとりの女をめぐる兄弟の暗闘。兄殺し。簒奪。未遂に終わった甥殺《おいごろ》し。ルシタニアの歴史にもおとらぬ暗い血の色に塗りつぶされた王朝の秘史であった。ギスカールはおどろいたが、ヒルメスの話はあくまでヒルメスの目をとおしたものであることをわきまえていた。銀仮面が語りおえると、やや間をおいてギスカールは尋ねた。

「だが、なぜいま素姓を明かす気になったのだ。おぬし、何を考えておる」

「王弟殿下には何かとご恩があり、これからもおたがいの結びつきによって利をえたいものと存ずる。いわば秘中の秘を明かしたのも、殿下をご信頼申しあげるからこそでござる」

しおらしげな銀仮面の台詞を頭から信じるほど、ルシタニアの王弟は甘くなかった。

嫉妬か、と、ギスカールは銀仮面の心情を忖度《そんたく》した。「アンドラゴラスの小せがれ」という呼びかたが、すでにして、ヒルメスの心理を雄弁に物語っている。アルスラーンごときを対等の競争相手として認めてたまるか、というのであろう。ところが、現実の情勢は、ヒルメスの誇りを無視して、先に進んでいるのだ。

このまま事態が進めば、アルスラーンがパルス軍民を再統一する指導者となり、救国の英雄となってしまう。そうなってからヒルメスが登場して、王位の正統性がどうのこうのと言いたてても、誰も相手にするはずがない。アルスラーンは簒奪者の息子だ、といっても、彼が実力をもって国土と国民《くにたみ》を解放すれば、ヒルメスの主張など、笑いものにされるか、無視されるだけである。そうヒルメスは考え、いま自分の存在を明らかにしようと思ったのであろう。

ということは、銀仮面め、ルシタニア人の武勇と才略ではアルスラーンの勢いに抗しきれぬ、と見たわけか。

ギスカールは、わずかに頬をゆがめた。ヒルメスと称する男の思惑は、さまざまな意味で不快だった。そもそも王位の正統性などを言いたてられては、兄王にとってかわろうとするギスカールの野心は、絶対悪だということになってしまうではないか。

いささか奇怪な心理がギスカールをとらえた。彼はふと、すでに半年以上にわたって地下牢《ディーマース》にとらわれているアンドラゴラス王のことを思い出したのである。もしアンドラゴラスがほんとうに兄王を殺して王位についたのだとすれば、それはギスカールの野心を先んじて実行したようなものではないか。一度アンドラゴラスの言分を聞いてみたいものだ。


そう思いつつ、ギスカールは口を開いた。

「アルスラーンは、四万なり五万なりの軍を集め、すでにわが軍の二城を抜いておる。おぬし、その兵威《へいい》に対抗できるか」

「兵威などと申すものではござらぬ。小せがれめは兵数を頼んでおるだけでござる」

「ふむ、おれは思うのだがな、銀仮面、いやヒルメス卿よ。兵が多く集まるにはそれなりの理由があるし、集めた兵を統御するにはそれなりの器量が必要ではないか」

「アンドラゴラスの小せがれめには、何の力もございませぬ。側近どもにかつがれ、あやつられているだけのこと。器量だの才幹だのという以前のことでござる」

「なるほど、よくわかった」

そうギスカールがうなずいたのは、真意ではなかった。この件に関して、冗談や皮肉が通じないことを、銀仮面ごしの眼光によって理解したのである。

ギスカールも王族の心得として、剣技を学んではいるが、激発した銀仮面に斬りかかられて、一対一で勝つ自信はない。部屋の外に、完全に武装した騎士を一隊、待機させてはいるが、好んで危険を冒す必要もないことだ。

ヒルメスとアルスラーンを相争わせ、ことをパルスの王位継承争いとしてかたづける策《て》もたしかにあるが、事態がここまで来ては、へたに策を弄《ろう》するより、当初の予定どおり大軍をもって正面からアルスラーン王太子の軍を粉砕《ふんさい》すべきであろう。ギスカールはそう考え、何ら言質《げんち》を与えぬまま、ひとまずヒルメスをさがらせた。

II

「力を借りに来た」

ひさびさに迎えた客人の、それが第一声であった。

王都エクバターナの地下深くである。暗く、冷たく、湿気にみちた石づくりの部屋であった。奇書の山が埃《ほこり》のなかにそびえ、魔道に用いられる鉱物、動物、植物の類《たぐい》が、それぞれの瘴気《しょうき》をただよわせている。それらの瘴気がまざりあって、無色の毒煙で室内を埋めつくしているようでもあった。そのなかに、暗灰色《あんかいしょく》の衣を着た男がいる。若い。蒼然たる古画に、あたらしく描き加えられた肖像のように見える。

「若さと力を回復したのか。さぞ嬉しかろうな。だとしたら、おれが国と王位を回復したいと願う心もわかるのではないか」

やや性急なヒルメスの言いようを、魔道士は沈着に受けとめた。

「わしが若さと力を回復するのは、それを費うためだ。人間の身体は、すなわち生命力の容器であって、若さとは容器が満たされた状態のことなのだ。ひとたび水位がさがれば、ふたたび満たすのは容易ではない」

外見はヒルメスと同年輩、あるいはそれ以下に見える。若さを回復した魔道士の顔だちは美しくさえ見えた。造花の美しさが、ほんものの花にまさるとすれば、であるが。一見、若い美丈夫《びじょうふ》が、古怪《こかい》な老人のようなものいいをするのは、異様で奇怪な光景だった。

「アトロパテネの戦いを再現するよう、わしに望んでおるのか」

「魔道を用いずとも、そのていどのことはわかるか」

「わかるからといって承知するとはかぎらぬぞ。アトロパテネの戦いを、異なる地に再現して、わしに何の益があるというのじゃ」

あざけるように、また、うそぶくように魔道士が問うと、ヒルメスは銀仮面を光らせて答えた。

「おれが正統な王位を回復したあかつきには、十回生まれ変わっても費い果たせぬほどの財貨をくれてやる」

「誰の財貨だ？　ルシタニア軍のものか」

「もとはすべてパルスのものだ」

「おぬしのものか」

「正統な国王《シャーオ》のものだ」

低く笑って、魔道士は、不毛な問答を打ちきった。ややあって、ひとりごとめいて語りはじめる。

「正直は地上の美徳であって地下の美徳ではないが、まあ、ときとして、それを用いるもよかろう。で、正直なところをいうと、わしはアルスラーンめの一党に、怨恨がないでもないのだ。わしの弟子がふたり、奴の一党に殺されたでな」

魔道士の視線が、暗い部屋の一隅にむけて動いた。かつて七つあった弟子たちの影が、いま欠けて五つとなっている。

「未熟者ではあったが、それなりに忠実で役に立つ者どもであったゆえ、わしとしても、いささかは心が傷むわ」

五人の弟子は面目なげにうつむいていた。銀仮面の裡《うち》に、ヒルメスは冷笑を封じこめた。

「アンドラゴラスの小せがれは、身にすぎた家臣どもをかかえておる。多少の魔道の技では対抗できまい。おぬしら、自分自身のためにも小せがれを倒すべきではないのか」

わざとらしく、魔道士はかぶりを振ってみせた。

「いやいや、早まるでないぞ。アルスラーンとて翼があるわけでもなし、すぐに王都までやってはこられぬ。それに、アルスラーンがあるていど強勢であることは、おぬしにとって不利益ではあるまいて」

「どういう意味だ？」

「これはしたり、そこまで言わねばわからぬか。おぬしは明敏《めいびん》な男だと、わしは思いこんでおったがな」

「……………」

銀仮面の下で、ヒルメスは眉をしかめて考えこんだ。それも長い時間のことではなかった。魔道士の意味ありげなものいいを、ヒルメスは理解した。つまり、アルスラーンがルシタニア軍と戦い、その力を削《そ》いでくれるということである。

王都エクバターナ占領後、ルシタニア軍はぱっとしない。アルスラーンがペシャワール城に挙兵して以後、たてつづけに二城を失い、士気も威信も低下している。だが、まだ三十万に近い大軍は健在である。この兵力が温存されれば、究極的にはルシタニア全軍の追放をねらっているヒルメスにとって、いささかしまつが悪いことになろう。

アルスラーンとルシタニア軍が血みどろの戦いを長期化させてくれれば、その間にヒルメスが王都エクバターナを奪いとることもできよう。それはルシタニア王弟ギスカールが、ひそかに恐れるところでもあった。ただ、そうなると、共同の敵ヒルメスを打倒するために、アルスラーンとギスカールが手を組む、というとんでもない事態もおこりえる。正体を明かしたことが誤りだとは思わないが、政治とは乱流であって行方がさだめにくい。

「虫のよいことを考えておるらしいの」

見すかすような魔道士の声が、銀仮面をとおしてヒルメスの顔に触れ、悪寒めいたものを生じさせた。ぎらり、と、両眼と仮面の双方を光らせただけで、「正統の王位後継者」は沈黙している。

魔道士がふくみ笑いするとおり、虫のよい考えであるにはちがいない。手持ちの兵力をそこなうことなく、近い将来に最後の勝利者となろうとするのは。

魔道士がささやいた。

「宝剣《ほうけん》ルクナバード」

数百万の言葉がつくる森のなかから、もっともかがやかしい一語がもぎとられて、ヒルメスの前に放り出された。ぎょっとしたように、ヒルメスの長身が小さく揺れて、暗い湿った空気を波だてた。言葉の意味が、人の耳に聴こえぬ音をとどろかせて、ヒルメスの全身にしみとおっていく。

「どうじゃ、その一語で、わしの言わんとするところがわかったであろう」

魔道士が念を押すまでもなかった。

宝剣ルクナバード。パルス王国の開祖たる英雄王カイ・ホスローが愛用した剣である。聖剣ともいい、神剣とも呼ぶ。カイ・ホスローはその剣によって蛇王ザッハークの暴政を打ちたおし、パルス全土を平定した。宝剣ルクナバードは、パルスの国土と王権と正義を守護する、神々の賜物《たまもの》といわれた。

「カイ・ホスロー武勲詩抄《ぶくんししょう》」には、「鉄をも両断せる宝剣ルクナバードは太陽のかけらを鍛《きた》えたるなり」と記されている。それはつまり、剣の形をした不朽の建国伝説なのであった。

その宝剣ルクナバードを手に入れよ、と、魔道士はヒルメスをそそのかしたのである。ヒルメスの両眼が、というより、そのなかにこめられた意思が、銀仮面ごしに強烈な光を放った。無言の数瞬の後、ヒルメスは長身をひるがえしていた。

「邪魔をした。近いうちにまた会おう」

ヒルメスのあいさつに個性が欠けていたのは、他のことに気をとられていたからである。甲冑のひびきが闇のなかを遠ざかると、魔道士は、つくりものめいた端整《たんせい》な顔に、つくりものめいた微笑をよどませた。弟子のひとりが、意を決したように身じろぎした。

「尊師……」

「何じゃ、いうてみよ、グルガーン」

「あの男、本気でカイ・ホスローの墓にもぐりこみ、宝剣ルクナバードを手に入れるつもりでございましようか」

　魔道士は、わずかに両眼を細めた。

「手に入れるであろうよ。そなたらにいうまでもないが、パルスの王権を象徴するものとして、宝剣ルクナバード以上のものはないからの」

　自分がパルスの正統の王位継承者であり、英雄王カイ・ホスローの子孫であることを、ヒルメスがどれほど強烈に誇りとしてきたか。それこそが、苦痛と憎悪に塗りつぶされがちな彼の人生に、光をそえてきたのである。もし宝剣ルクナバードを手に入れることができれば、ヒルメスの名誉欲は、さぞ満足するにちがいない。

　今度は、べつの弟子が疑問を提出した。ガズダハムという男であった。

「尊師、やはり宝剣ルクナバードをとり除かぬかぎり、蛇王ザッハークさまの再臨はかないませぬか」

「封印が強すぎた、意外にな」

　率直に、魔道士は自分の目算ちがいを認めた。蛇王ザッハークが魔の山デマヴァントの地底に封じこまれてより二十年後、宝剣ルクナバードが掘り出されてカイ・ホスローの柩《ひつぎ》に収められた。それより三百年の間に、二十枚の岩板がつぎつぎと崩され、蛇王は地表のすぐそばまで来ているはずだ。だがカイ・ホスローの柩のなかに宝剣ルクナバードがあるかぎり、その霊力は英雄王の霊と結びついて蛇王を縛る。柩のなかより宝剣をとり出させ、その霊力を引き離さなくてはならないようであった。

「どうだ、おもしろいではないか。カイ・ホスローめが蛇王ザッハークさまの御世にさからい、身のほど知らずにもパルスを支配してより三百余年。先祖が封印したものを子孫がとり除き、ザッハークさまの再臨に力を貸そうというのだからな。笑止のかぎりよ」

　魔道士の弟子たちは、師ほど楽観的になれなかったようである。ちらりと視線をかわすと、グルガーンが一同を代表した。

「おそれながら、尊師、ひとたび宝剣ルクナバードを手に入れた上は、ヒルメスめは、われらの掣肘《せいちゅう》を受けなくなるのではございませぬか」

師の怒りをおそれてか、遠慮がちな一言であったが、暗灰色の衣の魔道士は、意外にも怒りを見せなかった。

「そうじゃな。われらの力では、ルクナバードの霊力に対抗できぬかもしれぬ」

「ではみすみす、敵となる者に力をつけてやることになりませぬか」

「愚《おろ》かよな、そなたらも。われらの力など語るにたりぬ。ヒルメスめが相手とするのは、蛇王ザッハークさまじゃぞ。ひとたび再臨あそばした蛇王ザッハークさまに、ヒルメスごときの力が通じようか」

おお、という歓喜と納得のうめきがおこった。暗灰色の衣の魔道士は、声におだやかな狂熱をこめた。

「ひとたび蛇王ザッハークさまが再臨なされば、宝剣ルクナバードもこわされた鍵にすぎぬ。二度と蛇王さまを封印することはできぬのだ。さあ、カイ・ホスローめの子孫をして、祖先の罪を、蛇王さまにさからいし大罪を、償わせてやろうではないか」


五人の弟子は音もなく立ちあがり、うやうやしく、だが蝙蝠《こうもり》を思わせる奇怪な身ぶりで、彼らの師に敬意の礼をほどこしたのであった。

III

銀仮面卿ことヒルメスの告白を、ギスカールは聞き流す形になった。政略や軍略では、選択肢が多すぎると、かえって身動きがとれなくなる場合があるし、当初の予定を急に変えるわけにもいかない。いまは信頼するモンフェラートとボードワンを勝利させることが先決であった。

すさまじいほどの策謀がギスカールの脳裏にひらめいたのはその夜半である。彼は、同衾《どうきん》していたマルヤム女が茶色の目をみはったほど急に笑い出した。

「ふふふ、なぜ早くこのことに気づかなかったのであろう。いささかはおれも、心に恥じるところがあったのかな」

ギスカールの笑いは暗い。策謀の内容を考えれば、それも当然であった。それは銀仮面ことヒルメスをして、ギスカールの兄イノケンティス王を殺害させようというものであったのだ。

ヒルメスが、うかつにギスカールの思惑に乗るとも思えないが、彼がかかえこんでいる正統意識をたくみに刺激し、イノケンティス王を殺害させることは不可能ではない。そうギスカールは結論づけた。

そして、むろんのこと、イノケンティス王を殺害したヒルメスを、そのままにはしておかぬ。ルシタニア国王を殺した者は、ルシタニアの王位継承者によって処罰されるべきだ。王位継承者とは誰か？　むろん王弟ギスカール殿下である。かくしてギスカールは、前と後の敵を一度にかたづけることができるというわけだ。

「銀仮面卿はどうしておる？」

寝室から出て、ギスカールは侍臣《じしん》に問いかけた。

幾人かの侍臣や士官の間を報告が受け渡された。ようやくギスカールにもたらされた報告によれば、銀仮面は王都に与えられた邸宅に一泊もすることなく、夜にはいって城外へ出ていったという。王弟殿下のご命令である、というので、城門を守る兵士もとめなかったという。むろんギスカールは銀仮面に命令など与えてはいない。

では、この機会だ。地下牢《ディー・マース》のアンドラゴラス王に会ってみるか。その考えがギスカールをとらえた。せっかく生かしつづけた貴重な捕虜だ。銀仮面の復讐欲を満足させるためにだけ生かしておくのも、もったいない。使いようによっては、アルスラーン派とヒルメス派に分裂したパルス王党派を、さらに分裂させ混迷させるための道具として役だつかもしれぬ。

かつてギスカールは一度アンドラゴラス王との対面をこころみて、銀仮面の息がかかった拷問吏《ごうもんり》の長《おさ》に、はばまれたことがあった。だが、今回、ギスカールは、直属の騎士をしたがえていって拷問吏たちを威圧し、対面を強要するつもりであった。

だが、それは朝になってからのことでよい。ギスカールは、オラベリアという騎士を呼び出して、銀仮面を追うよう命じた。

「とらえたり、つれもどしたりする必要はない。発見してひそかに追跡し、何をもくろんでいるか確認せよ」

「かしこまりました。幾人か仲間をともなっていってよろしゅうございますか」

「それはおぬしにまかせる。心していけ」

　王弟殿下の命令と、ずしりと重い金貨の袋を受けとると、騎士オラベリアは、急ぎ足で出ていった。


　一夜が明け、政務と軍務に追われるギスカールの一日がはじまった。だが、夕食の前に、ぽっかりと時間の空洞ができ、ギスカールは直属の騎士六人をしたがえて、地下牢《ディーマース》を訪問することができた。

　脅迫と金貨の双方がたくみに用いられ、拷問吏の長は、ためらいつつも、ついにギスカールの要求に屈した。ギスカールは、彼らに案内され、屈強な騎士に守られて、長い長い階段をおりていった。そして、ようやく、石の壁の前にすわりこんだ囚人に対面したのである。

「アンドラゴラス王だな。はじめてお目にかかる。私はルシタニアの王弟ギスカール公爵と申す者」

　ギスカールの名乗りに、囚人は反応をしめさなかった。異臭がただよってくる。血と汗、さまざまな汚れがいりまじった、表現しがたい匂いだ。髪もひげも伸びほうだいで、服は裂け、汚れきっている。天井へ伸びた右腕は太い鎖で壁面につながれていた。左腕はだらりとさがり、鞭と火傷の痕《あと》でもとの皮膚すら見えない。長身のギスカールを上まわる巨体は、疲れはてた野獣のように見えた。

「食事は与えているのだろうな」

　言ってから、ギスカールは、自分が発した質問のばかばかしさに気づいた。半年以上もの間、食事なしで人間が生きていけるはずがない。拷問吏は、失笑したりはしなかった。感情が磨滅《まめつ》しきったかのように、抑揚《よくよう》のない声で王弟に答える。

「拷問に耐えるだけの力は残しておかねばなりませ

んので、一日に二度、きちんと食事はさせております」

「ふん、王者として酒池肉林《しゅちにくりん》をもっぱらにしていた身が気の毒なことだ」

自分の声がややうわずっているように感じられて、ギスカールは不機嫌になった。奇妙な圧迫感を、彼はおぼえていた。地下の、暗く不吉な場所である、ということもあろう。だが、それ以上に、アンドラゴラス王本人が、強烈な圧迫感をギスカールに与えるのだった。

ふいに、それまで黙りこんでいた囚人が、声を発した。

「ルシタニアの王族とやらが、わしに何の用がある？」

その声の威圧感も、ただごとではなかった。ギスカールは思わず半歩しりぞこうとして、ようやく自分を抑制した。

「いま、おぬしの甥に会ってきたところでな、アンドラゴラス王よ」

「甥……？」

「さよう、おぬしの亡き兄オスロエスの遺児でな、名をヒルメスという」

「ヒルメスは死んだ」

「ほほう、おもしろいことを聞く。ヒルメスは死んだと？　では、たったいま、おれが会ってきたのは何者だ」

笑おうとして、ギスカールの笑いは、口から飛び出す前に死んでしまった。ルシタニアの王弟は、細めた両眼に、緊張と疑惑の色を走らせた。伸びほうだいの黒々としたひげのなかで　アンドラゴラス王の唇が奇妙にゆがんでいる。王のほうこそ笑っているのだった。何がおかしい、と言おうとしたとき、アンドラゴラス王が先に口を開いた。

「ルシタニアの王弟よ、おぬしはほんもののヒルメスを知っておるのか。奇態な銀仮面をかぶった男が、われはヒルメスなりと名乗ったところで、その真偽をたしかめる術を、おぬしは心えておるのか？」

「……………」

「名乗ったから信じたというわけか。とすればルシタニア人は正直者よ。どうやってわれわれに勝てたのか不思議なことだ」

挑発というには重々しい口調だった。ギスカールの額に汗が光った。ギスカールは愚鈍《ぐどん》ではない。臆病でもない。だが、舌も腕も足も奇妙に重く、所有者の思うとおりに動かなかった。脳裏に赤い光がひらめいた。目の前にいるこの男、パルスの国王《シャーオ》アンドラゴラス三世を殺しておくべきであった、と思った。いまここで殺すべきだ、と思った。

異変は突然におこった。

何かをたたきつけるような激しい音がして、一同は息をのんだ。アンドラゴラス王の眼前で鎖が宙に躍った。奇妙な音は、アンドラゴラス王をつないでいた鉄鎖がちぎれ飛ぶ音であったのだ。

「気をつけろ!」

どなったとき、ギスカールの右隣で、剣を抜きかけていたルシタニア騎士が、絶叫をあげてのけぞった。顔面で血がはじけ、眼球が飛び出すありさまを、一瞬、ギスカールは見たように思う。甲冑を鳴りひびかせて、その騎士が地に倒れたとき、すでにふたりめの騎士が鉄鎖の犠牲となって血と悲鳴を噴きあげていた。めまぐるしく、ギスカールの周囲で闇と光と音響がとびかった。右で、左で、騎士たちは倒れていった。ギスカール自身が抜いた剣は、鞘を離れたとたんに鎖に巻きとられてしまった。

いまやパルスの国王《シャーオ》とルシタニアの王弟は、一対一で向かいあっていた。

「ナバタイ国の鉄鎖術だ。黒人奴隷《ザンジ》が鎖につながれた身で、残虐な主人に抵抗するために修得したものだそうな」

「ううう……」

ギスカールはあえいだ。敗北感でひざがくだけそうになっていた。彼は油断したのだろうか。情況を甘く見ていたのだろうか。だが、半年以上にわたって地下牢《ディーマース》に監禁され、連日、拷問にかけられていた男が、身を縛る鉄鎖を引きちぎって反撃に転じるなどと誰が想像できたであろう。かろうじて、ギスカール王弟は、声を押し出した。

「お、おぬしは人妖《ばけもの》か。それだけの力を、どこに秘めておった？」

「鎖を引きちぎったことを言うておるのか？」

　血と肉片がこびりついた鎖を、アンドラゴラスは、じゃらりと鳴らした。

「黄金とちがって、鉄は腐るもの。半年にわたって同じ箇処に汗と小便と、それに塩味のスープをしみこませれば、ついには腐ってちぎれやすくなる。さて……」

　アンドラゴラス王は歩み出た。倒れたルシタニア騎士の手から剣をもぎとる。ギスカールは足を床に縫いつけられたように動けぬ。斬られる、と思った。ここでこんな死にかたをするのか。笑うべき愚かしい最期ではないか。自分で求めて死地に踏みこんでしまうとは。

　だが、国王《シャーオ》の視線は、べつの方角へ向けられていた。

「拷問吏よ、ここへ来い。汝らの国王に対して犯した罪を償わせてやろう」

　その声で、ギスカールは気づいた。拷問吏たちは逃げ散っていなかったのだ。安物の土人形のように、ぼうっと部屋の隅に立っていた。ギスカールと同じく、いや、それ以上に、すさまじい復活をとげたアンドラゴラス王の威圧に打ちのめされていたのだ。

　あやつられたように、拷問吏たちは歩みより、背を丸めてはいつくばった。拷問吏の長が、すでにして死んだ者のようなうめきを発した。

「国王《シャーオ》よ、私どもの妻子はお助けを……」

「よかろう。汝らの妻子などに興味はない」

　剣が振りあげられ、振りおろされた。鈍い音をたてて、長の頭部は、熟れすぎたハルボゼ（メロン）のように砕けた。飛び散った血の一滴が、ギスカールの頬にはねた。

　剣をひいたアンドラゴラス王は、ちらりと横目でギスカールを見やった。

「他の者は立て。赦しがたいところだが、一度だけは赦してやる。もし予に忠誠を誓うのであれば、そこに立っておるルシタニア人を縛りあげよ」

　血ぬれた剣の先がギスカールに向けられると、生命をひろった拷問吏たちは憑《つ》かれたような目で石の床から立ちあがった。ついさっきまで、ギスカールの権力と金力にぺこぺこしていた男たちだが、いまやアンドラゴラス王の命令をひたすら実行する、肉でできたあやつり人形であった。巨体と太い腕を持つ何人もの男にかこまれて、なす術もなくギスカールは鎖をかけられてしまった。

「安心せよ。殺しはせぬ。おぬしはだいじな人質だ。予と王妃の安全は、おぬしにかかっておる」

　不気味な鷹揚さでアンドラゴラス王はそう告げ、忠実な臣下と化した拷問吏たちに右腕を差し出した。拷問吏のひとりが鍵束を死んだ長の腰からはずし、国王の右手首にはまった鉄輪をとりはずした。半年ぶりに自由になった国王の右手首は皮膚ばかりか肉まで傷ついていたが、アンドラゴラス王はべつに痛そうでもなく、かるく手を振っただけであった。

「さて、久々に地上へ出るか」

　そう言ってギスカールを見やったとき、はじめて幽囚の日々に対する怒りらしいものが、国王《シャーオ》の両眼にぎらついた。

「鎖につながれた気分はどうだ？　ルシタニアの王弟に耐えられぬはずはあるまい。パルスの国王は半年以上も耐えたのだからな。ふふふ……はははは」

## IV

聖《サン》マヌエル城におけるアルスラーン軍の滞在史は、ごく短かった。パルス兵の埋葬を、女神官《カーヒーナ》ファランギースの祈りによってすませ、ルシタニア軍民の埋葬を、騎士見習エトワールことエステルの祈りによってすませると、糧食と武器を集めて、早々に城を出たのだ。

　死体は消えても屍臭は残る。パルス人たちは、そう気弱な者たちではなかったのに、耐えられぬ気分であった。

　空城を盗賊が根拠地にしたりしては後日こまるの

で、火が放たれた。城壁の内部が黒煙につつまれるのを見とどけてから、パルス軍は移動を開始した。

パルス軍のなかに奇妙な一行がいた。騎乗するひとりを除いては、全員が、三台の牛車に乗っており、大部分が乾草《ほしくさ》と毛布の上に横たわっている。戦火のなかでどうにか救出されたルシタニア人たちを同行させたのだ。放っておけば、盗賊や猛獣に襲われたり、衰弱したりで、みな死んでしまうと思い、アルスラーンがそうさせたのであった。

「ナルサス、こんなことをして、私のことを甘い人間だと思うか?」

「主君をあげつらうという楽しみは、えがたいものであるだけに、濫用《らんよう》すべきにあらずと存じます」

王太子に真剣に問いかけられて、若い軍師は、いたずらっぽく笑った。

「殿下ご自身は、どうお考えの上で、かくは処置なさったのですか」

「私はこう思ったのだ。千人死ぬところが九百人ですむなら、ほんのすこしだけ、放っておくよりいいのではないか、と。でも、それはやっぱり単なる自己満足にすぎないのかもしれない。もっと他にやりようがあるのかもしれない……」

王太子と馬を並べて道を進みながら、ナルサスは、思慮深げな視線を初夏の空に放った。

「殿下のご気性ゆえ、お気になさるな、とは申しあげませぬ。ですが、いまできる最善のことをなさったからには、それ以上のことは他人のやりかたにまかせるということも必要ではないかと存じます」

冷たく突き放していえば、ルシタニア人たちはパルス人の土地を強奪してそこに自分たちの楽園を築こうとした。女子供であろうと、ルシタニア人であるかぎり侵略者としての罪は同じである。だが、そのように甘い勝手な夢を描いたのはルシタニアの権力者たちであり、女子供はその犠牲者であるともいえるのだった。完全に自分の考えをまとめることはまだできないが、アルスラーンはそう思っている。そしてそのことをナルサスは承知しており、たぶん、その甘さこそが王太子の美点だろうと考えているのだった。

　騎士見習エトワールと自称する少女エステルは、アルスラーンの軍中にいる。むろん、アルスラーンの味方になったわけではなかった。旅に耐えられるていどの傷病者や老人、妊娠中の女性、子供から赤ん坊まで、二十人ほどの生存者を三台の牛車に分乗させ、自分は馬に乗って彼らの前に立っていた。あいかわらず、大きすぎる甲冑を着こんでいる。

　赤ん坊が泣き、若い母親が乳が出ないと、容器を持って糧食隊へ駆けていき、水牛の乳を自分の手でしぼった。あまり器用とはいえない手つきだが、一所懸命、弱い者の世話をした。パルス人にかこまれたルシタニア人の小さな集団で、まともに身体《からだ》が動くのはエステルひとりである。騎士たちがことごとく死んだいま、騎士見習が責任をはたさなくてはならない。そう決意したのだろう。日夜じつによくがんばった。

「あのルシタニアの娘も、すこし変わっているな」

「だが、なかなか健気《けなげ》ではないか。せっかく助かったのだ、無事でいてほしいものさ」

　ダリューンにしてもキシュワードにしても、聖《サン》マヌエル城を攻略する戦いの最終段階で、じつに後味の悪い思いをしている。彼らの責任ではないにしても。それが、エステルの存在で救われたような気分がするのだった。

　アルスラーンもそうである。

　幼いころ、アルスラーンは乳母夫婦に傅育《ふいく》され、王宮の外で生活していた。庭や街角で、同じ年ごろの子供たちと遊んだ。そのなかには自由民《アーザート》の娘もいて、追いかけっこをしたり、隠れんぼをしたり、アルスラーンが学んだばかりの字を石畳に蠟石《ろうせき》で書いて、みんなで大声で読んだりした。貧しくても明るくて元気で親切な子供たちだった。

　王宮にはいると、アルスラーンの周囲に、元気で一所懸命な女の子はいなくなってしまった。着かざった、あでやかな、優雅な年長の貴夫人たちが王宮に出入りし、アルスラーンは、違和感と孤独感のなかに立ちすくむしかなかった。それが、ファランギースやアルフリードと会って変化し、エステルを知って、幼い日によく遊んだ少女たちと再会できたような気がしたのだ。異国の少女に、アルスラーンは、できるだけのことをしてやりたかった。

　エステルも、かたくなな心情に変化を生じさせていた。

　とにかく、いまは死ぬことや報復することは考えないでおこう。エステルにとって、だいじなことは、汚れ傷つき自分の身を守ることもできない二十人の同胞を、多勢の仲間のもとへ送りとどけることだった。何千もの、それ以上もの遺体が穴に並べられ、土がかけられる光景を見て、エステルは思ったのだ。これ以上、人が死ぬことはない。すくなくとも、騎士ではない人々、武器を持たない人々が死ぬことはないと思った。ただ、彼女の思いがいまひとつまとまりを欠いて、具体的にどうしたらよいかわからないでいるとき、牛車を用意してくれたのはパルスの王太子であり、さまざまに助言してくれたのは、夜色の長い髪と緑の瞳をした美しい異教の女神官《カーヒーナ》であった。彼女が異教の聖職者であることに、最初エステルは反発したが、妊婦《にんぷ》や赤ん坊を助けてもらったことには、やはり感謝せざるをえなかった。異教徒から受けたものでも恩は恩である。弱い者たちは置きざりにされれば死ぬしかないのだ。

「玉座には、それ自身の意思はない。座る者によって、それは正義の椅子にもなるし、悪虐の席にもなる。神ならぬ人間が政事《まつりごと》をおこなう以上、完璧であることもないが、それに近づこうとする努力をおこたれば、誰もとめる者がないままに、王は悪への坂を転げ落ちるであろう。王太子殿下はいつも努力しておられる。そのことが、つかえる者の目には明らかなのだ。かけがえのないお方と思うゆえに、みな喜んでつかえておる」

　なぜ、まだ少年の王太子に忠実につかえているのか。そうエステルが問うたとき、ファランギースは、そう答えたのだった。いっぽう、きらいなパルスの言葉をなぜ習得したのか、と問われたエステルの答えはこうである。

「わたくしがパルス語を習得したのは、ルシタニアの、お国の役に立ちたいからだ。パルス語がわかれば、お前たち異教徒が何をたくらんでいるか、すぐ判断できる。いざとなれば、お前たちの作戦や計略を、味方に知らせてもやれるのだからな。せいぜい気をつけるがよいぞ」

ことさらのように、そんな憎まれ口をたたくのだった。なれあってたまるものか、と意地をはっているようである。

「にくったらしい娘《こ》だね。そうもパルス人をきらいなら、ついてくることなんかないのにさ」

アルフリードなどは、最初そう吐きすてていたが、毎日、弱い者のためにがんばっているエステルの姿を見ていると、放っておけなくなったらしい。もともと情にあつい娘だから、口では何のかのと言いながら、何かとエステルを手伝ってやるようになった。

「ああ、見ちゃいられないね。赤ん坊はこう抱くんだよ。ほら、抱く者もゆっくり身体《からだ》を揺らしたら、安心して落ちつくだろ」

ゾット族の村で、小さな子供たちの世話をしてやったことが、アルフリードにはあるのだった。

「ほら、坊や、泣くのをおやめ。そんな弱虫じゃ、りっぱな盗賊になれないよ」

「とんでもない！　この子はりっぱなルシタニアの騎士になるのだ。盗賊などになられてたまるものか」

「騎士になるんだったら弱虫でいいのかい」

「そんなことを言うてはおらぬ」

やりあうふたりの少女を見やって、年長のファランギースはくすくす笑う。

「おぬしらを見ていると、飽きぬのう」

それは翻訳すると、「仲の良いことじゃな」という意味なのだった。

V

天空を切り裂くように、鷹《シャヒーン》が舞っている。目が痛くなるほどの蒼穹《そうきゅう》を、雲をつかむかのように上昇し、一転すると、山なみの彼方へと降下していった。

「やあ、いい鷹だ」

ゾット族の若者が感歎した。名をメルレインという十九歳の若者は、異国マルヤムから内海を渡ってきたイリーナ内親王の一行とともに、公路を避けて旅をつづけている。

メルレインは知らなかった。その鷹《シャヒーン》が告死天使《アズライール》という名を持っていること、舞いおりていった山嶺の向こうにパルス軍がおり、彼の妹がルシタニア人の赤ん坊をあやしていることなどを。

マルヤム人たちの旅は、蝸牛《かたつむり》と仲よくなれるであろうほど遅れがちであった。大陸公路に出て早く進むべきだ、とメルレインに対して不平を鳴らす者もいた。

「ルシタニア軍に見つかってよいならそうするさ」

メルレインは突き放したのだった。だいたい、旅が遅れがちであるのは、マルヤム人たちが馬を持っておらず、徒歩や輿《こし》に頼るしかないからである。よけいな荷物もかかえているし、身分の高い者は歩きなれず、ちょっと歩いては休みたがる。旅の遅れをメルレインのせいにされてはたまらない。

「メルレインどのには、ほんとうに感謝しております。ヒルメスさまにお目にかかれたら、かならずあつくお礼をさせていただきます」

盲目のマルヤムの内親王が、あるとき、そう言ってくれた。

「べつに謝礼がほしくてやっているわけではない。あんたをヒルメスとかいう奴のもとへ送りつけたら、おれは妹を捜しだして村へ帰る」

むっつりと不機嫌に、メルレインはそう答える。べつに不機嫌ではないのだが、他人の目からそう見えるのが、この若者の損なところだ。

自分は何をしているのやら、と、メルレインは思うことがある。ほんとうなら、異国の内親王を想い人のもとへ案内するより先に、行方の知れない妹を捜しだして村へつれ帰り、ゾット族の族長後継問題を解決しなくてはならないのだ。それなのに、まったく、おれは何をしているのだろう。

イリーナ内親王に対して、あこがれのようなものがあることは確かだ。おてんばな妹とはえらいちがいだぜ、と思ってしまう。

だが、惚れているというのとは、すこしちがう。放っておくわけにはいかないじゃないか、と、メルレインは思うのだ。ダイラム地方で会った片目の男は、そう決めつけていたようだが、それは見かたが浅いというものさ、と、メルレインは考えている。もっとも、自分の心が自分に一番わかるとはかぎらないのだが。

あの片目の男は、いまごろどこを旅しているのかな、と思いつつ、メルレインは空の高みを遠く見あげたのだった。

パルスの万騎長《マルズバーン》であった片目のクバードは、メルレインと別れた後、太陽がのぼる方角へと旅をつづけていた。

ダルバンド内海の南岸からそれにほど近い山岳部をクバードは騎行して、ときどき、後日の伝説の素材となるような冒険を経験したが、彼自身にとっては腹ごなしの運動でしかなかった。人に会えば、「ほらふきクバード」らしい話をしてみせたことだろうが。

ところが、そのときすでにアルスラーンはペシャワール城を進発した後であった。中書令《サトライプ》のルーシャン以下、留守の人々とは、クバードはほとんど面識がない。むろん名誉ある十二万騎長《マルズバーン》の一員として、クバードの勇名はとどろいているが、それをいいことに留守宅にいすわるのも、いまひとつ落ちつかない。

「こいつは、ひょっとして、アルスラーン王子とは縁がないということかな」

クバードは小首をかしげた。彼が南へ山ごえして大陸公路に出ていれば、ほどなくアルスラーンらに遭遇できたにちがいない。だが、そうしなかったので、すれちがいになってしまったのだ。

「まあいい、べつに時間の制限があるわけではないしな。旅費もたっぷりあるし、今度は西へ行ってみるさ」

未練なく、彼はペシャワール城の手前で引き返し、今度は大陸公路に道をとった。ペシャワールに美女がいる見こみは薄い、と思ったのかもしれない。

同じころ、ひとり馬を駆ってパルス国内を旅している男がいる。この男はクバードとは逆に、アルスラーン軍から分かれて単独行をしているのだった。赤紫色の髪と紺色の瞳を持つ旅の楽士は、聖《サン》マヌエル城で人知れず遠矢の神技をしめした後、馬首の向きを変えた。

彼がめざしたのは、魔の山デマヴァントである。アルスラーンがこの山を気にしていたことを思い出し、彼自身も興味があったのだ。そして彼が西から東へととった道すじも、いまやルシタニア軍が一掃された大陸公路であった。

さらにまた、アルスラーン軍と出会わぬよう配慮しつつ、百騎ほどの小さな集団でパルスの野を走る男がいる。銀仮面をかぶった騎士であった。パルスの正統な王位継承者を自任するこの男は、暗灰色の衣を着た魔道士にそそのかされ、建国の始祖カイ・ホスローの墓所へ向かっている。宝剣ルクナバードをわがものとし、正統の国王《シャーオ》たるあかしをパルス全土にしめそうというのであった。

彼にしたがって馬を駆るザンデは、銀仮面卿に忠誠を誓いつつも、今度のやりように、いささか疑問を持っている。何も伝説の剣などに頼ることはない。ヒルメス殿下はまちがいなくパルスの正統の王位継承者なのだ。たしかにアルスラーンとくらべて現在の勢力は弱いが、だとしたら思いきった策《て》をうてばよいではないか。たとえば、ルシタニアの王弟ギスカールと一対一で会ったとき、剣を突きつけて人質にするとか。

だが口には出さず、ザンデはヒルメスにしたがって馬を駆りつづける。自分が考えたことを実行にうつした者がいるということを知る由もなく。

このように、パルス国内では、人間世界を織りなす無数の糸が張りめぐらされ、それにつながれた人々が、おのおの糸をたぐりよせたり、もつれあわせたりしているのだった。すべての糸がほどけて、理想的な織物人々がいるべき場所に腰を落ちつけ、まだ時間がかかりそうであった。が織りあがるまで、まだ時間がかかりそうであった。

いや、織りあがるとはかぎらない。また、その織物は、できあがるまでに、糸をさぞ紅く染めることになるのであろう。

VI

パルス三百余年の王都であり、現在ルシタニアの占領下にあるエクバターナは、表面いたって平穏に見える。市場《バザール》が開かれ、パルス人とルシタニア人とが反目しあいつつも、それなりに秩序をたもって、売ったり買ったり、飲んだり食べたり、歌ったり騒いだりしている。ルシタニア人は、武力をかさにきて、ひどい値ぎりかたをするが、パルス人のほうでも最初から高い値をつけて侵略者の手先どもにすこしでも損をさせようとかまえているのだから、なかなかいい勝負である。

だが、王宮を中心とした一角では、ルシタニア人の下っぱやパルス人には想像もつかぬ暗雲が遠雷をとどろかせていたのだ。

廷臣も騎士も兵士も、顔を青ざめさせていない者はなかった。王弟ギスカール殿下が人質とされたのだ。しかも王弟を人質としたのは、地下牢《ディーマース》から脱走したパルス国王《シャーオ》アンドラゴラスなのである。いま王宮内の塔のひとつがアンドラゴラスに占拠され、そこに王弟ギスカールも幽閉されているのだった。

「アンドラゴラスめを殺しておくべきであった。そうすれば今日の患《わずら》いはなかったのだ。この件に関するかぎり、大司教ボダンの強硬意見が正しかったわ」

モンフェラートが吐息したが、悔いてもおよばぬことであった。

それにしても、アンドラゴラス王の強剛は、ルシタニア人たちの想像を絶していた。半年以上も鎖につながれ、拷問を受けつづけていたとは、とうてい信じられぬ。アンドラゴラスがたてこもった部屋の扉まで、流血の道が形づくられているのだ。名ある騎士だけで十人以上が斬られ、その他の兵士にいたっては、かぞえる気にもなれないほど、豪剣の犠牲となっている。

「アトロパテネで黒衣のパルス騎士を見たとき、あれほどの勇者はまたとあるまじと思うたが、アンドラゴラスはあの黒衣の騎士にまさるとも劣らぬわ」

ぞっとしたようにボードワンが額の汗をふいた。むろん、アンドラゴラスがほとんどただひとりで王宮の一角を占拠することができたのは、彼の武勇もさることながら、王弟ギスカールを人質にしていたためであった。ルシタニア軍は弓箭兵を用意したが、王弟にあたることをおそれて矢を放てなかったのである。

強行突入すれば、アンドラゴラス王はギスカール公を殺すであろう。そのための人質であるから当然である。ルシタニアの国柱《こくちゅう》は、国王でなく王弟であることを、誰もが知っていた。ギスカールが殺されれば、アルスラーン軍の来襲を待つまでもなく、ルシタニア軍は瓦壊《がかい》する。ボードワンもモンフェラートも、実戦の武将としてはともかく、政治的な指導者としては、ギスカールに遠くおよばない。

たとえアンドラゴラスを包囲して、剣と矢とでなぶり殺しにしたとしても、その前にギスカールが殺されてしまえば、どうしようもない。国王イノケンティス七世が健在でも、何の役にも立ちはしないのだ。

「いっそのこと、王弟殿下ではなく役たたずの国王こそが人質になればよかったのだ。それならどんな策《て》でも打てたものを」

歯ぎしりしてそうつぶやき、あわてて冗談にまぎらわす者もいる。いちいちとがめる者はいなかったが、そのつぶやきが本心であることは、あらゆる人間が知っていた。

モンフェラートとボードワンの両将軍は、一策を案じ、「役たたずの国王」の居室へ談判に押しかけた。

「国王陛下、タハミーネなる女をお引き渡しください。かの女をこちらの人質として、アンドラゴラスめと交渉し、王弟殿下をお助け申しあげますれば」

モンフェラートはそう国王イノケンティス七世に詰め寄った。国王は青から赤へ、赤から青へと顔色を変色させ、最後に紫色になった。心の動揺がそのまま顔にあらわれたのだが、かたくなな姿勢はくずさなかった。タハミーネを人質にするなど神がお許しにならぬ、と言いはって譲ろうとせぬ。

たまりかねたモンフェラートが声を高めようとしたとき、ボードワンが血相を変えて身を乗り出した。

「そもそもの最初に、私どもが陛下に申しあげたはずでござる。タハミーネなる女は不祥《ふしょう》の者である、と。すんだことは致しかたござらぬが、いま、弟君と異教徒の女と、陛下にとってはいずれがだいじでござるか！」

さすがにイノケンティス王が反論につまったとき、ふわりと芳香が流れ、光の粉が三人の男の間をただよった。六個の目が、同じ方角に向かい、同じ人影を注視した。

隣室につづく扉口《とぐち》に、パルスの王妃タハミーネがたたずんでいた。

「国王陛下、このタハミーネ、陛下のご慈愛に対して報いさせていただきとうございます。敗れた国の王妃たる身、いかようにむごいあつかいを受けようと致しかたございませんのに、客人《まれびと》のようにあつかっていただきました」

それが前置きであった。年齢不明の妖《あや》しい美しさをたたえたパルスの王妃は、地下牢《ザイーマース》を脱出した夫を説得して、事を平和のうちにおさめると申し出たのである。

イノケンティス七世の表情が大きく揺れるのを見て、ボードワン将軍が色をなした。

「へ、陛下、この女にたぶらかされてはなりませんぞ。自由の身でアンドラゴラスのもとへやったりすれば、夫婦して何をたくらむやら知れたものではござらぬ」

「口をつつしめ、ボードワン！」

国王の声は鋭く甲高く、ふたりの将軍は、鼓膜《こまく》を針で突かれるような思いがした。

「そのような猜疑《さいぎ》は卑《いや》しかろうぞ。か弱い女が、血に飢えた暴虐な夫のもとへおもむいて、道理を説《と》き、事態を解決してくれようというのだ。神も照覧《しょうらん》あれ。タハミーネの健気さに予は感涙を禁じえぬ。とめたいがとめてはならぬことと思うゆえ、あえてとめぬ。将軍たちも予の心の痛みを知ってくれ」

言い終えぬうちに、イノケンティス王は両眼から涙の滝を流しはじめている。

主君に対して深く頭をさげながら、モンフェラートとボードワンは共通した絶望のつぶやきを心に発していた。だめだ、これは、もうどうにもならぬ、と。

だが、とにかくこうして、亡びた国の王と王妃は再会したのである。


「元気そうで何よりだ、タハミーネ、わが妻よ」

アンドラゴラス王の声を受けて、タハミーネは部屋の中央に歩み寄った。わずかな足音もたてなかった。紗《しゃ》の上着が灯火に反射した。

「バダフシャーン公の手からそなたを奪って、もう幾年になる？　その間、そなたが予を愛したことは一度もなかった。ひとたび心を閉ざせば、開くということを知らぬ女だ」

国王《シャーオ》の全身から酒精の匂いが発散されていた。葡萄酒《ナビード》を半年ぶりに飲んだだけでなく、傷口を酒で洗ったからである。髪が伸びほうだいの頭は冑をかぶっていないが、甲《よろい》は着こんでいた。これらの品々は、すべてルシタニア人に要求して取りよせたものである。王弟ギスカールをとらえられている以上、たいていの要求を、ルシタニアがわは呑まざるをえなかった。

「わたしは、ただわたしの子を愛しんでいただけでございます」

タハミーネの声は低く、それは室内の気温すら低めるように思われた。

「子を愛しむのは母として当然のことだな」

誠意を欠く夫の返答に、ふいにタハミーネは激した。声の調子がはねあがった。

「さあ、わたしの子を返して下さいまし。わたしの子を返して！　あなたが奪ったわたしの子を返して……！」

妻の激情を無視して、国王は、あらぬかたを見やった。

「ルシタニア人や拷問吏から聞いたところでは、アルスラーンが東方ペシャワールにおいて兵をおこし、エクバターナめがけて進軍しつつあるそうな。アルスラーンの父たる予と母たるそなたにとって、まことに吉《よ》き報《しら》せではないか」

アルスラーンの名は、タハミーネにとって何ら温かみをもたらすものではなかったようだ。激情は、それがやってきたときと同じく、急に去ってしまった。絹《セリカ》の国の白磁にきざまれたようなタハミーネの顔に、表情の揺らぎはなかった。灯を受けた紗の上着は、王妃のなめらかな肌の外側で、蛍を織りこんだような光をちらつかせていて、血なまぐさい夫のよそおいとは対照的であった。

「時間はたっぷりある」

アンドラゴラスは、背もたれのない椅子に腰をおろし、剣環と甲冑のひびきで室内を満たした。

「タハミーネよ、そなたをわがものとするのにも時間をかけた。そなたの心をわがものとするのには十数年もかけて未だに成功せぬ。そしてアトロパテネで敗れてより、こうやってそなたと再会するにも時間が必要であった。待つには慣れておる。ゆっくり待とうではないか」

アンドラゴラス王は笑った。その笑声は遠雷のとどろきに似ていた。

広い部屋の隅では、復活した国王《シャーオ》の忠実な僕と化した拷問吏たちが、アンドラゴラスの最大の武器を見はっていた。虜囚《りょしゅう》の屈辱に身をたぎらせつつ、なす術もなく鎖につながれた、ついさっきまでの征服者を。

ルシタニアの王弟ギスカール公を。

王都エクバターナで生じた奇怪なできごとを、西征途上にあるアルスラーンたちが知るはずもなかった。

五月のうちにルシタニア軍の二城を抜いて城守を倒し、戦果はパルス全土に伝わりつつある。大陸公路は勝利に直結する道であるように思われた。

一ファルサング（約五キロ）を進むごとに馳《は》せ参じる味方が増えた。まことに皮肉なことに、そのなかにはまだクバードの雄姿は見られなかったのである。

「味方が増えるのはいいことだが、軍師どのは何かと頭が痛かろう」

黒衣の騎士ダリューンがからかうと、にこりともせずナルサスは答えた。

「世の中には、弁当も持たず野遊びに参加しようという輩《やから》が多すぎる。こまったものだ」

ふたりの会話を聞きながら、アルスラーンは笑っていた。彼はこの先、さらに大きくさらに厚い壁に直面することになるのだが、このときはそれを知る術もなかった。

五月末日。ルシタニア人たちの牛車で、生命の讃《さん》歌《か》がにぎやかにひびきわたった。妊婦が赤ん坊を出産したのだ。妊婦は体力も弱っており、母子ともに生命が危うかったが、出産を手だすけしたファランギースとアルフリードによって、赤ん坊は無事に産みおとされた。

「元気な男の子じゃ。どのような神を信じるのであれ、人々の慈《いつくし》みが、この子の道を光で照らすように」

ファランギースは微笑すると、粗末な、できあいの産着《うぶぎ》にくるんだ赤ん坊をエステルにだかせた。

エステルの目から涙がこぼれた。むろん怒りや悲しみの涙ではなかった。無数の悲惨な死が積みかさねられた末に、ひとつの誕生がおとずれた。その事実が、国や宗教がつくる茨《いばら》の枠《わく》をこえて、騎士見習の少女の心をゆさぶったのである。

アルスラーンと彼の軍は、王都エクバターナへの道を、すでに三分の一、踏破していた。

……そのころ、パルス北方の広大な草原地帯に、戦乱の雲がおこり、色濃さをましつつ南へと展《ひろ》がりはじめていた。

草原の覇者とよばれるトゥラーン王国である。大陸公路の王者たるパルスとは、積年の敵国どうしであった。

# 『アルスラーン戦記』の世界をよく知るためのブックガイド

薔薇園《グリスターン》　平凡社東洋文庫
ペルシア逸話集　平凡社東洋文庫
王書《シャー・ナーメ》　平凡社東洋文庫
七王妃物語　平凡社東洋文庫
ホスローとシーリーン　平凡社東洋文庫
ハジババの冒険Ⅰ・Ⅱ　平凡社東洋文庫
ペルシア放浪記　平凡社東洋文庫
図説ペルシア　河出書房新社
ペルシアの神話　泰流社
ペルシャ神仙譚　現代思潮社
ペルシア帝国　講談社
ヴェーダ・アヴェスター　筑摩書房
暗殺者教国　筑摩書房
ガンジスと三日月　文藝春秋社
イスラムの戦争　講談社
アジア歴史大事典　平凡社
東洋歴史大辞典　平凡社
東洋文明の交流2　ペルシアと唐　平凡社
ルバイヤート　岩波文庫

# 『アルスラーン戦記』の背景をさぐる

小前　亮
（歴史コラムニスト）

中世ペルシア風の異世界。

それが、『アルスラーン戦記』の舞台である。

架空の国パルスは、ペルシアの歴史や文学をもとにデザインされている。イラン人、ではなくても、イランに関する知識をもっている人にとっては、なじみぶかい人名や地名、風俗がそのまま、あるいは少しかたちをかえて、物語に登場するわけだ。

由来や原典に思いいたってにやりと笑う。これが何ともいえず楽しい。たとえるなら、住んでいる町が映画の舞台になったようなものだろうか。

楽しみは人につたえたいと思うのが人情である。また、読者のなかには、『アルスラーン戦記』を読んで、実際の西アジア史やペルシア文学に興味をもったという奇特な方もいるかもしれない。

そこで、ここでは、物語のモチーフとなり、情報源となった歴史や文学作品について、解説をくわえてみたい。

まず、ペルシアという地名について説明しておこう。この言葉がしめす地理的概念は、今のイラン・イスラーム共和国とほぼ同じと考えてよい（歴史的にイランといった場合は、中央アジアの一部をふくめた、もうすこし広い地域をさすこともある）。
ペルシアは、古代の王朝の勃興地であるパールサに由来している。これがヨーロッパにはいってギリシア語・ラテン語風になまり、ペルシアとなった。以来、ヨーロッパでは、イランのことをペルシアと呼んできたのである。ただ、現在では、現地の呼称を尊重して「イラン」をつかい、ペルシアをもちいるのは、イスラーム化以前をさす場合にかぎっている。だから、地域や国をさして、「近代ペルシア」とか「現代ペルシア」ということはあまりない。

ややこしいのは「ペルシア語」だ。これは、パールサが中世以降に変化したファールスにもとづく自称である。したがって、現代でもペルシア語という。

つまり、イランの人々は、自分たちの国を「イラン《イーラーン》」、言葉を「ペルシア語《ファールシー》」というので、われわれもそれを重んじて同じようにいう。ただ、いつから「イラン」といっていたかはよくわからないので、イスラーム化以前については「ペルシア」という慣行がのこっているのだ。

ファールスというのは今も州名としてあるが、イランとファールスの関係というのは、感覚的には日本と「やまと」の関係にちかいものがあるのかもしれない。

## 地理と歴史

最初に、イランの地理を簡単に説明しておこう。

イランの地は、北をエルブルズ山脈、南をザグロス山脈にかこまれた高原地帯である。標高は、平均すると七〇〇メートル以上、だいたい長野県と同じくらいだ。気候は、雲が南北の山々にさえぎられ、海洋の影響も遮断されるので、雨がすくなく、きわめて乾燥している。高原の中央部は沙漠で、人が住むことはできない。気温は、夏は四〇度まであがり、冬は氷点下までさがる。昼夜の寒暖の差もはげしい。

地下水路《カナート》（カレーズ）は、このような環境で農業をおこなうために考案された、独特の灌漑《かんがい》設備である。水路のもととなる井戸は、雪どけ水や地下水が豊富な、山麓部や谷の上流につくられる。井戸が充分な深さになると、ややさがった地点につぎの縦穴をほる。この、いくつもの縦穴を坑道でむすんでいくのだ。標高のたかい位置からはじめるので、水平にほっていけば、水路はやがて地表にあらわれる。

水は地下をながれるため、蒸発したり汚れたりすることはない。縦穴は、取水はもちろん、水路の整備や清掃にもつかわれる。この地下水路《カナート》は、紀元前八世紀ごろから、二十世紀前半まで利用されていたという。

地下水路《カナート》にささえられるイラン高原の都市は、両山脈のふもとや、山間の盆地につくられ、そのあいだを隊商路が走っていた。この隊商路は、中国からヨーロッパまでのびる大動脈の一部である。東西のさまざまな名物珍品をはこんで、たくさんの馬やらくだが往来していたことだろう。

イランの地理でもうひとつ重要なのは、西北にひろがるカスピ海だ。いわずとしれた世界最大の塩湖で、日本列島がまるごとはいってしまうほどの面積をほこっている。

カスピ海、マーザンダラーン海、ハザル海などの名称がしめすとおり、湖といっても住民にとっては海そのもので、漁業に水運にと、ふるくから利用されてきた。南岸は湿潤な気候にめぐまれており、稲作がさかんである。栽培されているのはインディカ種の米であり、味も香りもよく、イラン料理には欠かせない食材となっている。

つづいては、歴史のはなしである。

作者によれば、パルスのモデルは中世ペルシアであり、ルシタニアの侵略は十字軍のイメージで描いたという。「中世ペルシア」という表現は一般的ではなく、いささか混乱をまねくかもしれない。これは、「中世ヨーロッパ」「中世イスラーム世界」「中世日本」などの表現がしめす時代より古く、イスラーム化以前のペルシア、すなわちアルサケス朝（いわゆるパルティア、紀元前三世紀半ば～二二六）・サーサーン朝（二二六～六五一）の時代をさしている。

しかし、残念なことに、この両王朝に関する歴史学の成果は充分とはいいがたい。それは、ひとえに史料情況によっている。歴史学において、仮説が史実としてみとめられるためには、史料による裏づけが不可欠であるが、イスラーム化以前のペルシアについては、その史料じたいがたりないのだ。とくに問題となるのは、その時代、そこに生きていた人々によって書かれた、たとえば年代記や地理書のような書物が、ほとんどないことである。

ゆえに、歴史家の作業は、ローマ（共和制ローマ、ローマ帝国）や中国（漢代〜唐代）などの外部の史料、あるいは貨幣や碑文などの断片的な情報、遺跡や遺構などの考古学的資料等にたよらざるをえない。したがってその成果は、対外関係や局地的な生活情況にあつく、内部の制度や情勢にうすいという、アンバランスなものにとどまることになる。

極端にいえば、ある地方について、年ごとのワインの生産量がわかる一方で、行政制度についてはまったくわからないということもありうるのだ。

こうした歴史学上の事情をふまえたうえで、架空の国パルスとの類似や相違に注目しながら、アルサケス朝・サーサーン朝の特色を簡単にみてみよう。

アルサケス朝は強大な騎馬軍団を擁する軍事国家であり、ローマのライヴァルとして後世につたえられている。疾走する馬上から後ろむきに矢を射るパルティア式射法は、とくに有名である。

かれらは遊牧民の気風をのこしており、宮廷が移動する、すなわち、戦争時や季節の変わりめなどに、王とともにその妻子や貴顕《きけん》、官僚達がそろって移動することがしばしばであった。そのためもあって、官僚制や地方の統治はうまく機能せず、アケネメス朝（ハカーマニシュ朝、紀元前五五〇〜紀元前三三〇）のような中央集権制をとることはなかった。

文化的にはヘレニズムの影響が強く、ギリシアの神々と土着の神々の混淆《こんこう》もみられるが、しだいにペルシアの伝統文化への回帰を指向していく。文字のかたちで記録をのこすことには熱心ではなかったが、文学や宗教は口誦《こうしょう》でつたえられ、各地で吟遊詩人が活躍したといわれる。また、西のローマ、東のクシャーン朝（一世紀半ば〜三世紀半ば、中央アジアからインドにかけての地域を支配）との抗争のなかでも、交通路と駅逓制の整備にささえられて、東西交易はさかんであった。

アルサケス朝に替わったサーサーン朝は、支配の正当性をしめすため、アケネメス朝の後継者を自称し、さらにゾロアスター教の擁護につとめた。

ゾロアスター教とは、古代・中世においてイラン高原で広く信仰された、善悪二元論にもとづく宗教である。拝火教ともいわれるように、火をたてまつり、基本的に偶像崇拝はおこなわない。サーサーン朝の諸王によって建立《こんりゅう》された火の寺院では、祭壇にともされた炎が絶えることなく燃えつづけていたという。

サーサーン朝期には、中央集権的な体制がとられ、官僚制もあるていど整備されていた。しかし、ゾロアスター教の神官や祭司、貴族階級の力も強く、また、ローマ帝国や遊牧民エフタル（中央アジアから西北インドにかけて強勢をほこった遊牧政権）との抗争もあって、政権はかならずしも安定してはいなかった。事実、王位継承にさいしては、貴族達の思惑に隣国もからんでの争いがつねであり、新興の宗教を奉じた民衆の反乱もおこっている。

こうしたなか、六世紀半ばにサーサーン朝の最盛期を現出させたのは、ホスロー一世である。

かれは、大貴族の力をおさえて中央集権体制を再構築し、身分制を確立し、税制の改革などをおこなって国を安定させると同時に、東のエフタル、西のビザンツ帝国（三九五〜一四五三）という雄敵をやぶって領土を広げた。また、正統なゾロアスター教の確立に腐心し、学問を奨励するなど、宗教、文化面での功績も大きい。

しかし、このホスロー一世の死後、サーサーン朝は急速に衰退し、イスラームをかかげる新たな勢力が台頭してきたときには、すでに抵抗する力をうしなっていた。

ところで、アルサケス朝・サーサーン朝時代をつうじて、西アジアとヨーロッパの力関係は、軍事・文化の両面において、ほぼ拮抗《きっこう》していた。それがくずれるのは、イスラーム勢力が勃興して以後のことである。

俗にいう「コーランか剣か」という言葉に反して、ムスリム（イスラーム教徒）の征服活動は強制的な改宗をともなうものではなかった。征服されたユダヤ教徒やキリスト教徒達は、貢納さえおこなえば、信仰はもちろん、一定の自治をも保証されたのである。

また、拡大したイスラーム世界は、古代ギリシアやインドなどほかの文明の知識を受けいれ、ペルシア人やトルコ人、ギリシア人など多くの民族をとりこんで発展をとげた。そして、オスマン帝国（一二九九〜一九二二）の最盛期を頂点として、十七世紀にいたるまで、政治、経済、文化、軍事のあらゆる面でヨーロッパに対して優位をたもちつづけたのである。パルスがルシタニアに対してそうであったように。

十字軍の遠征（一〇九六～一二九一）はまさにそうした時代を背景におこなわれたことを理解せねばならない。西欧中心史観を克服しつつある今になって、ようやく語られるようになったことだが、神の名のもとに殺戮《さつりく》と略奪をくりかえす十字軍は、寛容と柔軟性をむねとするイスラーム世界にとって、「後進地域からやってきた蛮人」そのものだったのである。

## 名前と文学

ここからは、『アルスラーン戦記』に登場するキャラクターの名前を手がかりに、ペルシア文学の世界を旅してみよう。

文学を知るには、まず、その手段となる言語について理解しておかなければならない。

書きことばとしてのパフラヴィー語（中世ペルシア語）が、イスラーム化とともに消えたのち、現在のかたちのペルシア語（近世ペルシア語）が成立したのは、九世紀から十世紀にかけてのことであった。

英語やフランス語とおなじインド・ヨーロッパ系に属するペルシア語だが、表記はアラビア文字によってなされる。アラビア文字とは、右から左へと書かれる、あの流麗な文字である。

アラビア語との関係は文字の借用だけにとどまらない。ペルシア語には、あまたのアラビア語起源の単語が存在するのである。こうしたことから、両者の関係は、日本語と漢語の関係にたとえられることが少なくない。アラビア語の単語を多くつかうと、格式ばった雰囲気がでることも、漢語を思いうかべれば、日本人には理解しやすいだろう。

ペルシア語はまた、トルコ語との関係も深い。

歴史上、トルコ系民族はイスラームやペルシア文化を受けいれながら、西へ西へと移動していった。かれらはイラン人の官僚や文人を重用し、読み書きにはペルシア語をもちいていた。そのため、トルコ語の単語がペルシア語に多く取りこまれたのである。

獅子《シール》を意味する「アルスラーン」もそのひとつだ。この単語の起源はトルコ語であり、十世紀頃に、今でいう中国の新疆《しんきょう》のあたりを支配していたトルコ系ウイグル人王朝の王の名前として、歴史上にあらわれる。トルコ語風の発音では「アルスラン」といい、漢文史料では「阿厮蘭」と書かれる。

この名前は代々の王に受けつがれる称号の一部であった。一説によると、その西方にあった、おなじくトルコ系のカラ・ハン朝という王朝でも、君王の称号に「アルスラーン」がつかわれていたという。

ちなみに、カラ・ハン朝の君主の称号には、もうひとつ「ボグラ」という語もつかわれていた。これは「雄ラクダ」を意味する。つまり、「獅子王」と「雄ラクダ王」がならびたっていたのである。

「アルスラーン」という名前は、トルコ系民族とともに西方へ広がっていく。十一世紀から十二世紀にかけてイラン・イラクの地を支配したセルジューク朝では、アルプ・アルスラーンという名の君主が活躍した。

さらに、現在のトルコ共和国にあたる地域を支配したルーム・セルジューク朝では、十一世紀から十三世紀のあいだに、「アルスラーン」の名をもつ君主が四人もでている。

世界地図を広げてみれば、「アルスラーン」という名前がいかに長い旅をしたかがわかるだろう。物語のなかのアルスラーンは、パルスの地を東西南北に駆けまわるが、それはもしかしたら名前のせいなのかもしれない。

ちなみに、「アルスラーン」という名前は、現代のトルコ人にもみられる。そして、トルコ人はドイツに多く移民しており、トルコ人地区をつくって、みずからの文化をまもっている。そのなかには当然「アルスラーン」という人もいるだろう。

すなわち、「アルスラーン」は千年の時をへてヨーロッパにまで進出したのだ。パルスのアルスラーンがこれに追いつくには、ルシタニアに遠征するしかない。一代では無理ならアルスラーン三世とかでもかまわないから、ぜひ実現させてほしいものである。

はなしをペルシア語にもどそう。中東や中央アジアには、現在でも、ペルシア語、アラビア語、トルコ語のみっつの言語を自在につかいわける人々がいる。かれらは言う。「アラビア語は宗教のことば、トルコ語は戦争のことば、そしてペルシア語は、文化と愛のことばだ」と。

そのことばどおり、ペルシア語による文学作品は、イランや中央アジアなどで、数多く著されてきた。

短詩では、『ルバイヤート（四行詩集）』が珠玉である。四行詩《ルバーイー》は、もともとペルシア文学独自の詩形だが、これを確立させたのはオマル・ハイヤーム（一〇四八〜一一三一）である。『ルバイヤート』は、この詩人の作品をあつめたものだが、そのなかには別の詩人の作品も多くふくまれているという。

オマル・ハイヤームは、浮き世のはかなさ、運命の過酷さ、あるいはそれらに対しての生の楽しみかたを、美しく簡明な言葉で詠《うた》った。公表を意図せず、気ままにつくられたため、酒や女性も重要なモチーフとなっており、イスラームの宗教的色彩はほとんど感じられない。それゆえ、宗教や文化のちがいをこえて、広く愛されているのだろう。

また、イスラーム化以前をモチーフとする文学作品では、十二世紀の詩人ニザーミーによる『ホスローとシーリーン』が有名である。これは、サーサーン朝皇帝ホスロー二世とアルメニアの王女シーリーンの恋愛を描いた叙事詩であり、シーリーンはペルシア文学における代表的美女として名高い。

しかし、ペルシア文学のなかで最大の輝きをはなつのは、やはり『シャー・ナーメ(王書)』であろう。

総句数五万とも六万ともいわれるこの大作を編んだのは、フェルドウスィー(九三四?〜一〇二五?)と号した詩人である。しかし、『シャー・ナーメ』は、その題名も内容もフェルドウスィーのオリジナルではない。現代でも愛好されているこの叙事詩は、イスラーム化以前のペルシアの神話、伝説、歴史の集大成というべきものなのである。日本でいえば、『古事記』が一番イメージにちかいだろうか。

『シャー・ナーメ』はとにかく長い詩なので、当然登場人物も多い。おそらく、パルス人の名前の半分くらいはこのなかにでてくるだろう。

おもしろいことに、『シャー・ナーメ』に登場する英雄は英雄として、悪役は悪役として『アルスラーン戦記』にうつされている。英雄については後でのべるとして、悪役の名前をあげてみるとザッハーク、シャガードなどが『アルスラーン戦記』と一致する。『シャー・ナーメ』のザッハークは千年の長きにわたって民衆を苦しめた暴虐な王であるが、いかにも悪役らしいひびきの名前である。名前に対するイラン人の感覚は、意外と日本人に似ているのかもしれない。

それはともかく、『シャー・ナーメ』でもっとも盛りあがるのは、カイ・クバードやカイ・ホスローといったイランの諸王につかえた英雄ロスタムの物語である。そのうち、『アルスラーン戦記』にかかわりのあるいくつかの話を紹介しよう。
「ソホラーブの巻」は、親子の戦いをあつかった悲劇である。敵国トゥラーンに遠征したロスタムは、そこで絶世の美女タハミーネとむすばれる。ふたりのあいだに生まれたのがソホラーブで、長じてトゥラーンの勇猛な将軍となり、イランに攻めこむ。ロスタムとソホラーブは、たがいの関係にうすうす気づきながらも、刃をまじえるのである。

よくあるといえばよくある話だが、タハミーネの役割や親子の戦いというモチーフは、『アルスラーン戦記』に生かされているといえよう。

また、ロスタムのもとには、十六人とまではいかないが、いく人もの勇者がつどっていた。トゥース、キシュワード、ギーヴ、グラーゼなどの名前がならぶが、なかでもギーヴの活躍がめざましい。

「スィヤーウシュの巻」では、イランの王子スィヤーウシュの悲劇的な運命とその息子であるカイ・ホスローの即位が語られるが、スィヤーウシュと敵国トゥラーンの王女ファランギースのあいだに生まれたカイ・ホスローをさがすため、トゥラーンに単身乗りこむのがギーヴなのである。ちなみにファランギースは、美しく聡明で、かつ勇敢な女性として描かれており、月の美女と形容されている。

『アルスラーン戦記』を知る者にとって、『シャー・ナーメ』のおもしろさは物語を追うことにとどまらない。系図をみるのもまた、楽しみのひとつである。

知った名前が多くでてくるからだけではない。それらの名前が思いもよらない血縁関係でむすばれているのが、笑いをさそうのである。

さらに、『シャー・ナーメ』が神話や伝承をもとにしているため、登場人物が長生きであることが奇妙な事態に拍車をかける。たとえば、キシュワードとギーヴはロスタムのもとでくつわをならべて戦っているが、系図をみると、なんとギーヴはキシュワードの孫なのである。戦闘中にギーヴの毒舌が聞こえてきそうではないか。

さて、ここまで文学の世界を中心に『アルスラーン戦記』のキャラクター名をみてきたわけだが、英雄の名前をつけるというのは実際にもよくあることである。歴史上のそうした例をひとつ紹介しよう。

英雄ロスタムの物語は『シャー・ナーメ』としてまとめられる以前からよく知られており、イランの地を支配していたサーサーン朝には、その名をもらったロスタムという将軍がいた。

ときは七世紀、アラブ軍の侵攻の前に、サーサーン朝は滅亡寸前である。イランの人々は救国の英雄とおなじ名をもつこの将軍に、最後ののぞみをかけた。

しかし、現実のロスタムはアラブ軍にあっけなく敗れ、それからまもなくサーサーン朝は滅亡してしまう。どうも現実の世界では、名前負けする例のほうが多いような気がしてならない。

ところで、読者のみなさんはお気づきだろうか。

そう、『アルスラーン戦記』には、まだロスタムがでてきていない（十巻まで。未読の方、申しわけございません）。

文学の世界ではこれだけの英雄であり、名前のひびきも英雄にふさわしいといってよい。その名前がつかわれていないというのは、なんとも不思議なことではないか。

おそらく、ロスタムは「とっておき」なのだろう。どこか、ここぞという場面で登場するにちがいない。

それを想像するのも、これからの楽しみではないだろうか。

アルスラーン戦記③④落日悲歌✣汗血公路は、１９８７年及び１９８８年に
それぞれ角川文庫より刊行されました。
田中芳樹公式サイトＵＲＬ http://www.wrightstaff.co.jp/

◎お願い◎

この本をお読みになって、どんな感想をもたれたでしょうか。

「読後の感想」を左記あてにお送りいただけましたら、ありがたく存じます。

なお、「カッパ・ノベルス」にかぎらず、最近、どんな小説を読まれたでしょうか。また、今後、どんな小説をお読みになりたいでしょうか。読みたい作家の名前もお書きくわえいただけませんか。

どの本にも一字でも誤植がないようにつとめておりますが、もしお気づきの点がありましたら、お教えください。ご職業、ご年齢などもお書き添えくだされば幸せに存じます。当社の規定により本来の目的以外に使用せず、大切に扱わせていただきます。

東京都文京区音羽一—一六—六
郵便番号 一一二—八〇一一
光文社 文芸図書編集部


架空歴史ロマン

アルスラーン戦記③④ 落日悲歌《らくじつひか》 汗血公路《かんけつこうろ》

2003年5月25日 初版1刷発行
2014年5月5日 8刷発行

著者 田中芳樹《たなかよしき》
発行者 駒井 稔
印刷所 豊国印刷
製本所 ナショナル製本
発行所 株式会社光文社
東京都文京区音羽1-16-6
電話 編集部 03-5395-8169
書籍販売部 03-5395-8116
業務部 03-5395-8125
URL 光文社 http://www.kobunsha.com/





ISBN978-4-334-07516-3

Printed in Japan

## 「カッパ・ノベルス」誕生のことば

カッパ・ブックス Kappa Booksの姉妹シリーズが生まれた。カッパ・ブックスは書下ろしのノン・フィクション(非小説)を主体としたが、カッパ・ノベルス Kappa Novelsは、その名のごとく長編小説を主体として出版される。

もともとノベルとは、ニューとか、ニューズと語源を同じくしている。新しいもの、新奇なもの、はやりもの、つまりは、新しい事実の物語というところから出ている。今日われわれが生活している時代の「詩と真実」を描き出す——そういう長編小説を編集していきたい。これがカッパ・ノベルスの念願である。

したがって、小説のジャンルは、一方に片寄らず、日本的風土の上に生まれた、いろいろの傾向、さまざまな種類を包蔵したものでありたい。かくて、カッパ・ノベルスは、文学を一部の愛好家だけのものから開放して、より広く、より多くの同時代人に愛され、親しまれるものとなるように努力したい。読み終えて、人それぞれに「ああ、おもしろかった」と感じられれば、私どもの喜び、これにすぎるものはない。

昭和三十四年十二月二十五日

KAPPA NOVELS